Wer war das? · Menschen der Geschichte

Christine Schulz-Reiss

WER WAR DAS?
Menschen der Geschichte

*Der Umwelt zuliebe ist dieses Buch
auf chlorfrei gebleichtem Papier gedruckt.*

ISBN 978-3-7855-4647-5
1. Auflage 2007
© 2007 Loewe Verlag GmbH, Bindlach
Vignetten: Beate Mizdalski
Redaktion: Antje Subey-Cramer
Umschlagfotos: gettyimages/James Strachan (Bücherwand),
Keystone (vorne) und akg-images (hinten)
Umschlaggestaltung: Andreas Henze
Printed in Germany (026)

www.loewe-verlag.de

Wer war das?

Einleitung

Geschichte – was ist das für dich? Sind das spannende Abenteuer, durch die das Leben in deinem Land, in Europa, auf anderen Kontinenten oder in der ganzen Welt eine neue Gestalt bekam? Oder stecken für dich hinter dem Wort nur trockene Zahlen und verstaubte Begriffe, die dir schon deshalb lästig sind, weil du sie für die Schule lernen musst? Was auch immer dir bei dem Wort Geschichte durch den Kopf schießt: Sie „geschieht" nicht einfach. Geschichte ist ein Zusammenspiel von Ereignissen und Personen, die durch ihr Handeln die Welt oder Teile davon verändert haben. Menschen machen Geschichte, wenn ihr Leben bedeutende Folgen für das Miteinander anderer Menschen hat. In diesem Buch sind einige solcher Persönlichkeiten versammelt. Nicht als Figuren, die sich entlang der Jahreszahlen durch die Jahrhunderte hangeln, sondern als Menschen aus Fleisch und Blut, deren Leben allein schon eine spannende Geschichte erzählt. Ich habe versucht, ihnen den Staub von den Schultern zu klopfen, um sie dir möglichst lebendig vor Augen zu führen.

Etliche Namen kennst du sicher schon. Wenn du zum Beispiel hörst „333 – bei Issos Keilerei", erwarten deine Eltern und Lehrer vielleicht, dass von dir wie aus der Pistole geschossen der Name „Alexander der Große" kommt. Genau darum geht es in diesem Buch nicht, zumindest nicht in erster Linie. Es erzählt vielmehr, wie Leute wie Alexander der Große, Napoleon, Maria Theresia, Mahatma Gandhi, Nelson Mandela und andere selbst gelebt haben. Wie sie aufgewachsen sind, was ihr Leben beeinflusst hat, wie sie zu Personen der Geschichte wurden, warum sie etwas getan haben, das sie berühmt gemacht hat, und natürlich auch, warum sie uns noch heute interessieren. Jeder und jede von ihnen hat eine spannende, überraschende, manchmal witzige, manchmal tragische Lebensgeschichte. Über einige wirst du ungläubig den Kopf schütteln oder lachen, wenn du erfährst, was nicht in den Geschichtsbüchern über sie steht. Über andere wunderst du dich vielleicht, wirst wütend auf sie oder bist am Ende gar entsetzt. Je nachdem, um wen es geht.

Du kannst dir nach Lust und Laune einzelne Lebensgeschichten herauspicken. Oder du liest diese Biografien von vorne nach hinten. Dann wird die Lektüre zugleich ein Spaziergang durch die Weltgeschichte, auf dem du mitverfolgen kannst, wie sich die Ansichten der Menschen und ihre Werte verändert haben. Früher schrieben Herrscher Geschichte, die nur die eigene Macht vergrößert, neue Länder erobert und fremde Völker unterworfen haben. Dabei ging es meist grausam zu. Immer wieder betraten Personen die Weltbühne, durch deren Leben und Handeln ein Volk, Staat oder die menschliche Gemeinschaft ein neues Gesicht bekam. Sie hatten dabei eine Führungsrolle. Von Kapitel zu Kapitel wirst du auch darüber mehr erfahren, dass und wie sich das Zusammenleben in den Staaten der Erde fortentwickelt hat. Ein Name steht dabei für den Rückfall in längst überwunden geglaubte Barbarei. Du lernst in diesem Buch auch Menschen kennen, die die Welt durch die Macht ihrer Ideen umgestaltet haben.

Wenn du nach der Lektüre unversehens, ohne dass du büffeln musstest, mit Daten wie „333" etwas anfangen kannst, weißt, was der Titel Karls des Großen mit den alten Römern zu tun hat oder was mit dem Begriff Glasnost gemeint ist – umso besser! Dann hat sich der Lesespaß doppelt gelohnt. Und den wünsche ich dir.

Am Anfang jeder Biografie steht ein Rätsel mit einem besonderen Detail oder ungewöhnlichen Ereignis aus Leben oder Zeit der vorgestellten Person. Damit kannst du dich und andere testen: Wer war das?

Ein Fall für Scotland Yard

Hunderte von Verbrechen hat John Grieve schon für Scotland Yard aufgeklärt. Mord, Totschlag, Schießereien und Terror-Anschläge – dem Bösen auf die Spur zu kommen war für den Kommissar aus England täglich Brot. Dieses Mal aber wurde sein kriminalistischer Spürsinn auf eine besonders harte Probe gestellt. Dies war sein mit Abstand schwierigster Fall. Es gab keine Leiche. Noch nicht einmal eine Spur davon. Alle Zeugen waren zum Schweigen verdammt. Denn sie waren schon lange tot. Und da wollte Grieve noch herausfinden, wie der junge Mann gestorben war, damals, vor 2 300 Jahren in Babylon? Hatte die Malaria den 32-Jährigen dahingerafft? Oder war es das West-Nil-Fieber? Hatte er sich vielleicht zu Tode gesoffen? Oder hatte ihn gar jemand umgebracht? War etwa Gift im Spiel? Dem gut aussehenden jungen Mann etwas in den Wein zu tun wäre ein Leichtes gewesen. Trank er doch gern, zu viel und zügellos. Aber wer hätte das tun sollen – und vor allem warum? Nun gut, der Kerl war zum Fürchten, wenn er mal wieder in eine seiner jähzornigen Wutattacken ausbrach. Andererseits konnte er eine Seele von Mensch sein, freundlich, freigebig, großzügig und charmant. Warum aber interessierte sich 2 300 Jahre später ein Kommissar von Scotland Yard für ihn? Warum verfolgten nicht nur Kriminalisten gespannt, was bei Grieves Ermittlungen herauskommen würde? Weil der Tote ein großer Feldherr, Machthaber und Mythos zugleich war. In nur wenigen Jahren hatte er ein riesiges Reich geschaffen, wie es noch nie eines gegeben hatte. Er war der mächtigste Mann der damaligen Welt. Klar, dass so jemand nicht nur Freunde hatte. Aber wäre das allein ein Grund gewesen, den blonden Helden gleich aus der Welt zu schaffen? Er selbst hielt sich für einen Gottes-Sohn.

Wer war das?

Alexander der Große –

kleiner Mann
mit großer Macht

*Geboren vermutlich am 20.7.356 v. Chr.
im makedonischen Pella
Gestorben am 10.6.323 v. Chr. in Babylon*

War ihr Zeus oder Ammon in den Schoß gefahren? Es war die Nacht vor der Heirat von Olympias. Am nächsten Tag sollte der makedonische König Philipp II. die Prinzessin aus Epeirus, dem heutigen Albanien, zu seiner Frau machen. Da träumte die Braut, ein Blitz sei in sie gefahren. Wild züngelten Flammen aus ihrem Körper. So beschreibt der griechische Schriftsteller Plutarch fast 400 Jahre später, wie es zur Zeugung Alexanders des Großen gekommen sein soll. Der Vater Alexanders sah sich im Schlaf ein Siegel auf den Leib der jungen Frau drücken. Es trug die Züge eines Löwen. Später, als ihr Sohn schon größer war, ermahnte Olympias Alexander, nie diesen Traum zu vergessen. Seitdem glaubte das Königskind, dass es göttlicher Abstammung war. Sein Vater dagegen wurde von einem Seher vor der Machtbesessenheit seiner Frau gewarnt. Ein anderer prophezeite ihm nach dem Traum einen Sohn von Löwenmut.

Aus dem Kind, das im Jahr 356 v. Chr. in Makedoniens Hauptstadt Pella zur Welt gekommen war, wurde Alexander der Große, der erfolgreichste Feldherr und mächtigste Herrscher der damaligen Welt. In nur zwölf Jahren schob er die Grenzen seines Landes bis ins ferne Indien hinaus. In zahllosen Schlachten hatte er dem Tod ein Schnippchen geschlagen. Und starb trotzdem jung: Mit noch nicht 33 Jahren, am 10. Juni 323 v. Chr., erlag er einem unerklärlichen Fieber, dessen Ursache zu ergründen auch Scotland-Yard-Kommissar Grieve nicht gelang. Seitdem man von ihr weiß, heißt es sogar manchmal, dass es vielleicht die Vogelgrippe war …

Göttliche Zeichen begleiteten Alexander sein Leben lang. In Gordion in der heutigen Türkei löste Alexander 334 v. Chr., nach seiner ersten gewonnenen Schlacht gegen die Perser, den „Gordischen Knoten": Mit diesem waren Joch und Deichsel eines Wagens vermeintlich untrennbar verbunden. Es hieß, dass der, der ihn lösen könne, Asien beherrschen werde. Mit dem Schwert hieb Alexander ihn kurzerhand durch. Danach setzte er zum erfolgreichen Feldzug gegen Persien und Syrien, zum Marsch nach Ägypten und Indien an. Von Zeichen ließ er sich seitdem immer wieder Mut machen für seine Feldzüge. Und er verstand, sie stets für sich zu deuten. Vor seinem Lebensende aber jagten sie ihm Todesängste ein und schüttelten ihn in seinen letzten 28 Tagen mindestens ebenso wie das Fieber: Als Alexander 323 v. Chr. auf Babylon zuritt, fielen tote Vögel vom Himmel. Acht Jahre zuvor hatte er diese damals größte Stadt der Welt erobert. Es nutzte ihm nichts, dass er sein Lager *vor* ihren Toren aufschlug …

Waren es wirklich die Götter, die diesen körperlich kleinen, aber zähen und gut aussehenden Mann mit der bleichen Haut, dem spärlichen Bartwuchs und dem gelockten Haar zum „Großen" werden ließen? Oder trieb ihn etwas anderes an? Vielleicht war es der starke Vater, auf den er als junger Mann sogar neidisch war. Philipp II. war ein erfolgreicher Feldherr und geschickter Diplomat. Er hatte das einst zerstrittene Königreich Makedonien zu einem der mächtigsten Staaten Griechenlands gemacht. Sein Sohn beklagte sich: „Alles wird mein Vater noch erobern. Mir wird er nichts übrig lassen, womit ich noch eine Heldentat zeigen könnte."

Noch heute nennen wir eine schier unlösbare Aufgabe einen „Gordischen Knoten".

15

Vielleicht hatte ihm die machtgierige Mutter den Ehrgeiz ins Herz gepflanzt. Olympias war eine von Eifersucht und Hass zerfressene Frau. Sie konnte zur Furie werden, wenn jemand es wagte, ihre oder ihres Kindes Ansprüche anzutasten. Dem Sohn einer Nebenbuhlerin verabreichte sie ein vergiftetes Getränk, das ihn den Verstand verlieren ließ. Eine andere Frau ihres Mannes und deren Tochter ließ sie angeblich bei lebendigem Leibe rösten. Olympias war sogar der Mord am eigenen Gatten zuzutrauen. Als Alexander 20 Jahre alt war, musste er mit ansehen, wie der Leibwächter und ehemalige Geliebte seines Vaters, Pausanias, den König im Theater der Stadt Aigai inmitten einer Festgesellschaft erstach. Erst hieß es, er habe es aus enttäuschter Liebe getan. Doch bald schon munkelten die Leute, dass Olympias die Auftraggeberin für den Mord gewesen sein könnte. Auch ihr Sohn geriet in Verdacht. Gründe hätten sie beide gehabt: Hatte Philipp II. doch mit Kleopatra eine Frau aus hohem makedonischen Adel zu seiner vermutlich achten Frau gemacht. Alle anderen Frauen, auch Olympias, entstammten fremden Völkern. Hätte Kleopatra nun Philipp einen Sohn geboren, wäre der der echte Erbprinz gewesen. Denn sie war eine echte Makedonin. Das hätte alle Hoffnung Alexanders auf den Thron zunichtegemacht, schließlich hatte auch er nur gemischtes Blut in den Adern.

Pausanias wurde nach dem Mord sofort getötet. Olympias aber ließ ihn mit allen Ehren bestatten, und Alexander wurde umgehend zum neuen König ernannt.

Gut verstanden hatten sich Vater und Sohn nur selten. Als Philipp Kleopatra heiratete, beleidigte Alexander bei dem anschließenden Fest den Onkel der Braut. Daraufhin zog Philipp das Schwert gegen den Sohn. Weil er aber betrunken war, fiel der König zu Boden. Alexander verspottete ihn vor aller Augen und Ohren: „Das ist der Mann, der von Europa nach Asien marschieren will. Und hier stolpert er schon auf dem Weg von einem Tisch zum anderen!" Daraufhin wurde er mit seiner Mutter für einige Zeit aus der Stadt verbannt. Einmal allerdings rührte der Junge den Vater zu Tränen. Philipp hatte sich ein wunderschönes Pferd namens Bukephalos gekauft. Doch der Hengst scheute, sobald ihm jemand nahe kam. Keiner konnte ihn zügeln. Mit spitzer Zunge provozierte Alexander die umstehenden Männer und seinen Vater: „Welch schönes Tier verliert man da, nur weil keiner aus Angst und Ungeschicklichkeit damit umgehen kann!" „Als ob du das besser könntest!", wies ihn Philipp zurecht. Mit den Widerworten „Und ob ich das kann!" ging der Sohn auf Bukephalos zu, fasste die Zügel und drehte das Tier zur Sonne. Er hatte nämlich beobachtet, dass das Pferd vor dem Schatten scheute. Dann lief Alexander beruhigend neben Bukephalos her, sprang auf, fasste die Zügel erst kurz und ließ ihm dann Lauf. Schließlich wendete er den Hengst und kehrte stolz zurück. Der Vater und dessen Gefolge jubelten ihm begeistert zu, und Philipp lobte seinen Sohn: „Mein Junge, such dir ein Königreich, das zu dir passt! Makedonien ist zu klein für dich geworden." Vielleicht hatte er damit den Ehrgeiz Alexanders geweckt, ein Reich zu erobern, das größer als das seines Vaters war. Vielleicht aber hat auch Aristoteles den Anstoß gegeben: Der damals berühmteste und angesehenste Naturforscher und Philosoph Griechenlands unterrichtete Alexander drei Jahre lang. Er lehrte ihn Rhetorik und Literatur, Wetterkunde und Geografie, Technik und Militärgeschichte. Er wies Alexander aber auch in die Werke des großen Dichters Homer ein. Vor allem die Geschichten über den Kampf um Troja faszinierten den jungen Mann. Für Alexander war die Ilias ein militärisches Lehrbuch, deren Text er bei seinen späteren Feldzügen jede Nacht unter dem Kopf liegen hatte.

Bei der Schlacht von Chaironeia in Boötien bewies der 18-

Alexander fühlte sich als Sohn des großen Achilles, des tapfersten Helden im Kampf um Troja.

17

Mit dem Sieg von Chaironeia verhinderte Philipp, dass sich Athen und Theben auf die Seite der Perser schlugen. Später ließ er Theben zerstören.

jährige Alexander seinem Vater, dass er ein würdiger Nachfolger war: Als Anführer der berittenen Soldaten besiegte er die gefürchtete Heilige Schar. Das war die Elitetruppe der Thebaner. Nach diesem Sieg schmiedete Philipp einen Bund gegen die Perser, deren Reich sich von der Türkei bis nach Indien erstreckte. Sie unterdrückten zahlreiche griechische Städte und hatten 150 Jahre zuvor die Akropolis, den griechischen Göttertempel in Athen, zerstört. Die Rache dafür sollte die Heldentat werden, die Philipp Alexander übrig ließ: Zwei Jahre nach dem Sieg von Chaironeia war der König tot, und Alexander rüstete für den Marsch gegen die Perser.

Auch davor suchte er ein Zeichen des Himmels. In Delphi sollte die Seherin Pythia das Orakel für ihn befragen. Doch die wies ihn ab: Es sei heute kein Tag für Zeichen. Da zerrte Alexander sie mit Gewalt zu dem heiligen Ort. Hilflos stammelte die Priesterin: „Dir kann niemand widerstehen!" Listig deutete Alexander ihre Worte als günstiges Omen und zog siegessicher mit 6 000 Reitern und 43 000 Fußsoldaten los. Zwei Jahre später überschritt Alexander den Hellespont, die Dardanellen, und setzte 334 v. Chr. seinen Fuß auf Kleinasiens Boden.

Die Dardanellen sind die Meerenge, die Europa von Asien trennt.

Hier kam er endlich nach Troja, der Heldenstätte seines geistigen Vaters Achilles. Alexanders großer Siegeszug begann. Am Granikos, einem Fluss im Nordosten Trojas, schlug Alexander erstmals die Truppen von Dareios III., obwohl die Soldaten des Perserkönigs in der Übermacht waren. Der Makedonenkönig war als Erster vorausgeritten, um seinen Soldaten Mut zu machen. Damit ihn jeder sehen konnte, trug er zwei große weiße Federn an seinem Helm, obwohl er sich so auch zur Zielscheibe des Gegners machte. Alexander wurde schwer verwundet, doch sein engster Freund Kleitos rettete ihm das Leben.

Die Perser flohen. Die Gefangenen wurden von Alexander versklavt. Nach der Schlacht ging der Feldherr zu seinen eigenen Verwundeten und tröstete Mann für Mann. 300 persische Rüstungen schickte er nach Griechenland. Sie wurden als Weihegabe für die Göttin Athene zu deren Tempel nach Athen gebracht. Dann befreite Alexander die griechischen Küstenstädte. Sie mussten sich jetzt allerdings seiner Herrschaft beugen. In Gordion löste Alexander den berühmten Knoten, bevor er weiter nach Issos ritt. Dort, in der Nähe der türkisch-syrischen Grenze, wartete die nächste Schlacht mit dem Perserkönig auf ihn, die erneut Alexander gewann. Wieder floh Dareios ins Hinterland. Sogar Mutter, Frau und Töchter ließ der Herrscher im Stich. Doch Alexander tat den Frauen nichts an. Er befahl seinen Leuten, sie wie Königinnen zu behandeln. Dafür machten die Makedonen üppige Beute: Dareios hatte all seine Reichtümer in seinen Zelten zurückgelassen. Auch der Schatz der Stadt Damaskus, die Alexander anschließend unterwarf, fiel in seine Hände. Der Feldherr verteilte Unmengen an Gold an seine Soldaten und machte manchen Söldner zum reichen Mann. Er selbst fand für sich einen anderen Schatz. Bis dahin hatte der 23-jährige Makedone nur Männer als Liebhaber gehabt. Selbst die Schönheit der persischen Frauen konnte ihn nicht reizen. Über sie sagte er: „Bei ihrem Anblick tun einem nur die Augen weh!" Bei einer jungen persischen Witwe aber schien es ihm anders zu gehen. Er heiratete die 20-jährige Barsine. Sie begleitete ihn nach Ägypten und lernte den Ehemann auf dem Weg dorthin gleich von seiner grausamsten Seite kennen: In Tyros richteten die Makedonen ein unglaubliches Massaker an. 2 000 junge Männer ließ Alexander kreuzigen, 7 000 wurden totgeschlagen und 30 000 Tyrener versklavt.

Die Ägypter dagegen empfingen ihn nach 200 Jahren persischer Fron mit offenen Armen. Im Land der Pyramiden wurde Alexander als erster Europäer zum Pharao ernannt. Mehr noch: Als er zum griechisch-ägyptischen Zeus-Ammon-Tempel in der

„333 – bei Issos Keilerei" – mit diesem Reim prägt sich die Jahreszahl der historischen Niederlage der Perser leicht ein.

Oase Siwa kam, begrüßte ihn der oberste Priester dort als Gottessohn. Da war sie, die Bestätigung dessen, was er doch schon längst über sich wusste: Er war ein Gott und sah dies auch als günstiges Omen für den endgültigen Sieg über die Perser an. Der junge Pharao bedankte sich bei den Ägyptern mit dem Bau einer prächtigen Stadt, dem berühmten Alexandria. Zwar gab er auf dem weiteren Eroberungsmarsch bis zum indischen Hindukusch weiteren 24 Städten seinen Namen. An die Schönheit des ägyptischen Alexandria aber kam keine heran. Im Oktober 331 v. Chr. schließlich kam es bei Gaugamela, nördlich des heutigen Bagdad, zur entscheidenden Schlacht gegen die Perser. Dareios hatte zwar weit über 30 000 und damit allein fünfmal so viele Reiter wie Alexander in Stellung gebracht. Doch er wurde erneut geschlagen und floh gedemütigt zum dritten Mal. Alexander nahm das prächtige Babylon und die Stadt Susa ein. Ein Jahr später unterwarf er den heiligsten Ort der Perser, Persepolis, und bestieg dort Dareios' Thron. Als er sich darauf setzen wollte, stellte sich allerdings heraus, dass der Königssitz viel zu groß für den klein gewachsenen Alexander war: Schnell mussten seine Bediensteten ihm einen Tisch unter die Füße schieben, damit nicht des Königs Beine wie bei einem Kind frei in der Luft baumelten. Alexanders Soldaten plünderten die heilige Stadt. Im Rausch zündeten sie die uralten, kostbaren Palastanlagen an, bis alles in Schutt und Asche lag. Die so lange überfällige Rache für die zerstörte Athener Akropolis war endlich vollbracht!

Jetzt war Alexander der Herrscher über Asien – und steigerte sich zusehends in Größenwahn: Er nahm persische Sitten an und zwang sein Gefolge, die Proskynese auszuüben. Nach diesem persischen Brauch müssen sich die Untertanen vor ihrem König auf den Boden werfen. Für Alexanders Leute war das eine Demütigung: Ein Grieche beugte nur vor den Göttern die Knie! Mit Murren senkten die Makedonen vor ihrem König das Haupt. Alexanders Kalkül ging nicht auf. Er glaubte, seine Macht noch vergrößern zu können, wenn er die Sitten der beiden Völker verschmolz. Doch das Gegenteil trat ein: Selbst Freunde wendeten sich von ihm ab. Auch die immer wilder werdenden Saufgelage des Königs stießen seine Vertrauten ab, zumal er selbst immer unberechenbarer wurde. Wer ihm widersprach, wurde hingerichtet. Das kostete sogar seinen engsten Freund und Lebensretter Kleitos den Kopf. Was nutzte es da, dass Alexander, als er wieder nüchtern war, in Tränen ausbrach? Aber auch das war Alexander: Bessos, ein abtrünniger persischer Satrape, hatte den geflohenen Perserkönig Dareios gefangen genommen und umgebracht. Als Alexander davon erfuhr, zog er los, um Dareios zu rächen, und brachte Bessos bestialisch um: Er ließ ihn nackt zwischen die heruntergebundenen Äste zweier Bäume binden. Dann wurden die Seile gekappt. Bei lebendigem Leib wurde Bessos in Stücke gerissen.

Seinen Machthunger hatte Alexander noch immer nicht gestillt. Oder wollte er nur seinem einstigen Lehrer Aristoteles beweisen, dass die Welt am Hindukusch noch längst nicht zu Ende war? Der hatte ihn gelehrt, dass dahinter nichts mehr war. Der Feldherr marschierte weiter nach Osten. Den Gegenbeweis zu Aristoteles' Meinung sollte er nicht finden. Dafür aber in Baktrien, dem heutigen Afghanistan, die schönste Frau, die er je gesehen hatte. Er heiratete Roxane, die ihm bis zu seinem Lebensende die liebste von allen Frauen war.

Am indischen Kaukasus meuterten seine Soldaten. Alexander blieb nichts anderes übrig, als umzukehren. Wenn dies kein schlechtes göttliches Zeichen war! Der Rückzug über Pakistan ans Arabische Meer und durch die Gedrosische Wüste wurde zum Höllenmarsch: Wassermangel, Sandstürme und dann wieder sintflutartige Regenfälle kosteten ein Viertel seiner Leute das Leben. Zurück in Susa, ordnete Alexander eine Massenhei-

Die Provinzstatthalter des Königs wurden Satrapen genannt.

rat an, um die Völker aus Ost und West für die Zukunft miteinander zu verbinden. Er selbst nahm sich Stateira, eine Tochter des toten Dareios, und noch eine andere Perserin zur Frau und hielt 80 seiner besten Offiziere zur Heirat an. Es folgten endlose Gelage. Und Alexander fasste in diesem Jahr, 324 v. Chr., einen neuen Plan: Wenn er schon nicht die Welt hinter dem Hindukusch hatte erobern können, dann wollte er nach Arabien, vielleicht sogar nach Karthago in Afrika. Sogar von Italien träumte er. Es kam anders. Vergeblich warnten ihn die Seher, noch einmal nach Babylon zu ziehen. Als er auf die Stadt zuritt, fielen die Vögel vom Himmel. Es packte ihn das rätselhafte Fieber, das ihn 28 Tage lang auf sein Bett im Feldlager zwang. Am 10. Juni 323 v. Chr. war Alexander der Große tot.

Krieg und Austausch der Kulturen

Das Reich Alexanders des Großen erstreckte sich über fünf Millionen Quadratkilometer – eine Fläche, in die Deutschland 16-mal hineinpassen würde. Er hat das erste Weltreich der Geschichte gegründet. Mit ihm fing auch die Hellenisierung des östlichen Mittelmeerraumes und des Orients an: Er brachte griechische Bildung und Kultur in den Osten und Sitten und Gebräuche von dort in den Westen zurück. Allerdings kostete dies Zigtausende Menschen das Leben. Wegen der Taktik, mit der der Feldherr die überlegenen Perser besiegte, gilt er noch heute als militärisches Genie. Da Alexander keinen Nachfolger hatte, teilten die Diadochen, seine Feldherren, sein Erbe untereinander auf und bekämpften sich dann. Das riesige Alexanderreich zerfiel in wenigen Jahren.

Von Elchen, Bäumen und Germanen

Mit Staunen lasen die Römer, was einer der Ihren da aus Germanien berichtete: Es gebe dort, so schrieb er, Tiere, die keine Gelenke in den Beinen hätten. Also könnten sie sich auch nicht hinlegen. Zum Schlafen suchten sie sich einen Baum im Hercynischen Wald, um sich anzulehnen. Die Jäger in dieser Gegend zwischen dem Schwarzwald und den Karpaten würden diese Tiere deshalb mit einer List erlegen: Tagsüber suchten sie Spuren, die ihnen den Weg zu den Schlafbäumen wiesen, und sägten diese an. Lehnten sich die Tiere dann abends, müde geworden, dort an, stürzten sie mitsamt dem Baum um und lagen hilflos am Boden. Mangels Gelenken konnten sie nicht mehr aufstehen – und wurden so zur leichten Beute der Germanen. Von denen würden diese Tiere Elche genannt.

Nein, es war kein Naturforscher, der den lateinisch sprechenden Menschen im ersten Jahrhundert vor Christus solches aus dem Land jenseits der Alpen erzählte. In seinem Buch ging es eigentlich um Krieg und Eroberungen. Aber auch was er sonst dort erlebte und vorfand, beschrieb der Römer Tag für Tag ganz genau. Manches diktierte er, auf dem Pferd sitzend, seinen Adlaten. Er vergaß dabei nicht, sich selbst zu erwähnen, war er doch die Hauptfigur in diesen Berichten. Allerdings sprach er von sich stets in der dritten Person. Das Buch wird noch heute gelesen – nicht nur von Menschen, die sich für Geschichte interessieren. Wer Latein lernt, kommt in der Schule auch über 2 000 Jahre später nicht drum herum, zumindest Teile des Originaltextes zu übersetzen. In der Weltgeschichte hat dieser Mann aber noch eine ganz andere Rolle gespielt. Weil mit ihm eine Zeitenwende begann.

Wer war das?

Gaius Julius Caesar –

der Eroberer Roms

Geboren am 13.7.100 v. Chr. in Rom
Ermordet am 15.3.44 v. Chr. in Rom

Eingebildeter eitler Affe! Zu Hause, in Rom, lief er herum wie ein Geck – mit seinem „so künstlich zurechtgelegten Haar", Fransen an den Ärmeln, den Gürtel „leger gebunden". So ereiferte sich einer seiner Gegenspieler, der Redner, Politiker und Schriftsteller Marcus Tullius Cicero, über Gaius Julius Caesar. Und wie affektiert dieser sich „mit nur einem Finger den Kopf kratzt". Parfümiert war Caesar obendrein – und hatte alle naslang eine neue Geliebte. Selbst vor den Frauen seiner Freunde machte Caesar nicht halt. Auch von Männerbekanntschaften wurde gemunkelt. Das war im ersten Jahrhundert vor Christus in Rom nichts Ungewöhnliches – und doch ein gefundenes Fressen für die Lästermäuler der Stadt.

Caesar hielt sich wirklich für wer weiß was! Man höre sich nur dieses an: Im Jahr 75 v. Chr. war er unterwegs nach Rhodos. Auf dem Meer fiel er in die Hände kilikischer Piraten. Sie wollten 20 Talente Lösegeld für seine Freilassung haben. Und was tat der 25-Jährige? Er lachte sie aus! „Was, so wenig?", soll er gespottet haben. Gemessen an seiner Person empfand er die Summe als Beleidigung – und erhöhte auf 50 Talente. Es dauerte 38 Tage, bis seine Boten das Geld bei den Statthaltern Roms zusammengetrommelt hatten. Caesar las den Entführern derweil Geschichten vor und schwang große Reden. Manchmal beschimpfte er sie als kulturlose Barbaren. Wenn er erst wieder frei sei, so drohte er, werde er sie alle ans Kreuz schlagen lassen – damals ei-

Ein Talent entsprach etwa dem Wert von zwei Kilo Gold.

ne gängige Art der Hinrichtung. Das Lachen über den Prahlhans sollte den Piraten bald vergehen! Denn Caesar, kaum freigelassen, verfolgte die Seeräuber mit einer Privatarmee, überwältigte sie und machte die Ankündigung wahr. Das Lösegeld steckte er in die eigene Tasche.

So war Caesar in jungen Jahren. Als er über die germanischen Elche schrieb, war aus dem einstigen Schnösel längst ein strenger Feldherr geworden, ein kantiger, hagerer Mann, der sich zum Alleinherrscher und Rom zur Weltmacht machen sollte. In Gallien kämpfte er fast zehn Jahre lang Seite an Seite mit seinen Soldaten und unterwarf ein Volk nach dem andern, einige dieser Völker überlebten das nicht. Was zu Hause vor sich ging, verlor er dabei nie aus den Augen. Das hatte seinen Grund: Mit 55 Jahren erreichte Caesar sein Ziel und wurde Roms mächtigster Mann.

Gaius Julius Caesar entstammte der uralten Adelsfamilie der Julier. Sie sahen sich als Nachfahren des trojanischen Helden Aeneas, der nach dem Glauben der Römer ein Kind der Göttin Venus war. Aeneas' Sohn Julius gilt als der Urvater Roms. Caesars Geburtsstätte hatte nichts Göttliches an sich: Sein Elternhaus, in dem er am 13. Juli im Jahr 100 v. Chr. zur Welt kam, stand in der Subura. In dem eher schäbigen Stadtteil Roms wohnten viele Arme. Ein afrikanischer Arztsklave öffnete ihm mit dem Messer den Weg ins Leben. Noch heute wird eine solche Schnittentbindung „sectio caesarea", Kaiserschnitt, genannt.

Reich waren Caesars Eltern Gaius Caesar und Aurelia nicht. Trotzdem führte ihr Sohn ein verschwenderisches Leben. Mit üppigen Gelagen und teuren Festen fürs Volk verschuldete er sich bis über beide Ohren. Später zog Caesar die Römer durch großzügige Getreidespenden auf Kosten des Staates auf seine Seite. Mit Unterricht in Griechisch, Literatur und Rhetorik bekam er eine standesgemäße Ausbildung. Um seine Redekunst zu verbes-

Das Wort und der Titel „Kaiser" kommen von „Caesar". Das „C" in seinem Namen spricht man wie „K".

25

sern, reiste Caesar zu einem angesehenen Rhetorik-Lehrer nach Rhodos. Auf dem Weg dorthin kam es zu dem Zwischenfall mit den kilikischen Piraten. Erste schriftstellerische Versuche lagen da schon hinter ihm. Berühmt wurde sein Buch über den Gallischen Krieg *(De bello Gallico)*, aus dem die Erzählung über die Schlafgewohnheiten der Elche stammt.

Mit 15 bekam der Julier sein erstes Amt – dank seiner Tante. Diese, Julia, war die Frau des berühmten Konsuls und Generals Marius. Durch ihre Beziehungen wurde der junge Mann Opferpriester für den Gott Jupiter. Die Bande zu Marius sollten für Caesar aber nicht nur von Vorteil sein. In Rom stritten zwei Parteien um die Macht im Senat: die Optimaten und die Popularen. Die Optimaten entstammten dem alten Adel und wollten, dass im Staat alles so blieb, wie es war. Die Popularen dagegen standen auf Seiten des Volkes und machten sich für Reformen stark. Der Streit eskalierte zum Bürgerkrieg. Caesars Onkel Marius war ein Popular und wurde von dem Optimaten-Diktator Sulla kaltgestellt. Sulla war gefürchtet vor allem wegen seiner Proskriptionen, so hieß die Strafe der Ächtung. Wen die traf, der galt als Staatsfeind und war „vogelfrei": Er verlor alle Ämter, Vermögen, mancher das Leben.

Auch Caesar wurde geächtet. Als er 16 war, hatte er Cornelia, die Tochter des Popularen-Führers Cinna geheiratet. Sulla befahl, diese Ehe wieder aufzulösen. Caesar weigerte sich und floh aus Rom. Er versteckte sich in den Pontinischen Sümpfen. Doch zwei Priesterinnen und sogar Sullas Ehefrau setzten sich mit Erfolg bei dem Diktator für Caesar ein: Sulla hob die Ächtung wieder auf. Caesar aber war der Boden in Rom zu heiß geworden. Deshalb meldete er sich als Offizier in die Provinz Asia. Dort belagerten die Römer Mytilene, das sich nicht unterwerfen wollte. Beim Sturm auf die Stadt im Jahr 81 v. Chr. schlug sich der Julier so tapfer, dass er mit der „Bürgerkrone" seine ers-

Auf Geächtete wurden Kopfprämien ausgesetzt: Wer einen ergriff, konnte sich einen Batzen Geld verdienen.

Die Provinz Asia umfasste einen Teil der heutigen Türkei, Syriens, des Libanon und Jordanien.

te hohe militärische Auszeichnung bekam. Aber er brachte nicht nur Rühmliches aus Kleinasien mit nach Hause, sondern auch den Spottnamen „Königin von Bithynien". Caesar hatte Bithyniens König Nikomedes um Waffenhilfe für Rom gebeten. Bei einem Besuch fand der Herrscher an dem jungen, gut aussehenden Mann Gefallen – jenseits einer militärischen Partnerschaft …

Erst nach Sullas Tod wagte sich Caesar zurück nach Rom. Das war drei Jahre später. Er trat nun als Redner vor Gericht auf. Die Römer horchten auf, weil der junge Mann dort so überaus geschickt argumentierte, auch wenn er zwei wichtige Prozesse verlor. Als Pontifex, einer von 15 Jupiter-Priestern, konnte er über Religion und Sitten mitbestimmen. Beim Volk erregte der nun 32-Jährige Aufsehen durch eine Rede, die er bei den Trauerzügen für seine Tante Julia und seine Frau Cornelia hielt. Die beiden waren im Jahr 68 v. Chr. gestorben. Caesar lobte seinen verstorbenen Onkel Marius. Das war ein Skandal. Schließlich war es verboten, über einen Geächteten öffentlich und dann auch noch gut zu sprechen. Die Menschen lagen Caesar dafür zu Füßen, weil Marius auf ihrer Seite gewesen war.

Wer in Rom etwas werden wollte, musste eine ganz bestimmte Ämterlaufbahn hinter sich bringen. Gezielt steuerte Caesar die nun an: Als Erstes wurde er Quästor. Diese Verwaltungsbeamten wurden automatisch Mitglied im Senat, einem Gremium, das die Gesetze machte. Nur die Volksversammlung konnte Senatsbeschlüsse verhindern. Das Quästorenamt führte Caesar als Statthalter in die Provinz Hispania (das heutige Spanien), was einen weiteren Vorteil für ihn hatte: Es verschaffte ihm ein sicheres Einkommen. Allerdings reichte es nicht, seinen auf inzwischen 1 300 Talare angewachsenen Schuldenberg zu bezahlen. Wovon er eigentlich träumte, zeigte sich, als er in Gades, dem heutigen Cadiz, vor einem Standbild Alexanders des Großen stand: Caesar weinte und jammerte, Alexander habe in seinem Alter bereits die Welt unterworfen, er dagegen sei zur Untätigkeit verdammt. Er musste schleunigst zurück nach Rom!

Dort kletterte er weiter die Beamtenleiter hoch: Als Ädil war es seine Aufgabe, Gladiatorenspiele auszurichten. Das kam ihn zwar teuer zu stehen, weil er die Kosten dafür aus eigener Tasche bezahlen musste. Dafür lag das Volk einem Ädil zu Füßen, wenn dessen Spiele nur prächtig genug waren. Nun fehlten noch das Prätorenamt, die Aufsicht über die Gerichte, und der Posten eines Obersten Priesters, des Pontifex Maximus, den sich Caesar „kaufte". Im selben Jahr, 63 v. Chr., versuchte der damalige Konsul Cicero, den Ehrgeizling aus dem Verkehr zu ziehen: In Rom war eine Verschwörung gegen den Senat aufgeflogen, und Cicero war überzeugt, dass der Julier dahintersteckte. Beweisen konnte er es ihm aber nicht. Dafür setzte sich Cicero mit dem Todesurteil gegen die Verschwörer durch. Caesar hatte vergeblich versucht, dies zu verhindern.

Nach der Rückkehr aus Spanien hatte Caesar wieder geheiratet. Seine Frau Pompeia war zwar eine Enkelin des verhassten Sulla, doch ihre üppige Mitgift wog diesen „Schönheitsfehler" auf. Nicht aber den Fehltritt, bei dem Caesars Mutter Aurelia ihre Schwiegertochter mit einem anderen Mann ertappte. Gegenüber Pompeias Geliebtem zeigte sich der Ehemann gnädig. Vielleicht konnte man ihn ja irgendwann noch brauchen … Er trennte sich aber von seiner Frau. Als Proprätor ging er 61 v. Chr. noch einmal nach Hispania. Das warf erneut ordentliche Gewinne ab, weil er mehrere Völker unter römische Vorherrschaft zwang. Den unterworfenen Soldaten schenkte er das römische Bürgerrecht, was absolut unüblich, aber ein kluger Schachzug Caesars war: Mit solcher Großzügigkeit baute er sich Schritt für Schritt eine Privatarmee und Anhängerschaft auf.

So erfolgreich war der Julier gewesen, dass Rom ihn bei der Rückkehr mit einem Triumphzug empfangen wollte. Das war

Ein Ädil hatte die Aufsicht über den Markt, die Getreideversorgung, das Bauwesen und öffentliche Spiele wie Gladiatorenkämpfe.

die höchste Ehre, die ein Feldherr bekommen konnte. Für Caesar gab es da aber ein Problem: Er wollte bei der nächsten Konsulwahl antreten. Zur Bewerbung musste er nun just zu dieser Zeit persönlich in Rom anwesend sein. Ein Triumphator durfte die Stadt aber nicht vor der Zeremonie betreten. Schweren Herzens verzichtete er also auf den Triumph. Dafür hatte er jetzt genügend Zeit, noch vor der Wahl die richtigen Leute hinter sich zu bringen. Er fand sie in Crassus und Pompeius. Der eine, Crassus, gehörte (wenn auch durch zweifelhafte Methoden dazu geworden) zu den reichsten Bürgern der Stadt. Der andere, Pompeius, war ein erfolgreicher General, dem der Senat schon lange zu mächtig war. Caesar, Crassus und Pompeius schlossen das berühmte Triumvirat, ihren Drei-Männer-Bund, den sie durch Heiraten noch enger knüpften: Pompeius nahm Caesars Tochter Julia, und der wiederum die Tochter eines gemeinsamen Freundes, Calpurnia, zur Frau. Caesar gewann die Wahl. Mithilfe der Volksversammlung paukte das Triumvirat Gesetze durch, die ihnen von Nutzen waren. Pompeius ließ seine Soldaten mit Grund und Boden belohnen, Caesar setzte gegen den Protest des Senats durch, dass auch jede Familie mit mehr als drei Kindern eigenes Land bekam. Das Volk applaudierte. Was kümmerte es, dass der Konsul dreist Gesetze brach und den Senat entmachtet hatte?

Konsuln wurden nach ihrem Amtsjahr mit einer Provinz belohnt. Caesar genehmigte sich gleich drei, und das für fünf Jahre: Er wurde Prokonsul von Gallia cisalpina, Gallia transalpina und Illyricum – also von Oberitalien, Südfrankreich und Dalmatien. Er nutzte die Zeit für einen gewaltigen Feldzug in Richtung Norden, dem als Erstes die Helveter zum Opfer fielen. Das war der Beginn von Caesars Völkermord in Gallien. Im Jahr 56 v. Chr. ließ er sich die Statthalterschaft auf zehn Jahre verlängern. Er unterwarf die Menschen zwischen dem Rhein und den

Beim Triumphzug wurde der Geehrte in einer mit Gold bestickten Toga und einen Lorbeerkranz auf dem Haupt durch die Stadt gefahren.

*Caesars Feld-
züge kosteten
eine Million
Menschen das
Leben. Er
eroberte 800
Städte und
unterwarf 300
Völker.*

Pyrenäen. Am Ende hatte er zwei Drittel Galliens unter seine Kontrolle gebracht und die Germanen am Rhein gestoppt. Dies alles tat er auf eigene Faust. Kein Feldherr durfte ohne Erlaubnis aus Rom Legionen aufstellen – Caesar genehmigte sich gleich zehn und war damit Herr über rund 63 000 Soldaten. Im Alleingang dehnte er das Römische Reich gewaltig nach Norden aus.

Und was tat sich derweil in Rom? Crassus und Pompeius hatten im Jahr 55 v. Chr. das Konsulat übernommen und sich anschließend mit Provinzen belohnt. Crassus kam im Kampf gegen die Parther um. Ein Jahr später, 54 v. Chr., starb Pompeius' Frau Julia. Der hatte jetzt keinen Grund mehr, auf seinen Schwiegervater Rücksicht zu nehmen. Während der in Gallien kämpfte, ließ sich Pompeius zum alleinigen Konsul ernennen. Im Senat wechselte er zu den Optimaten. Caesar befahl er, sein Heer aufzulösen und nach Rom zurückzukehren. Wegen seiner Alleingänge wartete dort ein Prozess auf den Feldherrn. Caesar kam – im Gefolge seine Soldaten, was streng verboten war. Im Januar 49 v. Chr. rückte er über den Rubikon vor. Mit den berühmten Worten „alea jacta est" – der Würfel ist gefallen – betrat er römischen Boden. Damit begann der Bürgerkrieg.

*Das Flüsschen
Rubikon in
Norditalien
war die Grenze
zwischen den
Provinzen und
der Römischen
Republik.*

Pompeius floh mit etlichen Optimaten nach Griechenland. Caesar jagte hinterher. Er setzte den Gefolgsleuten seines Gegners in Hispania nach, dann in Kleinasien und schließlich in Africa. Nach dem Sieg in Spanien ließ er sich in Rom zum Alleinherrscher ausrufen. In Notlagen war dies für ein halbes Jahr erlaubt. Nach elf Tagen im Amt eilte Caesar nach Griechenland. Pompeius entkam nach Ägypten, wo er sich Hilfe vom dortigen König Ptolemäus XIII. erhoffte. Doch der ließ ihn ermorden – und präsentierte Caesar Pompeius' abgeschlagenen Kopf. Bei diesem Anblick soll Caesar in Tränen ausgebrochen sein. Den Ring des Ermordeten aber ließ er als Zeichen für den Sieg nach Rom bringen. Ohnehin schon vor Ort, wollte er im Land der

Pyramiden gleich den Thronstreit zwischen Ptolemäus und dessen Schwester Kleopatra schlichten. Das nahm mehr Zeit in Anspruch als geplant: nicht nur wegen der heftigen Kämpfe, an deren Ende Kleopatra Königin wurde. Vor allem, weil dort eine der berühmtesten Liebesgeschichten der Welt begann. Kleopatra schenkte Caesar schließlich einen Sohn. (Dazu mehr an anderer Stelle.)

Caesar siegte und siegte: Im Jahr 46 v. Chr. gegen die Anhänger des Pompeius in Nordafrika, ein Jahr später über dessen Söhne in Hispania. Nun bekam er endlich, worauf er vor Jahren aus Machtgier verzichtet hatte: einen jetzt sogar vierfachen Triumphzug in Rom! Er wurde zum Diktator auf zehn Jahre ernannt. Ein Jahr später schlug er einen letzten Aufstand der Pompeianer nieder und rief sich zum Alleinherrscher auf Lebenszeit aus. Das war der Anfang vom Ende der Republik von Rom. Caesar hatte die Verfassung außer Kraft gesetzt. Er war jetzt alleiniger Oberbefehlshaber aller Truppen. Im zivilen Leben ließ er als oberster Sittenwächter das Privatleben der Römer ausspionieren. Er allein hatte über alles und jeden das Sagen.

Der Senat hatte jegliche Macht verloren. Eine Gruppe von Senatoren aber nahm das so nicht hin. 60 Männer der einstigen Führungsschicht schmiedeten ein Mordkomplott gegen den Diktator. An den Iden des März, so wurde die Mitte dieses Monats genannt, schlugen sie zu. In der Nacht zuvor hatte Caesars Frau Calpurnia einen schlechten Traum. Sie flehte daraufhin ihren Mann an, das Haus nicht zu verlassen. Er hörte nicht auf sie. Als Caesar in der Sänfte durch die Stadt getragen wurde, steckte ihm ein Sklave eine Botschaft zu und drängte ihn, diese sofort zu lesen. Caesar hätte es besser getan: Jemand warnte ihn darin vor einem Mordanschlag. Gegen elf Uhr betrat der Diktator den Sitzungsraum. Sofort umzingelten ihn Männer. Einer riss Caesar die Toga vom Hals, andere zückten Dolche – und stachen 23-mal zu. Blutüberströmt sank Gaius Julius Caesar zu Boden und starb. Wenige Tage zuvor hatte er philosophiert, er wünsche sich einen unerwarteten Tod. Der hatte ihn nun ereilt, am 15. März 44 v. Chr. Caesar war noch keine 56 Jahre alt.

Der Fahrplan des Tyrannen

Caesar war ein begnadeter Schriftsteller und erfolgreicher Feldherr. Als Politiker hat er vorgeführt, wie ein Machtmensch Volk und Staat zu seinen Werkzeugen machen kann. Der geschickte Redner sprach den Leuten nach dem Mund und nahm sie so für sich ein. Mit Charme und Geschick verschleierte er seine wahren Absichten. Ursprünglich bedeutete Demagogie die Kunst, jemanden mit guten Argumenten überzeugen zu können. Caesar machte daraus Volksverführung. Die einfachen Bürger Roms brachte er mit Getreidespenden und Gladiatorenspielen auf seine Seite. Noch heute sprechen wir von „panem et circenses" (Brot und Spielen), wenn Politiker mit geschickt eingesetzten Geschenken den Blick der Massen auf Unangenehmes oder Unrechtes verstellen. Und Caesar baute sich klug eine Hausmacht auf: Im Triumvirat brachte er mit dem reichen Crassus einen Mann des Geldes, mit dem Feldherrn Pompeius das Militär hinter sich. Die Barbaren waren ihm zugetan, weil er mit der Vergabe des Bürgerrechts so großzügig war. So hat er sich Schritt für Schritt den Weg frei gemacht, an dessen Ende er zum anfangs unangefochtenen Alleinherrscher Roms geworden war.

Eine Göttin aus Fleisch und Blut

Was erzählte der? Atemlos kam der Mann vom Fluss hochgerannt. Was sollte da den Kydnos hinauf vom Meer aus auf ihre Stadt Tarsos zukommen? Eine Göttin auf einem Boot? Erst liefen nur einige Menschen hinunter zum Fluss, dann rannten sie alle los. Am Ende soll der römische Statthalter Marcus Antonius, der gerade in der kilikischen Hauptstadt im Südosten der heutigen Türkei Gericht hielt, fast allein auf dem Marktplatz gestanden haben. Das Volk tummelte sich am Ufer des Kydnos – staunend, mit aufgerissenen Augen und offenem Mund. Der Anblick, der sich da bot, war unglaublich. Ein Prunkschiff näherte sich der Stadt. Sein goldenes Heck funkelte in der Sonne. Die Segel leuchteten purpurrot. Schwaden herrlichster Düfte wehten herüber aufs Land. Gar nicht sattsehen konnten sich die Schaulustigen an dem Anblick, der sich auf der Mitte des Decks bot: Unter einem mit Gold verzierten Baldachin lag hingestreckt eine Frau, einem göttlichen Wesen, der Aphrodite, gleich. Wohlgestaltete Jünglinge fächelten ihr Luft zu. Bezaubernde junge Mädchen standen um sie herum. Und gekleidet war sie genau so, wie Bilder die Liebesgöttin zeigten: Sie war fast nackt.

Konnte das denn sein? Aphrodite in Fleisch und Blut? Dem Statthalter aus Rom, der sich inzwischen von dem Schauspiel hatte berichten lassen, schwante, wer da soeben nach Tarsos gekommen war. Hatte er die Frau doch selbst, allerdings aus politischen Gründen, hierher befohlen. Schon sein Vorgänger war ihr verfallen. Die Römer hassten sie deshalb, schimpften sie Schlange und Hure. Eigentlich hätte er ja damit rechnen müssen, dass sie versuchen würde, auch ihn mit ihrer unwiderstehlichen Weiblichkeit zu verzaubern. Genau so kam es dann auch.

Wer war das?

Kleopatra VII. –
die ägyptische Versuchung

Geboren 69 v. Chr.
Gestorben 30 v. Chr. in Alexandria

Den römischen Offizieren gingen die Augen über: So viel Prunk, so viel Gold, so viel Glanz wie in den Zelten der ägyptischen Königin hatten sie noch nie gesehen! Binnen Kurzem hatte Kleopatra VII. in Tarsos nicht nur Marcus Antonius in ihren Bann gezogen. Auch die Freunde des Statthalters aus Rom, der als Konsul ihrem vorherigen Liebhaber und Vater ihres Sohnes, Gaius Julius Caesar, nachgefolgt war, lagen ihr nach ihrer pracht- und reizvollen Ankunft in der kilikischen Hauptstadt zu Füßen. Denn diese Inszenierung war nur der Anfang gewesen: Kleopatra stellte ihren Reichtum noch ganz anders zur Schau. Die ägyptische Königin lud Marcus Antonius und seine Freunde zu einem Gelage ein, bei denen den Männern der Atem stockte – und das nicht nur, weil die Gastgeberin gekleidet war wie die leibhaftige Verführung. Lange Tafeln standen da, gedeckt mit erlesenstem Geschirr und Gold. In juwelenbesetzten Pokalen wurde edler Wein gereicht. An den Wänden ihrer eilends an Land aufgeschlagenen Zelte hingen kostbare Stoffe und Blumengirlanden. Der Boden war ein Teppich aus duftenden Rosenblättern. Und am Ende des köstlichen Gastmahles setzte die Königin mit großzügigen Geschenken dem Ganzen die Krone auf: Jeder ihrer Besucher durfte mitnehmen, was ihm gefiel – ob Geschirr, Teppiche oder die reich verzierten Ruhebetten, auf denen die Festgesellschaft beim Speisen hingestreckt gelegen hatte. Für die hohen Offiziere standen Pferde mit silbernem Zaumzeug bereit. Wer nicht mehr Herr seiner Beine war, wurde von Dienern in einer Sänfte nach Hause getragen.

Das opulente Gastmahl der Kleopatra in Tarsos fand im Jahr 42 v. Chr. statt. Die ägyptische Königin war damals 27 Jahre alt. Sie wusste genau, was sie wollte: mit der Hilfe der Römer noch mächtiger werden und sich am liebsten mit ihnen die Herrschaft über die Welt aufteilen. Wie schon einmal setzte sie dabei raffiniert ihre Weiblichkeit ein. Ihr war bekannt, dass dieser Marcus Antonius Genüssen nicht widerstehen konnte und keine Ausschweifung scheute, wenn sich eine bot. War er nicht gerade erst nach der gewonnenen Schlacht gegen die Mörder Caesars bei Philippi in Ephesos – verkleidet und laubbekränzt wie Dionysos, der Gott des Weines und der Fruchtbarkeit – berauscht und ekstatisch durch die Straßen getanzt? Wie raffiniert, ihm da als Göttin der Liebe entgegenzukommen. Sie, Kleopatra, war ja schließlich nach dem Glauben der Ägypter wirklich eine Göttin – die fleischgewordene Isis. Und auch das wusste sie: Dass so ein Römer leicht durch orientalisches Gepränge zu beeindrucken war. Das hatte sie schon bei Gaius Julius Caesar erlebt. Schade, dass der zwei Jahre zuvor ermordet worden war.

Aber vielleicht gab es für sie mit diesem Marcus Antonius noch mal eine Chance. Kleopatra träumte von einem Großreich, dessen Grenzen von dem bis dahin bekannten Okzident im Westen (unserem heutigen Europa) bis zum Rande des Orients im Osten reichen würde. Eines, das dann noch viel gewaltiger wäre als das Alexanders des Großen. Von dem stammte sie ab. Arsinoe, die Mutter Ptolemaios' I., eines Urahns Kleopatras, soll mit Alexanders Vater Philipp verwandt gewesen sein. Kleopatras Palast stand in Alexandria – in der Stadt, die Alexander fast dreihundert Jahre zuvor gegründet hatte. Was die Ptolemäerin nicht ahnte: Als Herrscherin würde sie die letzte Erbin Alexanders gewesen sein. Denn die Römer waren mehr am Gold Ägyptens interessiert, als daran, mit ihr irgendwelche Herrschaft zu teilen.

Kleopatra wurde im Jahr 69 v. Chr. als Tochter Ptolemaios' XII. geboren. Ihre Mutter trug wie alle ägyptischen Königinnen den Namen Kleopatra und war möglicherweise eine „echte" Ägypterin. Sie starb, als die kleine Kleopatra noch kein Jahr alt war. Ptolemaios XII. war den Künsten sehr zugetan. Manchmal soll er – als Frau gekleidet – tanzend und singend aufgetreten sein. Sein Beiname war Auletes, der Flötenspieler. Die Liebe zu Musik, Kultur und Bildung hat er seiner Tochter offenbar vermacht: Jedenfalls soll Kleopatra eine Ausbildung in Musik, Tanz und Gesang genossen haben. Außerdem wurde sie, die ja die Verkörperung der ägyptischen Liebesgöttin Isis sein würde, in der Kunst der Erotik und Verführung unterwiesen. Darin, so sollte sich zeigen, wurde sie zur Meisterin. Intelligent war sie oberdrein: Sie soll neben Griechisch – der Sprache der von den Makedoniern abstammenden Ptolemäer – noch sieben andere Sprachen beherrscht haben: Hebräisch, Arabisch, Syrisch, Äthiopisch, Persisch und Medisch sowie Ägyptisch. Letzteres konnte sie sogar lesen und schreiben. Das hatte vor ihr noch keine ptolemäische Königin getan.

Angeblich gab Kleopatra jedem Diener – egal woher er kam – ihre Anweisungen in seiner Heimatsprache.

Ihr Vater war wie schon seine Vorgänger ein König von Roms Gnaden: Immer wenn es brenzlig wurde, rief Ägypten die Römer zu Hilfe. Kleopatras Urgroßvater war dort so hoch verschuldet, dass er Rom sein Land sogar im Testament vermachte. Trotzdem blieb Ägypten ein eigenes Königreich und war keine römische Provinz. Ihren Vater hat Kleopatra abgöttisch geliebt, weshalb sie den Beinamen „Philopator", „die ihren Vater liebt", bekam. Wie weit diese Vaterliebe ging, darüber lässt sich trefflich spekulieren: Im Reich der Ptolemäer war es gang und gäbe, dass ein Vater die Tochter und ein Sohn die eigene Schwester zur

Frau nahm. Kleopatra ging es nicht anders: Sie wurde mit 18 mit ihrem Bruder Ptolemaios XIII. vermählt. Der war da gerade zehn Jahre alt. Als der Vater starb, erbten beide im Jahr 51 v. Chr. die Herrschaft über das Land am Nil. Der Geschwister-liebe machte das allerdings ein baldiges Ende: Der dreiköpfige Kronrat, der die Regierungsgeschäfte für den noch nicht voll-jährigen kleinen König führte, setzte die Königin nach einem Streit zwei Jahre später ab. Kleopatra musste fliehen – erst ver-steckte sie sich in der syrischen Wüste, dann suchte sie Hilfe beim König des Stadtstaates Askalon. So einfach wollte sie sich nicht geschlagen geben, sie wollte „ihr" Ägypten zurück.

Just zu dieser Zeit tobte in Rom der Krieg um die Macht zwi-schen Pompeius und Caesar. Pompeius floh – erst nach Grie-chenland, dann weiter nach Ägypten. Er hoffte auf die Hilfe des Ptolemaios. Dessen Vater, der „Flötenspieler", war ein Freund von ihm gewesen. Mehrere Jahre hatte er in Rom verbracht. Unklar ist, ob die kleine Kleopatra damals mit ihm dort war. Als Pompeius Schutz in Ägypten suchte, ahnten der junge Ptolemai-os und sein Kronrat aber schon, dass es besser wäre, sich auf die Seite des Siegers von Gallien, von Caesar, zu schlagen. Das kos-tete Pompeius den Kopf. Und jetzt kam Caesar selbst auf den Plan: Kurz nach dem Tod seines Gegners kam er in Alexandria an und erklärte, er wolle den Geschwisterstreit um den ägypti-schen Thron beenden.

Darin nun sah Kleopatra ihre Chance: Sie musste diesen Römer für sich gewinnen! Aus Ägypten und dem Palast in Ale-xandria war sie verbannt. Deshalb brauchte sie eine List, um zu Caesar zu gelangen. Sie fädelte das raffinierteste Stelldichein der Geschichte ein: Ihr treuer Diener Apollodoros ließ sich als Händ-ler bei Caesar anmelden. Er wolle ihm, so hieß es, wertvolle Teppiche zeigen. Apollodoros wurde, einen Teppich (andere Quellen sprechen von einem Bettsack) auf den Schultern, vor-

Caesar war der Vormund des jungen Königs. Ptolemäus XII. hatte die Regentschaft der Geschwister dem Schutz Roms anver-traut.

37

gelassen. Er setzte das schwere Bündel vor dem Römer auf dem Boden ab, rollte es auf – und zum Vorschein kam eine Frau. Der römische Geschichtsschreiber Lukan beschrieb die Szene so: „Kleopatra, deren gefährlich schönes Gesicht übermäßig geschminkt war, ist mit Perlen aus dem Roten Meer geschmückt." Sie habe ein Vermögen am Hals und im Haar getragen. Unter dem zarten Gewebe ihres Gewandes schimmerten ihre Brüste hindurch.

Dass Kleopatra schön war, ist vermutlich gelogen: Die Bildnisse auf alten Münzen erzählen anderes und zeigen ein eher grobes Gesicht mit einer viel zu großen Nase. In der Schminkkunst allerdings war die Ägypterin geübt: Sie trug Rouge aus Mennige (ein leuchtend roter Farbstoff) auf Wangen und Lippen, umrahmte die Augen mit schwarzer Schieferpaste und betonte durch Auftragen von Zinnoberrot auf den Brustwarzen ihre weiblichen Attribute. Caesar muss hingerissen gewesen sein – jedenfalls blieb die Frau aus dem Teppich die ganze Nacht und Caesar daraufhin weit länger in Ägypten, als es für die Staatsgeschäfte nötig war. Erst besiegte er – die schöne Frau an seiner Seite – deren kleinen Bruder und dessen Soldaten. Ptolemaios XIII. ertrank schließlich auf der Flucht im Nil. Dann machte Caesar Kleopatra zur Alleinherrscherin Ägyptens – und begab sich mit ihr auf der 100 Meter langen Königsbarke, begleitet von 400 Schiffen, zu einer siebzigtägigen Lustfahrt den Nil hinauf bis tief ins Land. Kleopatra zeigte sich ihrem Volk. Und Caesar weiterhin von ihrer verführerischsten Seite. Neun Monate später gebar sie ihm einen Sohn. Die Ägypter nannten ihn Caesarion, „kleiner Caesar". Sein offizieller Name war Ptolemaios XV. Der XIV. war ein weiterer jüngerer Bruder Kleopatras gewesen, den sie trotz der Liebesgeschichte mit Caesar, wie sich das gehörte, als Nächsten heiratete. Schließlich brauchte die ägyptische Königin einen Mann. Und Caesar war im Frühjahr 47 v. Chr. nach

Rom zurückgereist. Des Ptolemaios XIV. entledigte sich Kleopatra später – angeblich durch einen Mord. Ebenso wie ihrer Schwester Arsinoe. Dieses Geschäft erledigten allerdings die Leute von Marcus Antonius, den sie nach dem Gelage von Tarsos darum gebeten hatte.

Eineinhalb Jahre nach Caesars Rückkehr reiste Kleopatra mit ihrem Sohn ihrem Geliebten hinterher. Zwei Jahre lang hielt sie in einer Villa am Tiber Hof – zur Freude zahlreicher Gäste, für die sie rauschende Feste gab, aber zum Entsetzen und Abscheu des politischen Rom: Schließlich war Caesar verheiratet. Wollte der liebestrunkene Diktator etwa Caesarion, diesen seinen einzigen leiblichen Sohn, als Erben einsetzen? Schon beim Bau des von ihm gestifteten Tempels auf dem Forum Julium hatte der Liebhaber der Ägypterin für Empörung gesorgt: Trug doch tatsächlich eine Venus-Statue dort eindeutig die Züge dieser Ehebrecherin vom Nil! Nach der Ermordung Caesars im März 44 v. Chr. verließ Kleopatra Rom. Ihr Sohn war im Testament seines Vaters leer ausgegangen: Der hatte seinen Großneffen Gaius Octavius – den späteren Sieger über Marcus Antonius und künftigen Kaiser Augustus – adoptiert und zu seinem Erben gemacht.

Was nun, schöne Frau? Zurück in Alexandria – und bald durch den (angeblichen Gift-)Tod Ptolemaios' XIV. erneut ohne Mann – erhob Kleopatra nun ihren Sohn, der gerade mal drei Jahre alt war, zum Mitregenten. Aufmerksam verfolgte sie, was sich in Rom anbahnte. Dort jagten Octavian, Caesars Erbe, und Marc Anton die Mörder des Diktators und teilten die Kontrolle des Reichs unter sich auf: Octavian unterstanden Italien und die Länder des westlichen Mittelmeers. Marcus Antonius fiel die Kontrolle über Griechenland und den Osten zu. Als er Kleopatra nach Kilikien bestellte, witterte die noch einmal ihre Chance: Es wäre doch gelacht, würde sie es nicht noch einmal schaffen, einen mächtigen Römer auf und an ihre Seite zu ziehen! Ihre Rechnung ging auf: Mit dem Gelage von Tarsos fing ihre Eroberung des Marcus Antonius an. Der lag ihr fortan zu Füßen – und folgte ihr bald darauf nach Ägypten.

Den Winter 41/40 v. Chr. verbrachten die beiden in Alexandria: Sie feierten, liebten sich und zechten. Unglaubliche Orgien und Gelage müssen sich in Kleopatras Palast abgespielt haben: Einmal, so berichtete der griechische Geschichtsschreiber Plutarch, habe Kleopatra acht Wildschweine grillen lassen – nicht, weil sie so viele Gäste erwartete. Sondern weil man ja nicht wissen konnte, wann das Liebespaar Hunger haben würde. Zu jeder Zeit aber sollte ein perfekt zubereiteter Braten zur Verfügung stehen … Ein andermal sollen die beiden, verkleidet als Diener und Magd, nachts durch Alexandria gezogen sein und wie das Volk in Kaschemmen getrunken haben. In seinem Lust- und Liebestaumel schenkte Marcus Antonius Kleopatra die Provinz Kilikien. Nicht einmal ein Überfall der Parther auf Syrien und Kleinasien schien ihn zu interessieren. Rom war entsetzt! Die Alexandriner dagegen jubelten Marc Anton zu.

Erst als Marcus Antonius erfuhr, dass seine Ehefrau Fulvia zu Hause eine Verschwörung gegen Octavian angezettelt hatte, reiste er im Jahr 40 v. Chr. zurück nach Rom. Kleopatra gebar ihm derweil ein Zwillingspärchen. Sie gab den Kindern die Namen Alexander-Helios und Kleopatra-Selene. Fulvia starb – und ihr Witwer heiratete, um sich mit Octavian zu versöhnen, dessen Schwester Octavia. Doch lange hielt er es ohne seine geliebte Königin nicht aus: Schon ein Jahr später war er zurück am Nil und heiratete, obwohl es ihm als Römer verboten war, zwei Frauen zu haben, Kleopatra. Die schenkte ihm ein weiteres Kind, Ptolemaios-Philadelphos. Ihr Mann schien derweil vollends den Verstand verloren zu haben. Marcus Antonius verschenkte von Rom mühsam eroberte Provinzen an Kleopatra und ihre Kinder: Zypern und Syrien, Phönikien und Judäa, Teile von Kilikien gingen in die Hände der Ptolemäerin und ihres Nachwuchses über. Alexander-Helios setzte er zum Großkönig von Armenien und Medien ein. Mehr noch: Er ernannte Kleopatra zur „Königin der Könige" und ließ ihr Konterfei auf römische Münzen prägen. Endlich zog Marcus Antonius doch noch gegen die Parther ins Feld, verlor aber und konnte nur mit Mühe die Armenier schlagen, die sich von Rom abgewandt hatten. Als er den anschließenden Triumph statt in Rom mit Kleopatra in Alexandria feierte und sich obendrein auch noch von Octavia scheiden ließ, war das Maß voll: Octavian erklärte Kleopatra zur Staatsfeindin und Ägypten den Krieg. In Actium kam es zur Schlacht zwischen den Römern und Ägypten – und zugleich zwischen Octavian und Marcus Antonius. Kleopatra bestand darauf, die Schlacht zur See zu schlagen, Marcus Antonius, der für einen Kampf zu Lande viel besser gerüstet war, gehorchte der Königin. Doch schon nach Kurzem war klar, dass ihre Gegner ihnen weit überlegen waren. Und was machte Kleopatra? Ohne überhaupt in die Kämpfe einzugreifen, floh sie mit ihrer Flotte. Als Marcus Antonius das sah, drehte auch er ab und folgte ihr zurück nach Alexandria.

Ein Jahr später, am 1. August 30 v. Chr., marschierten Octavians Truppen in Kleopatras Stadt ein. Irgendwer erzählte Marcus Antonius, Kleopatra habe sich, um der Schmach zu entgehen, umgebracht. Da stürzte sich der einst so mächtige römische Feldherr ins eigene Schwert. Die Nachricht war eine Lüge – der tödlich Verwundete wurde zur Königin gebracht

So stellte sich ca. 1635 der Maler Guido Reni den Selbstmord Kleopatras durch den Biss einer Viper vor.

und starb in Kleopatras Armen. Die soll in den Tagen danach vergeblich versucht haben, nun auch Octavian zu bestricken. Der hätte sie zwar noch einmal zurück nach Rom gebracht – diesmal jedoch, um sie als Gefangene beim Triumphzug dem schaulustigen Publikum vorzuführen. Dieser Schande wollte sich Kleopatra nicht ausgesetzt sehen: Sie nahm sich, 39 Jahre alt, das Leben. Wie – darüber sind sich die Historiker bis heute nicht einig: Am bekanntesten ist die Version, nach der Kleopatra VII. eine Viper an sich legte, die ihr den tödlichen Giftbiss verpasste. Statt der Königin selbst ließ Octavian beim Triumphzug eine Wachspuppe von Kleopatras Aussehen und Gestalt durch Rom tragen, an deren Arm eine Viper befestigt war.

Ägyptens Ende

Kleopatra wurde zur Symbolfigur einer männermordenden, machtgierigen, hinterhältigen und raffinierten Frau. Ihre Lebens- und Liebesgeschichte hat über Jahrhunderte hinweg Maler und Schriftsteller inspiriert: Vor allem das Gastmahl der Kleopatra für Marcus Antonius in Tarsos und ihr Tod durch einen Schlangenbiss wurden von zahlreichen berühmten Künstlern in Öl auf Leinwand gebannt. Sie und Caesar wurden zu einem der berühmtesten Liebespaare der Weltgeschichte, obwohl sie mit Marcus Antonius viel länger zusammen war. Diese beiden haben Ägyptens Macht verspielt und letztlich Octavian, der zu Kaiser Augustus wurde, den Weg zur alleinigen Macht geebnet. Mit Kleopatra endete die Dynastie der Ptolemäer.

Der Tempelstürmer von Jerusalem

Was bildete der sich ein? Kam in den Vorhof des Tempels gestürmt, beschimpfte die Händler und richtete Chaos an! Zurück blieb ein Bild der Verwüstung: umgestürzte Tische, Schemel und Buden in Trümmern. Die vielen Tempelbesucher, die nach Jerusalem gekommen waren, um zu beten, zu opfern und aus der Schrift zu hören, liefen durcheinander. Und dann rief der junge Mann auch noch mit zornesrotem Gesicht: „Ihr habt aus dem Haus meines Vaters eine Räuberhöhle gemacht!"

Dabei war es ein so vielversprechender Tag gewesen. So kurz vor dem Pessach-Fest wollten viele Gläubige ihre Pflichten erfüllen, Tempelsteuer bezahlen und ein Opferlamm kaufen. Die Geldwechsler hatten mit guten Geschäften gerechnet, denn die Opfergaben konnte man nur mit bestimmten Silbermünzen bezahlen. Beim ersten Frühjahrs-Vollmond gedachten die Juden des Auszugs ihres Volkes vor 1 200 Jahren aus Ägypten. In den Tagen davor war um den Tempel von Judäas Hauptstadt immer besonders viel los. Wo blieben die Wachen? Warum griff niemand ein? Wo war Kaiphas, der Hohepriester? Warum knöpfte sich niemand diesen Kerl vor? Jetzt war der Wüterich im Gewühl entkommen! Irgendwann wurde es den jüdischen Gesetzeshütern doch zu viel: In einer Nacht ließen sie ihn verhaften. Er war in einem Garten und betete. Ein enttäuschter Anhänger des Mannes hatte den entscheidenden Tipp gegeben. Dann wurde der Festgenommene vor den Hohen Rat der jüdischen Priester und Gelehrten gebracht. Kaiphas würde ihn den Römern übergeben. Sollten die ihm doch den Prozess machen – wegen Aufruhrs oder Landfriedensbruchs. Kurz nach dieser „Gerichtsverhandlung" war der Tempelstürmer tot.

Wer war das?

Jesus von Nazareth –

Menschenkind und Gottessohn

Geboren um 4 v. Chr. vermutlich in Nazareth
Gestorben um 29/30 n. Chr. in Jerusalem

Hatte er es darauf angelegt? Jesus hätte doch wissen müssen, dass er mit seinem Auftritt im Tempel Ärger bekommen würde und dass mit Kaiphas und dem Hohen Rat der Juden nicht zu spaßen war. Dessen Mitglieder gehörten der jüdischen Führungsschicht der Sadduzäer an, denen an guten Tempelgeschäften gelegen war. „Haus meines Vaters" hatte Jesus gesagt. Als ob Gott einen Sohn hätte! Kaiphas konnte gar nicht anders, als ihm Gotteslästerung vorzuwerfen. Auch dass der Hohepriester ihn den Römern ausliefern würde, war klar. Die Richter der Besatzer machten mit jedem kurzen Prozess, der verantwortlich für Aufruhr in Palästina war. Was hatte Jesus sich dabei bloß gedacht?

Die Stimmung nicht nur in Jerusalem war fast 800 Jahre nach der Gründung Roms und etwa im Jahr 30 unserer Zeitrechnung hochexplosiv. Die Juden wurden unter der Regentschaft des römischen Kaisers Tiberius von den Besatzern ausgebeutet und geknechtet. Der Feldherr Pompeius hatte Palästina rund 90 Jahre zuvor zur römischen Provinz gemacht. Judäa, das Land der Juden, war Teil davon. Viele Juden waren in Endzeit-Stimmung: Sie glaubten, das Ende der Welt sei nah. Andere hofften, Gott werde endlich den Messias, den Heilsbringer, schicken, der Frieden und Gerechtigkeit versprach. Wanderprediger zogen durchs Land, um die Menschen auf das Reich Gottes einzustimmen.

Zur Zeit von Jesu Tempelsturm war Pontius Pilatus Roms Statthalter in Judäa. Er hatte in Kaiphas, dem Hohepriester, einen verlässlichen Partner: Der zog mit ihm an einem Strang, weil auch ihm an Ruhe im Land gelegen war. Schließlich sollte niemand den Führungsanspruch der Sadduzäer in Frage stellen. Pontius Pilatus residierte in einem Palast am Meer in der Stadt Caesarea. Doch zum Pessach-Fest hielt er sich in der Hauptstadt auf, weil sich dann in Jerusalem Hunderttausende von Pilgern tummelten. Er wollte vor Ort sein, sollte es zu Unruhen kommen. Wie gut, dass Kaiphas ihn im Fall Jesus gleich hinzugezogen hatte! Den hatte er wegen seiner aufrührerischen Reden schon lange im Auge.

Eigentlich war Kaiphas' Vorwurf der Gotteslästerung durch Jesus kein Kapitalverbrechen, auf das die Todesstrafe stand. Aber Jesus hatte sich beim Verhör durch den Hohen Rat auch „König der Juden" genannt. Damit war er dran! Pontius Pilatus verurteilte Jesus zum Tod. Der 30-Jährige wurde gekreuzigt. Sechs Stunden später war er tot.

Die Kreuzigung Jesu ist das einzige Ereignis aus seinem Leben, von dem es auch nichtchristliche Quellen gibt. Das gilt als Beweis, dass dieser Mann tatsächlich gelebt hat. Was wir sonst über ihn wissen, wurde erst zwischen 40 und 60 Jahren nach seinem Tod aufgeschrieben. Den Autoren dieser „Biografie" ging es dabei weniger um den Menschen Jesus als um den Sohn Gottes, als den er sich selbst bezeichnet hat und an den sie glaubten, und um die Botschaft, die er in seinen letzten drei Lebensjahren verkündet hatte. Sie wird Evangelium, „Frohe Botschaft", genannt. Markus, Matthäus, Lukas und Johannes, die sie später aufschrieben, heißen deshalb Evangelisten. Auf diese Evangelien stützt sich die bis heute größte Weltreligion, das Christentum. Seine Gläubigen nennen den Tempelstürmer von Jerusalem Jesus Christus, das heißt Jesus der Gesalbte. Die Geschichte seines Le-

Die Kreuzigung war die grausamste und schändlichste Art der Hinrichtung. Nur nicht römische Schwerverbrecher wurden so bestraft.

bens und seines Todes, vor allem aber die seiner Auferstehung hatte so gewaltige Auswirkungen auf die Welt, dass mit seiner Geburt eine neue Zeitrechnung begann. Deshalb zählen wir die Jahre mit dem Zusatz v. Chr. und n. Chr. – vor und nach Christi Geburt.

Nach den Berichten der Bibel wurde Jesus in einem Stall geboren. Deshalb stellen die Christen an Weihnachten eine Krippe auf.

Wo und wann genau die stattfand, ist umstritten. Vermutlich wurde Jesus um das Jahr 4 vor unserer Zeitrechnung geboren. Seine Eltern sollen sich zu dieser Zeit wegen einer Volkszählung in Bethlehem aufgehalten haben. Eine Volkszählung durch die Römer ist historisch allerdings erst aus der Zeit zwischen dem Jahr 6 und 8 unserer Zeitrechnung belegt. Jesu Vater war Zimmermann in Nazareth, deshalb wird der Sohn „Jesus von Nazareth" genannt. Nazareth liegt in der Nähe des Sees Genezareth im Westjordanland. Mit dem „Sohn" ist das so eine Sache: Für die Christen ist Jesus der Sohn Gottes. Denn nach ihrem Glauben war Maria noch Jungfrau, als sie Jesu Mutter wurde. Ein Engel hatte ihr angekündigt, sie werde den Sohn Gottes zur Welt bringen. Joseph zog Jesus demnach nur auf. Nach der Geburt lebte Joseph mit seiner Familie einige Jahre in Ägypten, kehrte dann aber nach Nazareth zurück.

In Judäa herrschte zu dieser Zeit der von den Römern eingesetzte König Herodes über die Juden. Der hatte von drei weisen Männern, Gelehrten oder Magiern, gehört, dass der Messias, der von seinem Volk so sehnsüchtig erwartete Erlöser und damit ihr „wahrer" König, geboren worden sei. Herodes bangte um seine Macht. Deshalb ließ er – so die Bibel – alle Jungen, die jünger als zwei Jahre waren, töten. War Joseph deshalb geflohen? Für den Kindermord von Bethlehem gibt es keine Beweise. Allerdings dafür, dass Herodes aus Furcht um seinen Thron drei seiner Söhne umbringen ließ.

Jesus war wohl Josephs ältestes Kind. Er hatte Brüder und Schwestern. Über seine Kindheit ist fast nichts bekannt. Möglicherweise hat Jesus, wie das damals üblich war, den Beruf seines Vaters, also den eines Zimmermanns gelernt. Gut Bescheid gewusst haben muss der Junge aber über die Heilige Schrift der Juden, das, was wir heute Altes Testament nennen, und ihre Gesetze. Der Evangelist Lukas berichtete über den zwölfjährigen Jesus Folgendes: Als Maria und Joseph mit ihm wegen des Pessach-Festes in Jerusalem waren, ging Jesus im Getümmel verloren. Verzweifelt suchten die Eltern ihr Kind. Jesus saß derweilen seelenruhig im Tempel und diskutierte mit Priestern und Schriftgelehrten. Ungewöhnlich für ein Kind! Als Maria ihn dort fand, schimpfte sie mit ihm. Worauf Jesus zu ihr sagte: „Du hättest doch wissen müssen, dass ich im Haus meines Vaters bin!"

Die weiteren Berichte der Evangelien setzen erst um Jesu dreißigstes Lebensjahr ein. Ungefähr zu dieser Zeit traf der Nazarener auf Johannes den Täufer. Dieser Wanderprediger mahnte die Menschen, Buße zu tun, denn Gottes Reich sei nahe. Zum Zeichen der Umkehr taufte Johannes seine Zuhörer. Dazu tauchte er sie in den Fluss Jordan. Auch Jesus bat ihn um eine solche Taufe. Johannes zögerte. Er merkte wohl, dass da ein außergewöhnlicher Mensch vor ihm stand. Als Jesus wieder aus dem Fluss auftauchte, rief – so erzählt es die Bibel – eine Stimme vom Himmel: „Dies ist mein geliebter Sohn, an dem ich mein Wohlgefallen habe." Für vierzig Tage zog sich Jesus danach in die Wüste zurück, um nachzudenken. Dann machte er sich auf die

„Die Taufe Christi" (Gemälde von Perugino, um 1498)

Wanderschaft, um wie Johannes von Gott und einem gottes-
fürchtigen Leben zu predigen.

Am See Genezareth sprach er drei Fischer an: Petrus Jakobus
und Johannes. Sie sollten ihre Boote und Netze liegen lassen
und mit ihm gehen. Die drei folgten ihm, neun weitere schlossen sich an. Diese zwölf begleiteten Jesus von da an überallhin.
Sie und die anderen Anhänger Jesu wurden seine Jünger genannt. Darunter sollen auch Frauen gewesen sein, was damals
sehr ungewöhnlich war. Jesu Botschaften waren anders als die der
übrigen Gottes-Prediger. Er versprach den Armen und Sündern,
Gott sei auch für sie da. Mehr noch: Er forderte die Menschen
auf, einander zu lieben, egal ob jemand reich oder arm, angesehen oder verachtet, ein Mann oder eine Frau war. Niemand
sollte gegen einen anderen Gewalt anwenden, noch nicht einmal gegenüber einem Feind. „Wenn dich einer auf die rechte
Wange schlägt, dann halte ihm auch die andere hin!", forderte er
seine Zuhörer in der sogenannten Bergpredigt auf. Jesus sprach
in Bildern und Gleichnissen. Jeder konnte ihn verstehen. Jesus
vollbrachte Wunder: Er ging übers Wasser, beendete einen Sturm,
heilte Kranke und erweckte Tote wieder zum Leben. Aber auch
im Alltag griff er ein: Bei einer Hochzeit in Kana war den Gast-
gebern der Wein ausgegangen. Jesus verwandelte daraufhin Wasser zu Wein. Bei einer seiner Predigten hatte sich eine riesige
Menschenmenge versammelt, um zuzuhören. Niemand hatte
daran gedacht, dass all diese Menschen irgendwann Hunger bekommen würden. Da vermehrte Jesus fünf Fische und zwei Brote – und alle 5 000 Zuhörer wurden satt. Er gab sich sogar mit
Gesindel, mit Huren und den verhassten römischen Steuerein-
treibern ab und verzieh ihnen ihre Sünden. Selbst seine Jünger
kritisierten ihn dafür. Doch er ermahnte sie: Für und vor Gott
sind alle Menschen gleich!

Vor allem für die Armen, Benachteiligten und Verachteten im

Volk war das eine wirklich frohe Botschaft – für die „besseren" Leute (die, die sich dafür hielten, und die Hohepriester) aber eine Provokation. Damit stellte Jesus nicht nur ihre Autorität infrage, sondern sie selbst auf eine Stufe mit jedem dahergelaufenen Tunichtgut. Auch hielt sich Jesus nicht an das Sabbat-Gebot: Er heilte an diesem Ruhetag der Juden Kranke, und seine Leute holten sich Korn von den Feldern. Dabei war auch Erntearbeit am Sabbat verboten. Jesus hielt dem entgegen: „Der Sabbat ist für den Menschen da – und nicht der Mensch für den Sabbat!" Er legte die Gesetze der Juden neu aus, indem er sagte: Nicht auf deren Buchstaben komme es an, sondern auf den Sinn, der dahintersteht. Seine Anhänger nannten ihn deshalb Meister oder Rabbi. Ein Rabbi ist ein jüdischer Glaubenslehrer. Kein Wunder, dass Jesus dem Hohen Rat der Juden ein Dorn im Auge war, stellte er doch die ganze bisherige Ordnung infrage. Als er vor dem Pessach-Fest nach Jerusalem kam, hatten sie längst entschieden: Der Kerl muss weg!

Ob Pontius Pilatus sein Todesurteil gegen Jesus aus Angst vor Aufständen in der jüdischen Bevölkerung fällte oder überzeugt davon war, ist umstritten. Vor dem Pessach-Fest war es jedenfalls üblich, einen Todeskandidaten zu begnadigen. Das Volk durfte entscheiden, wer das war. Pontius Pilatus schlug dieses Mal Jesus vor. Doch die Menge wählte Barrabas, einen echten Schwerverbrecher, und forderte Jesu Leben. Nach dem Urteilsspruch wurde ihm ein rotes Gewand umgehängt. Die Soldaten drückten ihm eine Krone aus Dornen auf den Kopf, und das Volk verhöhnte ihn als „König der Juden". Unter Peitschenhieben und Schlägen, bespuckt und verlacht, musste Jesus noch am gleichen Tag sein eigenes Kreuz auf den Schultern nach Golgatha tragen. Mehrmals brach Jesus auf dem Weg dorthin zusammen. Am Freitagvormittag, gegen neun Uhr, wurde Jesus gekreuzigt. Sechs Stunden lang kämpfte er mit dem Tod – und betete dabei. „Va-

Golgatha heißt übersetzt Schädelstätte und war der Hinrichtungsplatz von Jerusalem.

49

*Psalmen werden
die religiösen
Dichtungen
Israels genannt.*

ter vergib ihnen, denn sie wissen nicht, was sie tun", bat er für seine Peiniger. Dann sprach er den Psalm: „Mein Gott, mein Gott, warum hast du mich verlassen." Mit den Worten „Es ist vollbracht" starb Jesus, vermutlich im Jahr 30 nach seiner Geburt.

Der Weg ist das Ziel

Was dann folgte, macht den Kern des christlichen Glaubens aus, macht Jesus aber auch bis heute zur ebenso weltberühmten wie angezweifelten Person. Eigentlich wurden Gekreuzigte nach ihrem qualvollen Tod den Vögeln und Raubtieren zum Fraß überlassen. Die Juden aber durften ihre Toten bestatten. So wurde auch Jesu Leichnam vom Kreuz genommen und in ein nahe gelegenes Felsengrab gebracht. Dies wurde mit einem schweren Stein verschlossen. Am Sonntagmorgen nach seinem Tod kam eine Frau, Maria aus Magdala, zum Grab, um den Leichnam zu salben. Doch das Grab war leer. Stattdessen erschienen ihr Engel – und schließlich der Gekreuzigte selbst. Jesus war von den Toten auferstanden. Er zeigte sich auch seinen Jüngern noch ein paar Mal, bevor er nach 40 Tagen in den Himmel auffuhr. So die christliche Botschaft. Jesu Jünger trugen seine revolutionäre Lehre – vor Gott sind alle Menschen gleich – in die Welt. Juden und Muslime sehen in Jesus einen Propheten, einen sterblichen Menschen, der Gottes Wort verkündet hat, für sie ist er aber nicht der Sohn Gottes. Jesu Forderung nach der Nächstenliebe als unabdingbare Voraussetzung für Frieden unter den Menschen ist noch immer hochaktuell.

Ein Mann mit Ideen

Einen solchen Beinamen muss man sich erst mal verdienen! „El Amin" nennen die Leute ihn, das heißt: der Verlässliche. Verlassen können sich die Kaufleute und Handelsfamilien der arabischen Stadt wirklich darauf, dass – wenn sonst nichts mehr hilft – der junge Mann mit dem auffallend schönen Gesicht einen Weg findet, jeden Streit zu schlichten. Oft genug war das schon so gewesen. Zum Beispiel als es um den heiligen Stein ging. Der Tempel musste renoviert werden. Also wurde der heilige Stein, der darin lag, vor dessen Mauern gebracht. Nun sollte er zurück an seinen Platz. Doch die Anführer der mächtigen Clans, die hier lebten, konnten sich nicht einigen: Wem sollte die Ehre zustehen, die schwarze Kostbarkeit wieder an ihren geweihten Platz zurückzutragen? Ein jeder wollte das tun. Die Männer stritten, die Männer schrien und warfen sich die wüstesten Verwünschungen an den Kopf. Es war kurz davor, dass die Fäuste flogen. Da kam einem der Streithähne – den Göttern sei Dank! – die Idee, El Amin um Rat zu fragen. Der junge Mann kam, überlegte nicht lange, nahm seinen Umhang von den Schultern und legte ihn auf die Erde. Gemeinsam rollten sie den heiligen Stein auf das Tuch. Jeder, so forderte El Amin die Wüstensöhne auf, sollte sich nun einen Zipfel des Umhangs greifen. Dann hoben die Männer alle zusammen das Stück Stoff hoch – und trugen so die heilige Last zurück in den Tempel. So einfach war das gewesen! Die Wüstensöhne lachten: Wieder einmal hatte El Amin mit einer simplen Idee ihrem Streit die Grundlage entzogen. „Der Verlässliche" fand, klug wie er war, eben immer eine friedliche Lösung. Dennoch sollten nur wenige Jahre später ebendiese Männer ein Mordkomplott gegen ihn schmieden. El Amin musste aus seiner Heimat fliehen.

Wer war das?

Muhammad –

Allahs letzter Bote

Geboren um 570 in Mekka

Gestorben am 8.6.632 in Medina

Muhammad zusammen mit Abu Bekr in einer Höhle (17. Jh.). Sein Gesicht ist verhüllt. Der Islam verbietet es, den Propheten zu zeigen.

Zitternd warf sich Muhammad seiner Frau zu Füßen. „Was ist mit dir?", fragte Chadidscha. Er war nass geschwitzt und bebte vor Angst. So hatte sie ihren Mann noch nie erlebt! Was war passiert? Stotternd fing Muhammad zu erzählen an: In einer Höhle, draußen vor der Stadt am Berg Hira sei er gewesen. Dorthin ging er öfter, um nachzudenken und zu beten. Plötzlich sei eine strahlend helle Lichtgestalt vor ihm gestanden, habe ihn gepackt und geschüttelt und ihm ein kostbares Tuch mit einer Schrift darauf vor die Augen gehalten. Das Wesen habe ihn aufgefordert vorzutragen, was da geschrieben stand. Dabei konnte er doch gar nicht lesen! Aber die Gestalt habe nicht lockergelassen, ihn bedrängt, ihm fast die Luft abgedrückt und ihn angeherrscht: „Lies vor im Namen deines Herrn!" Todesängste habe er ausgestanden, konnte er doch keines der Zeichen entziffern. Schließlich habe die Erscheinung ihm die Worte vorgesagt, bis er sie sich merken konnte: „Lies vor im Namen deines Herrn, der erschaffen hat, den Menschen aus einem Blutklümpchen erschaffen hat. Lies vor! Denn dein Herr ist der Großmütigste, der dich durch die Feder belehrt hat, den Menschen lehrte, was er vordem nicht gewusst." Dann sei die Gestalt verschwunden. Erst habe er vor Angst geschlottert, dann habe ihn nacktes Entsetzen gepackt: Was war in ihn gefahren? War er wahnsinnig geworden? So verzweifelt sei er gewesen, dass er seinem Leben ein Ende habe machen wollen. In Panik sei er den Berg hinaufgerannt, um sich von einem Felsen zu Tode zu stürzen. Aber als er auf halber Strecke war, sei ihm die Gestalt noch mal erschienen. Viel freundlicher sprach sie jetzt zu ihm: „Oh Muhammad! Du bist der Prophet Gottes, und ich bin Gabriel!" Und wirklich: Da stand der Erzengel Gabriel, den Muhammad aus Erzählungen der Juden und Christen kannte, in Menschengestalt am Himmel! Er, Muhammad, so sagte dieser zu ihm, sei auserwählt, den Menschen mitzuteilen, dass es nur einen einzigen Gott gibt, nämlich Allah. Diese Lehre solle er als dessen Prophet verkünden. „Was", so fragte Muhammad – noch immer fassungslos – seine Frau, „was soll ich jetzt nur tun?"

So soll sich die Erleuchtung Abul Kasim Muhammad Ibn Abdallahs abgespielt haben. Das war im Jahr 610, er selbst damals 40 Jahre alt. Als Muhammad, der Prophet Allahs, ging der Kaufmann aus Mekka in die Weltgeschichte ein. Denn auf Anraten seiner Frau gründete er nach diesem himmlischen Auftrag den Islam. In Medina, der Stadt, in der er im Jahr 632 sterben sollte, errichtete Muhammad den ersten Gottesstaat. Die Regeln dafür hatte er 22 Jahre lang immer wieder durch solche Himmelsbotschaften bekommen. Erst die des Glaubens, dann Vorschriften für das tägliche Leben der Menschen, schließlich die für einen Gott ergebenen Staat. Insgesamt waren es am Ende 114 Suren, wie diese Regeln heißen, in 6 235 poetische Verse gefasst. Daraus entstand das heilige Buch der Muslime, der Koran.

Allah war den Arabern in Mekka schon vor Muhammads Engelsvision ein Begriff. Es war der Name eines der unzähligen Götter, die die Menschen in der Kaaba, dem Tempel der Handelsstadt im heutigen Saudi-Arabien, verehrten. Doch diesem Allah kam keine besondere Bedeutung zu. Zwar galt er als der Gott der Götter, doch er wurde nicht anders verehrt als Manat, Wadd, Allat und wie all die übrigen hießen. Nur die Juden und

Der Islam ist die zweitgrößte Religion der Welt mit über einer Milliarde Gläubigen.

Muslim heißt: „der, der sich Gott unterwirft". Islam bedeutet: „Ergebung in Gott".

die Christen glaubten an einen einzigen allmächtigen Gott. Muhammad wusste davon. Er war als Kaufmann viel herumgekommen und interessierte sich sehr für den Glauben der Menschen in anderen Ländern.

In Mekka selbst glaubten die Menschen also an viele verschiedene Götter. Überhaupt war die Stadt ein Kaleidoskop unterschiedlichster Sitten und Gebräuche. Die zwischen Felsen gelegene Wüstenansiedlung war der Knotenpunkt der arabischen Handelsstraßen. Hier zogen Karawanen aus aller Herren Länder durch, sogar Kaufleute aus Indien und China passierten die Stadt. Beduinen bauten hier ihre Zelte auf. Schwer beladene Kamele mit Datteln, Weihrauch, Weizen, Baumwollstoffen, Öl en, Seide und Edelsteinen bestimmten das Straßenbild. Viele Reisende opferten und beteten in der Kaaba, etliche kamen extra deshalb hierher. Hinter den Mauern dieses Tempels aus dunklem Gestein waren 360 Götterstatuen versammelt. Von allen verehrt wurde jener heilige schwarze Stein, wegen dem die mekkanischen Fürsten so gestritten hatten: ein Meteorit, der irgendwann in grauer Vorzeit vom Himmel gefallen war. Nach der Verkündung Muhammads hat Abraham, der Stammvater der Juden, aber auch der Muslime, ihn mit seinem ersten Sohn Ismael hierher gebracht.

Die Händler und Pilger hatten Mekka reich gemacht. Doch nur einige wenige wohlhabende Familien hatten das Sagen. Einer der wichtigsten Stämme waren die Koraisch, deren weniger bedeutenden Sippe der Haschim Muhammad entstammte.

Als Muhammad im Jahr 570 geboren wurde, war sein Vater Abdallah schon tot. Seine Mutter Amina starb, als der Junge gerade sechs Jahre alt war. Muhammad wuchs deshalb bei seinem Großvater Abu Al Muttalib und dessen Sohn Abu Talib auf. Muhammad half seinem Onkel als Hirte und begleitete Karawanen, bis ihn, als er 25 Jahre alt war, eine der reichsten und angesehensten Frauen Mekkas, die Witwe Chadidscha, als Geschäftsführer in ihre Dienste nahm. An dem gut aussehenden Mann mit den schulterlangen schwarzen Haaren, die er meist in zwei oder vier Zöpfe band, und der Gesicht und Hände mit duftenden Salben pflegte, fand Chadidscha auch als Frau Gefallen. Obwohl 15 Jahre älter, wurde sie ihm bald mehr als nur Chefin: Noch im gleichen Jahr, 595, heirateten die beiden. Den Braut- und Witwenpreis – zwanzig Kamele und zwölf Unzen Gold – musste sich Muhammad leihen. Erst die Heirat machte ihn zum reichen Mann – und Chadidscha ihn zum Vater von sieben Kindern: Allerdings überlebten nur die vier Töchter.

Ob es der Tod der Söhne war oder die zunehmende Abscheu vor der Geldgier der Menschen um ihn herum: Immer häufiger verzog sich Muhammad zum Meditieren in die Wüste. Für seine Sanftmut und Friedfertigkeit war er bekannt. Doch jetzt entließ er sogar seine Sklaven! Nach dem Erlebnis auf dem Berg Hira im Jahr 610 hatte Muhammad begonnen, im Tempel Allah als einzigen Gott zu preisen.

Erst schlossen sich ihm nur seine Frau, sein Cousin Ali, sein Freund Abu Bakr, sein Adoptivsohn Zaid, der Mann seiner ältesten Tochter und ein paar Sklaven an. Doch bald schon zählten vor allem Arme und Bedürftige zu seinen Anhängern. Muhammad hatte weitere göttliche Botschaften bekommen: darüber, wie die Menschen Allah verehren sollten – zum Beispiel durch fünfmaliges Gebet am Tag, bei dem sie sich vor Gott auf die Erde werfen sollten. Darüber, dass es für Allah keinen Unterschied machte, ob ein Mensch reich oder arm war. Darüber, dass dem, der Gottes Gebote nicht achtet, nach dem Tod ewige Verdammnis drohe, auf jene aber, die ihre Sünden bereuten und sich Allah unterwarfen, im Himmel das ewige Paradies warte.

Mekkas Fürsten hörten all das nicht gern. Vor allem das Gerede von dem einzigen Gott, vor dem alle gleich waren, brachte sie gegen Muhammad auf: Wollte er ihnen die Geschäfte mit den Pilgern verderben? Die bestehende Ordnung von Reich und Arm, Herren und Dienern zerstören? Wäre sein Onkel nicht so angesehen und Chadidscha nicht so geachtet gewesen – die mächtigen Koraisch hätten ihm schon längst das Mundwerk gestopft. So aber traute sich keiner, gegen Muhammad vorzugehen. Nur die Kinder zupften ihn manchmal auf der Straße am Bart – für einen Araber eine schwere Beleidigung. Ein andermal wurde Muhammad mit blutigen Innereien beworfen. Das nahm er lächelnd mit den Worten hin: „Vergeben ist besser als vergelten!" Seine Anhänger kamen nicht so glimpflich davon: Sie wurden verspottet und bedroht. Einige flohen aus Mekka nach Abessinien, ins heutige Äthiopien.

Mit dem Auszug Muhammads aus Mekka beginnt für die Muslime die Zeitrechnung. Sie hinkt der bei uns gebräuchlichen um 622 Jahre nach.

Doch dann kam Muhammads schwärzestes Jahr: Das war 620. Erst starb Chadidscha, dann sein Onkel. Die Führer der Koraisch schmiedeten ein Mordkomplott gegen ihn. Nur zwei Jahre nach Chadidschas Tod musste Muhammad aus Mekka fliehen. 80 Getreue schlossen sich ihm an. In Yathrib, einer kleinen Ansiedlung in einer Oase elf Tagesreisen und rund 400 Kilometer nördlich von Muhammads Geburtsstadt entfernt, wurde der Prophet freundlich aufgenommen. Er war hier von seinen Handelsreisen her bekannt. In dem Ort lebten neben einigen Christen und Juden elf verschiedene Sippen, die allerdings untereinander heillos zerstritten waren. Die baten ihn nun, ihre Streitereien zu schlichten. Damit wurde Muhammad nun auch politisch aktiv. In den göttlichen Botschaften, die er weiterhin bekam, ging es jetzt um Gesetze für das friedliche Zusammenleben in einem Staat. Wie sollte nach Allahs Willen ein Erbe verteilt werden? Welche Strafe war bei welchem Verbrechen angebracht? Welche Stellung haben Mann und Frau, welche hat ein Kind? Auch wie viele Frauen ein Mann haben darf, verkündete Muhammad als göttliches Gebot, nämlich vier. Er selbst hatte allerdings 13, wobei einige die Witwen der bei Kämpfen gefallenen Freunde waren, andere die Töchter von Stammesfürsten, die er für den Islam gewann. Durch Muhammad wurde Yathrib zum Gottesstaat – und in Medina, Stadt des Propheten, umbenannt.

Von Mekka, seinem Geburtsort, kam der Prophet jedoch nicht los. Die Mekkaner wiederum sahen die Bedeutung ihrer Stadt durch Medina bedroht – und Muhammad hatte nicht vergessen, dass die Koraisch ihn hatten ermorden wollen. Er ließ ihre Karawanen überfallen, grub ihnen an Oasen das Wasser ab. Etliche Juden, die durch Handelsverträge an die Koraisch gebunden waren, zwang Muhammad dazu, Medina zu verlassen, viele ließ er töten, ihre Frauen und Kinder versklaven. Religiöse Gründe hatte das nicht: Muslime achten die „Leute der Schrift". Schließlich sind Teile der Bibel auch Inhalt ihrer Religion.

Schließlich kam es zum offenen Krieg zwischen Medina und Mekka: 624 schlugen Muhammads Truppen bei Badr die seiner Heimatstadt. Ein Jahr später siegten am Berg Uhud die Mekkaner. 627 bekamen wieder Muhammads Soldaten die Oberhand, und nur ein Jahr darauf schlossen Mekka und Medina einen Waffenstillstand. Im Jahr 630 schließlich marschierte Muhammad mit 10 000 Mann in seiner Heimatstadt ein, ohne dass es zu großem Widerstand kam. Als Erstes ließ der Prophet alle Götterstatuen aus der Kaaba entfernen und zerstören. Den Tempel erklärte er nun zum Heiligtum des Islam. 631 wurde zum „Jahr der Gesandtschaften": Muhammad empfing die einzelnen arabischen Stammesfürsten – und einer nach dem anderen schloss sich seinem Glauben an. Endlich herrschte Frieden auf fast der gesamten Arabischen Halbinsel, deren von Gott gesandter Herrscher nun Muhammad war. Noch einmal pilgerte der nach Mekka – bevor er am 8. Juni 632 an einem rätselhaften Fieber in Medina in den Armen seiner Lieblingsfrau Aischa starb.

El Amins schwieriges Erbe

Nach Muhammads Tod spaltete sich die Gemeinschaft der Muslime: Die einen wählten einen Kalifen zu ihrem Nachfolger, ein Teil der Verwandtschaft machte seinen Neffen Ali zu ihrem Oberhaupt. Aus dieser „Partei Alis" (schiat Ali) wurden die Schiiten. Der Islam breitete sich von Afghanistan bis Spanien aus. Seine Wissenschaftler und Künstler brachten Europa einen rasanten kulturellen Fortschritt, unter anderem die Grundlagen von Mathematik und Astronomie. Um Muslim zu sein, genügt es, die sogenannten fünf Säulen zu befolgen: das Bekenntnis zu Allah als einzigem Gott, die „Schahada"; das fünfmalige Gebet am Tag, „Salat"; das Fasten im Monat Ramadan, „Saum"; das Entrichten der Steuer für die Armen, „Sakat" und die Pilgerfahrt nach Mekka, die „Hadsch", die jeder einmal im Leben gemacht haben soll. Die „Scharia", nach der Muhammad Medina regierte, war die erste religiöse verbindliche Sozialordnung für einen Staat. Was uns heute grausam erscheint (z.B. die harten Strafen: Dieben wird die Hand abgehackt, Ehebrecher werden ausgepeitscht, Götzendiener im Krieg getötet), entsprach den Gebräuchen der Menschen vor 1400 Jahren. Heute bringen Fundamentalisten den gesamten Islam in Verruf, wenn sie die Frauen unterdrücken oder den sogenannten „Heiligen Krieg" als Aufruf zu Terror umdeuten. Im Koran kommt davon nichts vor. Im Gegenteil. In einer Sure heißt es: Wenn jemand einen Menschen tötet, dann soll es so sein, als hätte er die ganze Menschheit getötet.

Badespaß gegen Gliederschmerzen

Wie gut, dass er das Täfelchen unter seinem Kopfkissen hatte. Wieder einmal konnte er nicht schlafen, weil ihn die Glieder so schmerzten. So übte er eben das Buchstaben-Malen. Das Schreibgerät lag stets parat. Hätte er damit doch nur halb so viel Erfolg wie mit den Eroberungen! Aber die Finger wollten und wollten dem Kopf nicht folgen. Die Pranken des Zwei-Meter-Mannes waren einfach zu grob und ungelenk, um den Griffel sauber zu führen. Sie sperrten sich gegen jeden Versuch, die zierlichen Schwünge und zarten Striche, die ihm vor Augen standen, sauber auf die Tafel zu bringen. Hiebe mit Schwert und Streitaxt gingen ihm dagegen treffsicher von der Hand. Auch ein Pferd mit leichtem Zügel oder in strengem Zug über Hunderte von Kilometern zu führen, war – verglichen mit dem Schreiben – für ihn ein Kinderspiel. Von klein auf hatte er nichts anderes getan, als Jahr für Jahr von März bis Oktober hoch zu Ross Europa in allen Himmelsrichtungen zu durchmessen. Sobald er jetzt auf den eigenen Füßen stand, plagten ihn die Schmerzen. Mit einem Fuß hinkte er sogar. Die Ärzte meinten ja, die Gicht sei schuld, dass ihm die Gelenke immer öfter die Dienste versagten. Sie hatten ihm geraten, auf Wein und Braten zu verzichten und beim Essen mageres, gesottenes Fleisch dem fetten vorzuziehen. Papperlapapp! Was hätte er denn noch vom Leben, wenn er auf die leiblichen Genüsse verzichten müsste? Schlimm genug, dass nicht mehr jede Nacht eine Frau neben ihm lag! Morgen würde er wieder in die heißen Quellen steigen. Das linderte seine Qualen. Manchmal begleiteten ihn an die hundert Leute aus seiner Gefolgschaft ins Bad und zum Schwimmen. Das aber konnte keiner so gut wie er.

Wer war das?

Karl der Große –

der Vater Europas

*Geboren am 2.4.742 oder 748 vermutlich
in Düren
Gestorben am 28.1.814 in Aachen*

Wer war das mitten in der Nacht da unten im Hof? Rotrud? Bertha? Karl der Große konnte sich ein Schmunzeln nicht verkneifen, als er die leisen Schritte auf dem Pflaster hörte. Schlich da wieder eine seiner schmucken Töchter heimlich in ihre Kammer? Oder kam einer der Liebhaber von dort zurück? Sollten die Mädchen ruhig ihr Vergnügen haben! Hauptsache, sie kamen nicht mit Heiratswünschen an. Hergeben wollte er keine von ihnen. Nicht nur, weil er alle acht so sehr liebte. Vor allem Bertha, die am pfiffigsten war. Was erzählte sich das Gesinde? Kürzlich habe sie mitten in der Nacht den Kaplan Angilbert auf ihrem Rücken durch den Burghof zu seiner Klause getragen. Keine Fußspur des frommen Mannes im frisch gefallenen Schnee sollte am nächsten Morgen verraten, dass er mal wieder bei Bertha war …
Beim Gedanken daran musste Karl der Große jetzt noch lachen. Mehr noch, wenn er sich vorstellte, der gute Alkuin hätte das gesehen. „Hütet euch vor den gekrönten Tauben, die durch den Palast flattern!", hatte sein oberster Gottesdiener am Hof die Männer vor Karls Töchtern gewarnt. Alkuin hatte ein strenges Auge darauf, dass es gottesfürchtig zuging bei seinem Herrn. Dabei musste er bei dem erst recht so manches Mal ein Auge zudrücken. Ein bisschen Spaß musste doch sein! Der liebe Gott konnte sich wahrlich nicht beklagen: Hatte doch er, Karl der Große, ihm etliche heidnische Völker als Christen zugeführt.

Selbst wenn bei seinen Töchtern die Folgen solch nächtlicher Eskapaden Monate später schreiend in Windeln lagen, focht Karl das nicht an. Das war ihm allemal lieber, als einen Schwiegersohn mit Herrschaftsansprüchen unterm Dach zu haben. Er selbst, der König der Franken und Langobarden, hatte ja neben den acht Kindern von hintereinander vier Frauen mindestens zehn Nachkommen, die nicht im Ehebett entstanden waren.

Nein, mehr Sorgen als das muntere Geflatter seiner Täubchen machte Karl dem Großen etwas anderes: Wie sollte er sein riesiges Reich nur zusammenhalten, wenn die Leute, die er unter seine Herrschaft gezwungen hatte, die Gesetze nicht lesen konnten, die für sie aufgeschrieben waren? Auch deshalb hatte Karl der Große den frommen Alkuin von der Klosterschule im angelsächsischen York an seine Residenz nach Aachen gelockt. Zusammen mit anderen Theologen sollte der Mönch dafür sorgen, dass die kaiserliche Familie und sein Gesinde endlich zu Bildung kamen. Auch das Volk sollte Lesen und Schreiben lernen, selbst wenn ihm persönlich das nicht gelang. Immerhin konnte Karl neben der westfränkischen Muttersprache Lateinisch, und Griechisch zumindest verstehen. Am Hofe wurden dank Alkuin und anderen kundigen Männern Grammatik, Rhetorik, Dialektik, Arithmetik, Geometrie, Musik und Astronomie gelehrt, die sieben Künste der Spätantike. Karl ging es dabei weniger darum, antikes Wissen ins Frankenreich zu holen, als mit der Gelehrsamkeit auch das Christentum zu verbreiten. Die Klöster wies Karl an, Schulen einzurichten. Sie sollten Freien und Unfreien gleichermaßen offenstehen.

An Bildung gebrach es nämlich – selbst bei den Priestern. Waren von ihnen einige doch sogar zu ungelehrt, um das Wort Gottes richtig unters Volk zu bringen. In Bayern, so war Karl berichtet worden, hatte kürzlich ein Priester das Gebet mit den Worten „in nomine patria et filia" eröffnet – „das Vaterland und die Tochter im Namen". „In nomine patris et filii" – „im Namen des Vaters und des Sohnes" – musste es doch heißen! Wenn noch nicht einmal die Priester wussten, was sie in einer Messe oder beim Gebet verlasen, machte es keinen Sinn, dies auf Lateinisch zu tun! Nein, die Menschen sollten in ihrer eigenen Sprache zu Gott beten, sein Wort verkünden und hören können. Mit dieser Anweisung setzte sich Karl der Große sogar über die Vorschrift des Papstes hinweg, Predigten nur in den heiligen Sprachen Aramäisch, Griechisch oder Lateinisch zu halten. Was kümmerte ihn der Papst! Der hatte bei ihm, dem fränkischen König, in Paderborn Zuflucht gesucht, als der Adel in Rom ihn wegen zwielichtiger Geschäfte verfolgte. Zur Belohnung setzte Leo III. Karl an Weihnachten, dem 25. Dezember 800, die Kaiserkrone aufs Haupt. Daran dachte er eher ungern zurück: Hätte er sich diese Insignie, dieses Zeichen der Königswürde, doch gerne selbst genommen. Denn er, Karl der Große, war, wenn überhaupt, dann Imperator von *Gottes* und nicht von des *Papstes* Gnaden!

Bei der Kaiserkrönung war der Sohn Pippins des Jüngeren und dessen Frau Bertrada 52 oder 58 Jahre alt. Die Geschichtsschreiber sind sich da nicht ganz einig. Er war nun mit Gottes Segen der mächtigste Mann in dem riesigen Reich, das er in 30 Jahren erobert hatte. Es reichte vom Ebro südlich der Pyrenäen bis an die Grenzen Dänemarks, von der Atlantikküste im Westen des heutigen Frankreichs bis ans Gebiet der Böhmen und Mähren, ins Reich der Awaren in Ungarn bis südlich von Rom. Er hatte auch dem Bayern-Herzog Tassilo das Zepter abgenommen. Als größten Erfolg sah er die Christianisierung der wilden Sachsen an. Die Grenzen seines 1 200 000 Quadratkilometer großen Imperiums sicherte er mit Marken und setzte dort eigene Grafen ein. Sofern sie ihm nichts nahmen, durften die einzelnen Stämme ihre eigenen Rechte behalten.

Das Imperium Karls des Großen entsprach fast den Grenzen der heutigen Europäischen Union.

62

Schon als Kind war Karl gemeinsam mit seinem jüngeren Bruder Karlmann und ihrem Vater Pippin zum König der Franken gesalbt worden. Damit waren die königlichen Söhne zugleich Patricii Romanorum – Schutzherren der Römer, womit sie die weltliche Heerschar Gottes waren. Die Kirche sah ihre Macht vor allem von den Langobarden bedroht und konnte Unterstützung durch die Franken gut gebrauchen. Deren König Pippin hatte seinen Vorgänger entmachtet und ins Kloster gesteckt. Ebenso sollte Karl der Große mit Herrschern verfahren, die sich ihm und dem Christentum nicht freiwillig unterwarfen. Als „der Kurze", wie Pippin wegen seines Körperwuchses hieß, 768 starb, folgten ihm seine beiden Söhne als Regenten und teilten das Reich unter sich auf: Karlmann herrschte über das Gebiet vom Mittelmeer über Burgund bis nach Alemannien. Karls Anteil reichte von den Pyrenäen bis nach Thüringen. Nur das ewig aufständische Aquitanien sollten beide gemeinsam regieren.

Das ging nicht lange gut. Obendrein ließ Karlmann seinen großen Bruder bei einer Schlacht in Aquitanien im Stich. Ein Bruderkrieg brach nur deshalb nicht aus, weil Karlmann 771 überraschend starb – worauf Karl sich zum alleinigen König ausrufen ließ. Die Witwe Karlmanns, eine Tochter des Langobardenkönigs Desiderius, und deren Kinder schickte Karl zu ihrem Vater zurück. Die langobardische Prinzessin, die seine Mutter ihm als Gattin verschafft hatte, jagte der Sohn jetzt ebenfalls zum Teufel – angeblich, weil sie ihm immer schon zu hässlich gewesen war. Außerdem war er schon längst anderen Frauen zugetan … Himiltrud hatte ihm einen Sohn geboren, und jetzt machte er der Alemannin Hildegard schöne Augen. Sie sollte die Mutter von Rotrud und Bertha werden.

Desiderius schäumte vor Wut auf den Schwiegersohn und Zwei-Meter-Riesen aus Franken. Auch einige Ritter und Adelige murrten, dass Karl sich über den Erbanspruch von Karlmanns Söhnen hinwegsetzte und das ganze große Frankenreich unter seine Fittiche nahm. Der verstand es aber, seine Vasallen mit einem Kriegszug abzulenken. Wie fast jedes Jahr legte er ihnen die Kettenhemden an: Karl zog gegen die heidnischen Sachsen nach Norden. Dort, im Sauerland, zerstörte er die riesige Festung Eresburg und legte auch gleich noch die Irminsul um. Dieser gewaltige Eichenpfahl war ein wichtiges heidnisches Heiligtum. Wenn die Irminsul fiel, so hieß es, gehe ein Reich unter. Es sollte aber noch über 30 Jahre und etliche Kriegszüge dauern, bis es Karl dem Großen tatsächlich gelang, die Sachsen endgültig unter sein Schwert und das Christenkreuz zu zwingen. Seine blutigste und grausamste Schlacht führte er dabei 782 in Verden an der Aller: Unweit von dort, an der Weser, hatten die Sachsen eins seiner Heere kurz und klein geschlagen. Karl rächte sich, indem er 4 500 seiner Gegner enthaupten ließ. Tagelang soll die Aller rot von ihrem Blut gewesen sein.

Nach dem Glauben der Sachsen stützte die Irminsul den Himmel, in dem ihre Götter (z.B. Wotan und Donar) saßen.

Nach der Eroberung der Eresburg eilte Karl im Winter 772/73 Richtung Süden: Der Papst hatte ihn um Hilfe gegen die Langobarden gebeten. Sie machten dem Papst Land streitig und wollten für Karlmanns Söhne die Hälfte des Frankenreiches zurückerobern. Karl sperrte Desiderius mitsamt Tochter und Enkeln ins Kloster – und setzte sich selbst die langobardische Krone aufs Haupt. Als „König der Franken und Langobarden" kehrte er in den Norden zurück.

Überall in seinem Reich warteten Pfalzen auf ihn. So wurden die Paläste Karls des Großen genannt, dessen fränkisches Reich keine Hauptstadt besaß. Er war ja auch fast ununterbrochen unterwegs, um je nach Bedarf in Nord oder Süd, Ost oder West für Recht und Ordnung zu sorgen. Von einem regen Liebes- und Familienleben hielt ihn die ständige Reiserei nicht ab: Zu seinem Gefolge gehörte neben den Soldaten immer auch sein Hofstaat mitsamt Familie und Frauen. Erst ab etwa 795 wurde Karl der Große in Aachen sesshaft. Dort ließ er sich die größte Pfalz von allen bauen.

Königlichen Prunk und kaiserliche Pracht lehnte Karl der Große ansonsten ab. Einhard, einer seiner engsten Vertrauten und sein Biograf, lobte in der „Vita Karoli Magni" die natürliche Art seines Herrn. Stets habe sich Karl nach der Tracht der Franken gekleidet, mit Hemd und Hosen aus Leinen. Die Unterschenkel steckten in Gamaschen, im Winter wärmte ein Otter- oder Marderfell Hals und Brust. Nur zweimal habe sich Karl in Rom in eine lange Tunika geworfen: Das erste Mal, als Papst Hadrian ihn um Hilfe gegen Desiderius bat, das zweite Mal zu seiner Krönung durch Leo III. Zu Hause legte Karl sich nur an hohen Festtagen einen golddurchwirkten Umhang über die Schultern und setzte sich ein Diadem mit Edelsteinen auf den Kopf.

Angeblich stieß Karl der Große bei einer Jagd in der Nähe von Aachen auf heiße Quellen. Dort ließ er seine Hauptresidenz bauen.

Zweierlei trieb Karl den Großen zu seinen Eroberungen an: Er wollte die Stämme im Osten unterwerfen und deren Menschen zum Christentum bekehren. Er selbst war tiefgläubig, den Papst sah er dabei jedoch eher als nützliches Mittel zum Zweck denn als „Stellvertreter Christi auf Erden" an. Wenn der ihn zu Hilfe rief, kam das dem Franken grad recht: So zog er 777 nach Spanien, wo der Emir Abd al Rahman die Christen im Süden der Pyrenäen bedrängte. Zwar mussten sich Karls Truppen am Ebro geschlagen geben, doch er hatte wieder einmal bewiesen, dass er der eigentliche Herrscher der Römischen Kirche war. Mit der Unterwerfung der Bayern im Jahr 788 hatte er sämtliche germanischen Stämme unter Kreuz und Krone vereint.

Wenige Tage, bevor Karl der Große in Rom zum Kaiser gekrönt wurde, übergab der Patriarch von Jerusalem ihm die Schlüssel zu den heiligen Stätten – und nicht dem Papst. Der Kalif von Bagdad verneigte sich mit einem riesigen Geschenk vor ihm: Er schickte Abul Abbas nach Aachen, einen Elefanten, der zehn Jahre lang der ungewohnten Kälte im Frankenreich widerstand, bevor er starb. Karl der Große fühlte sich auch von der Ostkirche im Byzantinischen Reich anerkannt.

Am 11. September 813 übergab Karl der Große seinen Kaisertitel an den einzigen noch lebenden legitimen Sohn, Ludwig den Frommen. Die Krone setzte der sich selber auf. Der Vater hatte zu verhindern gewusst, dass der Papst dies tat. Karl der Große selbst starb am 28. Januar 814 in Aachen. In der dortigen Pfalzkapelle steht noch heute sein Sarg.

Der Erfinder des Euro

Nur einige Jahrzehnte nach seinem Tod zerfiel das Reich Karls des Großen. Er hatte aber den Grundstein für die abendländische Kultur gelegt, indem er Bildung, Kunst und Gelehrsamkeit gefördert hat. Einige von Karls Ideen wurden erst viel später Wirklichkeit: So wollte schon er den Rhein mit der Donau verbinden. Fast 1 200 Jahre später wurde der Rhein-Main-Donau-Kanal tatsächlich gebaut. Sogar einen „Euro" ließ Karl schon prägen: den karolingischen Denar, eine Silbermünze, die allerdings nicht die erwünschte Verbreitung fand. Mehr Erfolg hatte der fromme Alkuin, dem Karls flatterhafte Täubchen so viele Sorgen machten: Er entwickelte auf kaiserlichen Wunsch die karolingische Minuskel, die erste einheitliche westeuropäische Schrift. Fragmente davon sind in der Computerschrift Antiqua wiederzufinden. In Erinnerung an Karls Europa-Gedanken zeichnet die Stadt Aachen jedes Jahr eine Persönlichkeit, die sich um das Europa von heute verdient gemacht hat, mit dem Internationalen Karlspreis aus. Die Medaille ziert sein Konterfei.

Der Enkel der Wölfe

Welche Schande! Sein Kopf und die Hände steckten in einer Halsgeige. Zur Seite sehen konnte der 17-Jährige nur, wenn er sich in der Hüfte drehte. Die Halsgeige war ein hölzernes Brett, dessen zwei Teile so aneinandergespannt waren, dass drei Öffnungen in der Mitte frei blieben: eine für den Kopf und rechts und links je eine für die Hände. Die musste der Junge nach oben gereckt auf Höhe des Halses tragen. So ins Joch gespannt, brachten die Männer ihn von Zelt zu Zelt. Sie führten ihn vor. Ihr höhnisches Gelächter schmerzte in den Ohren. Die ihn jetzt so demütigten, waren vor Kurzem noch Gefolgsleute seines Vaters gewesen! Doch kaum war der tot, ließ der Clan seine Mutter, des Vaters Nebenfrau, ihn, die drei Brüder und die kleine Schwester im Stich und in der Steppe sitzen. Wenig später kamen die Männer zurück und verschleppten den jungen Mann. Manchmal durfte er nun die Nacht ohne Ketten verbringen. Mit dem Joch um den Hals wäre er ohnehin nicht weit gekommen und zur Beute der wilden Tiere da draußen geworden. Aber das Heulen der Wölfe konnte ihn nicht schrecken. Schließlich stammte er selbst von einem solchen vierbeinigen Räuber ab.

Eines Nachts schlug der Junge seinem schläfrigen Wächter mit einer kräftigen Drehung die Halsgeige gegen den Kopf und lief davon. Als der Aufseher wieder zu sich kam und um Hilfe schrie, war der Enkel der Wölfe hinter den Zelten verschwunden. Eine Horde Männer setzte ihm nach. Wohin jetzt? Da, in den Fluss! Der Flüchtling sprang hinein und ließ sich bewegungslos treiben. Die hölzerne Halsgeige hielt seinen Kopf über Wasser. Still jetzt! Ganz still! Und doch entdeckte ihn einer – und sprach: „Du bist listig. Und ich sehe das Feuer in deinen Augen. Ich verrate dich nicht!" Am nächsten Tag war der Wolfsenkel endgültig frei.

Wer war das?

Dschingis Khan –
der Herr der Mongolen

Geboren zwischen 1155 und 1167 am Fluss Onon
Gestorben am 18.8.1227 südlich
von Yinchuan

Umhänge aus der Wolle weißer Kamele, Gold, Elfenbein, Jade. Nur vom Feinsten waren die Geschenke Dschingis Khans, die er für Schah Mohammad, den Herrscher des Choresmischen Reiches, mit einer Karawane losgeschickt hatte. Es war seine Freundschaftsgabe und Dank für das Bündnis mit dem mächtigen Mann. Deshalb hatte der Khan die kostbare Fracht auf den Weg nach Samarkand gebracht. 450 Händler reisten mit, um in Persien Geschäfte zu machen. Und was kam zurück? Die Nachricht, dass ein Gouverneur an der Grenze die Mongolen als Spione hatte hinrichten lassen! Sofort schickte der Khan einen Boten zum Schah und forderte ihn auf, den meuchelnden Gouverneur an ihn auszuliefern. Mohammad aber dachte gar nicht daran. Stattdessen ließ er den Boten köpfen und schickte dessen abgeschlagenes Haupt zurück zu Dschingis Khan. Das schrie nach Vergeltung! Das hieß Krieg!

Wenig später bebte im Jahr 1219 der Steppenboden vor Samarkand. 80 000 Pferde stampften in donnerndem Galopp durch das heutige Usbekistan. Sie trugen schwer gerüstete Reiter: Drei Köcher hatte jeder umgeschnallt, mit fünferlei Pfeilen. Jede Art anders geformt und geschliffen, um den Gegner je nach Bedarf zu zerreißen, zu zerschlitzen, aufzuspießen, auf jeden Fall aber zu töten. Die mongolischen Kämpfer waren gefürchtet wegen ihrer Treffsicherheit. Selbst im vollen Galopp konnten sie ihre Bogen spannen. Sie trafen sogar, wenn sie nach hinten schossen. Sie saßen in den Sätteln, als seien sie mit ihren Pferden verwachsen. Die Füße hatten sie fest in Steigbügel gestemmt und so ihre Hände frei. Ein Dolch hing an der linken Seite eines jeden Reiters, rechts stak eine lange Lanze. Von Weitem sah es aus, als rase ein Wald von metallenen Staketen auf Samarkand zu. Vor sich her trieb die Truppe einen menschlichen Schutzschild aus Zivilisten.

Der mächtige Mohammad befehligte in Samarkand fast doppelt so viele Soldaten – doch so gefürchtet war der Sturm der Mongolen, dass ein Teil seiner Truppe sich in der Stadt verschanzte. Der Rest machte sich mit dem Schah auf und davon. Nur einen Tag lang mussten die Angreifer Samarkand belagern, dann öffneten die Zurückgebliebenen die Tore. Eine blutrünstige Meute stürmte hinein, schleifte die Stadtmauern, erstach oder erschlug tausend betende Muslime. Sie hatten vergeblich in der Moschee Schutz bei Allah gesucht. Die wilden Reiter zerstörten den Aquädukt, legten die Festung in Schutt und Asche und metzelten 100 000 Bewohner dahin. Die Stadt schwamm in Blut. Zigtausende Schmiede, Weber, andere Handwerker, Schreiber, Falkner, Ärzte sowie unzählige Frauen und Kinder wurden als Sklaven weit weg in die Mongolei gebracht. Nicht viel besser erging es den Städten Buchara und Otrar. In Urgentsch an der Seidenstraße südlich des Aralsees sollen 100 000 Menschen ihr Leben verloren haben. Am Ende ließ Dschingis Khan den Fluss Amu Darja umleiten, sodass die ganze Stadt in dessen Fluten versank. In Merw im heutigen Turkmenistan soll es dreizehn Tage gedauert haben, bis die wenigen Überlebenden nach dem Abzug der Mongolen alle Leichen hatten zählen können.

Die Schamanen hatten recht gehabt: Als der spätere Dschingis Khan vermutlich 1162, jedenfalls irgendwann zwischen 1155 und 1167 zur Welt kam, hielt das neugeborene Kind aus dem

Besonders grausam bestrafte Dschingis Khan gegnerische Anführer: Einem gossen seine Leute heißes Silber in Augen und Ohren.

Stamm der Bordschigid einen geronnen Blutklumpen fest umschlossen in seiner rechten Hand. Für die heil- und zauberkundigen Männer war dies ein Zeichen, dass soeben ein künftiger großer Krieger auf die Welt gekommen war. Wie grausam das Kind als Erwachsener später mit den Völkern verfahren würde, die sich ihm zwischen Chinesischem und Kaspischem Meer nicht freiwillig unterwarfen, haben die Schamanen sicher nicht geahnt.

Seine Mutter Ölün schickte gleich nach der Geburt ihres ersten Sohnes einen Boten zu dessen Vater Jesügei, der gerade auf Kriegszug gegen die Tataren war. Soeben hatte er deren Häuptling Temudschin gefangen genommen. Temudschin heißt Schmied. Und weil sein Sohn just zu diesem Zeitpunkt geboren worden war, gab Jesügei auch ihm diesen Namen.

Der kleine Temudschin hatte dunkelblaue Augen und rötlich blondes Haar. Noch bevor er laufen konnte, saß er fest im Sattel. Allerdings soll er sehr schüchtern gewesen sein. Und er hatte große Angst vor Hunden. Das war erstaunlich – stammte seine Mongolensippe doch der Sage nach von einem blauen Wolf und einer weißen Hirschkuh ab. Die sollten sich genau dort am Fluss Onon vereinigt haben, wo nun das Nomadenzelt, die Jurte von Temudschins Eltern stand. Wie sich das für ein Mongolenkind gehörte, lernte Temudschin schon früh nicht nur Reiten, sondern auch Bogenschießen, Kämpfen und Jagen. Als der Sohn neun Jahre alt war, machte sich Jesügei mit ihm zur Brautsuche auf. Sie wollten zum Clan der Kongirat reiten. Das war 800 Kilometer weit entfernt. Diesem stolzen Clan entstammte Temudschins Mutter Ölün. Nach tagelangem Ritt durch die Steppe kamen sie bei der ersten Kongirat-Familie an. Dort stach dem Jungen sofort ein zehnjähriges Mädchen ins Auge: Börte war ebenso hellhäutig wie er und versprach eine schöne Frau zu werden. Die und keine andere wollte er haben! Schon

Bei den Nomaden- und Jägervölkern war ein Schmied ein hoch angesehener Mann, weil er es verstand, gute Waffen herzustellen.

70

am nächsten Tag hielt Jesügei beim Häuptling um die Hand seiner Tochter an. Die Männer vereinbarten, dass Temudschin einige Zeit bei Börtes Clan leben sollte, wie es der Sitte entsprach. Die Familie der Braut konnte sich so davon überzeugen, ob der künftige Schwiegersohn auch tüchtig genug für ihre Tochter war. Der Junge ahnte beim Abschied nicht, dass er seinen Vater nie wiedersehen würde.

Jesügei machte beim Ritt zurück Rast bei den Merkiten. Von diesem Stamm aber hatte er Jahre zuvor Ölün geraubt. Sie war einem Merkiten als Frau versprochen, und Jesügei hatte den Brautzug überfallen. Er hatte nicht damit gerechnet, dass ihn einer seiner Gastgeber nach so langer Zeit noch erkennen würde. Doch genau das geschah – und Jesügei wurde vergiftet. Nur mit knapper Not und unter mörderischen Schmerzen erreichte er die heimische Jurte. Mit größter Mühe brachte er gerade noch den Befehl über die Lippen, Temudschin als seinen Nachfolger zurückzuholen, bevor er starb. Doch die Sippe der Taigigut, deren Anführer Jesügei gewesen war, dachte nicht daran, ihren Treue-Eid vom Vater auf den Sohn zu übertragen, und machte sich auf und davon.

Ohne jeden männlichen Schutz blieb Ölün mit Sütschigil, der Nebenfrau ihres Mannes, und fünf Kindern in der Steppe zurück. Sie suchte und sammelte Beeren, Nüsse und essbare Wurzeln. Die Jungen, Temudschin, Qasar sowie Sütschigils Söhne Bekter und Begütai, stellten Fallen auf. Unter ihnen gab es bald Streit: Vor allem Bekter wollte Temudschin nicht als Familienoberhaupt anerkennen. Ölün war besorgt und ermahnte die Kinder zusammenzuhalten. Einmal rief sie die Jungen zu sich und zeigte ihnen, worauf es jetzt ankam: Sie nahm einen Pfeil und ließ ihn von einem der Jungen zerbrechen. Dann gab sie ihm ein ganzes Bündel – und er mühte sich vergeblich daran ab. Nur gemeinsam, so lehrte sie die Buben, sind wir stark. Dennoch brachten Temudschin und Qasar ihren Halbbruder Bekter wenige Tage später um.

Die Taigigut erfuhren davon. Sie hatten gehofft, Jesügeis Familie sei längst verhungert oder das Opfer wilder Tiere geworden. Stattdessen schien Temudschin zu einem Kämpfer herangewachsen zu sein, der seinen Führungsanspruch nicht aufgeben würde. Man musste ihn unschädlich machen! Sie jagten ihn und nahmen ihn gefangen. In ihrem Lager musste Temudschin Sklavendienste verrichten und wurde schließlich in die schändliche Halsgeige gespannt.

Nach der Flucht fand Temudschin seine Mutter bald wieder. Schnell sprach sich herum, dass und wie er den Taigigut entkommen war. Auch dass er listig einer Gruppe von Räubern acht Pferde abjagte, steigerte seinen Ruhm. Dann holte er seine Braut Börte zu sich – und bat Toghril, einen Blutsbruder seines Vaters und den Führer der Kereiten, um Hilfe, den Clan Jesügeis wieder um sich zu scharen. Toghril schickte Temudschin eine Truppe starker, junger Männer von seinem Stamm. Sie sollten ihm helfen, Rache für den Tod seines Vaters zu üben. Dessen Mörder, die Merkiten, stachelten Temudschins Zorn gegen sie noch an: Sie überfielen sein Lager und raubten Börte, seine junge Frau. Mit Toghrils Hilfe stellte Temudschin zwei „Tümen", zwei Truppen von je 10 000 Soldaten, auf. Auch Toghril hatte eine alte Rechnung mit den Merkiten zu begleichen: Er war als Kind ihr Gefangener gewesen und wurde damals als Sklave missbraucht.

Dieser Kriegszug Temudschins wurde zur ersten von zahlreichen Vernichtungsaktionen gegen ein Steppenvolk. Vom Tatarenstamm der Merkiten überlebte fast keiner. Jeder Mann, der größer als eine Achsgabel war, wurde geköpft. Nur ein fünfjähriges Kind, das Temudschin weinend in einem Zelt vorfand, fand sein Erbarmen. Er brachte den Jungen zu Ölün, und die nahm ihn als Ziehsohn auf.

Bald schlossen sich etliche Mongolenstämme Temudschins Führung an. Sie hatten gesehen: Mit dem Mann war das Siegen leicht – und mit ihm in den Krieg zu ziehen, versprach reiche Beute. Temudschin war mittlerweile über 40 Jahre alt. Im Jahr 1206 versammelten sich die Clan-Führer der Mongolen zu ihrem Kuriltai, einer Ratsversammlung, um sich einen gemeinsamen Führer zu wählen: Dort wurde Temudschin zum Khan aller Mongolen ernannt. Von da an hieß er „Dschingis Khan", was so viel wie „ozeangleicher Herrscher" bedeutet, weil sein Mut endlos und sein Temperament wild wie ein Ozean war.

Wie ein wütender Sturm jagten von da an seine Truppen durch Asien – erst nach Osten und dann nach Westen. Er begründete ein Reich, das größer war als alle, die es je wieder auf der Erde gab. Es reichte vom Chinesischen bis zum Kaspischen Meer. Dschingis Khans Erben schließlich schoben seine Grenzen bis vor die Tore von Österreichs Hauptstadt Wien.

Vor Dschingis Khan war niemand sicher. Er rottete die Tataren aus, schlug die Naimanen nieder, unterwarf die Uighuren, die der Vernichtung nur entgingen, weil sie sich „freiwillig" seinem Machtanspruch beugten. Aus den Frauen der geschlagenen Gegner suchten sich seine Krieger die schönsten aus und schleppten sie mit nach Haus. Einmal belohnte der Khan einen seiner Heerführer sogar mit 30 Frauen.

Für seine Feldzüge brauchte der Khan jeweils zwischen zehn- und hunderttausend Soldaten. Dass ihm ein solch großer Haufen von Männern gehorchte, lag daran, dass er seine Truppen geschickt organisierte: Nicht Angehörige des alten Steppenadels führten sie an, sondern treue Gefolgsleute des Khans. Deren Stammesrang spielte dabei keine Rolle: Selbst ein Schäfer oder Zimmermann konnte Feldherr werden, wenn er nur tapfer und zuverlässig genug dafür war. Je zehn Mann gehörten zusammen – auf Leben und Tod. Wenn einer von ihnen floh, wurden

Die Europäer nannten die Mongolen „Tartaren": die aus der Hölle kommen. Der Name leitet sich vom griechischen tartaros, Unterwelt oder Hölle, ab.

die anderen neun mit dem Tod bestraft. Deshalb hielten sich die Kämpfer gegenseitig in Schach. Größere Einheiten von hundert bis tausend Mann mischte Dschingis Khan aus Mitgliedern verschiedener Völker zusammen, damit nie eine Sippschaft in der Mehrzahl war. Seine persönliche Leibgarde umfaßte 10 000 Mann, die allesamt Söhne und Brüder von Stammesfürsten waren. Sie waren zugleich seine Geiseln. Wer würde es schon wagen, gegen den Khan zu ziehen, wenn der als Faustpfand das eigene Kind besaß?

Der Khan war aber klug genug, um zu wissen, daß man ein riesiges Reich nicht allein mit Gewalt beherrschen kann. Wenn er Stammes- und Verwaltungsregeln bei den unterworfenen Völkern vorfand, die er für sinnvoll hielt, übernahm er sie für alle. So brachten die unterworfenen Uighuren seinen Leuten das Lesen und Schreiben bei. Die wiederum waren nun in der Lage, seine Befehle aufzuschreiben, damit jeder nachlesen konnte, welche Gesetze des Khans zu befolgen waren.

Sturm der Mongolen auf eine chinesische Festung (indische Miniatur um 1590)

Schließlich setzte der „ozeangleiche Herrscher" zum Sturm auf die reichste Region Asiens an: das Goldreich der Dschurtschen und im Süden das Reich der Sung im heutigen China. Über 100 000 Mann ließ der Khan gegen sie aufmarschieren. (Auf dem Weg dorthin überrannten seine Truppen die Tanguten. Weil sie ihm keine Kämpfer stellten, wurden sie auf dem Rückweg von den Mongolen niedergemacht.) Vier Jahre lang belagerten die Mongolen die Hauptstadt der Dschurtschen, immer wieder griffen sie das heutige Peking an. Im Jahr 1215 fiel die Stadt. Von den Bewohnern überlebte den Ansturm keiner.

Dann bekam Dschingis Khan Kunde, dass ein Führer der Naimanen einen Aufstand gegen ihn plante. Flugs wendete er seine Truppen wieder nach Westen – und der Ansturm auf die islamische Welt begann. 1219 ging es gegen Samarkand und den Choresmischen Schah Mohammad, dessen Gouverneur die Überbringer der kostbaren Geschenke des Khans hatte hinrichten lassen. Auch dafür bezahlte die Bevölkerung einer ganzen großen Stadt mit dem Leben. Metropolen wie Herat und Balkh fielen in Schutt und Asche. Mit der Eroberung von Khwarzam im heutigen Usbekistan hatte Dschingis Khan sein Reich bis zum Kaspischen Meer ausgedehnt. Zwei seiner Söhne umrundeten das Meer, um zu sehen, was dahinter lag. 1223 besiegten sie beim Fluss Kalka sogar die Russen. Später stießen sie bis zur Ostsee vor.

In Karakorum, unweit von Ulan Baator, der Metropole der heutigen Mongolei, hatte Dschingis Khan im Jahr 1220 mit dem Bau einer Hauptstadt für sein Reich begonnen. Drum herum siedelte er chinesische Bauern an, die die Stadt mit Lebensmitteln versorgen sollten. Zigtausende von Handwerkern aus allen Himmelsrichtungen wurden dorthin geschafft. Zur Residenz und auch zu einem Zentrum der Kunst wurde Karakorum aber erst unter Dschingis Khans Söhnen.

Es klingt fast wie ein Witz, auf welche Weise der Mongolenherrscher schließlich 1227 ums Leben kam: Die Jagd auf einen Wildesel wurde ihm zum Verhängnis. Obwohl er mehr Lebenszeit auf dem Rücken von Pferden als auf den eigenen Füßen verbracht hatte, stürzte der vermutlich 65-Jährige bei dieser Jagd so unglücklich von seinem Reittier, dass er wenig später an den Verletzungen starb. Sein Leichnam wurde, so heißt es, in die Mongolei zum Berg Burchan Chaldun gebracht. 40 seiner Leibgardisten, 40 Jungfrauen „von mondgleicher Schönheit" und 40 Pferde wurden getötet und mit ihm begraben. Die Totengräber

Die „Geheime Geschichte der Mongolen" wurde vermutlich zehn Jahre nach Dschingis Khans Tod aufgeschrieben.

wurden anschließend ebenfalls umgebracht, damit niemand erfuhr, wo die Leiche des ozeangleichen Herrschers lag. So steht es in der „Geheimen Geschichte der Mongolen", die nach Dschingis Khans Tod niedergeschrieben wurde. Lange war ihre Lektüre mongolischen Fürsten vorbehalten. Das Grab des Khans wurde bis heute nicht gefunden. 1 000 Reiter sollen so lange mit ihren Pferden darübergeritten sein, bis die Stelle dem Erdboden gleich und die letzte Spur im Staub verschwunden war.

Ein Massenmörder schuf die Pax mongolica

Dschingis Khan war einer der größten Massenmörder in der Geschichte der Menschheit. Er hat mit seinen Kriegszügen ein Reich begründet, das mit 19 Millionen Quadratkilometern doppelt so groß war wie die heutigen USA. Überleben konnte dieses Reich auch rund 200 Jahre über seinen Tod hinaus nur, weil der „ozeangleiche Herrscher" es verstanden hatte, eine funktionierende Verwaltung aufzubauen. Dafür spannte er Gelehrte und Beamte aus den verschiedenen Völkern ein. Die Mongolen hatten ein hervorragendes Post- und Botenwesen, durch das es dem Khan möglich war, seine Anweisungen und Befehle relativ schnell von einem zum anderen Ende des Reiches bringen zu lassen. Der Handel zwischen weit entfernten Gebieten in Ost und West war bei ihnen sicherer als je zuvor und je danach, weil alle Völker und Stämme dem gleichen Reich angehörten. Deshalb wird diese Zeit auch die Zeit des „Pax mongolica" – des mongolischen Friedens – genannt. Eine Legende beschreibt ihn so: „Eine Jungfrau konnte mit einem Topf Gold in der Hand den Weg von einem Ende des Reiches bis zum anderen zurücklegen, ohne dass ihr Unrecht geschah."

Die Dame im Schach

Beim Schachspiel kann die Dame den König retten. Sie darf Schritte tun, die keiner anderen Figur auf dem Feld erlaubt sind. Der Höchste im Spiel kann sich bestenfalls plump ein Feld vorwärts, rückwärts oder zur Seite vor seinen Feinden in Sicherheit bringen. Sie dagegen prescht vor, um ihren Herrscher zu retten – manchmal in eine Richtung, mit der der Gegner gar nicht gerechnet hat. Dann muss sie nur noch das Fußvolk hinter sich bringen. So ähnlich agierte vor rund 600 Jahren ein erst 17-jähriges, tapferes Mädchen auf einem echten Schlachtfeld. Mit ihrem Mut verhalf sie dem völlig verzagten König ihres Landes zur Krone. Seine Armee hat sie mutig zu Siegen geführt, die niemand mehr für möglich gehalten hatte. Sie befreite eine ganze Stadt von deren Besatzern. Es gelang ihr zwar nicht, den feindlichen König vollends matt zu setzen. Doch sie gab ihrem eigenen das Selbstvertrauen zurück. Der hat es ihr nicht vergolten und ließ sie am Ende schmählich im Stich. Ihr Leben lang hat sie beteuert, dass Gott ihr den Auftrag gegeben habe, mit des Königs Soldaten gegen die Besatzer ins Feld zu ziehen. Dafür hat sie mit einem qualvollen Tod bezahlt. Denn so etwas zu behaupten galt als Ketzerei. Sie wurde zur Hexe erklärt und auf dem Scheiterhaufen verbrannt.

Ein Vierteljahrhundert nach ihrem Tod hat das Land, für das sie kämpfte, sie nachträglich freigesprochen. Noch heute wird sie dort als Nationalheldin verehrt. Jahrhunderte später hat ein Nachfolger des Papstes, dessen Kirche ihren Tod verschuldet hat, sich reuig vor ihr verneigt und sie heiliggesprochen. Sie wurde zum Mythos, um sie ranken sich auch viele Legenden. Eine davon ist, dass sie das Vorbild für die Figur der Dame im Schach war. Das stimmt so zwar nicht. Doch das Bild hätte gut auf sie gepasst.

Wer war das?

Jeanne d'Arc –

die Heilige aus Domrémy

Geboren am 6.1.1412 in Domrémy
Gestorben am 30.5.1431 in Rouen

Nie würden sie das erlauben, die Eltern, niemals! Weder dass sie alleine die 600 Kilometer nach Chinon reiten würde – schließlich war Krieg –, noch, dass sie sich in Begleitung von Männern auf diese Reise begab. Sie war ja ein Mädchen. Und deshalb für jeden Mann eine Herausforderung. Aber Gott hatte ihr doch den Auftrag gegeben! Was also tun? Die 17-jährige Jeanne bat ihren Onkel, sie zu sich zu holen. Die Tante war schwanger. Da konnte die ihre Hilfe im Haushalt sicher gut brauchen … Und tatsächlich lud der Onkel Jeanne ein. Dagegen konnten die Eltern nichts sagen. Sie ahnten ja nicht, auf welchen Weg sich ihr Kind da begab. Auch den Onkel weihte Jeanne erst nachträglich ein, was sie wirklich plante: Sie wollte den König von Frankreich retten. Gott habe ihr dazu den Auftrag erteilt. Der Onkel versprach, ihr zu helfen. Und die Mission der Jeanne d'Arc begann.

Wenige Wochen später ritt Johanna tatsächlich, in Männerkleidern und Stiefeln, mit kurz geschorenem Haar, begleitet und beschützt von sechs Reitern, in Richtung Chinon. Dort, unweit der Residenz des noch ungekrönten Königs von Frankreich, quartierte sich das Bauernmädchen in einem Gasthof ein. Dem Regenten ohne Insignien der Macht ließ sie eine Nachricht zukommen, dass sie unbedingt im Namen Gottes mit ihm sprechen müsse: Sie solle ihn, Karl VII., zur Krönung nach Reims geleiten und außerdem Frankreich von den Engländern befreien.

Viele Franzosen glaubten in der Tat, dass nur noch ein Wunder ihr Land in diesem hundertjährigen Krieg gegen die Engländer würde retten können. Doch dieses Wunder sollte durch ein einfaches Bauernmädchen geschehen, das sich selbst „La Pucelle", die Jungfrau, nannte? Das klang unglaublich. Erst zögerte Karl VII. Doch dann ließ er sich auf das Wagnis ein.

Als viertes von wahrscheinlich fünf Kindern und erste von zwei Töchtern des Bauern und Ortsvorstehers Jacques d'Arc und dessen Frau Isabelle war Jeanne d'Arc am 6. Januar 1412 im lothringischen Domrémy zur Welt gekommen. „Sie war wie die anderen", sollten die Leute aus dem Dorf später über sie sagen. Wie die anderen, das hieß: Sie war gottesfürchtig und fleißig und ging der Mutter in Haus und Garten zur Hand. Die Zeiten waren schwer: Mehrmals schon waren plündernde Soldaten durch Jeannes Heimatort gezogen. Und sie musste sich mit Eltern, Geschwistern und den anderen 250 Dorfbewohnern in Sicherheit bringen. Frieden? Das war für die Menschen ein weit entfernter Traum. Kein Wunder, dass hanebüchene Geschichten wie diese kursierten: Eine Frau habe Frankreich verraten. Deshalb werde eine Jungfrau die Franzosen befreien. Die Worte gefielen Jeanne. Vielleicht prägte sie sich diese zu gut ein …

Mit der Verräterin war Isabella von Bayern gemeint. Sie war die Witwe Karls VI., dem Vater des jungen Dauphin, des Thronerben Karl VII. Dem war die Krönung nach dem Tod des geisteskranken Vaters verwehrt geblieben. Auch, weil seine Mutter im Jahr 1420 einem Vertrag zugestimmt hatte, in dem die Burgunder dem englischen König Heinrich V. die französische Krone versprachen. Mit einem Federstrich hatte Isabella den Thronanspruch ihres Sohnes verschenkt. Dessen Truppen hielten zwar noch den Süden des Landes, doch Nordwest-Frankreich und Paris waren fest in der Hand der englischen Soldaten. Karl VII. war, obwohl erst 26 Jahre alt, ein mutloser, gebrochener Mann.

Da kam plötzlich dieses Bauernkind und versprach ihm, mit Gottes Hilfe sein Reich zurückzuerobern! War nicht schon jeder Funken Hoffnung eine Chance?

Jeanne war nicht ganz „wie die anderen". Denn seit ihrem dreizehnten Lebensjahr hörte sie Stimmen. Das erste Mal geschah es im Garten ihres Vaters. Die Kirchenglocken läuteten, als plötzlich jemand Unsichtbares zu ihr sprach. Gleichzeitig sah sie „eine große Helligkeit", wie sie selbst das nannte. Das ging ihr jetzt öfter so. Beim dritten Mal habe sie „die Stimme eines Engels" erkannt. So schilderte sie später, wie ihre göttliche Berufung im Jahr 1425 begann. Die Stimmen hätten sich schließlich als Erzengel Michael, die heilige Katharina und Margarete zu erkennen gegeben. Doch sollte sie Stillschweigen darüber bewahren. Erst hielten die Heiligen sie dazu an, ein gottesfürchtiges Leben zu führen. Doch dann, als Jeanne 16 Jahre alt war, hätten sie ihr folgenden Auftrag erteilt: Sie solle Karl VII. nach Reims führen, wo die Krönungskirche der französischen Regenten stand. Und sie solle Frankreich von den Besatzern befreien.

Am 25. Februar 1429 gewährte ihr Karl VII. endlich die erbetene Audienz. Um die 17-Jährige erst mal in Augenschein zu nehmen, schickte Karl einen Mann aus dem Hofstaat vor, der behauptete, der Dauphin zu sein. Doch Jeanne ließ ihn stehen und ging zielstrebig auf den echten Thronerben zu. Sie hatte ihn noch nie zuvor gesehen. Karl war erstaunt, in welch wohlgesetzten Worten dieses ungebildete Bauernmädchen zu ihm sprach. Ging das wirklich mit rechten Dingen zu, oder war da der Teufel am Werk? Im 15. Jahrhundert war das eine wichtige Frage. Es war das Zeitalter der Inquisition. Da gerieten Frauen schnell in den Verdacht, eine Hexe zu sein. Drei Wochen lang ließ Karl Johanna von Theologen und kirchlichen Rechtsgelehrten vernehmen und prüfen. Selbst einer Untersuchung, ob sie den Namen „La Pucelle" – Jungfrau – zu Recht trug, musste sich das Mäd-

Die Inquisition im Mittelalter verfolgte jeden, der im Verdacht stand, ein Ketzer (also Irrgläubiger) zu sein. Die Opfer wurden gequält und umgebracht.

chen unterziehen. Denn der Teufel hatte nicht die Macht, eine Jungfrau in seine Fänge zu bekommen. Schließlich gab die Kirche ihren Segen zu Jeannes Mission.

Im April rüstete Karl VII. ein Heer für „La Pucelle", wie sie inzwischen jeder nannte. Ihr selbst wurde eine Rüstung auf den Leib geschmiedet, wie die Soldaten sie trugen: An die 40 Kilogramm schwer. Selbst ein männlicher Ritter musste sich vorsehen, dass dieses Gewicht ihn nicht vom Pferderücken zog. Doch das zierliche Mädchen saß stets aufrecht im Sattel und stürmte den anderen Reitern voran. Die Kunde von der ungewöhnlichen Kämpferin in Gottes Namen ging wie ein Lauffeuer durch das Land. Als Erstes begleitete Jeanne im Mai einen Versorgungszug für die von den Engländern belagerte Stadt Orleans. Die 30 000 Bewohner dort drohten zu verhungern. Die Stadt südlich von Paris war für die Franzosen von großer strategischer Bedeutung. Eine Brücke führt dort über die Loire. Würde Orleans fallen, wäre den Franzosen der Weg in den Süden verstellt.

Das mutige Mädchen hatte den Engländern zuvor noch einen Brief geschrieben, in dem sie sie aufforderte: „Geht zurück in euer Land. Ich bin hierher von Gott, dem König des Himmels, gesandt, um euch Mann für Mann aus ganz Frankreich zu schlagen." Durch eine Lücke im Süden gelangte ihr Trupp tatsächlich in die Stadt – ein Fahnenjunker trug das eigens genähte weiße Banner der Jungfrau voran. Jubelnd fiel die Bevölkerung dem Mädchen in der Rüstung zu Füßen. Doch noch war keine Schlacht geschlagen, die Stadt nicht befreit.

Am 7. Mai ließ die Jungfrau die Fanfaren zum Angriff auf die Festung der Engländer vor den Stadtmauern blasen: So aussichtslos das Vorhaben erschien – die Jungfrau hatte das französische Heer in ihren Bann gezogen. Jeanne packte mit an, als die Männer eine Sturmleiter an die Mauern der feindlichen Festung legten. Da sauste ein Pfeil durch eine offene Stelle der Rüstung in ihren Hals. Jeanne schrie auf, wurde zur Seite getragen und ließ sich den Pfeil aus der Wunde ziehen. Wenig später sah man wieder ihr weißes Banner – und wieder feuerte ihr Mut die Leute Karls VII. zu einem neuen Angriff an. Schließlich gaben die Engländer die Festung auf. Nach nur einem Tag, am 8. Mai 1429, war Orleans frei – am darauffolgenden hatten die Engländer auch ihre anderen Stellungen in der Nähe verlassen. Diesen Sieg hatte nicht strategisches Geschick den Franzosen gebracht, sondern der eiserne Wille eines 17-jährigen Mädchens, das von unerschütterlichem Sendungsbewusstsein getrieben war.

Am 17. Juli 1429 sank Jeanne, ihr weißes Banner neben sich aufgebaut, schluchzend vor ihrem König in die Knie, um ehrfürchtig seine Beine zu umfassen: Der Erzbischof von Reims hatte Karl VII. soeben in der Kathedrale die Krone aufs Haupt gesetzt. Johanna hatte den einen Teil ihres Auftrags erfüllt – und Frankreich den rechtmäßigen König zurückgegeben. Nun musste sie das Land noch befreien. Sie bedrängte den König, sie nach Paris ziehen zu lassen. Doch Karl VII. zögerte – er wollte jetzt lieber mit den Burgundern verhandeln, statt die Engländer mit Waffengewalt aus dem Land zu vertreiben. Schließlich – im September des gleichen Jahres – ließ er „La Pucelle" doch gegen die besetzte Metropole ziehen. Doch diesmal scheiterte Jeanne. Am Bein schwer verwundet, wurde sie vom Schlachtfeld getragen. Schließlich gaben die Franzosen auf. Im Jahr darauf durfte Johanna im nordfranzösischen Compiègne noch einmal eine Schlacht für den König schlagen. Doch dabei zog sie ein Burgunde vom Pferd, „La Pucelle" wurde gefangen genommen. Zweimal versuchte sie zu fliehen, einmal, indem sie sich von einem 20 Meter hohen Burgturm stürzte. Wie durch ein Wunder schlug sie unten unverletzt auf, wurde aber wieder festgenommen.

Karl VII. machte keinen Finger für seine göttliche Kriegerin krumm. Keinen Franc ließ er springen. Das taten stattdessen die Engländer: Für 10 000 Franc kauften sie die Jungfrau den Burgundern ab und brachten sie nach Rouen. Dort sollte ihr der Bischof von Beauvais, Pierre Cauchon, wegen Ketzerei den Prozess machen. Statt – wie bei Kirchenverfahren sonst üblich – in einem Kloster, wurde Jeanne in den Kerker im Stadtschloss gesperrt, statt von Frauen von männlichen Wärtern bewacht.

20 Wochen lang wurde sie jetzt von Universitätsprofessoren, Domherren und Geistlichen verhört. 60 Beisitzer sollten sie allein durch ihre Anwesenheit einschüchtern – was ihnen aber mitnichten gelang. Ganz im Gegenteil: Dieses einfache Bauernmädchen konterte selbst die geschicktesten Fangfragen mit so großer Klug- und Gelassenheit, dass sich mancher Zuhörer klammheimlicher Bewunderung nicht erwehren konnte. Gefragt, ob sie gewiss sei, sich im Stande der Gnade zu befinden, antwortete sie: „Wenn ich es nicht bin, möge mich Gott dahin bringen, wenn ich es bin, möge mich Gott darin erhalten." Das war mehr als klug von ihr gesagt: Hätte sie zugegeben, im Stand der Gnade zu sein, wäre dies Ketzerei gewesen. Hätte sie die Frage verneint, wäre dies einem Schuldeingeständnis gleichgekommen.

Ihre Ankläger durchforsteten Johannas ganzes Leben, von der frühen Kindheit bis zur Gegenwart, um Anzeichen von Hexerei, Beweise für Gotteslästerung oder Volksverführung zu finden. Wegen der Stimmen, die sie hörte, warf man ihr vor, Dämonen anzubeten. Als „La Pucelle" ankündigte, sie werde sich nur einem Urteil Gottes beugen, war es um sie geschehen: Damit hatte sie die Autorität der Kirche in Frage gestellt. Diese Aussage musste die nunmehr 19-Jährige direkt auf den Scheiterhaufen führen. In Todesangst schwor Johanna schließlich ab. Stattdessen wurde sie nun wegen Ketzerei zu lebenslanger Haft verurteilt.

Doch wieder sperrte man die Jungfrau in einen weltlichen

Kerker. Um dort einer Vergewaltigung zu entgehen, zog Jeanne, die in Ketten vor ihren Wärtern liegen musste, erneut Männerkleider an. Denkbar ist aber auch, dass man ihr die Röcke weggenommen hatte. Als Cauchon erfuhr, dass Jeanne erneut keine Frauenkleider trug, wurde wegen Rückfalls in Ketzerei das Urteil neu gesprochen: Jeanne d'Arc sollte brennen! Am 30. Mai 1431 wurde die „Jungfrau von Orleans", als die sie in die Geschichte einging, barfuß, in ein grobes Nesselhemd gekleidet, auf einem Karren zum Marktplatz von Rouen gebracht. Tausende Schaulustige warteten dort schon auf sie. Jeanne d'Arc wurde auf den Scheiterhaufen geführt, das Feuer entzündet. Einige Zuschauer hielten sich die Ohren zu. Sie wollten die gellenden Schmerzensschreie des Mädchens, die das Stimmengewirr der vielen Menschen nicht überdecken konnte, nicht hören. Augenzeugen sagten danach, sie hätten die Seele Johannas zum Himmel fahren sehen. Ihre Asche wurde in die Seine gestreut.

Denkmal am Scheiterhaufen

Ein paar Knochen von Jeanne d'Arc sind angeblich übrig geblieben. Sie sind im Besitz des Erzbistums von Tours. Der Prozess gegen Jeanne d'Arc wurde 24 Jahre nach ihrem Tod noch einmal aufgerollt – und sie wurde posthum freigesprochen. Am 7. Juli 1456 wurde sie offiziell rehabilitiert. Die Kirche hielt sich noch jahrhundertelang bedeckt. Erst 1909 wurde Johanna von Orleans von Papst Pius X. seliggesprochen, am 16. Mai 1920 schließlich von Benedikt XV. zur Heiligen erklärt. Gegen ihre Richter aber ging niemand vor. An der Stelle, wo auf dem Marktplatz von Rouen ihr Scheiterhaufen brannte, steht heute ein Denkmal, das an das kleine Bauernmädchen aus Domrémy und die meistverehrte Frau der Franzosen erinnert.

Geistesblitz und Donnerschlag

Reich hätte er werden können. So gut hatte sein Vater alles eingefädelt. Das Studium der sieben freien Künste – Grammatik, Rhetorik, Logik, Arithmetik, Geometrie, Musik und Astronomie – lag schon hinter ihm. Mit dem Titel Magister Artium war der Weg für ein Hauptstudium frei. Der Vater wollte, dass er nun Jurisprudenz – Rechtswissenschaften – erlernte. Denn einem Rechtsgelehrten winkte eine sichere Beamtenlaufbahn. Das Geld fürs Studieren war da: Der alte Herr – einer Bauernfamilie entstammend – hatte es als Bergmann zu einigem Wohlstand gebracht. Er hatte eisern gespart und sich in eine Kupfererzmine einkaufen können. Um das tägliche Brot für die elfköpfige Familie brauchte er sich keine Sorgen mehr zu machen.

Doch es sollte ganz anders kommen: Nach nur zwei Monaten schmiss der junge Mann sein Jura-Studium hin. Nicht weil es ihm zu trocken oder er selbst zu faul zum Büffeln war. Nein, ein Gewitter warf den Studiosus völlig aus der Bahn. Es war abends an einem 2. Juli, als der junge Mann nach einem Besuch zu Hause zu Fuß auf dem Rückweg in die Universitätsstadt war. Wenige Stunden vor dem Ziel begann ein Gewitter zu toben. Als dicht neben dem 21-Jährigen ein Blitz in den Boden fuhr, packte den Burschen Todesangst. Er schrie zum Himmel um Hilfe – und legte ein folgenschweres Gelübde ab. 15 Jahre danach gestand er, es habe ihn später gereut. Doch versprochen war versprochen! Und so begab er sich schon zwei Wochen später hinter Klostermauern. Dort allerdings plagten den jungen Mann noch viel schlimmere Ängste. Bis ihn eine Erkenntnis wie ein Blitz durchzuckte, die für die Welt weit gewaltigere Folgen haben sollte als der grelle Vorbote eines kräftigen Donnerschlags.

Wer war das?

Martin Luther –

der Reformator der Kirche

Geboren am 10.11.1483 in Eisleben
Gestorben am 18.2.1546 ebenda

Gut möglich, dass sich einigen der Studenten beim Blick ins Feuer vor dem Wittenberger Elstertor an diesem 10. Dezember 1520 die Haare aufgestellt haben. Sollte nicht der, der da soeben die Flammen mit Gedrucktem fütterte, selbst auf dem Scheiterhaufen brennen? Gut möglich, dass auch Martin Luther solches dachte, als er die päpstliche Bulle und Bücher, in denen das Kirchenrecht niedergeschrieben war, ins Feuer warf. Wenn, dann dürfte dies seine Wut nur noch mehr angefacht haben. Der Papst in Rom, seine verlogenen Gefolgsleute, die die einfachen Menschen in Angst und Schrecken hielten und ihnen mit hanebüchenen Versprechen das Geld aus der Tasche zogen, die maßten sich an, mit einer Verfügung über ihn zu richten?! Der Teufel sollte sie holen! Nein, vor denen ging er gewiss nicht in die Knie. Dass er damit den endgültigen Rausschmiss aus der römischen Kirche und die Verurteilung als Ketzer heraufbeschwor, war dem 37-jährigen Pfarrer inzwischen auch egal. Keinen Fingerbreit würde er von seiner Überzeugung abweichen, dass das christliche Evangelium die einzig gültige Richtschnur war, um Gottes Gnade zu erlangen – und nicht die Anweisungen aus Rom. Auch an seinen anderen 94 Thesen, mit denen er die kirchliche Obrigkeit so gegen sich aufgebracht hatte, würde er festhalten. Darunter auch diese: „Die werden samt ihren Meistern zum Teufel fahren, die vermeinen, durch Ablassbriefe ihrer Seligkeit gewiss zu sein." Als ob das Seelenheil käuflich wäre!

Tatsächlich dauerte es keine vier Wochen nach der Bücherverbrennung, und Martin Luther wurde von Papst Leo X. aus der römischen Kirche ausgeschlossen. Viereinhalb Monate später, am 26. Mai 1521, belegte ihn Kaiser Karl V. durch das Wormser Edikt mit der Reichsacht. Damit war Martin Luther vogelfrei. Das hieß: Er hatte jeden Rechtsschutz verloren. Jeder im Reich war aufgefordert, ihn zu jagen und der Obrigkeit auszuliefern. Wäre dies geschehen, hätte er wirklich auf dem Scheiterhaufen der Inquisition gebrannt.

Martin Luther war in tiefem Glauben an Gott aufgewachsen. Als eins von neun Kindern des Ehepaares Hans und Margarete Luder war er am 10. November 1483 in Eisleben in Thüringen zur Welt gekommen. Luther nannte sich Martin erst später – möglicherweise nach dem griechischen Wort „eleutheros", der Befreite. Die Familie war fromm, auch wenn dem Vater die Pfaffen zuwider waren. Die Mutter erzog die Kinder in strenger Gottesfurcht. Ein Jahr nach Martins Geburt war die Familie nach Mansfeld umgezogen. Der Junge besuchte erst die dortige Schule, dann wechselte er an die Domschule nach Magdeburg und fand schließlich Unterkunft bei einer wohlhabenden Patrizierfamilie in Eisenach. An der dortigen Lehranstalt sollte er seine Lateinkenntnisse vervollständigen. Im Frühjahr 1501 schließlich schrieb er sich an der Landesuniversität von Erfurt für das Studium der sieben Künste ein, um nach dem Magister mit Jura fortzufahren. Nach einem Besuch zu Hause bei den Eltern kam es im Juli 1505 zu jener Gewitternacht, in der Martin in Todesangst zum Himmel flehte: „Hilf du, heilige Anna, ich will ein Mönch werden!"

War es wirklich das Gewitter, das den Studenten so in Furcht und Schrecken versetzt hatte? Oder brach sich da in dem jungen Mann etwas ganz anderes Bahn? Zwei Jahre zuvor hatte er sich am eigenen Degen so schwer verletzt, dass er fast verblutet wäre. Erst vor wenigen Wochen waren zwei Mitstudenten und zwei Professoren – möglicherweise an der Pest – gestorben. Zwei Wochen nach der Gewitternacht trat Luther in den Orden der Augustinereremiten, einer besonders strengen Bruderschaft im Erfurter Kloster, ein. Später erzählte er, angesichts des Blitzes habe ihn entsetzliche Furcht davor gepackt, unvorbereitet vor den Herrgott treten zu müssen.

Diese Angst vor dem Jüngsten Gericht und der Strafe Gottes für ein sündhaftes Leben konnte ihm auch das Klosterleben nicht nehmen. Schließlich lehrte die Kirche, dass selbst wer frei von Sünde war, nach dem Tod erst im Fegefeuer seine Seele läutern müsse, um Gottes Gerechtigkeit erlangen zu können. Wie aber, so quälte sich Luther, könne er als kleiner Mensch denn überhaupt ein gottgefälliges Leben führen? So verzweifelt war er ob dieser Frage, dass ihn sein Beichtvater Johann von Staupitz ermahnte: „Musst nicht mit solchem Humpelwerk und Puppensünden umgehen und aus einem jeglichen Bombart (lauten Pups) eine Sünde machen!" Echte Sünden, die der Vergebung Christi bedürften, seien es, seine Eltern zu ermorden, Gott zu lästern, zu verachten oder die Ehe zu brechen.

Staupitz erkannte aber auch, dass dieser Mönch hochbegabt war. Schon nach zwei Klosterjahren wurde er zum Priester geweiht und danach zum Theologiestudium nach Wittenberg entsandt. 1512 erwarb Luther den Doktortitel der Theologie und durfte selbst Vorlesungen halten. Zuvor war er im Auftrag des Klosters nach Rom gereist. Dort hatte er das übliche Bußprogramm absolviert: Er hatte sich in die lange Schlange der Gläubigen eingereiht, die vor Gottesfurcht zitternd auf den Knien die heilige Treppe zum Lateran, dem päpstlichen Palast, hochkrochen. Er hatte um Vergebung seiner und seiner Mitbrüder Sünden gebetet. Und er hatte einen Ablassbrief gekauft, damit seine verstorbenen Großeltern schneller aus dem Fegefeuer kämen.

Mit diesen Ablassbriefen machte die Kirche gute Geschäfte. Papst Leo X. brauchte viel Geld – er wollte sich eine prächtige Kirche, den Petersdom, bauen. Landauf, landab knöpften Bußprediger und Bettelmönche mit Ablassscheinen den Menschen Geld fürs Jenseits ab, obwohl die im Diesseits häufig kaum genug zum Beißen hatten. Viele kirchliche Würdenträger dagegen lebten in Saus und Braus und genossen die weltlichen Freuden. Auch diese Seite der heiligen Stadt bekam Luther zu sehen.

Aus seiner inneren Not, wie der Mensch sich Gottes Gnade verdienen könne, hatte er keinen Ausweg gefunden. Bis ihm in seiner Wittenberger Klause endlich ein erlösendes Licht aufging. Dazu verhalf ihm ein Satz im Römerbrief des Apostels Paulus: „Die Gerechtigkeit Gottes wird in ihm (dem Evangelium) offenbart." So war das also! Die Gnade Gottes war ein Geschenk an die Menschen und nichts, was sie sich durch gute Taten verdienen konnten. Das Einzige, was Gott verlangte, war, dass der Mensch an ihn und seine Gnade glaubte. Mit dem Turmerlebnis, das er irgendwann zwischen 1515 und 1517 hatte (das genaue Datum ist nicht bekannt), setzte Luther die Reformation in Gang. Denn das war es, was er nun wollte: die Kirche reformieren – sie zurückführen zur Botschaft des Evangeliums, weg von der Irrlehre, dass Seelenheil käuflich sei.

Die erlösende Erkenntnis kam Luther in einem Turm des Wittenberger Klosters. Deshalb heißt das Ereignis „Turmerlebnis".

Genau dies, nämlich dass jeder Gläubige sich sogar von der Strafe für richtig große Sünden mit einem Ablass freikaufen könnte, pries in den Tagen von Luthers Turmerlebnis ein Bußprediger den Menschen ganz besonders eifrig an. Mit dem Spruch „Sobald die Münz' im Kasten klingt, die Seele aus dem Feuer springt" zog Johannes Tetzel durch die Lande und trieb so Geld für Albrecht von Brandenburg ein. Der hatte sich hoch verschuldet, um sich die Erzbischofswürde von Mainz zu kaufen. Luther erboste dies so, dass er 95 Thesen gegen diesen verlogenen Ablass-Schacher verfasste. Am 31. Oktober 1517 wur-

Der 31. Oktober wird noch heute als Reformationstag gefeiert, weil mit dem Thesenanschlag die Reformation begann.

den sie in Wittenberg an die Tür der Schlosskirche geschlagen – so wird es in einigen Quellen dargestellt. In einer These rechnete er mit Tetzel direkt ab. In ihr heißt es: „Die Meinung, dass der päpstliche Ablass stark genug sei, einen Menschen von der Sünde zu erlösen, falls er sogar, wenn's möglich wäre, die Mutter Gottes geschändet hätte, ist heller Wahnsinn." Genau dies hatte Tetzel verkündet.

Bei seinen Kollegen in Wittenberg fand Luther Beifall. Sie ließen seine Thesen, mit denen er eigentlich nur einen kirchlichen Disput in Gang setzen wollte, drucken und verteilen. Die Stadt wurde daraufhin von Studenten schier überrannt. Alle wollten Luthers Vorlesungen und Predigten hören. Für die Kirche dagegen war der Anschlag der Thesen ein Anschlag auf Rom. Der Erzbischof von Mainz schwärzte den Wittenberger beim Papst als Ketzer an – und der forderte ihn zum Verhör nach Rom. Luther weigerte sich zu kommen – unterstützt von Sachsens Kurfürst Friedrich dem Weisen. Der schlug vor, Luther beim Reichstag in Augsburg zu vernehmen, wo ohnehin ein päpstlicher Gesandter zugegen war. Luther schlotterten die Knie, als er sich dort zwei Tage lang den Fragen stellte. Keiner konnte ihm Paroli bieten. Trotzdem wurde er als Ketzer schuldig gesprochen. Da aber hatte er sich bereits heimlich davongemacht. Sein Kurfürst dachte nicht daran, den Kirchenrebellen auszuliefern.

Luther dagegen legte noch nach: Er stellte die Obrigkeit des Papstes infrage – und zweifelte bis auf die Taufe und das Abendmahl die anderen fünf Sakramente (Beichte, Firmung, Ehe, Priesterweihe und Krankensalbung) als von Jesus Christus eingesetzte Handlungen an. Damit widersprach er den kirchlichen Dogmen, den als unumstößlich geltenden Glaubensgrundsätzen. Nun, im Juni 1520, drohte der Papst ihm mit der Bulle, der Verfügung „Exsurge Domine" – „Erhebe Dich, Herr" – den Kirchenbann und die Verbrennung all seiner Schriften an, wenn er nicht binnen 60 Tagen widerrufe. Luther warf stattdessen in Wittenberg die päpstliche Bulle und die Kirchenrechtsbücher in die Flammen – und predigte weiter. Am 3. Januar 1521 schloss der Papst ihn aus der Kirche aus. Hätte er ihn zu fassen bekommen, hätte er Luther töten lassen. Und wieder weigerte sich Friedrich der Weise, sein störrisches Landeskind auszuliefern.

Nun forderte Kaiser Karl V. Luther auf, beim Reichstag in Worms Rede und Antwort zu stehen. Kurfürst Friedrich sicherte das Kommen des unbequemen Theologen zu, wenn der Kaiser versprach, dass dieser – egal wie die Vernehmung ausgehen sollte – freies Geleit bekam. Am 17. und 18. April 1521 wurde Luther dort vernommen. Einen Widerruf lehnte er wiederum ab. Stattdessen soll er am Ende die berühmten Worte gesprochen haben: „Hier stehe ich und kann nicht anders. Gott helfe mir. Amen." Der Kaiser sprach die Reichsacht über ihn aus. Kurfürst Friedrich hatte dies geahnt – und längst die Entführung des Kirchenrebellen geplant. Auf der Rückreise nach Wittenberg wurde Luthers Kutsche „überfallen" – und der „Gefangene" als „Junker Jörg" auf der Wartburg in Eisenach vor den kaiserlichen Häschern versteckt.

Zehn Monate lebte der „Junker" dort. Und nahm ein Werk in Angriff, das weit über Kirchenfragen hinaus gewaltige Auswirkungen auf die deutsche Kultur haben sollte: Er übersetzte das Neue Testament der christlichen Bibel ins Deutsche – und zwar in ein Deutsch, das jeder verstand. Er selbst sagte dazu, man müsse beim Übersetzen der Mutter im Hause, den Kindern auf der Gasse und dem gemeinen Mann auf dem Markt „auf das Maul sehen". Bis dahin gab es die Bibel nur in den drei heiligen Sprachen Hebräisch, Lateinisch und Griechisch. Die einfachen Leute konnten sie deshalb nicht lesen. Das änderte sich nun – und nahm den Kirchenoberen ein Stück Macht. Nun hatten sie nicht mehr die Deutungshoheit über die Bibel. Die Leute konnten sich

Mit seiner Bibelübersetzung legte Luther den Grundstein für eine einheitliche deutsche Schriftsprache. Bis dahin schrieb man Lateinisch.

Titelblatt der deutschen Bibelübersetzung von Martin Luther (Holzschnitt von Lucas Cranach d. J., 1541)

selbst ihre Gedanken darüber machen. Schon vorher hatte Luther – anders als die Priester sonst – die Gläubigen in seine Gottesdienste mit einbezogen. Auch eine ganze Reihe deutscher Kirchenlieder hatte er bereits verfasst. Für die Übersetzung des Alten Testaments, das er 1534 fertigstellte, sollte er zwölf Jahre brauchen.

Trotz des Reichsbanns wurden Luthers Texte in Deutschland weiter verbreitet. Etliche Fürsten fanden in ihnen auch ein Stück „evangelische Freiheit" gegenüber dem Kaiser. Was Luther nicht ahnte und wollte: Dass einige von ihnen und vor allem die Bauern diese Glaubensfreiheit zum Anlass nahmen, auch gegen die weltliche Obrigkeit anzurennen. Als es in Wittenberg zu Tumulten kam, verließ „Junker Jörg" gegen den Rat des Fürsten die Wartburg, legte die Mönchskutte wieder an und eilte dorthin. Nach seinem Verständnis gab es – wie im Römerbrief des Paulus – „keine Obrigkeit außer von Gott". Der weltlichen hatte ein Christ unbedingten Gehorsam zu leisten, es sei denn, sie stifte ihn zu Gesetzesverstößen an, predigte er. Zu spät! Kirchen, Klöster und Burgen wurden gestürmt, geplündert und brannten, im ganzen Land wütete ein Bauernkrieg, der am Ende, 1525, 100 000 Menschen das Leben gekostet hatte. Luther schalt zwar die Fürsten wegen ihrer Schinderherrschaft, sprach den Bauern aber das Recht ab, sich in ihrem Widerstand auf das Evangelium zu berufen. Schließlich forderte er die Fürsten zum Kampf „wider die räuberischen und mörderischen Rotten der Bauern" auf. Sie sollten die Aufständischen „würgen und stechen", totschlagen wie „einen tollen Hund". Der Bauernkrieg wurde niedergeschlagen.

Luther setzte sich indessen weiter von den Kirchengesetzen ab: Am 13. Juni führte er die 26-jährige Katharina von Bora zum Traualtar. Die war, gemeinsam mit elf anderen Nonnen, aus ihrem Orden und dem Kloster in Nimbschen bei Grimma geflüchtet. Damit verstieß Luther gegen den Zölibat, die Pflicht zur Ehelosigkeit für Priester, und schaffte ihn auch gleich ab. Allerdings betonte der 41-Jährige: „Ich empfinde nicht fleischliche Lust noch Hitze, sondern ich verehre meine Frau." Das Ehepaar bekam drei Töchter und drei Söhne. Die Familie wohnte im verlassenen Wittenberger Kloster. Kurfürst Johann, der Nachfolger des inzwischen gestorbenen Friedrich des Weisen, hatte es Luther zur Verfügung gestellt.

Einige Landesfürsten hatten sich mittlerweile Luther angeschlossen und vom Papst losgesagt, womit die Geschichte der evangelischen Landeskirchen begann. Doch Papst und Kaiser gaben noch längst nicht nach. 1529 versuchte der Reichstag in Speyer erneut, das Wormser Edikt der Acht durchzusetzen. Daraufhin verließen Luthers Anhänger unter Protest die Versammlung. 1530 legte Luthers Freund Philipp Melanchthon beim Augsburger Reichstag mit dem „Augsburger Bekenntnis" die Leitlinien des evangelischen Glaubens vor. Der Reformator selbst saß derweil auf der Coburger Veste. Wegen des Reichsbanns, der nach wie vor galt, konnte er sich in Augsburg nicht blicken lassen. Kaiser und Rom lehnten die Anerkennung dieser Leitlinien natürlich ab. Wie weiterhin mit den Abweichlern zu verfahren sei, sollte das nächste Konzil entscheiden. Die evangelischen Fürsten und Städte schlossen sich derweil in Schmalkalden zu einem Bund zusammen. Luther musste dieses Treffen wegen großer Schmerzen, die ihm Nierensteine bereiteten, vorzeitig verlassen. In den nächsten Jahren veröffentlichte er immer neue Anklagen gegen die „Feinde Christi", zu denen er nun offen das „Papsttum zu Rom, vom Teufel gestiftet", aber auch die „Juden

Wegen des Fürstenprotestes beim Reichstag in Speyer heißen die evangelischen Gläubigen Protestanten.

Die Hasstiraden gegen die Juden sind das düstere Kapitel in Luthers Schriften. Die evangelische Kirche distanzierte sich später davon.

und ihre Lügen" zählte. Er rief sogar dazu auf, den Juden das Bleiberecht in Deutschland zu versagen – weil sie Christus nicht anerkannten. 1544 weihte er in Torgau den ersten evangelischen Kirchenbau ein. Er selbst war inzwischen ein schwer kranker Mann. Im Februar 1546 riefen ihn die Grafen von Mansfeld nochmals an seinen Geburtsort Eisleben. Dort sollte er einen Streit unter ihnen schlichten. Seiner Frau Katharina schrieb er: „Wenn ich wieder nach Wittenberg komm, so will ich mich alsdann in den Sarg legen und den Maden einen feisten Doktor zu fressen geben." Katharina bekam ihren Mann bereits in der Totenkiste zurück: Er war am 18. Februar 1546 in Eisleben gestorben. Vier Tage später wurde er in Wittenberg zu Grabe getragen.

Krieg im Namen des Herrn

Den Krieg um seine Religion hat Luther nicht mehr miterlebt: Der brach ein halbes Jahr nach seinem Tod aus, als Kaiser Karl V. gegen Luthers Glaubensanhänger im „Schmalkaldischen Krieg" ins Feld zog. 1547 eroberten die kaiserlichen Truppen den Geburtsort der Reformation, Wittenberg. Erst acht Jahre später und 34 Jahre nach dem Wormser Edikt wurde mit dem „Augsburger Religionsfrieden" den Lutheranern Gewissensfreiheit gewährt – allerdings zugunsten der Fürsten: Nun galt „cuius regio – eius religio" (wessen Land, dessen Religion). Die Landesfürsten bestimmten, welchem Glauben ihre Landeskinder angehören mussten. Die Kirche war von da an gespalten. Doch auch dieser Frieden währte nur ein halbes Jahrhundert – dann schlugen die Mächtigen beider Konfessionen auch im Namen des Herrn im Dreißigjährigen Krieg mit Waffen aufeinander ein.

Geburt und Tod – ein Geschenk von Gott

Bei seiner Geburt jubelte das Volk über das „Gottesgeschenk". So, Dieudonné, nannten die Menschen den nicht mehr erwarteten Thronfolger. Nein, damit hatte niemand gerechnet, dass seine Eltern doch noch Nachwuchs zustande kriegen würden. Zum einen waren der König und die Königin mit 37 Jahren für damalige Verhältnisse beide schon recht alt. Zum anderen war es ein offenes Geheimnis, dass das Herrscherpaar sich, wenn überhaupt, am liebsten aus der Ferne sah. Ein furchterregendes Gewitter soll dazu geführt haben, dass König und Königin doch noch in einer Dezembernacht des Jahres 1637 unter den Laken eines gemeinsamen Nachtlagers Zuflucht gesucht und gefunden hatten. Die Folge war das Gottesgeschenk.

Mindestens ebenso freudig, wie er von seinem Land begrüßt worden war, nahmen seine Untertanen fast 77 Jahre später Abschied von ihm: „Viele Menschen freuten sich über den Tod des Fürsten, und überall hörte man Geigen spielen", berichtete ein Zeitzeuge über den ungewöhnlichen Trauerzug, der den Regenten auf seinem letzten Weg begleitete. Am Wegesrand, so schrieb einer der größten Dichter des Landes, sah man überall „kleine Zelte, wo das Volk trank, sang und lachte". Dabei hatte „Monsieur Dieudonné" sein Land zum gebildetsten, mächtigsten und an Einnahmen reichsten Europas gemacht. Aber er hatte ihm durch seine zahlreichen Kriege und sein ausschweifendes Leben auch einen Schuldenberg hinterlassen, den abzutragen zehn Jahre dauern sollte. Mit nie zuvor da gewesenem Prunk und unglaublicher Pracht hatte er aller Welt seine Macht und seinen Reichtum demonstriert. Wie die Erde um die Sonne, so hatte sich in seinem Land alles um ihn gedreht.

Wer war das?

Ludwig XIV. –

Frankreichs gierige Sonne

*Geboren am 5.9.1638
in Saint-Germain-en-Laye
Gestorben am 1.9.1715 in Versailles*

Orangenbäume! Da starben seine Soldaten auf dem Schlachtfeld, im Kampf um die Vorherrschaft in Europa, das Volk musste darben – und der König wollte vom Finanzminister wissen, wie viele Orangenbäume schon im Schlosspark von Versailles gepflanzt worden waren! Hatte Jean-Baptiste Colbert Ludwig XIV. nicht schon vor einem Jahr gewarnt, dass die Ausgaben die Einnahmen des Staates gefährlich überstiegen? Hatte er nicht gerade erst wieder die Steuern erhöht und neue Gebühren erhoben, um die immer bedrohlicher werdenden Löcher im Staatssäckel stopfen zu können? Und da schrieb der König ihm: „Melden Sie mir den Stand der Orangenbäume!" Ein andermal hatte er ihn erinnert: „Vergessen Sie nicht, dass mir am meisten die Teiche und Wassergräben am Herzen liegen." 22 000 Soldaten mit 6 000 Pferden waren abkommandiert nach Versailles, um dort 15 000 Hektar Sumpf trockenzulegen und künstliche Bachläufe freizuschaufeln. 1 400 Fontänen sollten installiert, 75 000 Hecken und Bäume zu Skulpturen zurechtgestutzt, Marmorstatuen wie Apollo im Sonnenwagen und ein über die Hydra siegender Herkules aufgestellt werden. Nicht zu vergessen das Schloss selbst mit 1 300 Räumen. Seine längste Seite sollte einen halben Kilometer messen mit allein 375 Fenstern, mittendrin als Zentrum das königliche Schlafgemach. Ein Hofstaat von sage und schreibe 15 000 Menschen sollte in Versailles Unterkunft finden.

Monsieur Colbert war dem Verzweifeln nah. Wo sollte er noch Geld hernehmen? Um nicht mehr teure Waren im Ausland kaufen zu müssen, hatte er bereits Manufakturen errichten lassen, kleine Fabriken für Luxusgüter wie kostbare Stoffe, Spiegel, Gobelinteppiche, Möbel, Seidenstrümpfe und Glas. So blieb das Geld des Adels in Frankreich – und die Waren konnten gut auch anderswo verkauft werden. Das Mittelmeer hatte er durch den Canal du Midi mit dem Atlantik verbinden lassen, was dem Handel zugutekam und den Leuten Arbeit gab. Die konnten dann wiederum Steuern zahlen. Auch überseeische Besitzungen hatte man erworben – sogar am Mississippi in Amerika wurde eine Kolonie gegründet. Er, Colbert, hatte in wenigen Jahren die Staatseinnahmen verdoppelt – und trotzdem wankte Frankreich bedrohlich am Rand des Bankrotts.

Der heutige amerikanische Bundesstaat Louisiana verdankt Ludwig „Louis" XIV. seinen Namen.

Wie bescheiden hatte der König doch seine Regentschaft begonnen. „Am liebsten wird mir immer alles sein, was schön ist und wenig kostet!", hatte er 1661 nach dem Tod des Leitenden Ministers Kardinal Mazarin gesagt, als er die Staatsgeschäfte vollends in die eigenen Hände genommen hatte. Davon konnte nun, 20 Jahre später, keine Rede mehr sein. Nicht seitdem dieser Bernini, dieser italienische Künstler, dem König den Floh ins Ohr gesetzt hatte: „Bauten sind das treue Abbild vom Charakter eines Fürsten. Darum müssen Fürsten groß und prächtig bauen oder überhaupt nicht." Am 6. September 1683 war der gute Colbert mal wieder mit Louis XIV. wegen der vermaledeiten Finanzen aneinandergeraten. Wenige Stunden später war er tot. Colbert habe sich, so wurde hinter vorgehaltener Hand geflüstert, ins Grab geärgert. Da war wohl was dran.

Das einstige „Gottesgeschenk" hatte Frankreich fast in den Ruin getrieben. Spätestens seit dem Umzug in das in 28 langen Jahren erbaute Prunkschloss Versailles bekam der zu diesem Zeitpunkt schon 44-jährige Ludwig XIV. nicht mehr viel davon mit, was los war im Volk, wie es hungerte, wie es litt, wie es unter der Steuerlast stöhnte. Den Blick darauf hatte sich der König mit einer Mauer aus Höflingen, Adeligen, Günstlingen und Kirchenfürsten verstellt. Sie alle hatten mit ihm hierher, zwanzig Kilometer von Paris entfernt, ziehen müssen. Nur wer ihm nahe war, konnte sich seiner Gunst sicher sein. Viele hatten sich dafür hoch verschuldet. Genau das war Ludwigs Ziel: Der Adel sollte ihm auf Gedeih und Verderb ausgeliefert sein. Er sollte ihn umkreisen wie die Planeten die Sonne. Auch deshalb wurde Louis XIV. „Sonnenkönig" genannt. Er selbst hatte dieses „lebendigste und schönste Sinnbild eines großen Herrschers" zu seinem Symbol gemacht. Das berühmte Zitat „l'état c'est moi" – der Staat, das bin ich – stammt zwar nicht aus seinem Mund. Doch nichts könnte den absolutistischen Herrscher besser beschreiben.

Im Absolutismus ist die Macht des Herrschers „absolut", also uneingeschränkt. Er selbst ist einzig Gott und den Gesetzen untertan.

Ludwig war erst vier Jahre alt, als sein Vater Ludwig XIII. 1642 starb und er selbst zum vorerst ungekrönten König wurde. Von da an war er Ludwig XIV. Das Regieren nahm dem Vierjährigen vorerst seine Mutter, Anna von Österreich, ab. Ihr stand der ebenso charmante wie ehrgeizige Leitende Minister Kardinal Jules Mazarin zur Seite. Dessen Ziel war es, alle Macht noch mehr auf den Hof zu konzentrieren. In diesem Sinn wurde auch Annas Sohn erzogen.

Dieudonné war ein Mutterkind. Ludwig XIII. hatte sich zu Lebzeiten beklagt, sein Sohn schreie, „als würde man ihm die Haut abziehen", sobald er ihn, den Vater, nur aus der Ferne sah. Dabei war der kleine Louis ein eher stilles Kind. Er spielte lieber mit dem Nachwuchs der Kammerfrauen im Hof der damaligen Pariser Königsburg Louvre, statt als königlicher Dauphin durch die Gemächer zu ziehen. Ludwig musste Lateinisch, Italienisch und Spanisch, Rechnen und Geschichte lernen. Mehr Spaß machten ihm Musik und Tanz. Reiten und Jagen blieben bis ins hohe Alter seine Leidenschaft. In Recht, Militärstrategie,

Verwaltung unterrichtete der Leitende Minister persönlich das königliche Kind.

Ludwig war im Dreißigjährigen Krieg geboren worden, der Europa in Schutt und Asche legte. Zwar ging Frankreich 1648 bei Abschluss des Westfälischen Friedens als großer Gewinner aus diesem Kampf um Glauben und Macht hervor. Doch im Land selbst herrschte Bürgerkrieg, die sogenannte Fronde. Viele Adelige und Bürger lehnten sich gegen die Regierung und die Demontage der Hohen Gerichte auf. Sie wollten die Macht der Monarchie beschränken. In Paris gingen die Menschen auf die Barrikaden. So gefährlich wurde die Situation, dass Anna mit ihrem elfjährigen Sohn 1649 nach Saint-Germain floh. Mazarin bereiste mit dem Jungen die aufständischen Provinzen, um die Menschen auf die Seite des jungen Königs zu ziehen. Am 7. September 1651 wurde sein Schützling schließlich für volljährig erklärt – und das in der Mehrzahl königstreue Volk jubelte dem 13-Jährigen zu. Ein Jahr später konnte der Hof nach Paris zurückkehren. Endlich, am 7. Juni 1654, erhielt Ludwig XIV. in Reims die königlichen Insignien – Zepter, Reichsschwert und Krone – und den Orden vom Goldenen Vlies, weil er nun auch Herrscher von Gottes Gnaden war. Nun durfte er den dunkelblauen Samtmantel mit dem Lilien-Emblem der Bourbonen tragen. Aus Anlass seiner Krönung wurden 6 000 Gefangene freigelassen. Und er wurde zum obersten Befehlshaber der Soldaten. In den nächsten Jahren stellte Ludwig XIV. eine Armee mit zeitweise bis zu 400 000 Soldaten auf. Frankreich war damit zu dieser Zeit in Europa das erste Land mit einem stehenden Heer. Auch dies belastete freilich die Staatsfinanzen.

Ein König, der zum Mann reifte, musste auch mit den Künsten der Liebesgöttin Venus vertraut gemacht werden. Diese Aufgabe übernahm bei dem 16-Jährigen die Erste Kammerfrau seiner Mutter. Die erste Herzensliebe schenkte der junge Ludwig

Üblicherweise trommelten sich die Herrscher dieser Zeit ihre Soldaten nach Bedarf zusammen. Im stehenden Heer dagegen war das Soldatsein ein Beruf.

aber einer Nichte Mazarins, der Italienerin Maria Mancini. Als Ehefrau kam sie, da nicht von Stand, nicht infrage. Stattdessen wurde Maria Theresia von Spanien, die Thronerbin von König Philipp IV., am 9. Juni 1660 Ludwigs Frau. Es war eine politische Heirat und die Infantin die Dreingabe des spanischen Königs zum Friedensschluss mit den Franzosen. Die beiden Länder hatten sich nach dem Westfälischen Frieden weiter bekriegt. Für den Verzicht Maria Theresias auf das Erbrecht der väterlichen Krone sollte Ludwig eine Mitgift von 500 000 Goldtalern bekommen. Aber Philipp konnte nicht zahlen. So bekam Ludwig XIV. mit seiner Frau auch ein politisches Pfund in die Hand.

Die Strahlen des überaus gut aussehenden Sonnenkönigs sollten nicht nur seine Ehefrau wärmen: Ludwig fing ein Verhältnis mit der Kammerzofe seiner Schwägerin Louise de La Vallière an, die er zum Entsetzen des Hofes zur Herzogin erhob. Eine andere Favoritin war die Hofdame der eigenen Frau, die Marquise de Montespan. Auf Reisen saßen die drei Damen nebeneinander. Wenn Maria Theresias Kutsche anrollte, spottete das Volk, da kämen „die drei Königinnen". Nach dem Tod von Maria Theresia im Jahr 1683 heiratete Ludwig die Marquise de Montespan.

Auf die Position der obersten Mätresse rückte später Madame de Maintenon nach.

Während der König das Nachtlager mit seiner Ehefrau teilte, gehörten die Stunden der Mittagsruhe im Schloss seinen Konkubinen. Jeder wusste das, spielte sich doch das gesamte Leben des Regenten vor aller Augen ab. Das begann am Morgen mit dem festen Zeremoniell des Aufstehens. Genauestens war geregelt, wer wann bei welcher Verrichtung Ludwigs an, neben und vor seinem Bett zu stehen hatte. Der erste Kammerdiener weckte ihn um acht Uhr, um dem König das Weihwasser fürs Gebet zu reichen. Dann traten die Prinzen hinzu und einige der höchsten Adeligen, gefolgt von den Ministern, Vorlesern, Apothekern, Ärzten und einigen Offizieren. Die Kammerherren überreichten dem König die Perücke, bevor die Kirchenfürsten kamen.

Dann entledigte sich Ludwig mithilfe eines Dieners des Nacht-
hemds. Das für den Tag durften ihm ausschließlich sein Bruder
oder die Söhne und Enkel reichen. All diese Zeremonien waren eine ernste Angelegenheit. Ihr eigentlicher Zweck war es zu
zeigen, dass jeder am Hof nur Komparse in einer Inszenierung
war, in der sich alles ausschließlich um den König drehte.

Ludwig XIV. gab rauschende Feste, auf die die Monarchen
der Nachbarländer neidisch schauten. Paris, das er selbst kaum
noch besuchte, ließ Ludwig zum zweiten Rom ausbauen: Pracht-
volle Plätze und Parks wurden angelegt, Straßen gepflastert und
sogar eine Unterkunft für die Kriegsversehrten – der Invalidendom – gebaut. Er errichtete Akademien, die Gelehrte aus ganz
Europa anzogen. Ludwig verpflichtete die besten Künstler. Kul-
turell wurde Frankreich zum Vorbild für den ganzen Kontinent,
seine Sprache ein Ausdruck von Bildung und Feingeist. Selbst im
fernen Russland wurde später in den gehobenen Kreisen Französisch gesprochen. Auch zum Herrscher über Herz und Glauben seines Volkes schwang sich der König auf. Mit einem Federstrich setzte er 1685 das Toleranzedikt von Nantes außer Kraft,
das Glaubensfreiheit auch außerhalb der katholischen Kirche
garantiert hatte. Ludwig XIV. wollte damit angeblich die evangelischen Hugenotten vor der Hölle bewahren. Jedem, der sich
nicht „bekehren" ließ, drohten harte Strafen. Deshalb flohen
200 000 Hugenotten vor allem in die Schweiz, die Niederlande,
nach England und Preußen. Für Frankreich war dies ein großer
Verlust, weil dem Land damit viele fleißige Handwerker und
gute Steuerzahler abhandenkamen.

1711 verlor Ludwig XIV. seinen unmittelbaren Thronerben.
Als der Dauphin starb, war der König bereits 50 Jahre alt. Er
hatte da schon länger regiert als jeder andere europäische Monarch und die Lebenserwartung eines Menschen des 18. Jahrhunderts weit überschritten. Auch seine nächsten potenziellen Erb-

folger überlebte der König, selbst seinen Enkel, den Herzog von Burgund. Am Ende blieb sein Urenkel, der Herzog von Anjou, übrig. Als Ludwig XIV. kurz vor seinem Tod von ihm Abschied nahm, war der künftige XV. gerade fünf Jahre alt. Ihm schärfte er ein: „Ich habe den Krieg zu sehr geliebt, ahmen Sie mich darin nicht nach! Noch in den zu großen Ausgaben, die ich gemacht habe." Am Sonntag, den 1. September 1715, vier Tage vor seinem 77. Geburtstag, erlosch das Lebenslicht des Sonnenkönigs.

„Geheiligt werde dein Name nicht länger ..."

Das französische Volk schickte Ludwig XIV. mit einem verbitterten Gebet in den Tod. Es lautete: „Vater unser, der du bist in Versailles, geheiligt werde dein Name nicht länger. Dein Reich ist nicht mehr groß. Dein Wille geschehe nicht mehr zu Lande und zu Wasser. Gib uns unser täglich Brot, das uns vollständig fehlt. Und vergib unseren Feinden, die uns geschlagen, aber nicht unseren Generälen, die das zugelassen haben. Amen." Zu viel Leid und Not hatte der Ehrgeiz des Sonnenkönigs, Europas mächtigster und prächtigster Herrscher zu werden, die Menschen gekostet: Er hatte Teile der Niederlande besetzt, die deutschen Nachbarn angegriffen, Lothringen und das Elsass erobert. Er ließ seine Soldaten neun Jahre lang im Pfälzischen Erbfolgekrieg kämpfen und legte sich wegen eines fehlenden Erben auch mit Spanien an. Während das Volk hungerte, wurde bei Hof gefeiert und geprasst. Am Ende des Jahrhunderts, an dessen Anfang Ludwig XIV. gestorben war, sollte sich das Volk gegen König und Adel erheben: 1789 begann die Französische Revolution.

Der böse Mann in Berlin

„Das ist meine alte Kuh." So stellte er seiner jüngeren Schwester bei einem Empfang seine Ehefrau vor. Nach der Rückkehr aus einem mehrjährigen Krieg begrüßte er seine Gemahlin mit: „Madame sind korpulenter geworden." Sie litt – und trug es mit Fassung. Diesen Menschen hatte man ihr einst als kunst- und feinsinnig angepriesen, weil er in seiner Freizeit Flöte spielte und komponierte. Die Briefe an seine Lieblingsschwester unterschrieb er manchmal in Französisch und mit dem Namenszusatz „le philosophe". Aber welch grober Klotz war er als Ehemann! Nur auf Wunsch seines Vaters hatte er sich für sie entschieden. Sie hatte nun diesen unterwürfigen Gehorsam auszubaden. Ihre künftige Schwiegermutter sprach von ihr nach erster Inaugenscheinnahme von einem „Grasaffen" und nannte sie abfällig „schön, aber strohdumm". „Gott sei Dank, dass es vorbei ist!", schrieb er dann seiner anderen Schwester nach der Hochzeitsnacht. Wenig später schimpfte er: „Zum Teufel mit der dummen Gans!" Frauen? Die waren ihm ziemlich egal. Dabei sollten es ausgerechnet Frauen sein, die ihm und seiner Machtgier die Stirn boten. Eine nannte ihn „Ungeheuer", für sie war er nur „der böse Mann in Berlin". Gegen sie führte er Kriege, die Tausende Soldaten beider Länder das Leben kosteten. Das letzte große Gemetzel dauerte sieben Jahre – und erst mit dem Tod einer anderen Frau wendete sich das Blatt zum Frieden. Danach bekämpfte er den Hunger in seinem Volk. Er schickte seine Soldaten aufs Land. Dort sollten sie Äcker und Dörfer wieder urbar machen und neu aufbauen. Am Ende sprach er davon, er habe ein „Hundeleben" geführt. Zwischen seinen Hunden wollte er begraben sein. Dieser Wunsch ging in Erfüllung, aber erst über 200 Jahre nach seinem Tod.

Wer war das?

Friedrich der Große –

Schöngeist im Soldatenrock

Geboren am 24.1.1712 in Berlin
Gestorben am 17.8.1786 in Potsdam

Weg! Schnell die Bücher weg! Weil sonst, wenn's glimpflich ausging, der Rohrstock tanzte. Wahrscheinlicher war, dass der Vater mit seinen groben Stiefeln nach ihm trat. Das letzte Mal hatte sein Lehrer Prügel bezogen, weil Friedrich Wilhelm I. seinen Sohn beim Deklinieren lateinischer Vokabeln ertappte. „Oh du Schurke, Latein für meinen Sohn! Geh mir aus den Augen!", hatte der preußische König getobt. Mathematik, Geografie, Staatswirtschaft, die Künste der Artillerie und Religion, das sollte der Magister den Thronfolger lehren. Aber nicht Französisch oder gar Latein! Wenn er Friedrich dabei erwischte, kannte die Wut des Vaters keine Grenzen. „Regenten sind zum Arbeiten geboren und nicht zum faulen Leben!", bläute er dem Kronprinzen mit Stockschlägen und Stiefeltritten ein. Manchmal packte der Jähzorn den Vater aus heiterem Himmel, und er schlug ohne Grund zu. Bei einem Festessen verpasste er dem Zwölfjährigen vor den Augen von Gästen und Generälen eine brennende Ohrfeige und brüllte: „Ich möchte wissen, was in diesem kleinen Kopf vorgeht!" Ein andermal, da war Friedrich schon ein junger Mann, prügelte er ihn bei einem Manöver vor den anderen Soldaten mit blanken Fäusten zu Boden und verhöhnte ihn dann: „Wäre ich von meinem Vater so behandelt worden, ich hätte mich umgebracht. Aber du, du hast keine Ehre, du hast keinen Mut."

Dabei war Friedrich II. bei seiner Geburt mit solchem Jubel empfangen worden! 101 Kanonenschläge hatten dem Volk in Berlin am 24. Januar 1712 mitgeteilt, dass endlich, endlich ein neuer Kronprinz geboren war. Zwei Brüder von Fritzchen waren zuvor mit nur wenigen Monaten gestorben. Volk und Vater waren deshalb in großer Sorge: Was sollte aus Preußen werden, wenn Ihre Königliche Hoheit Sophie Dorothee Friedrich Wilhelm I. keinen männlichen Nachfolger mehr schenken würde? Die Sorge war man nun los. Von einer liebevollen hugenottischen Gouvernante wurde der kleine Friedrich in den ersten sieben Jahren seines Lebens großgezogen. Doch die unbeschwerte Kindheit war vorbei, als der preußische König den Sohn zu drillen begann.

Seit der Demütigung im Manöver schmiedete der 18-Jährige Pläne zur Flucht aus Berlin. Hilfe suchend wandte er sich an seinen Onkel Georg II. Der Bruder seiner Mutter und König von England riet ihm dringend ab. Dann musste er es eben ohne den Onkel nach England schaffen. Der Kronprinz weihte zwei Freunde, den Offizier Hans Hermann von Katte und einen Pagen, in sein Vorhaben ein. Im Sommer 1730 reiste er mit dem Vater nach Süddeutschland. Bei der Rückfahrt übernachtete die königliche Gesellschaft so, wie der König das liebte: in zwei Scheunen im Stroh. Das war die Gelegenheit! Ganz leise krochen Friedrich und von Katte zwischen zwei und drei Uhr in der Früh aus dem Stroh. Doch der Kammerdiener hörte sie und schlug Alarm. Ein Offizier fasste die beiden. Der Page hatte zuvor zwei Pferde bereitgestellt, was er dem König am nächsten Tag gestand. Die Folgen waren fürchterlich: Der Page konnte entkommen, Friedrich und dessen Freund aber wurden geschnappt. Friedrich Wilhelm wollte, dass beide wegen Desertion vor ein Kriegsgericht kamen. Von Katte wurde in Berlin festgehalten, Friedrich auf die Festung Küstrin gebracht. Die Richter weiger-

ten sich aber, ihn zu verurteilen. Sie meinten, über einen Kronprinz Recht zu sprechen stehe nur dem Kaiser zu. Gegen von Katte sprachen sie eine lebenslange Haftstrafe aus. Doch der König wollte von Kattes Tod.

Am Morgen des 6. November 1730 wurde Friedrich von den Wachen in der Festung Küstrin ans Fenster gebracht. Was er sah, war grauenerregend: Von Katte wurde auf den Hof geschleppt. Er musste sich hinknien. Dann kam der Henker, hob die Axt – und der Kopf des Freundes rollte in den Sand. Am Ende des Monats war Friedrichs Wille gebrochen. Er durfte die Festung verlassen, weil er sich dem Willen des Vaters unterwarf. Mit neun Bediensteten wurde er in einem kleinen Küstriner Haus untergebracht. Hier musste er Verwaltungsrecht studieren, Akten bearbeiten und Dokumente abschreiben. Fast ein Jahr ging das so. Dann kam der König in die Stadt. Friedrich stürzte sich auf die Straße und warf sich dem Vater zu Füßen. Er flehte ihn um Vergebung an. Nach einer Strafpredigt erlaubte Friedrich Wilhelm dem Sohn aufzustehen. Eine jubelnde Menge sah zu, wie der Kronprinz weinend die Stiefel des Vaters küsste. Von nun an durfte Friedrich die Ländereien rund um Küstrin zur Inspektion bereisen, bis er im November 1731 bei der Hochzeit seiner Schwester Wilhelmine endlich wieder im königlichen Schloss Aufnahme fand. Wenig später handelte der Vater die Heirat mit Elisabeth Christine von Braunschweig-Bevern aus. Im Juni 1733 wurde sie Friedrichs Frau. Nach dem Ende der Hochzeitsfeierlichkeiten brachte Friedrich Elisabeth Christine zu seiner Schwester Philippine Charlotte nach Berlin. „Zum Teufel mit der Gans!", schimpfte er über seine Frau. Kein Wunder, dass diese Ehe kinderlos blieb.

1736 begannen für Friedrich II. die vier schönsten Jahre seines Lebens. Das Paar zog ins vom Vater eigens gekaufte und renovierte Schloss Rheinsberg bei Neuruppin. Nicht plötzliche

Begeisterung für die Ehe machte Friedrich dort so glücklich, sondern die Tatsache, dass er endlich der Aufsicht des Vaters entkam. Hier konnte er ungestört lesen, musizieren und philosophieren. Er wechselte Briefe mit dem französischen Denker Voltaire. Auf Schloss Rheinsberg schrieb Friedrich nieder, wie er das Königsamt verstand: Ein Monarch war für ihn nicht durch irgendeine göttliche Berufung, sondern durch den „blinden Zufall der Geburt" zum Herrscher geworden. Deshalb dürfe er sich nicht übers Volk erheben. Vielmehr müsse er dessen „erster Diener" sein, der das Wohl seiner Untertanen stets im Auge habe.

Schon vier Jahre nach dem Einzug in Rheinsberg konnte Friedrich zeigen, ob es ihm ernst damit war. Denn der Vater starb am 31. Mai 1740 im Alter von 51 Jahren. Gerade noch rechtzeitig war der Kronprinz ins Stadtschloss von Potsdam gekommen, um von dem Tyrannen seiner Kindheit Abschied zu nehmen. Endlich, endlich versöhnten sich die beiden. Gerührt bedankte sich der König: „Tut mir Gott nicht viel Gnade, dass er mir einen so braven und würdigen Sohn gegeben?" Der verlegte, nun 28 Jahre alt und König Friedrich II., seinen Hof in das Barockschloss Charlottenburg. Seine Frau schickte er in die Stadtresidenz nach Berlin.

Friedrich II. brachte den Fortschritt mit: Er schaffte die Folter ab, womit er in ganz Europa Aufsehen erregte. Er hob die Zensur der preußischen Zeitungen auf und gestand der Justiz mehr Unabhängigkeit zu. Vielleicht war das auch eine Art Dank an die mutigen Richter, die sich damals, als er als Schuldiger vor ihnen stand, dem Vater widersetzt hatten. Vielleicht wollte er verhindern, dass noch mal einem Menschen das Schicksal seines Freundes von Katte widerfuhr. Schließlich gestand Friedrich seinen Untertanen Glaubens- und Gewissensfreiheit zu. Von ihm stammt der berühmte Ausspruch, jeder müsse nach seiner Fasson glücklich werden können. Allerdings müsse der Staat darauf

Die Zeit Friedrichs II. wird aufgeklärter Absolutismus genannt, weil das Volk Rechte bekam.

Der Preußenkönig verfügte, dass vor dem Gesetz jeder gleich sein müsse.

achten, dass kein Gläubiger einen Andersgläubigen daran hindere, seine Religion auszuüben. Den Beamten befahl er, jedermann, ob arm oder reich, gleich zu behandeln. Nur den höheren Staatsdienst und die Offizierswürde behielt er den Adeligen vor. Die Bürger sollten Handel und Gewerbe treiben. Auf staatlichem Grund und Boden siedelte der junge König freie Bauern an – und tat damit den ersten Schritt zur Abschaffung der Leibeigenschaft. Friedrich ließ während seiner Regentschaft viele Schulen bauen und erließ das Generallandschulreglement, das die Schulpflicht für alle Kinder ab fünf Jahren vorschrieb.

Friedrich der Große führte die Schulpflicht ein.

Friedrich war kaum ein halbes Jahr im Amt, da starb Kaiser Karl VI. Er hatte, mangels männlichem Erben, mit der „Pragmatischen Sanktion" seiner Tochter Maria Theresia den Weg für die Nachfolge als Erzherzogin von Österreich und Königin von Ungarn frei gemacht. Zum Kaiser gekrönt wurde später ihr Mann, Franz Stephan von Lothringen. Friedrich II. erkannte Maria Theresia als Nachfolgerin Karls VI. nicht an und stellte ihren Anspruch auf das Herzogtum Schlesien in Frage. Seine Karriere als Kriegskönig begann. „Dieser Tod [Karls VI.] zerstört alle meine friedlichen Gedanken", kündigte er an. Unter Berufung auf einen 200 Jahre alten Erbanspruch Brandenburgs wollte er das reiche Schlesien zu Preußen holen. Am 16. Dezember 1740 marschierte Friedrich in Schlesien ein, nach zwei Jahren hatte er Niederschlesien und Teile Oberschlesiens zum Eigentum Preußens gemacht. Es folgten weitere Schlachten: Erst 1745, nach dem Zweiten Schlesischen Krieg, sicherte er sich das ganze Land – und erkannte dafür Maria Theresias Ehemann als Kaiser Franz I. an.

Bei der Rückkehr im Dezember bejubelte das Volk in Berlin den König als „Friedrich den Großen". Ob er sich selbst so fühlte? Der 33-Jährige war grau geworden und sprach, obwohl Sieger, von „unnützem Blutvergießen". Nach elf Jahren fing er dennoch ein neues an: Von 1756 bis 1763 dauerte dieser dritte preußisch-österreichische Waffengang. Diesmal wollte Friedrich Maria Theresia mit einem Einmarsch in Sachsen zuvorkommen. Die Habsburgerin hatte sich mit Frankreich, Schweden und der russischen Zarin Elisabeth gegen Preußen verbündet. Friedrich hielt in Allianz mit England dagegen, das zu dieser Zeit in Südasien und Nordamerika mit den Franzosen im Kampf um die koloniale Vorherrschaft stand. In diesem Siebenjährigen Krieg riskierte der Preuße sein eigenes Land. Russische und österreichische Truppen stürmten bis ins Schloss Charlottenburg nach Berlin. Dem König selbst wurden auf dem Feld zwei Pferde unter dem Sattel weggeschossen. So verzweifelt war Preußens Lage, dass der König angeblich sogar an Selbstmord dachte. Jedenfalls machte er sein Testament. Dennoch gönnte er seinen Truppen keine Ruhe. Berühmt wurden seine Parolen wie: „Kerls, wollt ihr denn ewig leben?" oder „Jeder tue seine Pflicht!", mit denen er, selbst schwer verwundet, die Soldaten aufforderte, selbst in aussichtsloser Lage den Kampf nicht aufzugeben.

Der Begriff vom „preußischen Pflichtbewusstsein" geht auf Friedrich II. zurück.

Später beichtete er, Maria Theresia und er hätten mit ihrem Eigensinn viele Menschen ins Unheil gestürzt. Erst als Maria Theresias engste Verbündete, die russische Zarin Elisabeth, starb, wendete sich das Blatt. Sie hatte den Preußen noch mehr gehasst, als es die Habsburgerin tat. Der neue Zar dagegen, Peter III., bewunderte Friedrich. Er bot dem Preußen-Herrscher Hilfe gegen die Österreicher an. Im Februar 1763 wurde im dritten und blutigsten der Friedericianischen Kriege Frieden geschlossen.

Zurück nach Berlin kam Friedrich der Große als alter Mann. Der 51-Jährige ging am Krückstock, den Rücken gekrümmt. Mit Recht wurde er nun „Alter Fritz" genannt. Verbittert war er und sah jämmerlich aus. Schon am nächsten Tag schickte der König 40 000 Soldaten auf die verwüsteten Felder: Sie mussten den Bauern helfen, das Land wieder herzurichten, damit das

Volk etwas zu essen bekam. Die Armee stockte er auf 180 000 Mann auf, obwohl die Kosten dieser riesigen Armee fast zwei Drittel der Staatseinnahmen auffraßen. Er selbst wollte – neben aller Pflicht – nun so leben, wie er es als junger Mann begonnen hatte: mit Kunst und Literatur, in schöner Umgebung, möglichst ohne Sorgen. „Sanssouci" – sorglos – hieß auch das Rokoko-Schlösschen, das er sich in Potsdam hatte erbauen lassen. Von hier aus ging er tagsüber seinen Staatsgeschäften nach und hörte sich abends Konzerte an. Er selbst konnte mit den krumm gewordenen Fingern die geliebte Flöte nicht mehr halten. Er rechnete mit seinem baldigen Tod und nannte die vergangenen Jahre ein „Hundeleben". Doch er musste noch 23 Jahre lang „seine Pflicht" erfüllen. Erst 74-jährig, am 17. August 1786, starb Friedrich II. auf Schloss Sanssouci. Er saß im Lehnstuhl, weil ihm das Liegen schon seit Jahren die Luft zum Atmen nahm.

Der erste moderne Monarch

Entgegen seinem Wunsch, auf der Terrasse von Sanssouci begraben zu werden, ließ Friedrichs Nachfolger, sein Neffe Friedrich Wilhelm II., den Onkel in der Gruft der Potsdamer Garnisonkirche beisetzen. Von dort wurden die Gebeine des Alten Fritz im Zweiten Weltkrieg nach Marburg und 1952 auf die Burg Hohenzollern gebracht. Erst 1991 fand der „Alte Fritz" in Sanssouci seine Ruhe. Wegen seiner Kriege geht uns der Name „der Große" heute schwer über die Lippen. Er hat Preußen zu einem der mächtigsten Länder Europas gemacht. Mit seinen inneren Reformen (wie der Presse- und Justizfreiheit, der Abschaffung der Folter, dem Bau von Schulen) hat er aber dem menschenverachtenden höfischen Absolutismus ein Ende und dem modernen Staatswesen den Weg frei gemacht.

Ein Gesicht in den Händen der Welt

Hunderttausende nahmen sie in die Hand. Die meisten Menschen wussten vermutlich noch nicht einmal, wer sie da von der weltweit meistverbreiteten Münze ansah. Fast zwei Jahrhunderte wurden mit der Münze, die ihr Antlitz zeigt, nicht nur in Europa, sondern auch in Afrika, im Orient und sogar in Indien Geschäfte gemacht. In einigen Ländern wurde noch vor rund 50 Jahren damit bezahlt. In vielen Schmuckschatullen liegt die Münze, häufig in Gold oder Silber gefasst. Viele Frauen haben sie auf ihrer Brust getragen. Besonders wertvoll waren Colliers, bei denen gleich mehrere Münzen in Reih und Glied aneinanderhingen. Das Antlitz besagter Dame ziert den meistgeprägten Taler der Welt. Auch das ist besonders an ihm: Das erste Mal wurde bei ihm auch der Rand eingekerbt. Das sollte Schlitzohren daran hindern, ihn abzuschleifen, um sich am Staub des Edelmetalls zu bereichern. Münzsammler und Experten erkennen sofort, aus welcher Prägereihe welchen Jahres das jeweilige Exemplar stammt. Denn Portrait und Pose der berühmten Frau darauf änderten sich mehrmals.

Die unterschiedlichen Auflagen zeigen, wie alt und von welchem Stand die Gezeigte bei der jeweiligen Prägung war. Nebeneinandergelegt ist es fast so, als würden die Taler aus ihrer Lebensgeschichte erzählen. Seit ihrem Tod wurde nur noch die Münze aus dem Sterbejahr nachgeprägt: Sie zeigt die Herrscherin im Witwenschleier, den sie nach dem Tod ihres Mannes nie wieder abgelegt hat. Drum herum läuft eine Inschrift: Ein M, dann ihr zweiter Vorname, gefolgt von D G R IMP HU BO REG. Die Buchstaben kürzen ihre lateinischen Titel ab und verraten, welchen Rang sie 40 Jahre lang hatte.

Wer war das?

Maria Theresia –
die ungekrönte Kaiserin

Geboren am 13.5.1717 in Wien
Gestorben am 29.11.1780 ebenda

„Ich nehme Josepha, weil sie, wie man mir gesagt hat, wenigstens schöne Brüste hat." Ein solcher Brief vom eigenen Sohn! Wie ärgerte sich Maria Theresia über den Flegel. Er wusste doch, wie sie diese Worte verdrießen würden, sittenstreng wie sie war. Sie ließ Damen, die auf den Bällen in Wien zu tief dekolletiert erschienen, unsanft aus dem Saal entfernen. Kein Erbarmen kannte sie mit käuflichen Liebesmädchen: Auf Befehl der Kaiserin wurden sie festgenommen, kahl geschoren, ausgepeitscht und eingesperrt. Ausgerechnet mit solchem Gesindel und den Kammerjungfern am Hof vergnügte sich ihr leiblicher Sohn, der Erzherzog Joseph, während er die eigene Ehefrau angeblich kein einziges Mal angerührt hat. Seine Mutter hatte die Braut, Maria Josepha, die Tochter des verstorbenen Kaisers Karls VII., für ihn ausgesucht, um die Wittelsbacher enger ans Haus Habsburg zu binden. Erzherzog Joseph, der nach dem Tod seiner ersten eine neue Frau brauchte, musste sich fügen. Obwohl er schimpfte, die Braut sei „klein und dick" und habe „hässliche Zähne". Dafür hat er seiner Mutter später, als er nach dem Tod seines Vaters Kaiser Franz I. Stephan mit ihr regierte, das Leben durch seine Sturheit schwer gemacht.

Maria Theresia, Kaiserin des Heiligen Römischen Reiches Deutscher Nation, Erzherzogin von Österreich und Königin von Ungarn und Böhmen, war eine ungewöhnliche Frau. Mit hängenden Schultern waren die Wiener von dannen gegangen, als die große Glocke des Stephansdoms am 13. Mai 1717 ihre Geburt verkündete. „Nur" ein Mädchen! Sie hatten so gehofft, Elisabeth Christine von Braunschweig-Wolfenbüttel würde Kaiser Karl VI. einen zweiten Sohn gebären. Der erste, Leopold, war im ersten Lebensjahr gestorben. Als hätte Karl VI. so was geahnt, hatte er 1713 die Pragmatische Sanktion erlassen: Mit ihr wurde die rein männliche Thronfolge abgeschafft. Der Kaiser wollte dem Haus Habsburg Zepter und Krone sichern. Deshalb bekamen auch die Töchter Anspruch auf den Thron.

Das „Resl", wie das Volk sie nannte, lachte und tanzte gern. Sie liebte das Spiel – besonders mit Karten. Aufgewachsen war Maria Theresia in der Hofburg zu Wien und der Sommerresidenz Favorita. Schüchtern war sie nicht: Mit sechs tanzte sie in der Oper, mit elf sang sie Kantaten vor Publikum, mit 15 stand sie in einer Komödie auf der Bühne. Später, als Kaiserin, ging sie nur noch ins Theater, um zu überprüfen, dass dort nichts Anstößiges zu sehen war. Was die guten Sitten anbelangte, verstand sie keinen Spaß.

Maria Theresia beherrschte fünf Sprachen: Neben Deutsch hatte sie als Kind Französisch, Spanisch, Italienisch und Lateinisch gelernt. Schließlich lebte sie in einem Vielvölkerstaat, der von Schlesien bis Triest, von Vorarlberg bis Siebenbürgen reichte. Unter ihres Vaters und ihrer Herrschaft lebten Armenier und Serben, Ungarn, Lothringer, Italiener und Spanier. Sie lernte auch Religion, Geschichte und Mathematik, nicht aber Verwaltung, Recht, Staatsführung, Finanzwesen und Kriegsstrategie. Der Vater hielt das für überflüssig, obwohl sie seine Thronfolgerin war. Dabei hatte er ihr das Land in marodem Zustand hinterlassen. Aber das „Resl" hatte sicheren Machtinstinkt und war von scharfem Verstand.

Früh schon war ausgemacht, wen sie heiraten sollte: Maria Theresia war gerade sechs Jahre alt, da zog der künftige Ehe-

Nicht alle Fürsten stimmten der Pragmatischen Sanktion zu. Maria Theresia bekam das noch zu spüren.

Maria Theresia setzte eine „Keuschheitskommission" ein, die Jagd auf Ehebrecher machte.

Maria Theresias Ehemann wurde aus politischen Gründen ausgesucht. Ihre eigenen Kinder hat sie ausschließlich unter diesem Gesichtspunkt unter die Haube gebracht.

mann, der neun Jahre ältere Franz Stephan von Lothringen, in der Wiener Hofburg ein. Beider Eltern hatten dies ausgehandelt, um die Verbindung der Häuser Habsburg und Lothringen noch enger zu gestalten. Erzogen wurde Franz nun vom Kaiser. Der ging davon aus, dass die Tochter die Krone bekommen, der Schwiegersohn aber das Sagen haben würde. Es kam genau umgekehrt.

1736 führte Franz Stephan von Lothringen die 19-Jährige zum Traualtar. Kurzzeitig zog das Paar nach Florenz, weil Franz Stephan Großherzog der Toskana war. Doch bald schon wurde Maria Theresia in Wien gebraucht: Am 20. Oktober 1740 starb ihr Vater. Weinend brach die da zum vierten Mal schwangere künftige Herrscherin an seinem Totenbett zusammen. Die Ärzte sorgten sich um das ungeborene Kind – dennoch bestieg sie zwei Tage später den Thron. So sollte es die nächsten 16 ihrer 40 Regierungsjahre bleiben: Entweder war sie mit einem ihrer 16 Kinder schwanger oder hatte ein Neugeborenes an der Brust. Das hielt sie weder vom Regieren noch vom Reisen ab.

Ärger gab es um die Kaiserkrone. Denn die beanspruchte Kurfürst Karl Albrecht von Bayern für sich. 1742 ließ er sich zu Kaiser Karl VII. von den Kurfürsten wählen und krönen. Preußens König Friedrich II. wiederum nutzte Österreichs desolate Lage, um mit Truppen nach Schlesien zu ziehen. Weshalb die Regentschaft der Erzherzogin mit Krieg begann. Der Bayer Karl Albrecht wiederum war gen Wien marschiert. Deshalb musste Maria Theresia ins ungarische Pressburg – das heutige slowakische Bratislava – fliehen. Sie erhielt die dortige Königskrone und flehte, ihr viertes Kind, den gerade geborenen Joseph, auf dem Arm, den Reichstag um Hilfe an. 1745, nach dem Zweiten Schlesischen Krieg, war ihre reichste Provinz für Österreich verloren. Nur mit Tränen und letztlich einem Verbot hatte sie ihren Mann davon abhalten können, selbst in die Schlacht zu ziehen.

1745 starb Kaiser Karl VII. Sein Sohn Maximilian III. lehnte die Nachfolge ab. Nun konnte die Krone nach Österreich kommen. Maria Theresia überließ sie ihrem Mann. Als der neue Kaiser Franz I. Stephan nach der Krönung im Frankfurter Dom unter Glockengeläut zum Römer, dem Rathaus, ritt, stand „seine" Kaiserin im Fenster eines Hauses am Straßenrand. Ihr „Franzl" streckte ihr Reichsapfel und Zepter entgegen. Da hat sie laut gelacht. So jedenfalls schilderte Johann Wolfgang von Goethe später die Szene.

In Österreich aber regierte sie. Maria Theresia ließ Schulen bauen, stoppte das „Bauernlegen" und lockerte die Leibeigenschaft. Sie verbot körperliche Strafen wie Zunge-Ausreißen oder Brennen mit glühenden Eisen. Auch den Tod durch Vierteilen bei lebendigem Leib schaffte sie ab. Sie setzte eine „Sittenpolizei" ein und sanierte die Staatsfinanzen. Keine Kosten scheute Maria Theresia bei ihrer neuen Residenz: Sie ließ Schloss Schönbrunn umbauen. 1746 zog die Familie in dieses „Versailles der Habsburger" mit 1 441 Sälen und Zimmern um.

Den Verlust Schlesiens verwand die Habsburgerin nicht. Sie verbündete sich mit der russischen Zarin Elisabeth und Frankreichs König Ludwig XV. gegen die verhassten Preußen. Sich mit dem Franzosen zusammenzutun fiel der sittenstrengen Maria Theresia schwer, denn die französische Politik wurde eigentlich von der Mätresse des Königs, Madame Pompadour, gemacht. Der Coup kam dem Preußen-König zu Ohren. Um der Habsburgerin zuvorzukommen, begann Friedrich der Große 1756 den dritten Krieg um Schlesien. Er dauerte sieben Jahre, am Ende war Schlesien für Österreich verloren.

Zwei Jahre später – 1765 – verlor die Kaiserin auch ihren Mann. Am 18. August brach Franz I. Stephan nach einer Theateraufführung zusammen und war wenige Stunden später tot. Aus Trauer ließ sich die 48-jährige Witwe die Haare abschneiden und

Das Bauernlegen gab den Gutsherren das Recht, ihre Bauern wie ein Stück Land zu kaufen und zu verkaufen.

115

legte den Witwenschleier um. Sie trug ihn bis zu ihrem eigenen Tod. Nun regierte sie mit ihrem Sohn, dem Kaiser Joseph II. Gegen ihren Willen begann der den Bayerischen Erbfolgekrieg, um an Niederbayern zu kommen. Erst Geheimverhandlungen Maria Theresias mit ihrem Erzfeind Friedrich II. machten dem Blutvergießen ein Ende. Das hat ihr der Sohn nie verziehen.

Die einst fröhliche Frau war still und ernst geworden. Die Pocken hatten ihr schwer zugesetzt, und sie war nicht mehr gesund. Einst war sie hübsch und schlank, jetzt beklagte sie sich: „Ich bin fett geworden." Im November 1780 vergnügte sich Maria Theresia trotz scheußlichen Wetters in Schönbrunn bei einer Fasanenjagd. Dabei erkältete sie sich schwer. Am 29. November 1780 war die Kaiserin ohne Krone tot. Neben ihrem Franzl fand sie in einem Doppelsarkophag in der Kapuzinergruft der Begräbniskirche der Habsburger in Wien ihren Frieden.

Die Schwiegermutter Europas

Nicht nur der älteste Sohn Joseph musste sich bei seiner Heirat den Wünschen der Mutter fügen: Maria Theresia hat wie kaum sonst jemand bei der Partnerwahl ihrer Kinder Politik gemacht. Sie wurde spöttisch „Schwiegermutter Europas" genannt. Josephs Bruder Leopold musste die spanische Königstocher Maria Ludovika ehelichen, Erzherzog Ferdinand bekam Herzogin Beatrix von Modena-Este. Die Töchter Marie Christine und Maria Amalia wurden die Frauen von Albert von Sachsen und Ferdinand I. von Parma, Erzherzogin Maria Karolina wurde mit Ferdinand I. von Neapel-Sizilien getraut. Berühmt wurde Maria Antonia. Sie nannte sich nach der Hochzeit mit Ludwig XVI. von Frankreich Marie-Antoinette. Sie starb 1793 in der Französischen Revolution wie ihr Gatte unter der Guillotine.

Von der Straße auf den Thron

Als Kind spielte sie am liebsten mit den Jungs auf der Straße, obwohl sie eine Prinzessin war. Allerdings eine arme. Denn das
Land ihres Vaters war eines der kleinsten und unbedeutendsten
Fürstentümer von Preußen und warf für seinen Herrn nur wenig Geld ab. Vor allem ihre Mutter grämte sich darüber. Sie sehn-
te sich nach dem Prunk und der Pracht ihrer Kindheit zurück.
Deshalb wollte sie wenigstens ihre Tochter gut verheiraten. Färb-
te doch von derart erworbenem Glanz auch etwas auf die Familie ab. Darum war es mit den wilden Bubenspielen für das Mädchen nach dem zehnten Geburtstag vorbei. Ein Ehemann war
rasch gefunden – der Traum der jungen Frau vom Glück aber
schnell ausgeträumt: Der Erwählte spielte, statt sie zu vergöt-
tern, lieber mit Puppen und Soldaten. Er war hässlich – nicht nur
von Angesicht, sondern auch im Benehmen gegenüber seiner
Frau. Bei ihrem Mann fand sie keine Liebe, dafür aber bei vielen anderen. Angeblich hat sie an die zwanzig Liebhaber gehabt.
Von zwölfen weiß man genau. Ihnen gab sie zärtliche Namen:
„Schön wie der Tag" nannte sie einen, „ein Held wie ein Römer" den nächsten. Wieder ein anderer war für sie der „Löwe im
Dschungel". Ihn sprach sie in ihren Briefen mit „mein kleiner
Grischa" an. Der angetraute Ehemann war da schon kaltgestellt –
und kurz danach tot. Bis heute wird gerätselt, ob sie den Auftrag
gab, ihn zu ermorden. Sicher ist nur, dass einer ihrer Liebhaber
an der Affäre beteiligt war. Nach dem Tod ihres Mannes bestieg
sie seinen Thron und wurde zu Europas mächtigster Frau. Dass
sie sich vor aller Augen Männer nahm und eine machtbesesse-
ne Herrscherin war, ist das Außergewöhnliche an dieser Frau.

Wer war das?

Katharina die Große –

Zarin der Leidenschaft

Geboren am 2.5.1729 in Stettin
Gestorben am 17.11.1796 in Puschkin

Die Abendgesellschaft am Berliner Königshof traute ihren Augen kaum: Was hatte eine Vierzehnjährige bei diesem Bankett an der Seite Friedrichs II. zu suchen? Seit Stunden unterhielt sich der König von Preußen nun schon mit dieser unreifen Person. Fast konnte man meinen, er könne von dem halben Kind gar nicht genug bekommen. In der Tat hatte Friedrich der Große ein Auge auf Sophie Auguste Friederike von Anhalt-Zerbst geworfen. Aber nicht für sich selbst. Er hatte mit der Tochter des Generalmajors Christian August von Anhalt-Zerbst ganz anderes im Sinn. Der Preußenkönig suchte für den künftigen russischen Zaren eine passende Frau. In den angesehensten Häusern Englands, Schwedens, Österreichs und Sachsens putzten sich schon die heiratsfähigen Töchter für die Brautschau heraus. Es wurde Zeit, dass er die Sache im Sinne Preußens in die Hand zu nehmen begann. Schließlich sollte nicht irgendein anderes europäisches Herrschaftshaus Einfluss auf das russische Zarenreich bekommen. Am besten wäre, er fände eine Prinzessin aus einem seiner unbedeutenderen Fürstentümer. Dann mischte sich wenigstens die Familie der Braut nicht in die politischen Angelegenheiten ein. Auf Sophie von Anhalt-Zerbst traf genau dieses zu.

Deren Mutter, Johanna Elisabeth von Holstein-Gottorf, hatte die Sache klug eingefädelt. Sie litt darunter, dass sie die Frau eines Fürsten ohne Glanz und Geld geworden war. Mehrmalige Erbteilungen hatten Land und Güter derer von Anhalt-Zerbst gehörig schrumpfen lassen. Um Geld zu verdienen, hatte ihr Mann die Offizierslaufbahn eingeschlagen. Als Tochter eines Erzbischofs war sie Besseres gewohnt. Deshalb besuchte sie, wann immer es möglich war, ihre noble Verwandtschaft. Dabei führte sie Sophie in die bessere Gesellschaft ein. Seit deren zehntem Geburtstag fuhren Mutter und Tochter einmal im Jahr nach Berlin. Dort waren sie auch beim König zu Gast.

Trotz der fröhlichen Straßenspiele hatte es Sophie als Kind zu Hause nicht leicht gehabt: Die Mutter war enttäuscht, dass ihr erstes Kind, das sie am 2. Mai 1729 in Stettin zur Welt brachte, kein Junge war. Erst eineinhalb Jahre später bekam Sophie einen Bruder. Um den kümmerte sich die Mutter, Sophie überließ sie einer Gouvernante. Die Mutter entdeckte das Interesse an Sophie erst, als diese ins heiratsfähige Alter kam: Es musste sich doch ein honoriger Schwiegersohn finden lassen! Als sie einmal ihren Bruder in Eutin besuchte, kam der Fürstin die zündende Idee. Adolf-Friedrich von Holstein-Gottorf hatte auch sein elfjähriges Mündelkind zu Gast. Karl Peter Ulrich von Holstein-Gottorf war Waise, aber Großneffe des schwedischen Königs Karls XII. und Enkel des verstorbenen russischen Zaren Peter des Großen.

Sophie amüsierte, dass die Großen einen solchen Tanz um dieses schmächtige Bürschchen machten. Die Mutter tuschelte ihr zu, der Junge könne eines Tages die Krone Schwedens oder gar Russlands erben. Noch saß die Zarin Elisabeth, die jüngste Tochter Peters des Großen, auf dem Thron. Doch sie hatte weder Mann noch Kinder. Nur ihren Neffen Karl. Und den holte sie tatsächlich wenig später von Eutin als Kronprinzen an den russischen Hof. Karl Peter konvertierte zum orthodoxen Glauben und nahm auf Elisabeths Geheiß den Namen Peter Fjodorowitsch an. Nun brauchte die Zarin nur noch eine Braut für den künftigen Zaren. Im Auge hatte sie eine Schwester Friedrichs des Großen. Doch der schlug stattdessen nach dem festlichen Berliner Abendessen Sophie als Kandidatin vor.

So kam es, dass das bald 15-jährige Mädchen im Januar 1744 mit ihrer Mutter in der Kutsche auf dem Weg nach Russland saß. Sechs Wochen dauerte diese Reise. Sophie froren bei der Winterkälte fast die Zehen ab. Manchmal musste man sie abends aus der Kutsche tragen, weil ihre Füße vor lauter Frostbeulen den Dienst verweigerten. Erst ab Riga ging es komfortabler zu: Dort wartete auf die künftige Braut ein Schlitten der Zarin. Zwölf Pferde zogen ihn über Petersburg nach Moskau. Die Sitze waren mit Daunen gepolstert und mit Zobel ausgeschlagen. In der weißen Winterlandschaft kam Sophie sich wie die Schneeprinzessin in einem russischen Märchen vor. Endlich, am 20. Februar, hatten Mutter und Tochter ihr Ziel erreicht. Neugierig wurden sie von Elisabeth in Empfang genommen. Sophie gefiel der Zarin. Und schon am Ende des Monats meldete die Mutter nach Stettin: „Die Sache ist gemacht!"

Sophie bereitete sich nun auf die Rolle der Großfürstin vor. Ein orthodoxer Geistlicher unterwies sie im russischen Glauben. Das Herz Elisabeths eroberte die Fürstentochter vollends, als sie, auf dem Krankenbett liegend, den protestantischen Pfarrer ablehnte und nach einem orthodoxen Seelsorger rief. Das rührte die Zarin, und sie überschüttete Sophie mit Geschenken. Im Juni trat die Deutsche der russisch-orthodoxen Kirche bei und wurde in Katharina Alexejewna umbenannt. Zwei Tage später wurden Peter und Katharina feierlich verlobt und am 21. August 1745 in der Moskauer Kathedrale getraut. Allerdings hatte Katharina mittlerweile feststellen müssen, dass ihr künftiger Mann ein kindischer Knabe von beschränktem Geist und Interesse war. Sie las gern, philosophierte und hatte ruck, zuck die russische Sprache gelernt. Er dagegen war ungebildet, schwerfällig im

Denken, einfältig und roh. Peter konnte ihr nicht das Wasser reichen. Mindestens ebenso hart kam sie an, dass er kein bisschen zärtlich zu ihr war. Lieber gab er sich mit Spielzeug ab, statt seiner jungen Frau eine Freude zu machen. Ehrlicherweise musste sie sich allerdings eingestehen, dass ihr an der Heirat eigentlich nur wegen der russischen Krone gelegen hatte …

Zehn Tage lang feierte Moskau das fürstliche Paar. Die Furcht vor der Hochzeitsnacht hätte sich die 16-Jährige sparen können: Sie fand nie statt. Zwar teilten die beiden das Bett. Doch statt mit seiner Frau die Liebe zu entdecken, stellte der Großfürst auf dem Laken mit seinen Spielzeugsoldaten Schlachten nach. Immer häufiger war er aber auch dafür zu betrunken. Nach neun Monaten tobte die Zarin, weil die Ehe noch immer nicht vollzogen war. Der Großfürst jagte stattdessen jungen Schauspielerinnen nach und entblödete sich nicht, sich bei Katharina auszuheulen, wenn er mal wieder bei einer abgeblitzt war.

Nach neun Ehejahren bekam die Großfürstin dann doch ein Kind. Gleich nach der Geburt aber nahm ihr die Zarin den kleinen Paul weg. Von ferne konnte die junge Mutter hören, wie Moskau ihren Sohn mit Kanonenböllern und Glockengeläut begrüßte, während sie alleine im Kindbett lag. Fünf Tage später war Taufe. Katharina aber war die Teilnahme untersagt: Erst sieben Wochen nach der Geburt bekam sie ihr Kind wieder zu sehen und von da an täglich für eine halbe Stunde. Die Zarin hatte Paul in ihre Obhut genommen. Sie hatte ihn als eheliches Kind Peters und damit als Thronerben anerkannt. Dabei war es ein offenes Geheimnis, dass es zwischen Peter und Katharina kein Eheleben gab. Stattdessen beglückte Sergej Saltykow Katharina seit zwei Jahren. Der schneidige Kammerherr wurde nun in diplomatischer Mission ins Ausland verbannt. Als er wieder nach Russland kam, wartete Katharina vergeblich auf seinen Besuch. Später beschrieb sie Saltykow als „schön wie der Tag". Dafür

Österreichs Kaiserin Maria Theresia war die Patin von Katharinas erstem Sohn Paul.

tröstete der 23-jährige Pole Stanislaus Poniatowski die traurige Frau. Von ihm bekam Katharina eine Tochter, die allerdings wie Paul in den Gemächern der Zarin verschwand. 1761 löste der 24-jährige Leutnant Grigori Orlow Poniatowski ab. Elf Jahre lang spielte er nicht nur in Katharinas Liebesleben eine wichtige Rolle …

1762 starb die Zarin, und der Großfürst bestieg als Peter III. den russischen Thron. Lang saß er nicht darauf. Denn Orlow und andere Offiziere planten seinen Sturz. Katharina bekamen sie leicht auf ihre Seite: Der Zar hatte den Fehler gemacht, seine gebildete und politisch kluge Frau nicht in die Staatsgeschäfte einzubinden. Stattdessen demütigte er sie. Einmal beschimpfte er sie vor aller Ohren als „dummes Weib". Statt sich um Russland zu kümmern, gab er rauschende Feste. Statt zu regieren, betrank er sich. Als Peter III. im Siebenjährigen Krieg plötzlich die Fronten wechselte und sich auf die Seite Friedrichs des Großen schlug, meuterten die Soldaten. Hohe Generäle forderten Katharina zum Sturz ihres Mannes auf. Allen voran Orlow und dessen Bruder. Am 28. Juni 1762 brachte eine Gruppe Soldaten den Zaren in ihre Gewalt. Katharina war derweil auf dem Weg von ihrem Landsitz nach Petersburg. Unterwegs verbeugten sich vor ihr ganze Regimenter. Am nächsten Morgen trat sie, ihr Kind auf dem Arm, im Petersburger Winterpalast auf den Balkon. Draußen stand eine jubelnde Menschenmenge. Ihr Mann war von den Militärs auf einem entlegenen Landgut eingesperrt worden. Nach wenigen Tagen dankte Peter III. ab. Am 17. Juli war er tot, und Katharina wurde am 22. September 1762 zur Zarin gekrönt.

Nun räumte sie in Russland auf: Die 33-Jährige ließ Straßen bauen, Lehrer ausbilden und richtete Schulen ein. Sie befahl, auch die Mädchen dorthin zu schicken. Im 18. Jahrhundert war das eine Sensation. Sie ordnete die Verwaltung neu, kontrollierte den Handel und ließ neue Gesetze erstellen. Sie verstaatlichte alle Kirchengüter. Sie setzte neue Beamte und Berater ein, behielt sich aber in allem und jedem das letzte Wort vor. In Westeuropa ließ sie Siedler für den Süden Russlands und Handwerker anwerben und förderte Manufakturen. Sie holte ausländische Ärzte ins Land – und als sie hörte, dass es in England eine Impfung gegen die gefürchteten Pocken gab, ließ sie einen Mediziner nach Petersburg rufen. Sie ließ sich als Erste impfen und nahm den Menschen so die Angst davor. Viel Geld gab Katharina für Bücher und Bibliotheken aus. Sie ließ in Petersburg die berühmte Eremitage bauen, für die sie kostbarste Gemälde aus Europa ankaufte. Neben der Regierungsarbeit tauschte sie mit französischen Philosophen Hunderte von Briefen aus und schrieb selbst Gedichte, Märchen, Satire und Lieder. Voltaire ließ die Zarin wissen, er lege sich ihr „bewundernd zu Füßen".

Katharina richtete im ganzen Land Impfstationen ein.

Später nannte der französische Philosoph sie allerdings den „großen Mann, den wir Katharina nennen": Das war nach ihren ersten Waffengängen. In Polen zwang sie Stanislaus Poniatowski auf den Königsthron. Dass er einst ihr Geliebter war, hinderte sie nicht daran, sich sein Land wenige Jahre später mit dem Preußenkönig Friedrich II. zu teilen. Tausende ihrer Feinde wurden nach Sibirien verbannt. Im Krieg gegen die Türken des Osmanischen Reiches eroberte sie die Insel Krim und Russland den Zugang zum Schwarzen Meer. Viel Blut floss, als die Zarin den Bauern- und Kosakenaufstand niederschlug. Sie baute in Russland ein Polizei- und Spitzelsystem auf, um künftig jeden Aufruhr im Keim zu ersticken.

Grigori Orlow, den Liebhaber, der ihr den Weg zum Thron frei gemacht hatte, verstieß Katharina nach zehn Jahren. Stattdessen durfte nun Alexej Wassiltschikow das Bett mit der 45-Jährigen teilen. Anschließend war bis 1776 der 34-jährige Grigori Potemkin ihr Galan. Ihn nannte sie ihren „kleinen Grischa". Er war der

Katharinas Liebhaber holte auch Deutsche als Siedler ins Land. Ihre Nachfahren werden „Wolgadeutsche" genannt.

Zarin auch danach noch zu Diensten und holte neue Siedler ins Land. Er gab den „Potemkinschen Dörfern" den Namen: Bei einer Reise durchs Land soll er der Zarin mit Häuserfassaden aus Pappe und eigens abkommandierten, gut gekleideten Menschen am Straßenrand ein reiches Russland vorgespiegelt haben, das es so gar nicht gab.

Weitere sieben Liebhaber begleiteten Katharina noch bis zum Ende ihres Lebens. Ihr letzter war der Hauptmann Platon Subow. Er war 22 und damit 38 Jahre jünger als sie. Er blieb bei ihr bis zu ihrem Tod. Sie fühle sich „neugeboren wie eine Fliege im Lenz", schwärmte die 60-Jährige über ihn. Am 17. November 1796 war Subow noch bei ihr in Zarskoje Selo, dem heutigen Puschkin. Kurz darauf traf die 67-Jährige ein Schlaganfall, und sie machte für immer die Augen zu.

Angst vor der „Pest" aus Paris

Katharina fürchtete nichts mehr als eine Revolution nach Vorbild der französischen im eigenen Land.

Die Reformen Katharinas der Großen – wie Schulbildung auch für Mädchen, der Aufbau von Manufakturen und Gesundheitsvorsorge – glichen im rückständigen Russland des 18. Jahrhunderts einer Revolution. Sie waren ihr größtes Verdienst. Allerdings fürchtete die Zarin nichts mehr, als dass sich ihre Bürger an der „französischen Pest", dem Aufstand gegen das Herrscherhaus, infizieren könnten. Deshalb machte sie ihr Russland zum Spitzelstaat. Als ein Schriftsteller die Missstände im Zarenreich kritisierte, ließ sie ihn zum Tode verurteilen. Er kam dann mit zehn Jahren Verbannung davon. Außenpolitisch schob sie die Grenzen ihres Landes bis zum Schwarzen Meer vor und rückte es zugleich näher an Europa heran. Seitdem spielte Russland im Konzert der europäischen Großmächte mit.

Ein Mann ohne Zähne

So sehr ihn die Menschen verehrten: In einer Hinsicht war er vor allem für die Kinder kein gutes Vorbild. Schon als junger Mann hatte er schlechte Zähne. Ob's von den vielen Süßigkeiten kam? Mit 24 Jahren verlor er sein erstes Beißwerkzeug. Als er 57 Jahre alt war, hatte er gerade noch einen einzigen Zahn. Ab dem vierzigsten Lebensjahr musste der stattliche Mann eine Prothese tragen. Das war für eine Person seines Ranges nicht nur peinlich, sondern auch unbequem. Künstliche Gebisse waren damals, vor rund 250 Jahren, keineswegs komfortabel. Sie wurden aus Flusspferdzähnen oder Elfenbein hergestellt und dienten der Dekoration. Zum Beißen und Kauen taugten sie nicht. Selbst bei Staatsbanketten ließ er sich deshalb nur Suppe servieren. Das Drahtgestell zwickte und zwackte, weshalb er seine künstlichen Zähne nur zu repräsentativen Zwecken trug. Als er Modell für sein bekanntestes Porträt saß, hatte ihm der Maler zuvor die Wangen mit Baumwolle ausgestopft, damit sein Gesicht voller aussah.

Doch die Amerikaner liebten ihn wie einen Vater. Keiner lachte ihn deshalb aus. Ein besonders auf das Wohl seines Volkes bedachter Regierungschef wird gern „Landesvater" genannt. Wenn das auf einen passt, dann auf ihn. Noch heute wird er „father of the nation" genannt. Er hat das politische Gesicht eines halben Kontinents geprägt. Eine ganze Nation himmelt ihn noch heute dafür an. Legendär ist der Grabspruch, den ihm ein hoher General mit in die Ewigkeit gab: Er würdigte den Verstorbenen als „der Erste im Krieg, der Erste im Frieden und der Erste im Herzen seiner Landsleute". Die spätere Hauptstadt des riesigen Landes und ein Bundesstaat wurden nach ihm benannt. Heute blickt er uns von der Ein-Dollar-Banknote der USA an.

Wer war das?

George Washington –
der Gründer der USA

Geboren am 22.2.1732
in Wakefield / Virginia
Gestorben am 14.12.1799
in Mount Vernon / Virginia

Das wäre ja noch schöner: hierzulande Aufstände wie da drüben auf dem Alten Kontinent! Nichts fürchtete George Washington für sein Amerika mehr als so etwas wie die Französische Revolution. Aber hatte der Aufstand in Pennsylvania nicht schon etwas davon? Die Farmer rebellierten gegen die Whiskey-Steuer. Sie zündeten sogar das Haus eines Gouverneurs an. Jetzt hieß es handeln! Präsident Washington schickte 13 000 Soldaten gegen die Rebellen nach Pennsylvania.

War das nicht verrückt? Schon einmal hatte George Washington wegen der hohen Zölle, die die Briten ihren Kolonialstaaten in Amerika abpressten, Krieg geführt. Das war zig Jahre her. Jetzt setzte er Soldaten gegen die eigenen Landsleute ein. Auch bei der Whiskey-Rebellion 1794 ging es nur vordergründig um Geld – in Wirklichkeit war sie ein Aufstand der Einzelstaaten gegen die Zentralregierung der USA. Der Sieg gegen das Britische Empire im Jahr 1783 hatte den damals 13 amerikanischen Staaten die Unabhängigkeit gebracht – und Washington das Amt des ersten Präsidenten der neu gegründeten Vereinigten Staaten. Im „Whiskey-Krieg" fiel kein einziger Schuss. Die Farmer und deren aufmüpfige Staaten lenkten rechtzeitig ein. Die Todesstrafe gegen die Anführer milderte George Washington ab. Schließlich war er ein gütiger Landesvater.

Mit den Soldaten im Amerikanischen Unabhängigkeitskrieg von 1775 bis 1783 war der damalige Oberbefehlshaber weniger gnädig gewesen: Parierte einer nicht, ließ Washington ihn verprügeln. Meuterer schickte er nach Haus. Weder beim Essen noch während der Feuerpausen schonte er die Truppe: Dann hielt er Moralpredigten und brachte den Männern Manieren bei. Er selbst hatte erst als Erwachsener gelernt, sich wie ein Gentleman zu benehmen, weshalb ihm gute Sitten besonders wichtig waren. Ihm hatte sie Lord Fairfax nahegebracht. Der Nachbar von Washingtons Landgut Mount Vernon bei Alexandria am Ufer des Potomac war einer der reichsten Farmer Virginias. Er führte den Pflanzersohn und Tabakzüchter in die „gentry", den amerikanischen „Landadel", ein. Washington hatte nur eine einfache Schule besucht. Fairfax lehrte ihn nun Geschichte, Kultur und Literatur. Besonders spannend fand Washington die Politik des alten Rom. Fairfax ermunterte ihn auch, das Handwerk des Landvermessers zu lernen und Offizier zu werden.

Geboren wurde George Washington am 22. Februar 1732 in Wakefield. Seine Eltern waren einfache Leute. Die Washingtons waren vor vier Generationen aus England eingewandert. Seine Mutter Mary Ball war Augustine Washingtons zweite Frau. Der Vater starb, als der Junge elf Jahre alt war. Deshalb zog Georges Halbbruder Lawrence ihn auf. Doch auch der starb bald. Von ihm erbte der 20-Jährige das Landgut in Mount Vernon. Richtig reich wurde Washington durch seine Frau: 1759 hatte er Martha Dandridge Custis, eine 26-jährige Witwe, geheiratet. Martha brachte neben einer riesigen Tabakplantage Hunderte Sklaven und zwei Kinder in die Ehe mit ein. Washington verfügte später in seinem Testament, dass die Sklaven nach dem Tod seiner Frau freigelassen werden sollten.

Vor seiner Ehe hatte George für die Briten als Offizier in Ohio gegen Franzosen und Indianer gekämpft. Allerdings fühl-

Washington lehnte die Sklaverei ab. Er wusste aber, dass ein Verbot politisch auf die Schnelle nicht durchsetzbar war.

*Im Sieben-
jährigen Krieg
von 1756 bis
1763 kämpfte
England in
Europa an
Preußens Seite
gegen Österreich
und in den
überseeischen
Kolonien gegen
die Franzosen.*

te er sich ständig gegenüber den ranggleichen englischen Soldaten zurückgesetzt. Das weckte in ihm den Widerwillen gegen die
Briten in Amerika. Der wurde zusätzlich genährt, als das Empire in den Sechzigerjahren die Zölle auf britische Einfuhren erhöhte, die Handelsschranken verschärfte und die Rechte der
Siedler einzuschränken begann. Die Händler aus Europa kauften den amerikanischen Pflanzern deren Produkte zu Billigprei-
sen ab. Ihre mitgebrachte Ware aber ließen sie sich teuer bezahlen. Mit hohen Zöllen wollte England seine wegen des Siebenjährigen Krieges leeren Kassen auffüllen. Nach der sogenannten
Boston Tea Party spitzten sich die Proteste der Siedler dramatisch
zu: Im Dezember 1773 hatten als Indianer verkleidete Amerikaner aus Wut auf die britische Teesteuer in Boston ein Handels-
schiff gestürmt und die Ladung mit Tee im Hafen versenkt. Die
Briten erschossen drei Amerikaner. Das war der Anstoß für Washington, als Vertreter Virginias in den Kontinentalkongress nach
Philadelphia zu gehen. Dort wurde beraten, wie Amerika sich
von der Knute der Engländer befreien konnte. Zwei Jahre später sprachen die Waffen, der Amerikanische Unabhängigkeitskrieg begann. Washington wurde zum Oberbefehlshaber der
schnell zusammengetrommelten Truppen ernannt. Eine schwierige Aufgabe: Die spärlichen 13 600 Soldaten aus den 13 Staaten hatten weder eine einheitliche Uniform noch Waffen, ge-
schweige denn Kriegserfahrung. Washington zog mit ihnen von
Philadelphia aus nach Boston in den Krieg. Nicht einmal zum
Abschied von seiner Familie reichte die Zeit. Washington schrieb
seiner Frau: „Du kannst mir glauben, dass ich diese Ernennung
nicht gesucht, sondern alles in meiner Macht Stehende getan habe, um ihr zu entgehen." Für ihn war es eine Frage der Ehre, für
Amerika in den Krieg zu ziehen. Dabei konnte ihn eine Niederlage den Kopf kosten. Schließlich war das, was er tat, Rebellion.
  Die Engländer nahmen die kleine, schlecht ausgerüstete ame-

rikanische Armee nicht ernst. Die Amerikaner aber schnitten ihnen von der See her den Nachschub ab. Acht Jahre lang zogen sich die Kämpfe hin, dann mussten sich die Briten geschlagen geben und zogen ab. Amerika hatte sich den Weg zur Unabhängigkeit freigekämpft. Im Dezember 1783 gab Washington das militärische Oberkommando zurück. In einem Rundbrief an die Regierungen der dreizehn Einzelstaaten warb er aber für eine starke gemeinsame Zentralregierung.

Nun widmete er sich wieder seinen Ländereien mit der Tabak- und Maultierzucht und baute Getreide an. Nach vier Jahren aber rief ihn die Politik: Washington sollte den Vorsitz beim Verfassungskonvent in Philadelphia übernehmen. Es ging darum, eine gesetzliche Grundlage für die zu schmiedende Zentralregierung zu schaffen. Nach fünf Monaten war die Verfassung fertig, am 21. Juni 1788 trat sie in Kraft. Washington wurde in den Zeitungen als Steuermann des neu gezimmerten Staatsschiffs gezeigt. Acht Monate später, am 4. Februar 1789, gewann er ohne eine einzige Gegenstimme die Wahl zum ersten Präsidenten der USA. Seine Wiederwahl nach vier Jahren lief fast genauso glatt, mit nur drei Gegenstimmen. Ein drittes Mal trat Washington nicht an.

Seine Familie zog nun erst nach New York, dann nach Philadelphia, an den Sitz der Regierung. Das Präsidentenhaus wurde zum gesellschaftlichen Mittelpunkt: Wöchentlich lud Washington zu Audienzen und abendlichen Dinners ein. Die erste „First Lady" der Geschichte, Martha, hätte lieber – wie in Virginia – weiter zurückgezogen gelebt. Doch fügte sie sich dem Wunsch ihres Mannes. Sie führte ein offenes Haus und lud regelmäßig zu nachmittäglichen Teestunden ein. 1790 beschloss der Kongress, eine eigene Hauptstadt für die Vereinigten Staaten zu bauen. Sie sollte in der Nähe des Atlantik und auf der Grenze zwischen den Nord- und Südstaaten liegen. Man entschied

George Washington ist der einzige amerikanische Präsident, der je ohne Gegenstimme gewählt wurde.

sich für ein Gelände am linken Ufer des Potomac und gründete dort den District of Columbia. Dann wurde mit dem Bau begonnen. Regelmäßig nahm Washington die Arbeiten in Augenschein. Schließlich sollte die Stadt seinen Namen tragen. Als der erste Präsident im Jahr 1800 nach Washington zog, war der „father of the nation" allerdings schon tot.

1797, nach der zweiten Amtszeit, kehrte Washington auf sein geliebtes Landgut zurück. Als ein Jahr später Krieg mit Frankreich drohte, bat ihn sein Nachfolger John Adams, noch einmal den Oberbefehl der amerikanischen Truppen zu übernehmen. Die Lage entspannte sich aber wieder, sodass dieser Waffengang Washington erspart blieb. Am 14. Dezember 1799 starb der „father of the nation" in Mount Vernon an einer Kehlkopfentzündung. Mit den Worten „It's well!" – „Es ist gut!" – verabschiedete er sich 67-jährig aus Amerika und seinem Leben.

Washington hasste Personenkult. Als die Amerikaner seinen Geburtstag, den 22. Februar, zum Nationalfeiertag machten, war er gar nicht begeistert.

Von Helden und Höhen

George Washington liebte Helden. Aus London ließ er sich Büsten von Alexander dem Großen, Caesar und Friedrich dem Großen kommen. Seine historische Heldentat waren nicht in erster Linie Kriege und Siege, sondern dass und wie er es schaffte, die eigensinnigen amerikanischen Einzelstaaten zu einer Nation mit gemeinsamem Ziel und Willen zusammenzuschweißen. In „seiner" Hauptstadt wurde für Washington 50 Jahre nach seinem Tod ein Denkmal aufgestellt: Der Obelisk aus weißem Marmor misst vom Boden bis zur Spitze 169 Meter und war eine Zeit lang das höchste Bauwerk der Welt. Ausgerechnet die Franzosen, deren revolutionäre Umtriebe Washington mit so viel Sorge beobachtet hatte, stellten „sein" Memorial 1889 mit dem um 131 Meter höheren Eiffelturm in den Schatten.

Glücksprophet und Schnäppchenjäger

15 Millionen Dollar für 900 000 Quadratmeilen, also vier Cent pro 4 000 Quadratmeter. Wenn das kein Schnäppchen war! Das Geld war in jeglicher Hinsicht gut angelegt. Seine Unterhändler in Paris hatten damit weit mehr erworben als eine riesige Fläche Land. Mittendrin war der Mississippi. Diese wichtige Lebensader und Wasserstraße durchzog Amerika von Nord nach Süd. Das würde nicht nur den Handel erleichtern, sondern bot auch den Farmern fruchtbaren Grund und Boden. Mit dem Kauf verdoppelte sich die Größe der Vereinigten Staaten. Bis zum Ende des nächsten Jahrhunderts sollten zu den bestehenden 13 Bundesstaaten dort unten im Süden viele neue hinzukommen.

Wie gern hätte er selbst bei den Verhandlungen in Paris mit am Tisch gesessen! Nicht nur, weil er die französischen Weine so liebte. Wehmütig dachte er an seine Jahre in der französischen Metropole zurück. Sein damaliger Präsident hatte ihn als Botschafter dorthin entsandt. So konnte er aus nächster Nähe miterleben, wie sich das Volk von Paris gegen seine absolutistischen Herrscher erhob. Er schmunzelte, wenn er an seinen ersten Vorgänger dachte: Der hatte damals nichts mehr gefürchtet, als dass ein Funke der Französischen Revolution über den Atlantik nach Amerika übersprang. Als die Franzosen sich ihre Verfassung gaben, schrieben sie wichtige Grundideen über das Recht eines jeden Menschen auf Glück hinein. Es waren seine Ideen! Wie stolz er damals war! Der jetzige Deal hatte noch etwas Gutes: Frankreichs Kaiser wollte mit den 15 Millionen Dollar aus dem Verkauf seine Kriegskasse gegen die Engländer füllen. Das freute den Käufer besonders. Hatte er doch dazu beigetragen, dass seine Nation die Freiheit von den verhassten Briten bekam.

Wer war das?

Thomas Jefferson –

der erste Verfasser der Menschenrechte

*Geboren am 13.4.1743
in Shadwell / Virginia
Gestorben am 4.7.1826
in Monticello / Virginia*

Dieser Blick übers Land! Wie gut hatte Thomas Jefferson den Standort für sein Landhaus auf einem der höchsten Hügel in der Gegend von Charlottesville ausgesucht. Sein halbes Leben hat er darauf verwandt, dass Monticello mit seinen Säulen, Friesen und dem Porticus, der Eingangshalle mit dem Satteldach, seinen Vorstellungen entsprach. Er hatte die Entwürfe selbst gezeichnet und dabei das Pantheon in Rom und die Bauwerke des italienischen Renaissance-Künstlers Palladio vor Augen gehabt. So war ein neoklassizistisches Schmuckstück entstanden. Besucher wurden von Voltaire empfangen: Eine Büste des französischen Philosophen begrüßte jeden, der das Haus betrat. So war sofort zu erkennen, wes Geistes Kind der Hausherr war. In krassem Gegensatz dazu stand allerdings das Souterrain: Dort hatte Jefferson seine Sklaven untergebracht. Sklaven bei einem Mann, der Leben, Freiheit und Streben nach Glück als die unveräußerlichen Rechte und unantastbaren, höchsten Werte des Menschen ansah? Er selbst hatte diesen „pursuit of happiness", das Streben nach Glück, 1776 in die Präambel des bedeutendsten Dokumentes der amerikanischen Geschichte geschrieben. Wie konnte der Verfasser der Unabhängigkeitserklärung selbst Sklaven halten? Er, der die Sklaverei sonst „widernatürlich, gottlos und despotisch" nannte? Auch das hat Jefferson über sie gesagt: Es sei damit, „wie einen Wolf an den Ohren zu halten: Man will loslassen, tut es aber nicht aus Angst, gefressen zu werden."

Thomas Jefferson war der Sohn eines typischen Amerikaners: Sein Vater Peter war aus dem Nichts durch Bodenspekulationen zum Großgrundbesitzer geworden. Dabei kamen ihm die Beziehungen seiner Frau Jane Randolph zugute. Sie stammte aus einer Familie von Plantagenbesitzern. So wurde Thomas am 13. April 1743 in Shadwell in Virginia in eine vermögende Familie geboren. Der Junge durfte zwei Jahre aufs College in Williamsburg gehen. Die Lehrer dort weckten sein Interesse an der Geschichte des Altertums, an Politik und Kultur. Von seinem Mathematikprofessor lernte er, bei jeglichem Tun mehr auf Daten und Fakten als auf sein Gefühl zu achten. Nach dem Jura-Studium arbeitete Jefferson in einer Anwaltskanzlei. Mit 24 Jahren trat er das Erbe seines Vaters als Plantagenbesitzer an.

In den britischen Kolonien auf dem amerikanischen Kontinent brodelte es damals gewaltig. Die Siedler fühlten sich von den Engländern unterdrückt. Ihr Unmut bündelte sich in den Parlamenten der Einzelstaaten. Die Amerikaner wollten sich den Gesetzen der Briten nicht länger beugen, zumal ihnen deren Rechte vorenthalten waren. Auch Jefferson interessierte sich für Politik. Deshalb hängte er die Anwaltsrobe an den Nagel und wurde 1769 Mitglied im Williamsburger Kolonialparlament. Bald schon hatte Jefferson kaum mehr Zeit für seine Plantagen. Die Arbeit dort nahm ihm bald seine Frau Martha Wayles Skelton mithilfe der Sklaven ab. 1772 hatte er die Witwe geheiratet. Die Jeffersons bekamen sechs Kinder.

Thomas Jefferson wurde schnell weit über Williamsburg hinaus bekannt: Er hatte mit einem Flugblatt für Aufsehen gesorgt. Darin forderte er das Selbstbestimmungsrecht für die Amerikaner. Jefferson betonte, die ehemaligen Auswanderer würden zwar freiwillig den englischen König anerkennen, nicht aber die Gesetze der Briten. Schließlich durften die Amerikaner auch nicht das Londoner Parlament mitwählen. Jeffersons Thesen heizten die Debatte über die Unabhängigkeit an. 1775 wurde er von Williamsburg in den Kontinentalkongress der 13 amerikanischen Staaten entsandt. Er sollte an der Unabhängigkeitserklärung mitarbeiten. Am Ende hatte Jefferson weite Teile davon allein geschrieben und wird deshalb ihr geistiger Vater genannt.

Besonders berühmt wurde das Vorwort mit dem Titel „Streben nach Glück": Jefferson berief sich darin auf die traditionellen Rechte der Briten. Weil der König diese den Siedlern in der Neuen Welt vorenthielt, müssten sich die Amerikaner von Großbritannien unabhängig machen. Mehr noch: Jedes Volk, so steht in der Präambel zur Unabhängigkeitserklärung, dürfe seine Regierung stürzen, wenn diese gegen die unveräußerlichen Rechte eines jeden Bürgers auf Leben, Freiheit und Glück verstieß. Nicht durchsetzen konnte sich Jefferson allerdings mit einem Satz, der das Verbot der Sklaverei vorsah. Das Parlament sah darin einen Eingriff in die Eigentumsrechte der Sklavenbesitzer, denen damals über eine halbe Million Schwarzer „gehörten". Immerhin verboten danach aber einige Staaten die „Einfuhr" neuer Sklaven, was zumindest ein erster Anfang vom Ende dieses Menschenhandels war.

1779 wurde Jefferson für zwei Jahre zum Gouverneur von Virginia gewählt. 1784 schickte ihn Präsident George Washington als Sonderbotschafter nach Paris. Die Jahre dort nutzte Jefferson, um Europa kennenzulernen: Er reiste den Rhein entlang und bis nach Italien. Das Elend, das er in Europas Städten sah, die große Kluft zwischen Arm und Reich, bestätigten ihn in seiner Kritik an den Herrschaftsverhältnissen in der Alten Welt. Mit Spannung und Sympathie für die aufständischen Bürger verfolgte er die Anfänge der Französischen Revolution.

Seinem Präsidenten George Washington waren solche Volks-revolten dagegen ein Graus. Dennoch wurde Jefferson nach sei-ner Rückkehr aus Paris 1790 von ihm zum Außenminister er-nannt. Nach drei Jahren war er den Job wieder los: Er hatte den Boykott englischer Waren gefordert. Washington lehnte das ab. Außerdem hatte Jefferson die erste amerikanische Oppositions-partei mitbegründet, weil er mit der Wirtschaftspolitik des Prä-sidenten nicht zufrieden war. Seine Parteigänger nannten sich „Jeffersonians", und ihr Namensgeber wurde 1796 zum Vizeprä-sidenten der Vereinigten Staaten von Amerika ernannt. Präsi-dent war bei der Wahl John Adams geworden. Nach damaligem Recht wurde der Kandidat mit der zweitgrößten Stimmenzahl automatisch der zweite Mann in der Regierung. Bei der nächs-ten Wahl siegte Jefferson und wurde am 17. Februar 1801 dritter Präsident der Vereinigten Staaten. Vorausgegangen waren aller-dings 36 Wahlgänge, bis er nach 35 Patts endlich die vorgeschrie-bene absolute Mehrheit bekam. Am 4. März 1801 hielt Jefferson als erster Amtsinhaber in der endlich fertiggestellten Regie-rungshauptstadt Washington seine Antrittsrede und bezog das neu gebaute Weiße Haus. Bis heute ist es der Amts- und Wohn-sitz der US-Präsidenten. Vier Jahre später gewann Jefferson ein zweites Mal die Wahl.

In den USA begann zu dieser Zeit das Handwerk mit seinen Manufakturen zu blühen. Jefferson aber betonte stets seine Vor-liebe für Scholle und Land. Sein Ziel war es, jedem Amerikaner zu ermöglichen, eigenen Grund und Boden zu erwerben. Auch deshalb war es ihm so wichtig, den Franzosen 1803 Louisiana ab-zukaufen. Das schuf Platz für neue Farmen und brachte außer-dem den überseeischen Handel der Amerikaner voran. Die dunkle Seite des Deals war, dass die Siedler 70 000 Indianern ihr angestammtes Land abnahmen.

Nach dem Vorbild des ersten US-Präsidenten George Wa-

Louisiana war unter Ludwig XIV. französi-sche Kolonie geworden, dann an Spanien gefallen. Napoleon hatte es 1800 wieder unter Frank-reichs Kontrolle gebracht.

shington kandidierte Jefferson 1809 kein drittes Mal. Er wollte wieder in Monticello leben. Allerdings kam er als Witwer auf seinen Landsitz zurück. Seine Frau Martha war 1782 gestorben. Jefferson gründete in Virginia eine Universität und ließ das Gebäude dafür im gleichen Stil wie sein Landhaus bauen. Er starb in Monticello mit 83 Jahren. Das Datum des Todestags ließ die Amerikaner ehrfürchtig erschauern: Es war der 4. Juli, auf den Tag genau im fünfzigsten Jahr, nachdem Amerika Jeffersons Unabhängigkeitserklärung verabschiedet hatte.

Ein Präsident mit dunklen Seiten

Trotz des „pursuit of happiness", der Menschenrechtserklärung der USA, ließ Thomas Jefferson seine eigenen Sklaven nicht einmal am Ende seines Lebens frei. Angeblich war er so hoch verschuldet, dass seine Erben sogar Monticello verkaufen mussten. Zwar hatte er 1808 noch ein Gesetz durchgebracht, das den Import neuer Sklaven grundsätzlich verbot. In den Südstaaten, darunter Louisiana, entbrannte aber ein bitterer Streit darüber, welcher Staat ein „freier" und welcher ein „Sklavenstaat" war. Der Streit mündete in einen der blutigsten Bürgerkriege der Geschichte. Über 150 Jahre nach seinem Tod kam ans Licht, dass Thomas Jefferson ein Geheimnis mit ins Grab genommen hatte: Er hatte Kinder mit einer schwarzen Sklavin. Das bewies eine Gen-Analyse, die deren Nachfahren durchgesetzt hatten. Die Ur-Ur-Ur-Enkel mussten aber lange darum kämpfen, bis offiziell anerkannt wurde, dass ihr Ur-Ahn der große Thomas Jefferson war.

Kleiner Mann
mit Größenwahn

„Si Babbu ci vidia!" – „Wenn Vater uns jetzt sehen könnte!", flüstert der kleine Mann bei der Prozession seinem Bruder in ihrer korsischen Muttersprache zu. Doch da muss er schnell seiner Frau unter die Arme greifen. Diese gehässigen Biester! Haben seine Schwestern doch tatsächlich kurz die schwere Schleppe fallen lassen und die Schöne so ins Straucheln gebracht! Wütend zischt er ihnen ein paar bissige Worte zu. Fast drückt den kleinen Mann auf den dünnen Beinen die Last seines mit Hermelin gefütterten Krönungsmantels zu Boden. Wie oft hat das Paar mit verkleideten Holzpuppen für diesen Auftritt vor über 8 000 Würdenträgern geübt! Jetzt ist es so weit. Bei der vierstündigen Zeremonie in der Pariser Kathedrale Notre-Dame kann er einige Male das Gähnen nicht unterdrücken. Endlich hat der Papst die Messe beendet, salbt den beiden Scheitel und Hände und segnet die Kronen. Nun erhebt sich der so Geweihte, schreitet zum Altar und greift nach dem goldenen Lorbeerkranz. Er setzt sich selbst die Krone auf. Jetzt ist er Kaiser! Dann lässt er seine Frau vor sich auf den Altarstufen niederknien und krönt auch sie.

Nicht jedem gefiel diese Zeremonie. Einige Tage nach der Feier bekam er vom Schöpfer der Nationalhymne seines Landes diese wütenden Zeilen: „Sie werden zugrunde gehen und, was schlimmer ist, Frankreich mit sich ins Verderben stürzen." In der Tat hinterließ er auf seinen Schlachtfeldern drei Millionen tote Soldaten – und wurde schließlich auf eine gottverlassene Insel verbannt. Seinen Größenwahn focht das nicht an. Seine Feinde, so ließ er aufschreiben, hätten ihm eine Krone verliehen, die viel größer sei als die des französischen Throns. „Es ist jene, die der Retter der Welt trug – eine Dornenkrone."

Wer war das?

Napoleon Bonaparte I. –

Held von Paris und Albtraum Europas

*Geboren am 15.8.1769 in Ajaccio
auf Korsika
Gestorben am 5.5.1821 auf St. Helena*

Als sei er noch in Amt und Würden, stand Napoleon Bonaparte vor dem Tisch und diktierte. Vor Kurzem noch hatte er als französischer Kaiser Europa beherrscht. Jetzt musste er sein Leben fernab jeder Zivilisation in einem umgebauten Schweinestall fristen. Verbannt von seinen Feinden ins Nirgendwo einer öden Insel weit draußen im südatlantischen Ozean. Das nächste Festland war Afrika – und 1800 Kilometer weit entfernt. An eine Flucht von Sankt Helena war nicht zu denken. Immerhin: Trotz der ärmlichen Umgebung servierten ihm seine Diener das Essen in der grünen kaiserlichen Livree. Die Handvoll Offiziere, die ihn hatten begleiten müssen, trugen nach wie vor ihre Paradeuniformen. Ein paar Damen waren auch zugegen. Sie waren gar nicht entzückt, wenn unter Tischen und Betten die Ratten tanzten. Nur der Hausherr bewahrte Haltung. Als stünde er in seinem Arbeitszimmer in Paris, diktierte er seinem Adjutanten: „Dank der Verfolgung, die ich zu erleiden habe, werde ich heute zum Messias! ...Wäre Jesus Christus nicht am Kreuz gestorben, man hätte ihn nicht zum Gott gemacht."

Mon Dieu, lieber Gott! Musste nicht jeden Moment der Blitz vom Himmel auf ihn niederfahren, um diesem seinem gotteslästerlichen Größenwahn ein Ende zu machen? Nun, in gewisser Weise sollte der Verbannte recht behalten: Nur wenige Jahre spä-

138

ter erhoben die Franzosen Napoleon tatsächlich zu einer gott-
gleichen Heldenfigur. 19 Jahre nach seinem Tod in dem Longwood House genannten Gefängnis auf Sankt Helena ließen
sie Bonapartes Gebeine ausgraben und nach Paris zurückholen.
Im Invalidendom steht Napoleons Sarkophag. Seit dem 15. Dezember 1840 ist er dort aufgebahrt. Die französische Hauptstadt
ist mit ihren zahllosen nach ihm und seinen Taten benannten
Plätzen, Straßen und Gebäuden ein einziges Denkmal für den
größten Helden und Herrn der blutigsten Kriege der Grande
Nation. Für einen, der in zehn Jahren eine ganze Generation junger Männer verschlissen und Europa mit Blut getränkt hat?
Nein, die Ehre gilt der anderen Seite seiner Persönlichkeit, dem
anderen Napoleon: dem, der vor 200 Jahren Frankreich und
dem Kontinent ein neues politisches Gesicht, der Welt mit seinem „Code Napoleon" das erste Bürgerliche Gesetzbuch gegeben und Europa damit trotz aller Kriege auch ein Stück weiter
auf den Weg zur Rechtsstaatlichkeit gebracht hat.

1815 hatten ihn die Briten aus gutem Grund auf das gottverlassene Sankt Helena verbannt. Ihnen hatte er sich in seiner letzten Schlacht in der Nähe des belgischen Waterloo geschlagen geben müssen. Nun wollten sie verhindern, dass Napoleon je
wieder lebend einen Fuß auf europäisches Festland setzen würde. Einmal war das schon misslungen. 1813 hatte Napoleon bei
Leipzig die Völkerschlacht verloren. Er musste abdanken und
wurde ein Jahr später nach Elba verbannt. Nach nur wenigen
Monaten war er wieder da. Ein kleiner Trupp Getreuer hatte ihn
zurück an die französische Küste gerudert. Von dort war Napoleon erneut nach Paris marschiert – und zurück an die Macht.
Eine begeisterte Armee hatte sich unterwegs wieder um ihn ge-
schart. Sein englischer Gegner Wellington hat einmal über das
Charisma des Feldherrn Napoleon gesagt: „Seine Anwesenheit
auf dem Schlachtfeld ersetzt 40 000 Soldaten."

*In der
Völkerschlacht
bei Leipzig
besiegten
Preußen, Öster-
reicher, Russen
und Schweden
die französi-
schen Truppen.
Napoleon muss-
te fliehen.*

Diesmal währte seine Regentschaft aber nur mehr hundert Tage. Dann versetzten ihm die Briten und Preußen bei Waterloo den letzten, vernichtenden Schlag. Danach wurde Napoleon im September 1815 nach Sankt Helena gebracht. Dort lebte er noch sechs Jahre, bis er mit nicht ganz 52 am 5. Mai 1821 starb. Diesmal kam er als toter Held zurück nach Paris. Seitdem liegt ihm Frankreich zu Füßen.

Dabei war Napoleon Bonaparte eigentlich gar kein Franzose: Geboren wurde er als zweiter Sohn von acht überlebenden Kindern des Anwalts und Landwirts Carlo di Buonaparte und dessen Frau Letizia Ramolino am 15. August 1769 in Ajaccio. Die Familie gehörte dem korsischen Landadel an. Erst im Jahr zuvor war die Mittelmeerinsel französisch geworden. Der kleine Napoleon wurde „rabulione" genannt – „der seine Nase überall hineinsteckt". In Temperament und Tatendrang war er ganz anders als sein stiller, älterer Bruder Giuseppe, der sich später auf Napoleons Geheiß Joseph nannte. Als der Vater 1785 starb, wurde dem damals 16-jährigen Jüngeren deshalb auch die Verantwortung für die Familie übertragen.

In seinem neunten Lebensjahr kam Napoleon zusammen mit Giuseppe in ein französisches Internat. Erst dort lernte der Junge Frankreichs Sprache. Die Mitschüler hänselten ihn deshalb. Doch bald verstummte ihr Spott, weil der kleine Korse nicht nur klug, sondern auch mutig war: Einmal, als er zur Strafe auf Knien sein Essen einnehmen sollte, lehnte er dies mit den Worten ab: „Wir knien nur vor Gott!" Napoleon verschlang Bücher – nicht genug lesen konnte er über Alexander den Großen und Caesar. Mit beiden sollte die Welt ihn später in einem Atemzug nennen. Im Eiltempo absolvierte Napoleon die Militärschule in Brienne und schloss ein Studium auf der Pariser École militaire du Champs-de-Mars in Paris in Rekordzeit ab. Mit 16 wurde er Frankreichs jüngster Offizier. Die ersten Kommandos führten

den Korsen in seine Heimat und nach Sardinien. Als sich die Franzosen 1789 zur Revolution erhoben, flohen viele adelige Offiziere. Ganz anders Napoleon: Er unterstützte die Ideen der Aufständischen. Obwohl selbst Aristokrat, war er ein glühender Anhänger der Freiheitsparolen des Philosophen Jean-Jacques Rousseau, die auch den Revolutionären geistiges Futter waren. Napoleon stieg zum Hauptmann auf und holte sich vier Jahre später erste militärische Lorbeeren: Er verjagte die Engländer aus dem belagerten Toulon. Danach wurde er – mit 25 – zum Brigadegeneral ernannt. Ein Jahr später richtete Napoleon in Paris ein Blutbad an: Er ließ mit Kanonen einen Aufstand und 400 Königstreue niederschießen. Politisch hatte er allerdings auf den falschen Freund gesetzt: Als der Revolutionsführer Maximilian Robespierre wegen seiner Terrorpolitik hingerichtet wurde, landete auch der junge General hinter Gittern und wurde aus der Armee verbannt. Ein anderer mächtiger Revolutionär, Paul Barrass, rehabilitierte ihn und kümmerte sich auch anderweitig: Barras machte den hitzköpfigen Korsen mit einer seiner Geliebten, Josephine de Beauharnais, bekannt und führte ihn so in die bessere Gesellschaft ein. Die 32-jährige Madame, die von der Südseeinsel Martinique stammte und den Vater ihrer zwei Kinder unter der Guillotine verloren hatte, war die Attraktion der Pariser Salons. Sie hielt anfangs allerdings wenig von dem nur 1 Meter 64 kleinen, schlampig gekleideten Mann mit den strähnigen Haaren. Sie machte sich lustig über diesen „gestiefelten Kater". Doch die verführerische Frau mit zweideutigem Ruf war in Geldnot und brauchte einen neuen Versorger. Da kam Napoleon gerade recht. Für ihn wurde sie, obwohl er auf andere Vergnügungen nicht verzichtete, die Liebe seines Lebens. Auch wegen ihr ließ er später seine Armee während des Ägypten-Feldzugs im Stich: Er musste im heimischen Ehebett nach dem Rechten sehen.

„Ihre Küsse", so schrieb Napoleon an Josephine, „verbrennen mein Blut."

141

Am 9. März 1796 wurde Josephine seine Frau – sehr zum Missfallen der Familie Bonaparte, die inzwischen auch in Frankreich lebte: Für Mutter und Schwestern war und blieb sie „la putana" – die Hure. Die Schwägerinnen ließen Josephine ihre Verachtung sogar bei der Krönungsfeier am 2. Dezember 1804 in Notre-Dame spüren, als sie die künftige Kaiserin fast zum Straucheln brachten.

Die Flitterwochen fielen aus. Napoleon musste gleich nach der Heirat nach Norditalien marschieren, als Kommandeur einer nach den Revolutionswirren demoralisierten, halb verhungerten Truppe. Viele der 41500 Soldaten trugen Lumpen statt Uniform, manche liefen mit Strohpantoffeln an den Füßen. Ihr General besorgte ihnen als Erstes Schuhe, Fleisch, Wein und Brot – und kämpfte mit ihnen Seite an Seite von Sieg zu Sieg gegen Österreich, die Piemontesen und den Papst, dessen Städte und schließlich Staat er besetzte. Nach 13 Monaten stand Napoleon 1797 mit seinen Truppen in Leoben unweit von Wien. Österreich musste sich geschlagen geben und stimmte einem Waffenstillstand mit der Revolutionsarmee zu. Danach trat Napoleon in Ägypten an, um den Briten den Handel mit Indien abzuschneiden. Er selbst träumte davon, „König des Orients" zu werden. Daraus freilich wurde nichts. Immerhin wandelte er hier auf den Spuren seiner Idole Caesar und des ersten Herrschers von Weltmacht, Alexanders des Großen. Als Napoleon in Kairo einzog, ließ er sich dort in einem Marmorpalast nieder. Französische Wissenschaftler sollten in seinem Auftrag Pyramiden, Mumien und Hieroglyphen studieren. Doch die Briten versenkten bei Abukir Frankreichs Flotte. Von der anderen Seite griffen die Türken an. Schlechte Nachrichten kamen obendrein aus Paris: nicht nur, dass Josephine ungeniert neuen Liebschaften nachging. Auch Putsch-Gerüchte kamen Napoleon zu Ohren. Und die übrigen europäischen Mächte verstärkten erneut ihre Kriegskoalition gegen die Franzosen. Napoleon eilte ohne seine Soldaten zurück – und wurde in Paris trotz der Niederlage wie ein Held empfangen.

Frankreich war fast bankrott, die Menschen hungerten – auch nach einem starken Führer, den sie in Napoleon sahen. Der setzte in einem Staatsstreich das Revolutionsdirektorium ab – und sich selbst am 10. November 1799 als Ersten von drei Konsuln als Quasi-Alleinherrscher für die nächsten zehn Jahre ein. Die anderen beiden sollten ihn nur beraten. Caesar ließ grüßen – mit dem Titel „Konsul" hatte sich der Korse bei dem Römer bedient. „Die Revolution ist vorbei – ich bin die Revolution!", verkündete der Konsul – und baute Frankreich um. Napoleon gab dem Land eine neue Verwaltung, machte Bildung zum Staatsziel, richtete Gymnasien für die Kinder der Beamten, des Bürgertums, der Unternehmer und Militärs ein. Er gründete eine Nationalbank, die mit Krediten der Wirtschaft auf die Beine helfen sollte. Er ließ das Land mit dem modernsten Straßennetz Europas durchziehen und baute Kanäle. Selbst mit der Kirche schloss Napoleon Frieden und machte den katholischen Glauben zur Staatsreligion. Und er schrieb den Code Civile, bald Code Napoleon genannt, das erste Bürgerliche Gesetzbuch der Welt. Es hat bis heute seine Gültigkeit nicht verloren. 1802 ließ sich Napoleon durch eine Volksabstimmung zum „Konsul auf Lebenszeit" wählen. Zwei Jahre danach votierten die Franzosen für das Erbkaisertum.

Napoleon gestand dem Volk Bildung und Wohlstand zu. Mit Freiheit aber hatte er wenig im Sinn – und gegen oppositionelle Umtriebe seinen Polizeiminister Fouché. Der ließ die Bürger bespitzeln und zensierte die Zeitungen. Ein missglücktes Bombenattentat gegen Bonaparte konnte er aber nicht verhindern. Wider besseres Wissen machte Napoleon erst die Linken und Jakobiner dafür verantwortlich, dann die Bourbonen, die alten

Der Kern des Code Civile: Alle Menschen haben das Recht auf Freiheit und Eigentum und sind vor dem Gesetz gleich.

Anhänger der Monarchie. Er ließ den Herzog von Enghien als Attentäter aus dem badischen Ettenheim nach Frankreich entführen und erschießen. Das war ein schwerer Verstoß gegen die Souveränität Deutschlands und eine ungeheuerliche Provokation der europäischen Herrschaftshäuser, die einer Kriegskoalition gegen Frankreich Aufschwung gab.

Napoleon wurde im November 1804 vom Papst zum Kaiser gemacht, am 2. Dezember 1804 setzte er sich in Notre-Dame selbst die Krone aufs Haupt. Nun trug er den Titel, für den der römische Imperator Caesar Pate stand. Der Kaiser rüstete zu neuem Krieg: Weil die Engländer den Handel mit Frankreich blockierten, stellte Napoleon seine Truppen an der Küste gegenüber der britischen Insel auf, verlor aber die Seeschlacht bei Trafalgar. Von der anderen Seite her marschierten Russland und Österreich gegen Frankreich. Für die Gegner überraschend kehrten die Truppen des Franzosen England den Rücken und eilten nach Osten. In Ulm mussten die Österreicher kapitulieren, im mährischen Austerlitz schlug Napoleon die Russen in die Flucht. 1806 schließlich führte er seine Truppen triumphierend durch das Brandenburger Tor. Während Napoleons Marsch hatten sich die Fürstenstaaten vom Heiligen Römischen Reich Deutscher Nation losgesagt und zum Rheinbund zusammengeschlossen. Der unterstützte Napoleon nun mit Nachschub an Soldaten, und Österreichs Regent Franz II. legte seinen Kaisertitel ab. Um die Beziehungen zu Frankreich zu verbessern, bot der Ex-Kaiser 1809 dem Franzosen seine 18-jährige Tochter, die Erzherzogin Marie Louise, als Gattin an. (Von Josephine hatte sich Napoleon damals gerade scheiden lassen, weil sie ihm keinen Thronerben gebar.) Die Ehe wurde 1810 geschlossen.

Und weiter ging's mit der Unterwerfung Europas: Preußen verlor alles Land westlich der Elbe, Napoleon machte daraus Westphalen. Seinen Bruder Jerome setzte er dort als König ein.

In Spanien hatte er so schon den älteren, Joseph, untergebracht. Napoleon selbst schwang sich nun zum Herrscher des ganzen Kontinents auf. Nur vorübergehend hielt die Versöhnung mit dem russischen Zaren, der „Frieden von Tilsit": Alexander I. scherte aus Napoleons Kontinentalsperre aus, die den Handel mit den Briten verbot. Der Zar ließ englische Schiffe unter amerikanischer Flagge in Russlands Häfen einlaufen.

Also marschierte Napoleon jetzt gegen den Zaren – für den der russische Winter den Krieg gewann: Die russische Armee lockte die für die erbarmungslose Kälte nicht gerüstete französische Armee immer tiefer ins Land und hinterließ „verbrannte Erde": Alles, was die Franzosen an Nahrung und Wasser hätten brauchen können, hatten die Russen zerstört oder vergiftet. Als sie Moskau erreichten, war dort nichts mehr zu holen: Die Stadt war niedergebrannt. Napoleon musste umkehren – sein verbliebenes jämmerliches Häufchen wurde von den Kosaken zurück nach Westen getrieben. In Russland hatte der Kaiser nicht nur eine halbe Million Soldaten verloren – auch sein Mythos als unbesiegbarer Feldherr war tot.

Dennoch stellte Napoleon noch einmal eine Armee auf die Beine. Mit ihr zog er 1813 bei Leipzig zur Völkerschlacht gegen die verbündeten Gegner – ohne Erfolg. Im Frühjahr 1814 wurde er von den Siegern nach Elba verbannt. Im März 1815 kehrte er zu seiner „Regierung der 100 Tage" nach Paris zurück – und wurde schließlich bei Waterloo endgültig geschlagen. Mit 52 Jahren starb Napoleon auf Sankt Helena. Einer seiner Generäle, der mit ihm in die Verbannung gegangen war, gab später die von Bonaparte im Schweinestall des Longwood House diktierten Lebenserinnerungen als Buch heraus. Am Ende hat sich Napoleon darin doch noch demütigere Gedanken als die über „seine" Dornenkrone gemacht und gestaunt: „Ich habe mit all meinen Armeen und Generälen nicht ein Vierteljahrhundert lang

Schon vor der ersten Feindbegegnung waren 100 000 von Napoleons Soldaten an Hunger, Hitze und Durst gestorben.

mir auch nur einen Kontinent unterwerfen können. Und dieser Jesus siegt ohne Waffengewalt über die Jahrtausende, über die Völker und Kulturen!"

Zwischen Abscheu und Respekt

„Jeder Zoll ein Gott!" Selbst Heinrich Heine, dieser große deutsche Dichter und Spötter des 19. Jahrhunderts, lag Napoleon zu Füßen. Dabei hat Heine nichts so sehr gehasst wie Despoten und deren Größenwahn. Noch heute erstaunt, wer alles dem Mythos Napoleon erlag und noch heute erlegen ist, obwohl er ein Regime des Schreckens führte und Millionen Menschenleben in seinen Schlachten vernichtet hat. Doch er hat auch einige der Ideen der Französischen Revolution weitergetragen. Er schuf in Frankreich die Grundlagen für ein noch immer modernes, liberales Recht, gab den Ländern, die er unterwarf, Verfassungen und prägte Frankreichs Bildungssystem bis in die Gegenwart. Wegen seiner Kriegsstrategien zollen ihm noch heute Militärs ihren Respekt. Seine Schlachtpläne sind auch im 21. Jahrhundert Bestandteil des Ausbildungsprogramms an der amerikanischen Militärakademie West Point. Schaudern aber rufen Napoleons Motive hervor: Er hat nicht aus Menschenliebe oder -freundschaft gehandelt. Es ging ihm – wie Diktatoren immer – um die eigene Macht.

Der Schuss in den Kopf

Im dritten Akt von „Our american cousin" gab es eine Stelle, an der das Publikum immer besonders heftig klatschte. So würde es auch heute sein. Die Aufführung war bestens besucht. Schließlich gab an diesem Karfreitagabend die Schauspielerin Laura Keene ihre Abschiedsvorstellung in Tom Taylors Komödie. Viele Zuschauer waren auch deshalb ins Washingtoner Ford's Theatre gekommen, weil ein prominenter Gast zu erwarten war. Auch John Wilkes Booth, ein unbedeutender 26-jähriger Kollege von Laura Keene, wusste das. Unbemerkt hatte er sich kurz nach Beginn des Stückes nach oben in die Loge dieses Prominenten geschlichen. Die Außentür hatte er von innen mit einem Stock verbarrikadiert. Nun musste er nur noch unbemerkt den dritten Akt abwarten. Da, der Applaus setzte ein! Los jetzt! Booth riss mit der linken Hand die Innentür der Loge auf, mit der rechten zückte er die entsicherte Waffe. Er hielt die Derringer-Taschenpistole dem Mann vor sich dicht an den Hinterkopf und drückte ab. Der Schuss peitschte durchs Theater. Die Köpfe der Zuschauer flogen hoch zu der bannergeschmückten Loge, Entsetzensschreie erstickten jäh das Lachen. „Sic semper tyrannis!" – „So soll es jedem Tyrannen ergehen!" – schrie Booth, sprang über die Brüstung nach vorn auf die Bühne, strauchelte, fluchte „damned", verdammt! Sein Bein war gebrochen. Trotzdem gelang es Booth, in dem Tumult zu entkommen.

Das Herz seines Opfers hörte wenige Stunden später, am Morgen des Ostersamstags, zu schlagen auf. Amerika war geschockt. Zum ersten Mal in ihrer knapp hundertjährigen Geschichte hatten die USA ihren ersten Mann durch einen Mord verloren. Unter ihm hatten die Vereinigten Staaten ihren bislang blutigsten Krieg erlebt. Trotzdem trauerte das ganze Land um den Toten.

Wer war das?

Abraham Lincoln –

der Befreier der Sklaven

Geboren am 12.2.1809 in Hodgenville,
Hardin County/Kentucky
Gestorben am 15.4.1865 in Washington/D.C.

Diesen Anblick würde Abe nie wieder vergessen: Wie da Männer, Frauen, Kinder, Junge und Alte mit Ketten an den Füßen aneinandergefesselt durch die Straßen getrieben wurden. Wie bitterlich die jungen Mädchen weinten, die an wildfremde weiße Männer verschachert wurden. Wie die Weißen Schwarze begutachteten, als seien sie Vieh. Entsetzt sah sich Abraham Lincoln diese Szenen auf Amerikas größtem Sklavenmarkt in New Orleans an. „Ich bin Amerikaner!", wies er brüsk einen Mann ab, der ihm „zwei Nigger zum Preis von einem" aufzudrängen versuchte. „Gilt hier nicht, was in unserer Unabhängigkeitserklärung steht?", fuhr er den Händler an. „Alle Menschen sind frei und gleich geboren!" Was konnten diese armen Teufel dafür, dass sie keine weiße Hautfarbe hatten? Den 19-Jährigen schüttelte es vor Abscheu und Scham. Das also waren die Südstaaten, so ging es hier zu! Das schrie doch zum Himmel!

In einem kleinen Kahn war Lincoln über 1000 Meilen weit mit einem Freund vom Ohio zum Mississippi und dann flussabwärts nach Süden geschippert. Sie brachten Ware aus Illinois nach New Orleans. Noch nie zuvor hatte Abe eine so aufregende Stadt gesehen! Das Sprachengewirr von Franzosen, Engländern, Mexikanern und Spaniern faszinierte ihn – bis er am Sklavenmarkt stand. Wie Amerika mit den Schwarzen umging, das sollte die USA fast zerbrechen lassen. Ihm wurde es zum Schicksal.

Abraham Lincoln wurde am 12. Februar 1809 in einem Blockhaus in Hodgenville bei Hardin County in Kentucky geboren. Er wuchs in einem winzigen Zimmer mit Lehmboden auf. Den Platz mussten sich seine Eltern, ein Bruder, der allerdings bald starb, seine Schwester und er teilen. Der Vater war ein einfacher Arbeiter, der an der Frontier, auf der Grenze zwischen besiedeltem Land und Prärie, mühsam versuchte, Boden urbar zu machen. Thomas Lincoln erwartete, dass auch sein Sohn, genannt Abe, ein Pionier werden würde. Abe durfte ein Jahr lang zur Schule gehen. Richtig Lesen, Schreiben und Rechnen brachte er sich selber bei. Geschickt war er sowieso. Als seine Mutter starb, half der Neunjährige, ihren Sarg zu zimmern, und schnitzte die hölzernen Nägel dafür. Vater Thomas heiratete wieder – zum Glück für den Sohn: Denn Sarah „Sally" Lincoln versuchte, den Wissensdurst des Jungen zu stillen. Sie besorgte ihm Bücher über Amerika, George Washington, Aesops Fabeln, Robinson Crusoe und die Bibel. Diese prägte Abraham besonders. Als Politiker berührte Lincoln die Menschen später oft durch Zitate aus dem Alten und Neuen Testament. Abraham wurde ein Hüne von Mann, 1 Meter 93 groß, mit kantigem Gesicht und Händen wie Schaufeln. Seine politischen Gegner verunglimpften ihn später als „Gorilla" oder „tall sucker", riesiger Idiot.

Mit 19 hatte Abe genug von der Schufterei auf den Feldern, deshalb schiffte er sich mit dem Frachtkahn nach New Orleans ein. Dort sah er das schändliche Treiben mit den Sklaven. Von New Orleans zog Abraham nach Salem in Illinois. Dort verdiente er Geld als Postmeister, Kaufmann, Landvermesser, je nachdem, wo er gerade Arbeit bekam. Dann meldete er sich als Freiwilliger für den Black-Hawk-Indianerkrieg. Im Selbststudium eignete sich Abe juristisches Wissen an und schaffte 1836 die Zulassung als Advokat. In Springsfield arbeitete er nun in einem Anwaltsbüro. Damals saß er bereits im Repräsentan-

Den Namen Pioniere hatten ursprünglich die europäischen Kolonialmächte den Menschen gegeben, die die Grenzen des besetzten Landes besiedelten.

haus von Illinois. Der Abgeordnete fiel dort durch seine geschliffenen, oft humorvollen Reden auf. 1842 heiratete Lincoln Mary Ann Todd, die Tochter eines reichen Plantagenbesitzers. Von ihren vier Söhnen überlebte nur einer. Von den Leuten wurde Lincoln „honest Abe", „ehrlicher Abraham", genannt – und 1847 in den Kongress nach Washington gewählt.

Zu dieser Zeit stritten die Amerikaner schon heftig über die Sklaverei. Der Baumwollhandel boomte, und die Plantagenbesitzer der Südstaaten brauchten Arbeitskräfte. Je billiger die zu kriegen waren, umso besser. Aus Afrika wurden von den europäischen Kolonialisten massenhaft Schwarze als Sklaven nach Amerika geschafft. Die meisten der industrialisierten Nordstaaten aber lehnten den Menschenhandel inzwischen ab. Lincoln unterstützte den Vorschlag, wenigstens in neu erworbenen Gebieten den Sklavenhandel nicht mehr zuzulassen. Er war auch gegen den Krieg, den die USA gegen Mexiko um die Gebiete von Texas, Kalifornien und New Mexico führten. Diese Haltung kostete ihn 1849 die Wiederwahl. Nun schloss er sich der neuen Partei der Republikaner an und kandidierte 1858 wieder für den Senat. Er verlor gegen seinen Konkurrenten von den Demokraten, Stephen Douglas. Die Rededuelle der beiden im Wahlkampf hatten Lincoln aber in der ganzen Nation bekannt gemacht. Zehntausende strömten nach Illinois, um dem oft stundenlangen rhetorischen Schlagabtausch zuzuhören.

Für die USA ging es längst um mehr als die Sklaverei: Die Südstaaten drohten, aus den Vereinigten Staaten auszutreten. Die Republikaner nutzten Lincolns Popularität und stellten ihn 1860 als Präsidentschaftskandidaten auf. Die Demokraten traten mit zwei Bewerbern an – weshalb „honest Abe" gewann: Am 6. November 1860 wurde er der sechzehnte Präsident der USA.

Einige der Sklavenhalter-Staaten hatten für diesen Fall angekündigt, das amerikanische Bündnis zu verlassen. Jetzt machten

150

sie ihre Drohung wahr: Als Erstes verließ South Carolina die Vereinigten Staaten. Es folgten Mississippi, Florida, Alabama, Georgia, Louisiana und Texas. Die Sezessionisten gründeten die „Konföderierten Staaten von Amerika".

Bei Lincolns Rede zum Amtsantritt herrschte Hochspannung in Washington: Scharfschützen hatten sich auf den Dächern der Häuser positioniert. Kanonenrohre waren aufs Publikum gerichtet. Die Bundeshauptstadt war nur wenige Meilen von Virginia entfernt und stand den Südstaaten nah. Das befürchtete Attentat fand nicht statt. Dafür fiel anderswo am 12. April 1861 der erste Schuss: Die Truppen von South Carolina beschossen das Bundes-Fort Sumter auf einer Insel vor dem Hafen von Charleston. Das war der Beginn des Amerikanischen Bürgerkriegs. Tennessee, Arkansas, North Carolina und Virginia schlossen sich den Föderierten an. Nur die Grenzländer Kentucky, Missouri, Delaware und Maryland blieben in der Union. In den nächsten vier Jahren kämpften Soldaten der 23 Unions- gegen die der elf Föderationsstaaten. 600 000 Amerikaner ließen auf den Schlachtfeldern ihr Leben – erschossen von Amerikanern.

Lincoln versuchte unermüdlich, die zerstrittenen Staaten zu versöhnen. Ihm ging es vor allem um den Erhalt der Union. Dafür war er sogar bereit, in der Sklavenfrage nachzugeben. Er sagte, wenn er die USA retten könne, ohne einen einzigen Sklaven zu befreien, würde er dies tun. Wenn er dafür alle Schwarzen befreien müsse, entschiede er sich dafür. Wäre die Lösung, einige freizulassen, andere nicht, wäre er auch dafür zu haben. In England wurde schon die Baumwolle für die Stoff-Fabriken knapp. Lincoln musste verhindern, dass die Südstaaten militärische Unterstützung von dort bekamen. Die Lösung war seine „Emanzipationserklärung": Damit wurden alle Sklaven, die sich nach dem 1. Januar 1863 in den Rebellenstaaten befanden, zu Freien. Das betraf drei Millionen Menschen. Dagegen konnte sich das

Die Sezessionisten übernahmen bis auf zwei die auf ihrem Territorium gelegenen Festungen und Waffenlager der USA.

aufgeklärte England schlecht stellen, ohne sein Gesicht zu verlieren.

1864 wurde Lincoln ein zweites Mal zum Präsidenten gewählt. Zuvor hatte er die Nation mit seiner berühmten Rede von Gettysburg gerührt. Als er dort einen Soldatenfriedhof einweihte, versprach er, alles zu tun, damit „diese Toten nicht umsonst gestorben sind, dass diese Nation unter Gott eine Wiedergeburt der Freiheit erlebt, und dass die Regierung des Volkes, durch das Volk und für das Volk nicht wieder aus der Welt verschwindet". Ein Jahr später, am 9. April 1865, kapitulierte die Armee der Südstaaten. Sechs Tage später, am 15. April 1865, war Abraham Lincoln tot. Er starb durch einen Schuss, abgefeuert von dem fanatischen Südstaaten-Anhänger John Wilkes Booth.

Nach der Kapitulation ließ Lincoln vor dem Weißen Haus in Washington die Musik der Südstaaten, Dixieland, spielen.

Nächstenliebe statt Groll

Abraham Lincoln hat die Sklaven zwar befreit, gleiche Rechte wie die Weißen hatten sie aber noch lange nicht, auch wenn die Verfassung ihnen die Bürgerrechte zugestand. Bald wurden sie vom Ku-Klux-Klan gejagt. Konservative weiße Großgrundbesitzer hatten diesen rassistischen Geheimbund gegründet. Er brannte die Häuser von Schwarzen nieder, zerstörte ihre Ernten und ermordete viele. 1875 richtete der Ku-Klux-Klan ein Massaker unter Schwarzen in Mississippi an. In den Südstaaten wurden die „Rassen" in Schulen, Krankenhäusern und anderen Einrichtungen getrennt. Tausende von Afroamerikanern wurden ermordet und gelyncht. Auf ein Ende der Rassendiskriminierung mussten die Schwarzen noch rund 100 Jahre warten. Gelungen war Lincoln, aus der amerikanischen Union die amerikanische Nation zu machen. Gemäß dem Satz in seiner Gettysburger Rede: „Mit Groll gegen niemanden, mit Nächstenliebe für alle."

Sehnsucht nach Kniephof

Manchmal hielt er es vor Sehnsucht kaum mehr aus. Dann setzte sich der kleine Junge an eins der Fenster, die den Blick gen Südwesten auf die Felder freigaben, und dachte an Kniephof. Wie ihm das fehlte! In den alten Eichen auf dem elterlichen Gut herumzuklettern. Die Fischteiche, in denen er sich oft nasse Hosen geholt und deshalb anschließend den tanzenden Rohrstock zu spüren bekommen hatte. Was war der Rohrstock gegen die Rapierstöße hier, wenn ihn die Erzieher in den Plamann'schen Anstalten manchmal morgens mit groben Degenstößen aus dem Schlaf rissen. Wie wunderbar war es gewesen, zu Hause in Pommern durch die Wiesen zu toben und sich im kniehohen Gras zu verstecken. Wenn er jetzt am Ende der Berliner Wilhelmstraße durchs Fenster sah, wie ein Gespann Ochsen Ackerfurchen zog, schossen dem Knirps vor Kummer die Tränen in die Augen.

Seine Sehnsüchte und Sorgen vertraute der Siebenjährige in krakeliger Schrift und abenteuerlicher Rechtschreibung der Mutter im April 1822 in einem seiner Briefe an. Er fühlte sich eingesperrt in dieser Schule. Als Erwachsener nannte er sie ein „Zuchthaus". Nicht nur mit morgendlichen Degenstößen hatten die Lehrer ihre Schützlinge in dem Internat „roh misshandelt", der ganze Tag sei ausgefüllt gewesen mit „widernatürlicher Dressur". Diese „demagogischen Turner" hätten den Adel und deshalb auch ihn gehasst. „Meine Kindheit hat man mir in der Plamann'schen Anstalt verdorben", beklagte er in seinen Memoiren. Ob in diesen bitteren Berliner Jahren die Saat für seine Sturheit, Härte und Entschlossenheit gelegt worden war, sich nie wieder irgendjemandem zu beugen? Fast 30 Regierungsjahre lang glückte ihm das. Erst als ein neuer Kaiser sich seinem eisernen Willen widersetzte, trat er zurück.

Wer war das?

Otto von Bismarck –

der Eiserne Kanzler

*Geboren am 1.4.1815 in Schönhausen
bei Stendal
Gestorben am 30.7.1898 in Friedrichsruh
bei Hamburg*

„Du bist mein Anker an der guten Seite des Ufers. Reißt der, so sei Gott meiner Seele gnädig." Solch zärtliche Zeilen von einem so bärbeißigen Mann! Was unter diesem dicken Schädel, dem bei öffentlichen Auftritten die metallene Pickelhaube ein martialisches Aussehen gab, für liebevolle Gedanken steckten! Welch zarte Seele sich in der so mächtigen Gestalt verbarg, deren ohnehin grimmiges Gesicht ein gewaltiger Schnauzbart noch grimmiger erscheinen ließ! Der Sohn Otto von Bismarcks hat zwei Jahre nach dem Tod seines Vaters dessen „Briefe an seine Braut und Gattin" und damit ein Stück Liebesliteratur des 19. Jahrhunderts öffentlich gemacht. Den Deutschen gewährte er damit einen Blick auf die weiche Seite des „Eisernen Kanzlers". So wurde Bismarck später wegen seiner Kriegspolitik genannt. Die herzlosen Lehrer der Plamann'schen Zuchtanstalt in Berlin hatten es in den fünf Internatsjahren nicht geschafft, Otto mit ihrem Drill die Gefühle von Grund auf auszutreiben. Auch der gestrengen Mutter gelang es nicht, sein Herz zu verhärten. Bitter erinnerte er sich, sie habe immer gewollt, „dass ich viel werden sollte … Und es schien mir oft, dass sie hart, kalt gegen mich sei." Das sagte der alte Bismarck über die Frau, der er als Siebenjähriger noch den ganzen Schmerz einer Kinderseele in seinen Briefen anvertraut hatte. Später hat er sie gehasst. Schließlich hatte sie ihn aus der Kniephofer Kindheits-idylle vertrieben.

Otto von Bismarck liebte das Pommersche Gut, auf dem er bis zu seinem sechsten Lebensjahr aufwachsen durfte. Geboren wur-de Otto Eduard Leopold am 1. April 1815 in Schönhausen bei Magdeburg. Ein Jahr später zog die Familie nach Kniephof um. Es war eins von drei Gütern, die sein Vater Ferdinand von Bis-marck erworben hatte. Nicht lange konnten sich Otto und sein fünf Jahre älterer Bruder Bernhard dort zwischen Wald, Wild und Weiden austoben. Die Mutter bestand darauf, dass die Söh-ne beizeiten eine ordentliche Ausbildung bekamen. Sie selbst kam aus einer Gelehrten- und Beamtenfamilie. Zwar war Wil-helmine Mencken durch die Heirat mit dem Grafen von Bis-marck zu Adel gekommen, doch das Landleben schmeckte ihr nicht. Deshalb schickte sie die Buben in eine andere Welt, ins In-ternat nach Berlin. Sie sollten studieren und eine Beamten-Kar-riere machen. Otto schaffte es nach ganz oben. Doch das hat die Mutter nicht mehr miterlebt. Da war sie schon tot.

Nach der Tortur auf den Plamann'schen Anstalten kam Otto ins „Graue Kloster": Dieses Gymnasium wurde wegen der grau-en Kutten seiner Franziskanermönche so genannt. Es war die Eli-teschule Berlins für die Kinder hoher preußischer Beamter. Für Otto folgten wilde Jahre in Göttingen. Dort war der Junker, der adelige Gutsbesitzersohn, bald bekannt wie ein bunter Hund. Bei seinen Streifzügen ließ sich der Jura-Student meist von einem riesigen Rüden namens Ariel begleiten. An den Wirtshaus-tischen war er ein gern und oft gesehener Zechkumpan. Häu-fig zog er das Pauken, das studentische Fechten, dem Büffeln im Hörsaal vor. Stets zu Jungmänner-Unfug aufgelegt, wurde er einmal sogar für elf Tage in den Karzer, die Arrest-Zelle der Uni-versität, gesperrt.

Dem 20-Jährigen graute es vor einer Zukunft in verstaubten

Bismarcks Großvater müt-terlicherseits hatte Friedrich dem Großen als Kabinettsrat gedient.

Beamtenstuben. So ein Leben sei kläglich, schüttete er einem Freund das Herz aus. Schon beim Gedanken daran fühle er sich, als habe er eine „körperlich und geistig eingeschrumpfte Brust". Es nutzte nichts: Nach dem Studium ging's für ein Jahr ans Berliner Stadtgericht, dann zur Referendarzeit ins Regierungspräsidium von Aachen. Dort verliebte sich Bismarck in eine junge Britin und setzte sich mit ihr nach Wiesbaden ab. Die beiden vergnügten sich im Spielcasino, und Bismarck häufte immense Schulden an. Auch die Liebe verlor er. Ohne sie und ohne Geld kehrte er 1837 nach Kniephof zurück.

Nach einem Intermezzo in Potsdam hängte er den Beamtenrock erneut an den Nagel und vertauschte ihn freiwillig für ein Jahr mit der Soldatenuniform. Als 23-Jähriger sagte Otto dem Staatsdienst endgültig Ade und zog sich mit den Worten „Ich will Musik machen, wie ich sie für gut erkenne oder gar keine" aufs Land zurück. Nach dem Besuch der landwirtschaftlichen Akademie in Greifswald und dem Tod der strengen Mutter Anfang 1839 bewirtschaftete Otto gemeinsam mit dem Bruder die drei väterlichen Güter in Pommern, Jarchelin, Külz und Kniephof. Das Studium war freilich nicht spurlos an ihm vorübergegangen – bald höhnte Bismarck über sein Leben: „Mein Umgang besteht in Hunden, Pferden und Landjunkern." Bei denen sei er angesehen, weil er „Geschriebenes mit Leichtigkeit lesen", aber ebenso Wildbret zerlegen könne. Weil er sich jederzeit wie ein Mensch kleide, ruhig und dreist reite, schwere Zigarren rauche und „Gäste mit freundlicher Kaltblütigkeit unter den Tisch trinke". Aber auch der Bildungshunger hatte Bismarck gepackt. Er beschäftigte sich mit Literatur, Kunst, Religion und Philosophie. Die Leute auf dem Land nannten ihn den „tollen Bismarck" und meinten mit „toll" ein bisschen verrückt: Den einen Tag konnte er es nicht wild genug mit Gelagen und Liebschaften treiben, am nächsten verschwand er hinter seinen Büchern.

Das Interesse an Glauben und Religion hatte ihm eine Frau
eingepflanzt, die sich auch in anderer Hinsicht seiner Seele annahm: Marie von Thadden, die Braut eines Freundes, machte
von Bismarck mit dem „Anker" seines späteren Lebens, mit Johanna von Puttkamer, bekannt. 1847 nahm er Johanna zur Frau.
Sie bekamen drei Kinder: Marie, Herbert, der später zum He-
rausgeber von Bismarcks Briefen wurde, und Wilhelm. Die Familie hatte sich in Schönhausen niedergelassen – und der junge
Graf sich der Politik zugewandt: Er wurde Mitglied im preußischen Landtag und vier Jahre später, im Mai 1851, als Preußens
Vertreter in den Frankfurter Bundestag entsandt.

Schnell machte sich der Landjunker als Vertreter der äußersten
Rechten einen Namen und wetterte gegen liberales, demokratisches Gedankengut. Er war überzeugt, dass Monarchie und
Adel von Gott gewollt waren. Als im März 1848 die Revolution von Frankreich auf die deutschen Staaten übersprang und die
Menschen auf den Straßen mehr Rechte und Freiheiten, Verfassungen und gar ein gesamtdeutsches Parlament forderten, hätte
der Heißsporn sie am liebsten sofort mit eigenen Händen und
Waffen mundtot gemacht. Er schäumte vor Wut, als sich Friedrich Wilhelm IV. nach der deutschen Revolution 1848 vor den
254 Toten in Berlin verbeugte und einigen der Forderungen der
Straße nachgab. Am liebsten wäre er mit seinen Landjunkern
zum Putsch gegen den König nach Berlin gezogen. Einen einheitlichen deutschen Nationalstaat lehnte Bismarck entschieden
ab. Sollte Preußen etwa seine Macht mit Österreich teilen? Absurd! Die deutschen Fürstentümer, Königreiche und Österreich
vertraten ihre gemeinsamen Interessen zu dieser Zeit im Deutschen Bund. Doch letztlich machte jeder seine eigene Politik.
Weil dies dem Handel und der Industrialisierung hinderlich war,
schwirrte die Idee eines einheitlichen nationalen Staates durchs
Land. Bismarck dagegen forderte: Preußen müsse Preußen blei-

*Bismarck
gründete den
„Verein zur
Wahrung der
Interessen des
Grundbesitzes".*

ben! Gott sei Dank hatte Friedrich Wilhelm IV. es abgelehnt, die preußische Königs- mit einer deutschen Kaiserkrone zu vertauschen. Für Bismarck hätte die den „Ludergeruch der Revolution" an sich gehabt.

Als Abgesandter Preußens vertrat Bismarck von 1851 bis 1859 Preußens Interessen im Frankfurter Bundestag. Dort verhandelte der Deutsche Bund über die gemeinsamen Belange. Bismarck war dort mehr gefürchtet als beliebt, beeindruckte aber durch seine Reden und sein diplomatisches Geschick.

1857 wurde Friedrich Wilhelm IV. nach einem Schlaganfall geisteskrank, und sein Bruder Wilhelm übernahm als Prinzregent die Regierungsgeschäfte. Ein Jahr später löste er den König ab. Wilhelm I. suchte den Ausgleich mit den liberalen Kräften im Land – und schob den Störenfried Bismarck 1859 als Gesandten ins russische Petersburg ab. Für einen Diplomaten war das ein Posten von allererstem Rang. Der neue König hatte sich damit einen Scharfmacher vom Halse geschafft. Bismarck litt wie ein Hund – nicht nur vor Heimweh. Er wurde krank. Monatelang plagte ihn eine Lungenentzündung, und er klagte, seine Nerven seien „bankrott". 1862 wechselte er als Botschafter nach Paris. Doch nicht für lange: Denn nun brauchte König Wilhelm I. doch die Hilfe dieses politisch so entschiedenen Mannes. Die liberale Mehrheit im preußischen Landtag lehnte den Wunsch des Königs nach einer Militärreform und Verstärkung des Heeres ab. Bismarck sollte ihm nun helfen – und wurde 1862 vom König zum preußischen Ministerpräsidenten und zum Außenminister ernannt. Dies hatte der Graf zur Bedingung gemacht.

Mit einem Trick setzte Bismarck die Heeresreform durch und sich gemeinsam mit dem König über die Verfassung hinweg. Er erfand die „Lückentheorie". Sie besagte, dass die Regierung auch dann handeln müsse, wenn sie sich mit dem Parlament nicht einigen könne. Hauptsache sei, dass der Staat handlungsfähig bleibe. Einen Ölzweig schwenkend, ließ Bismarck vor Preußens Abgeordneten die Muskeln spielen: „Nicht auf Preußens Liberalismus sieht Deutschland, sondern auf seine Macht." Den folgenden Worten verdankte er den Beinamen „Eiserner Kanzler": „Nicht durch Reden und Majoritätsbeschlüsse werden die großen Fragen der Zeit entschieden – sondern durch Eisen und Blut." Mit Eisen meinte er Gewehr- und Kanonenkugeln, mit Blut die Soldaten.

Bald kam es dazu: Dänemark wollte den Norden Schleswig-Holsteins an sich reißen. 1864 sprachen die Waffen. Preußen holte den Sieg für den Deutschen Bund. Doch Österreich und Preußen konnten sich nicht einigen, wer nun welchen Landesteil verwalten sollte. 1866 begann deshalb der Deutsche Krieg. Das Verhältnis zwischen den beiden Staaten war ohnehin angespannt gewesen. Einige kleinere Länder schlossen sich Preußen an, und Österreich wurde besiegt. Der Deutsche Bund zerbrach. Preußen setzte sich an die Spitze des neu gegründeten Norddeutschen Bundes, der aus 17 Kleinstaaten bestand – und Bismarck wurde zu dessen Kanzler ernannt.

Vier Jahre später war er mitschuldig am verheerendsten seiner Kriege, weil er den französischen Nachbarn vor den Kopf stieß. Folgendes war geschehen: Die preußische Hohenzollern-Familie wollte eines ihrer Mitglieder zum spanischen König erheben. Frankreichs Kaiser Napoleon III. befürchtete deshalb, sein Land werde dann von Preußen umzingelt sein, und protestierte dagegen. Der Preußen-König riet der Verwandtschaft, von ihren Plänen Abstand zu nehmen. Das war Napoleon nicht genug. Durch einen Gesandten, der Wilhelm I. während dessen Kur in Bad Ems aufsuchte, forderte er eine schriftliche Verzichtserklärung. Der wiederum verfasste über diesen Vorgang einen Bericht und ließ diesen als Depesche nach Berlin schicken. Diese „Emser Depesche" wurde von Bismarck in verschärfter Form veröffentlicht. Welch Affront gegen Frankreich! Kurzerhand erklärte Napoleon Deutschland am 19. Juli 1870 den Krieg. Die Preußen gewannen ihn, unterstützt von den süddeutschen Staaten, nach einem Jahr. 180 000 Soldaten hatten ihr Leben auf den Schlachtfeldern gelassen. Deutschland nahm Frankreich Elsass-Lothringen ab. Die deutsch-französische Erbfeindschaft war neu entfacht. Dieses Feuer sollte, durch zwei Weltkriege im folgenden Jahrhundert zusätzlich genährt, noch lange brennen.

Noch während des Krieges wurden Rufe nach einem nationalen Einheitsstaat laut. Diesmal drängte auch Bismarck Wilhelm I., sich die Kaiserkrone zu nehmen – und setzte sich durch. Am 18. Januar 1871 war das Deutsche Reich besiegelte Sache – und Preußens König wurde zum Deutschen Kaiser ernannt.

Die Kaiser-Krönung wurde zur nächsten Demütigung der Franzosen. Während die deutschen Armeen weiter aufrückten, fand sie ausgerechnet im Spiegelsaal von Versailles statt. Der war Symbol für die absolutistische Herrschaft von Frankreichs früheren Regenten. Wilhelm I. hätte gern darauf verzichtet – und strafte seinen Reichskanzler während der Zeremonie durch Nicht-Beachtung: Er würdigte Bismarck bei der Krönung keines einzigen Blicks. Danach schritt er an dem Mann in der weißen Kürassieruniform, der inmitten von Fürsten, Prinzen, Ministern und Militärs stand, vorbei, als wäre der Luft.

Der Kaiser wäre lieber König geblieben.

Als Reichskanzler war Bismarck jetzt nur noch dem Kaiser Rechenschaft schuldig, ansonsten hatte er freie Hand. Der „Eiserne" begann im Zweiten Deutschen Reich – nach dem Heiligen Römischen Reich Deutscher Nation – „durchzuregieren". Bismarck rief zum Kulturkampf gegen die katholische Kirche auf. Er befürchtete, deren Würdenträger und Anhänger würden den Papst mehr als den Kaiser verehren. Er verbot den Orden der Jesuiten, untersagte Priestern bei Strafandrohung politische Reden von der Kanzel, ließ Bischöfe verhaften, unterwarf die

Pfarrerausbildung staatlichen Regeln und erließ das „Brotkorbgesetz": Das hieß so, weil er die Zuschüsse des Staates an die Kirche strich und ihr damit den „Brotkorb" höher hängte. Die Sozialisten waren die Nächsten, die der Kanzler zu Reichsfeinden erklärte. Zwei missglückte Attentate auf Wilhelm I. kamen ihm da gerade recht: Obwohl Bismarck wusste, dass die Sozialisten nichts damit zu tun hatten, nahm er die Attentate zum Anlass, die „Sozialistengesetze" zu erlassen. Er befürchtete, die Arbeiter und Leute auf der Straße würden gegen den neuen autoritären Staat rebellieren. Mit den Sozialistengesetzen wollte er jeglichen Anfang einer Arbeiterbewegung im Keim ersticken: Ihre Vereine konnten jetzt ohne Begründung verboten werden, Versammlungen und Demonstrationen willkürlich aufgelöst, Schriften jeder Art beschlagnahmt werden. Gleichzeitig musste Bismarck das Volk ruhig stellen und den Zulauf zu den Sozialdemokraten stoppen. Deshalb begründete der Kanzler ein weltweit einzigartiges Sozialsystem. Er richtete eine Kranken-, Unfall-, Renten- und Invaliditätsversicherung ein. 1890 wollte er die Sozialistengesetze weiter verschärfen. Doch diesmal wurde er vom Reichstag gestoppt, in dem die Sozialdemokraten in der Zwischenzeit verstärkt vertreten waren. Inzwischen war Wilhelm I. gestorben. Dem neuen Kaiser, Wilhelms Enkel Wilhelm II., war Bismarck zu mächtig und stark. Er setzte den Reichskanzler am 20. März 1890 kurzerhand ab.

Bismarck zog sich nach Friedrichsruh bei Hamburg zurück, wo er mit

„Der Lotse verlässt das Schiff" (Karikatur auf die Entlassung Bismarcks, 1890)

seiner Frau ein neues Domizil bezogen hatte. Dort verfasste er seine Memoiren – und musste im November 1894 seinen „Anker" zu Grabe tragen. „Was mir blieb, war Johanna", hatte er verbittert nach seinem Abschied aus der Politik gesagt. Nun hatte er auch sie verloren. Vier Jahre später, am 30. Juli 1898, folgte er ihr und wurde in Friedrichsruh neben ihr begraben.

Linkenhasser und Kultfigur

An Otto von Bismarck scheiden sich noch heute die Geister: Für die einen ist der „Eiserne Kanzler", ein die Linken hassender Reaktionär, der die Bürger in ihren Freiheitsrechten drangsalierte und die Demokratisierung des Landes ausgebremst hat. Für die anderen ist er der geniale Erfinder eines noch heute weltweit vorbildlichen Sozialsystems. Zum ersten Mal verhinderten diese Versicherungen, dass für einen Arbeiter Krankheit oder ein Unfall gleichbedeutend waren mit dem Absturz in Armut und Not. Der einheitliche deutsche Nationalstaat machte das Land auch wirtschaftlich stärker. Gleichzeitig nahm Bismarck durch geschickte Bündnisse Russland, Österreich und Italien die Angst vor dem mächtig gewordenen Nachbarstaat.

Im Deutschen Reich selbst wurde Bismarck schon kurz nach seiner Entlassung zur Kultfigur: Das Land wurde mit Bismarck-Denkmälern und -Türmen überzogen, die größtenteils noch heute stehen. Allerdings gab es nur ein einziges Monument, das den „Eisernen Kanzler" nicht staatsmännisch streng, sondern als lockeren Studenten zeigte, dem sein Hund Ariel zu Füßen lag: Es stand an der Rudelsburg in Sachsen-Anhalt. Den Sockel gibt es noch. Die Statue selbst wurde nach dem Zweiten Weltkrieg zertrümmert und die Einzelteile in der Saale versenkt.

Matschkuchen vom Mohr

Sein Anblick konnte Bange machen: der stechende Blick unter der wilden schwarzen Mähne, die behaarten Hände, der dunkle Teint. „Schwarzwildchen" nannte ihn seine Frau. Für Freunde war er „der Mohr". Schon als Kind war er ein wilder Junge. Manchmal zwang er seine Geschwister, den Markusberg in der Heimatstadt Trier im Galopp herunterzukutschieren. Ein anderes Spiel war das Matschkuchen-Backen: Mit dreckigen Händen knetete er einen ekligen Teig. Seine Schwestern zwang er dann, diese selbst gefertigte „Köstlichkeit" zu verspeisen. Kein Wunder, dass sie ihn als Tyrannen beschimpften. Ein Student beklagte sich später über den da schon 30-Jährigen: „Niemals habe ich einen Menschen gesehen von so verletzender, unerträglicher Arroganz." Wer nicht seiner Meinung war, bekam mit Worten rüde eins übergebraten. Und doch zog er seine Mitmenschen unwiderstehlich in seinen Bann: Entweder er faszinierte durch seinen schneidend scharfen Verstand, oder er rief mit seinen Ansichten, die keinen Widerspruch duldeten, Ablehnung, ja Hass hervor.

Noch heute fliegen die Fetzen, wenn Anhänger und Gegner seiner Person aufeinandertreffen und über seine Lehre zu diskutieren anfangen. Die Regierung seiner Heimat war nicht weniger intolerant als er, aber mächtiger. Sie hat ihn wegen Hochverrats angeklagt. Deshalb hat er Deutschland verlassen. Seine Lehre hat überlebt, obwohl sein eigenes Leben in krassem Widerspruch dazu stand. Von denen, für die er stritt, hielt er persönlich sich lieber fern. Was er über Geld, Arbeit und Ausbeutung dachte und schrieb, wurde für seine Anhänger zur Bibel. Es geht darin auch um Glück und Gerechtigkeit. Er selbst war bettelarm, aber liebte den Luxus. Deshalb sagen Spötter: Es wäre besser gewesen, er hätte sich ums Kapital gekümmert, statt darüber zu schreiben.

Wer war das?

Karl Marx –

der Erfinder des Klassenkampfs

Geboren am 5.5.1818 in Trier
Gestorben am 14.3.1883 in London

„Er wohnt in so ziemlich dem übelsten und billigsten Viertel Londons und haust in zwei Zimmern", mokierte sich ein Besucher über das Zuhause von Karl Marx. In dem Haushalt sei alles zerbrochen, zerschlissen, zerfetzt und klebe vor Staub. Bücher, Zeitungen, Zettel, Spielzeug und Manuskripte lägen auf dem Boden herum. Weder Karl noch seine Frau Jenny schien das zu stören – stattdessen boten sie jedem Gast eine Pfeife und Tabak an. Vorausgesetzt, es war Tabak da. Denn oft wusste Jenny nicht einmal, wovon sie Brot für die Kinder kaufen sollte. Zwei Söhne und eine der vier Töchter waren in den ersten Lebensjahren gestorben. Jenny war von Adel und aus gutem Haus, an Karls Seite musste sie ein anderes Leben führen. Einmal, da war sie obendrein schwanger, saß sie mit den Kindern und leerem Portemonnaie bei trocken Brot zu Hause, während ihr Mann nach Hamburg reiste. Er wollte Geldgeber für eine neue Zeitung auftreiben. Karl Marx prahlte: „Ich logierte … 14 Tage in einem firstrate Hotel." Wenn Geld da war, gab er es mit vollen Händen aus. Als er nach dem Tod seiner Mutter 50 000 Taler erbte, zog er schnurstracks in eine riesige Stadtwohnung um. Die Fahrt zum Begräbnis der Mama ließ er sich dagegen von einem Freund finanzieren. Vor Gästen gab Karl mit dem Silberbesteck seiner Frau an – um es am nächsten Tag wieder ins Pfandhaus zu tragen. Sein Philosophieren

Statt seinen drei Töchtern eine Schulbildung zu finanzieren, kaufte Marx lieber ein Klavier.

164

und Politisieren drehte sich um Sinn, Zweck und Wesen von Geld. Im praktischen Leben aber war er unfähig, damit vernünftig umzugehen. Einmal machte er sich über sich selber lustig, indem er erklärte: „Ich glaube nicht, dass unter solchem Geldmangel je über Geld geschrieben worden ist."

Sein Vater hatte sich das Leben seines Lieblingssohns anders vorgestellt. Geboren wurde Karl Heinrich Marx am 5. Mai 1818 in Trier. Mit 17 machte er zusammen mit seinem Freund Edgar Freiherr von Westphalen das Abitur. Danach, 1835, schickte ihn der Vater zum Jura-Studium erst nach Bonn, dann nach Berlin. Dort führte Karl ein wildes Studentenleben: Er duellierte sich, machte Schulden, feierte, trank. Einmal musste er wegen ruhestörenden Lärms und Trunkenheit eine Nacht hinter Gittern verbringen. Karl verprasste 700 Taler im Jahr – davon konnte eine ganze Beamten-Familie leben. Als Karl Gedichte schrieb, statt Paragrafen zu büffeln, schrieb ihm der besorgte Vater aus Trier: „Mich würde es dauern, dich als gemeines Poetlein auftreten zu sehen." Eigentlich sollte Karl wie er Beamter werden.

Heinrich Marx hatte für seinen Beruf ein großes Opfer gebracht: „Herschel" Marx hatte seinem jüdischen Glauben abgeschworen. Andernfalls hätte er als Jude in Preußen nicht Justizrat bleiben können. Dabei stammte er aus einer angesehenen Rabbinerfamilie. Trotzdem ist Heinrich Marx zum evangelischlutherischen Protestantismus konvertiert. Auch seine Kinder ließ er taufen, nur Karls Mutter Henriette blieb ihrem Glauben treu. Karl Marx hatte später für Religionen nur Hohn und Spott: Sie waren für ihn „Opium fürs Volk", geeignet, die Menschen ruhigzustellen. Weil sich in der Hoffnung auf ein späteres, höheres Heil das Elend auf Erden leichter ertragen lässt …

Der Ton in den Briefen des Vaters an den Studenten wurde bald schärfer. Das hatte auch mit einer jungen Frau zu tun. In Trier wartete Jenny von Westphalen auf Karl. Er hatte sich mit

*Hegels Theorie
über die
Gegensätze
nennt man
auch Hegels
Dialektik.*

der Schwester seines Schulfreundes Edgar verlobt. Doch Karl verabschiedete sich von der später ein sicheres Einkommen versprechenden Juristerei und wandte sich stattdessen philosophischen Studien zu. Er las mit Vorliebe die Schriften von Georg Wilhelm Friedrich Hegel. Für diesen Philosophen war die Welt voller Gegensätze, deren Widerspruch sich im Lauf der Geschichte auflösen und zu einem besseren Leben führen würde. Hegel meinte allerdings, dass der Staat die von Gott gewollte höchste Lebensform sei. Deshalb müsse jeder Bürger dem Staat unbedingten Gehorsam leisten.

Diese Botschaft hörte Preußens Regierung gern. Kam sie ihr doch in dem Bemühen zupass, jede Liberalität, jeden Freigeist, jegliches demokratisches Gedankengut im Keim zu ersticken. Marx schloss sich dem Kreis der „Linkshegelianer" an. Die interpretierten Hegels Lehre der Dialektik allerdings als Aufruf zur Revolution. Mit dieser Geisteshaltung brachte sich Marx um die von ihm angestrebte philosophische Professur.

Stattdessen wurde der promovierte Doktor der Philosophie 1842 Journalist bei der „Rheinischen Zeitung für Politik, Handel und Gewerbe" in Köln und bald auch Chefredakteur. Das ging nicht lange gut. Mit Beiträgen über das soziale Elend der Arbeiter, Kritik an Zensur und den Mächtigen handelte er sich den Vorwurf der Beamten- und Majestätsbeleidigung ein. 1843 wurde die Zeitung verboten, und Marx war den Job wieder los.

Im gleichen Jahr hatte er nach siebenjähriger Verlobungszeit endlich seine geliebte Jenny geheiratet. In Deutschland konnten die beiden nicht bleiben, sie zogen nach Paris. In Frankreichs Hauptstadt gab es revolutionäre Zirkel, diskutierten Anarchisten darüber, jegliche Staatsordnung aufzuheben, und forderten Sozialisten eine gerechtere Verteilung von Geld und Macht. Hier begann Marx seine Studien über die Wirtschaft, die er anfangs nur „ökonomische Scheiße" nannte. Er fing an, an seinem Lebenswerk, dem „Kapital" zu schreiben. Das Buch wurde zur „Bibel" des Klassenkampfs. Marx erklärte die Welt darin so: Die Proletarier, also die Menschen, die nichts als ihre Arbeitskraft haben, würden den Kapitalisten, denen die Produktionsmittel wie Fabriken und Grund und Boden gehörten, Geld und Besitz abnehmen. Daraus würde eine neue Gesellschaft entstehen, in der das Privateigentum abgeschafft ist und alles allen gehört.

Marx hatte einen geistigen Bruder gefunden: Friedrich Engels. Dieser deutsche Industriellensohn leitete im englischen Manchester eine Fabrik seines Vaters und hatte mit eigenen Augen gesehen, unter welch elenden Bedingungen die Arbeiter sich und ihre Schaffenskraft verkaufen mussten, während die Fabrikbesitzer reich und immer reicher wurden. Dass auch Engels einer dieser Reichen war, kam Marx allerdings zugute: Der Freund unterstützte den ewig klammen Karl mit Geld. Im Gegensatz zu Engels hielt sich Marx von „Knoten" und „Straubingern" fern. So nannte der Klassenkämpfer die Leute, für die er mit Worten kämpfte, die Arbeiter. Als ihn Jenny einmal fragte, was wäre, wenn dieses Proletariat wirklich die Macht übernähme, meinte Marx, vorher müssten sie beide auf jeden Fall fort …

Mit seinen aufrührerischen Schriften brockte Marx sich auch den Unmut von Frankreichs Behörden ein. Auf Drängen der preußischen Regierung wurde er aus Paris ausgewiesen. Die Marxens zogen nach Brüssel. Dort traten er und Engels dem „Bund der Kommunisten" bei. Für diese erste kommunistische Partei der Welt schrieben sie 1848 ein Programm, das „Kommunistische Manifest", in dem sie die Arbeiter aufriefen: „Proletarier aller Länder, vereinigt euch!"

Auch in Deutschland rumorte es längst: Mit der Märzrevolution hatten die Bürger die Wahl einer Nationalversammlung, des ersten deutschen Parlaments, erzwungen. Nun traute sich Marx zurück in die Heimat. Sein zweiter Versuch, mit einer

„Neuen Rheinischen Zeitung" ein „Organ für Demokratie" zu schaffen, scheiterte. Diesmal wurde ihm die Staatsangehörigkeit aberkannt. Die Familie zog nach London, wo Marx bis zu seinem Lebensende blieb. Sein „Kapital" hat er auch dort nicht fertiggestellt: Nach seinem Tod am 14. März 1883 schrieb Friedrich Engels die Bibel des Kommunismus zu Ende. Marx' politische Arbeit setzte seine Lieblingstochter Eleanor fort. Anders als ihr Vater hatte sie keine Berührungsängste gegenüber dem „Proletariat": Sie führte in London einen Streik der Hafenarbeiter an. Doch das hat Karl Marx nicht mehr miterlebt. Er starb in London.

Schöne Grüße von Marx

Der Klassenkampf von Karl Marx war immer nur Idee, nie Realität. Zwar traten viele sozialistische Regierungen mit dem Anspruch an, mit der „Diktatur des Proletariats" den ersten Schritt zur Aufhebung der Ungleichheit unter den Menschen zu tun. Statt von den Arbeitern wurde die Diktatur dort aber von Staatsparteien und deren Funktionären ausgeübt. Beispiel dafür sind die ehemalige Sowjetunion und ihre Anhängerstaaten. In der DDR hat das Volk diesen vermeintlichen Sozialismus zum Zusammenbruch gebracht. Danach wurde er für tot erklärt.

Dennoch hat Karl Marx vieles, was uns heute Probleme bereitet, scharfsinnig vorhergesehen: Er prophezeite im 19. Jahrhundert, das Leben der Menschen werde künftig „ökonomisiert". Damit meinte er, dass statt des Staates mehr und mehr die Wirtschaft das Leben der Menschen bestimmen würde. Selbst das, was wir heute Globalisierung nennen, kam in Marx' Kopf schon vor: Er sah voraus, dass die nationalen Industrien zugrunde gehen. Heute beherrschen in der Tat internationale Konzerne Wirtschaft und Weltgeschehen.

Kein Buch für Damen!

Nur mit Mühe konnte sich die Freifrau ein Schmunzeln verkneifen. Wenn ihr Tischnachbar bei dem Abendessen auf Schloss Harmannsdorf wüsste … Er fand kein Ende im begeisterten Erzählen über dieses Buch. Sie stellte sich vor, was passieren würde, wenn sie ihm jetzt sagen würde, dass … Sicher würden ihm vor Schreck Messer und Gabel aus den Fingern fallen! Sie lächelte leise in sich hinein, als sie in inszenierter Neugier und gespieltem Ernst zu ihm sagte: „Oh, das muss ich mir auch beschaffen!" Halb mitleidig, halb amüsiert sah ihr Gesprächspartner sie an: „Verzeihen Sie, Gnädigste, aber das ist kein Buch für Damen!" Bornierter Kerl! Wenn der wüsste, dass sie das Buch selbst geschrieben hatte! Wohlweislich freilich nicht unter ihrem Namen: Andernfalls, so hatte sie richtig vermutet, wäre es „von solchen einfach ungelesen geblieben, für die es eigentlich bestimmt war". Der hochnäsige Herr neben ihr war der beste Beweis, wie recht sie damit hatte. Die „Vorurteile gegen die Denkfähigkeit der Frauen", sagte sie später, „waren einfach zu groß."

Beim nächsten Buch war sie mutiger – und hatte riesigen Erfolg. Kaum erschienen, wurde es in fast alle europäischen Sprachen übersetzt. In kurzer Zeit verkaufte es sich eine Million Mal. Das Thema war das gleiche, diesmal aber verpackt in einen Roman. Es ging um Krieg. Die Hauptfigur war eine junge Frau. So etwas nahm das lesende Publikum um die Jahrhundertwende einem weiblichen Autor schon eher ab. Das Buch machte sie berühmt – und zur Galionsfigur der Friedensbewegung. Sie bekam dafür eine der höchsten Auszeichnungen der Welt. Allerdings musste sie fünf Jahre darauf warten – so lange zierte sich die Jury, ihr den Preis zu verleihen –, weil sie eine Frau war. Sie war die erste, die ihn bekam.

Wer war das?

Bertha von Suttner –

die Mutter der Friedensbewegung

Geboren am 9.6.1843 in Prag
Gestorben am 21.6.1914 in Wien

Wenn er nur recht behalten würde! Wieder und wieder las Bertha von Suttner diese Zeilen in Leo Tolstois Brief: „Ich schätze Ihr Werk sehr … Die Abschaffung der Sklaverei wurde durch das berühmte Buch einer Frau, Madame Beecher-Stowe, vorbereitet. Gott gebe, dass die Abschaffung des Krieges durch das Ihre bewirkt wird!" Der berühmte russische Autor von „Krieg und Frieden" verglich ihr Buch tatsächlich mit „Onkel Toms Hütte"! Was waren dagegen schon gehässige Kommentare, die sie als „Friedensfurie", „Friedens- und Judenbertha" beschimpften. Wer so um sich schlug, war selbst getroffen – und gab ihr damit ungewollt recht.

Mit so viel Hass hatte Bertha von Suttner nicht gerechnet, allerdings auch nicht mit einem solchen Erfolg für ihr Werk „Die Waffen nieder!". Sie war stolz, dass diesmal ihr richtiger Name über dem Titel stand. Bei ihrem ersten Aufschrei gegen den Krieg, diese irrsinnigen Mut- und Muskelspiele der Männer, und das sinnlose Sterben auf den Schlachtfeldern hatte sie sich noch hinter dem Pseudonym „Jemand" versteckt. „Das Maschinenzeitalter – Zukunftsvorlesungen über unsere Zeit" hieß ihre Abrechnung mit den modernen Waffen. Von dem Kauf dieses Buches hatte ihr der bornierte Tischnachbar auf Schloss Harmannsdorf abgeraten, weil sie eine „Dame" war. Mit dem Manuskript des nächsten war sie Klinken putzen gegangen. „Die

Waffen nieder? Der Gegenstand interessiert unsere Leser nicht!"
Mit diesem Argument hatten etliche Verleger einen Abdruck
abgelehnt. Und jetzt hatte das Buch in wenigen Jahren eine Million Leserinnen und Leser in ganz Europa gefunden!

Bertha von Suttner erzählte darin die Geschichte der Martha
von Tilling, die in vier Kriegen in nur elf Jahren zwei Ehemän-
ner und ihren Sohn verlor. Sie beschrieb, was und wie Krieg
wirklich war: die offenen Wunden, in denen es vor Mücken
wimmelt, den Fieberglanz in den Augen der Verwundeten, die
„widerliche Mischung" aus „Mantel, Hemd, Fleisch und Blut",
in der sich Würmer satt fraßen. Den Lesern stieg der Geruch von
„elenden, verstümmelten Körpern" in die Nase. Auch das Leid
der Hinterbliebenen war beim Lesen fast körperlich zu spüren.
Literarisch war der Roman kein großer Wurf. Der Inhalt aber
ließ – so oder so – niemanden kalt. Für Bertha von Suttner begann mit „Die Waffen nieder!" ein neues Leben: nicht nur, weil
sie endlich Geld verdiente. Von nun an war sie eine öffentliche
Figur. Weltweit wurde sie als Rednerin eingeladen.

Bertha von Suttner träumte schon als junges Mädchen davon, Schriftstellerin zu werden. Einmal druckte eine Zeitung
eine ihrer Novellen ab. Dabei blieb es. „Die jugendliche Bertha
war doch eine rechte Null", scherzte sie später. Vielleicht meinte sie damit aber auch ihr früheres Leben als Gräfin Kinsky von
Chinic und Tettau, als die sie am 9. Juni 1843 in einem Prager
Rokoko-Palais zur Welt gekommen war. Ihr Vater, der 75-jäh-
rige Feldmarschallleutnant Franz Joseph Graf von Chinic und
Tettau, war da schon tot. Einer seiner Vorfahren hatte im Dreißigjährigen Krieg an Wallensteins Seite gekämpft. Berthas Mut-
ter Sophie Wilhelmine war bei ihrer Geburt gerade 28 Jahre alt.
Für sie war der Sinn eines Frauenlebens eine standesgemäße
Heirat. Deshalb führte sie Bertha früh in die Gesellschaft ein. Das
Kind musste lernen, charmant in Englisch, Französisch, Italienisch

und Russisch zu parlieren. Nach Berthas Geburt war die Gräfin mit ihr und dem sechsjährigen Bruder erst nach Brünn und dann nach Wien gezogen. Gräfin Sophie hoffte, dort ein neues Glück zu finden. Doch die lebenslustige Frau verspielte an den Roulette-Tischen ihr gesamtes Vermögen. Wenigstens verprasste sie das 60 000-Gulden-Erbe Berthas nicht, sondern gab es für Gesangsstunden aus, die die Tochter über Jahre nahm. Bertha bekam sogar Unterricht in Mailand und Paris. Zur Sangeskarriere reichte es nicht. Auch zwei Verlobungen platzten: Ein Bräutigam entpuppte sich als Hochstapler, der andere, Adolf Prinz zu Sayn-Wittgenstein-Hohenstein, starb in der Brautzeit.

Nun war sie schon 30 und, wie sie selbst spottete, als „alte Jungfer" kaum mehr an den Mann zu bringen. Notgedrungen ging sie deshalb 1873 in die Dienste des Barons Karl von Suttner in Wien. Er stellte sie als Gouvernante für die vier Töchter an. Die drei Söhne waren schon erwachsen. Doch aus einem von ihnen und Bertha wurde ein Liebespaar. Arthur Gundaccar von Suttner war sieben Jahre jünger als sie. Als Arthurs Mutter hinter diese verbotene Liebe kam, flog Bertha raus. Sie fand eine neue Stelle als Hausdame in Paris. Der „hochgebildete ältere Herr", auf dessen Stellengesuch sie in der Zeitung gestoßen war, entpuppte sich als der Erfinder des Dynamits, der Industrielle Alfred Nobel. Der 43-Jährige war ein Multimillionär. Bertha und er verstanden sich auf Anhieb gut. Doch als Bertha erfuhr, dass Arthur vor Liebeskummer krank geworden war, fuhr sie Hals über Kopf zurück nach Wien. Heimlich heirateten Arthur und sie am 12. Juni 1876. Nobel blieb Berthas Freund.

Vor der Suttner-Familie floh das frischvermählte Paar in den Kaukasus. Bertha hoffte, mithilfe einer Freundin, der verwitweten Fürstin von Mingrelien Ekaterina Dadiani, in Georgien Arbeit zu finden. Das klappte nicht. So schlugen sich Arthur und Bertha mit Klavier- und Gesangsstunden durch. Doch der Russisch-Osmanische Krieg brachte 1877/78 diese Einnahmequelle zum Versiegen. Wer gab schon in Kriegszeiten Geld für Klavierstunden aus? Stattdessen schickten die beiden nun Berichte über Krieg, Land und Leute an Zeitungen in Wien. Bertha schrieb unter dem Pseudonym „B. Oulot" – von „boulotte", was „die Fleißige", aber auch „die Dicke" heißt und ihr Spitzname war. Die Honorare reichten kaum zum Leben. Verarmt kehrte das Paar 1885 nach Wien zurück. Gnädig nahmen die von Suttners Sohn und Schwiegertochter nun auf Schloss Harmannsdorf auf.

1888 veröffentlichte Bertha ihr erstes Buch, „Das Maschinenzeitalter". Ein Jahr später erschien ihr Erfolgsroman und Aufschrei gegen Gewalt und Krieg, „Die Waffen nieder!". Jetzt war sie eine gemachte Frau! „Die Waffen nieder!" wurde mit Lob überschüttet. Auch Nobel war begeistert – und entwickelte im Gespräch mit Bertha die Idee, jedes Jahr für die bedeutendsten Wissenschaftler, aber auch für den Menschen, der dem Frieden auf der Welt am besten gedient hatte, einen Preis auszuloben.

Bertha wurde aber auch beschimpft und verspottet: „Die Waffen hoch – das Schwert ist Mannes eigen. Wo Männer fechten, hat das Weib zu schweigen", wurde in den Zeitungen gereimt. Von „rührseliger Albernheit" einer „Friedensfurie" war die Rede. Die Autorin hatte unterdessen erfahren, dass sich in Frankreich, England, Italien, Dänemark und den USA Menschen für den Frieden organisierten. Sie gründete 1891 eine Friedensgesellschaft in Österreich, ein Jahr später folgte die einer deutschen in Berlin. Sie rief auch den „Verein zur Bekämpfung des Antisemitismus" ins Leben, weil der Judenhass blühte. In Berlin, wo Kaiser Wilhelm II. mit den Säbeln zu rasseln begann, war Bertha nicht gern gesehen. Weitsichtig mahnte sie: „Deutschland ist der schwarze und schwache Punkt in der Geschichte." Anderswo wurde sie mehr geachtet: 1899 nahm sie an der Haager Friedenskonferenz teil. Zu ihr hatte Russlands Zar Nikolaus II.

Vertreter aus 26 Staaten geladen, um nach Wegen zu suchen, wie die Welt Streit friedlich schlichten kann. Alfred Nobel war 1896 gestorben. Doch er hatte noch seine Stiftung eingerichtet. 1901 wurde das erste Mal der Friedensnobelpreis verliehen. Allerdings an Henri Dunant, den Gründer des Roten Kreuzes. Vergeblich hatte Bertha von Suttner gehofft, diesen Preis als Erste zu bekommen. Dafür kürten sie die Leser des Berliner Tagblattes 1903 zur „bedeutendsten Frau der Gegenwart". Und 1904 trat sie als prominenteste Rednerin beim Weltfriedenskongress in Boston auf. Sogar der amerikanische Präsident Theodore Roosevelt empfing sie. Dann kam auch die Jury des Friedensnobelpreises nicht mehr an ihr vorbei: Als erste Frau wurde Bertha von Suttner am 19. April 1906 mit der bedeutendsten Auszeichnung der Welt geehrt. Anschließend machte sie eine Vortragsreise in 50 amerikanische Städte.

Am 21. Juni 1914 starb Bertha von Suttner 71-jährig in Wien. Eine Woche danach wurden in Sarajewo der österreichische Thronfolger Erzherzog Franz Ferdinand und seine Frau Sophie erschossen. Das Attentat löste den Ersten Weltkrieg aus. Das mitzuerleben blieb Bertha von Suttner erspart.

Die Waffen hoch – die Waffen nieder?

Bertha von Suttner und Alfred Nobel wollten Kriegen grundsätzlich ein Ende machen. Über den Weg dorthin waren sie verschiedener Meinung. Sie forderte, alle Waffen abzuschaffen. Denn wer Waffen habe, wende sie eines Tages auch an. Er dagegen sah in den modernen Waffen, deren Wirkung immer verheerender wurde, die beste Friedensgarantie: „Was jetzt den Frieden erhält, ist die Scheu, die Heere in Bewegung zu setzen." Über diese beiden Positionen wird noch heute gestritten.

Die Lady im Armenhaus

Die Bilder bekam die Lady nicht mehr aus dem Kopf: Wie da halb verhungerte, gerade sieben- oder achtjährige Mädchen auf bloßen Knien über die eiskalten Steine robbten. Bürsten in den zerschundenen Händen, schrubbten sie die Böden. Ob Sommer oder Winter – nie trugen sie mehr am Leib als ein paar dünne Baumwollfetzen, die meist nass und schmutzig waren. Nachts schliefen sie nackt. Die Armenbehörde fand sie des Geldes für ein Nachtgewand nicht wert. Dann die Hochschwangeren, die ihre Last kaum mehr tragen konnten. Sie mussten putzen und schuften – bis zur Niederkunft. Danach hatten sie sich zu entscheiden: Wollten sie im Armenhaus bleiben, ging das nur ohne Kind. Wer sein Baby nicht abgab, wurde auf die Straße gesetzt. Das hieß dann Leben ohne ein Dach über dem Kopf, ohne Arbeit, mit einem neugeborenen Kind.

Die Dame war ehrenamtliche Fürsorgerin. Deshalb besuchte sie regelmäßig das Armenhaus in ihrer Stadt. Nicht nur in Manchester wurden die ärmsten und schwächsten Mitbürgerinnen und Mitbürger so herzlos behandelt und für billige Arbeit missbraucht. Überall im Land war das so. Vor allem die Frauen und Kinder dauerten die elegante Frau. Ihr Mitleid schlug um in maßlose Wut. Wenn Frauen wählen dürften, hätten sie diese Zustände schon längst abgeschafft! Männer sahen solches Elend doch gar nicht, und wenn sie es doch sahen, dann kümmerte es sie nicht. Die meisten jedenfalls. Es gab Ausnahmen, zum Beispiel ihren Mann. Der setzte sich schon lange für das Frauenwahlrecht ein. Aber dafür erntete er nur mitleidige Blicke oder wurde ausgelacht. Es war an der Zeit, dass die Frauen selbst ihr Schicksal in die Hand nahmen. Notfalls mit Gewalt! Aus der ehrbaren Rechtsanwaltsgattin, fünffachen Mutter und britischen Lady wurde Englands militanteste Frau.

Wer war das?

Emmeline Pankhurst –

die Frau auf den Barrikaden

Geboren am 14.7.1858 in Manchester
Gestorben am 14.6.1928 in London

Zärtlich streichelte Robert Goulden wie jeden Abend vor dem Zubettgehen der kleinen Emmeline über den Kopf. Er seufzte leise: „Wie schade, dass sie nicht als Junge geboren wurde." Er ahnte nicht, dass die Sechsjährige nicht schlief, sondern jedes Wort verstand. So schilderte Emmeline Pankhurst, wie sie das erste Mal erfahren hatte, dass sie als Mädchen offenbar weniger galt. Dabei war ihr Vater sonst nicht so. Seine Frau Sophie engagierte sich für die Gleichberechtigung. Emmeline begleitete ihre Mutter schon mit zwölf Jahren zu den Suffragetten. Emmeline wurde deren berühmteste Vorkämpferin.

Emmeline Goulden wurde am 14. Juli 1858 in Manchester geboren. Als sie 15 Jahre alt war, schickten die Eltern sie auf eine höhere Schule nach Paris. Die Lehrerinnen dort waren sehr modern. Es gab naturwissenschaftlichen Unterricht für die Mädchen. Die Kaufmannstochter lernte aber auch Buchhaltung und einen Haushalt zu führen.

Zurück in Manchester, verliebte sich die 20-jährige Emmeline in den Rechtsanwalt Richard Pankhurst. Richard war mit 44 viel älter als sie und wurde ihr Mann. Sie bekamen fünf Kinder. Mr Pankhurst war Mitglied der sozialistischen Labour-Partei. Emmeline engagierte sich für die Arbeitslosen und besuchte das örtliche Armenhaus.

Nach dem lateinischen Wort suffragium, Abstimmung, nannten sich die Damen in England, die das Frauenwahlrecht forderten.

Später erzählte Emmeline, ihr Mann sei immer stolz darauf gewesen, dass sie kein langweiliges „Hausmütterchen" war.

176

Mit 40 wurde Emmeline Witwe. Da die Kinder groß waren, wollte sie nun den Platz ihres Mannes in der Labour Party einnehmen. Den Männern dort gefiel das weniger: Die aufmüpfige Witwe störte sie. Es kam zum Eklat: Am 10. Oktober 1903 verweigerten die Herren Emmeline und einigen anderen Frauen den Zutritt ins neu gegründete Klubhaus der Partei. Aus Protest gründeten die Damen ihren eigenen Verein, mit dabei Emmelines Töchter Christabel und Sylvia. Das Bündnis bekam den Namen Women's Social and Political Union (WSPU) – Sozialer und Politischer Frauenverein. Die WSPU war kein Debattierklub, der freundliche Bittbriefe schrieb. Statt zu Kaffeekränzchen gingen die Damen in die Öffentlichkeit. Als drei Tage nach Gründung des Vereins das Regierungsmitglied Sir Edward Grey in London auftrat, unterbrachen Emmelines Tochter Christabel und Annie Kenney dessen Rede mit Zwischenrufen. Sie fragten ihn: „Wird die Regierung den Frauen das Stimmrecht geben?" Grey ging nicht darauf ein. Die Damen ließen nicht locker. Erst wurden sie aufgefordert, still zu sein, dann den Saal zu verlassen. Die beiden folgten nicht. Grey rief die Polizei, gegen die sich die Frauen mit Händen und Füßen wehrten. Sie spuckten den Männern sogar ins Gesicht – und wurden festgenommen. Das Gericht stellte ihnen frei, zwei Pfund Strafe zu zahlen oder hinter Gitter zu gehen. Die Frauen wählten das Gefängnis – und England hatte einen Skandal.

Diese Aktion war erst der Anfang: Die WSPU rief zu Demonstrationen auf: Bald kamen Tausende, wenn Emmeline redete. Die Ladys wurden immer militanter: Sie attackierten Politiker auf offener Straße, schmissen Schaufenster ein, setzten Briefkästen in Brand, stürmten die Männer-Klubs und brannten in die gepflegten Rasen von Golfplätzen die Worte „Votes for Women", Stimmrecht für Frauen, ein.

Zu Hunderten wanderten sie in die Gefängnisse, Emmeline allein achtmal. Dort traten die Frauen in den Hungerstreik. Emmeline stellte sogar das Trinken ein. Anfangs wurden die Frauen zwangsernährt, doch nach öffentlichen Protesten gegen diese erniedrigende Behandlung ließ man sie bis kurz vor dem Kollaps hungern − um sie dann vorzeitig freizulassen. Das war obendrein billiger. Dann gab es die erste Tote: Am 13. Juni 1913 stellte sich Emily Wilding Davison in Epson der Kutsche von König Georg V. in den Weg und kam dabei um. Jetzt gingen die Suffragetten erst richtig auf die Barrikaden: Am Landhaus des Schatzkanzlers David Lloyd George explodierte sogar eine Bombe.

1914 brach der Erste Weltkrieg aus − und Emmeline machte eine abrupte Wende: Sie schloss mit der Regierung „Waffenstillstand" und rief die Frauen dazu auf, jetzt in „patriotischer Pflicht" alle Kräfte dem Vaterland zur Verfügung zu stellen. 1917 gründete sie eine neue Partei, die feministische Forderungen mit denen nach „Rassereinheit" verband. Nach Vortragsreisen durch die USA und Kanada trat sie 1925 in Englands Konservative Partei ein. Drei Jahre später, 1928, bekamen die britischen Frauen das Wahlrecht. Kurz danach, am 14. Juni 1928, starb Emmeline Pankhurst in London.

Der lange Weg zur Wahl

Nach Emmeline Pankhursts politischer Kehrtwende vom Sozialismus zum Rassismus wandten sich viele Frauen von ihr ab.

Weltweit war der Weg zum Wahlrecht der Frauen mühsam. Als Erste bekamen es 1906 die Finninnen. Es folgten 1918 die Deutschen und Österreicherinnen, dann 1920 die Frauen der USA. Die Italienerinnen mussten bis 1946 warten. Die Bürgerinnen der Schweiz dürfen noch keine 40 Jahre wählen. Nirgendwo aber wurde so militant darum gekämpft wie in England.

Eine Handvoll Salz

In geordneten Reihen rückten die Männer vor. 2500 Menschen. Nicht einmal das Aufsetzen ihrer Füße im Staub war zu hören. Gespenstische Stille. Hundert Meter vor dem Stacheldrahtzaun des Salzwerks blieben sie stehen. Nur die erste Reihe marschierte weiter – immer noch stumm. Ein scharfes Kommandowort der britischen Offiziere, und 400 Polizisten, allesamt Inder wie die lautlosen Marschierer, stürmten los. Sie zogen ihre Lahtis und hieben mit diesen stahlummantelten Schlagstöcken auf ihre Landsleute ein. Keiner der Angegriffenen hob auch nur einen Arm zur Abwehr. Es knirschte und knackte unerträglich, wenn ein solcher Lahti auf einer Schädeldecke auftraf und sie zerbrach oder eine Schulter zerschmetterte. Nicht nur einmal schlugen die Polizisten auf die ungeschützten Köpfe und Körper. Es war ein Trommelwirbel auf Knochen. Hinten, aus der Menge der Wartenden in der zweiten, dritten, vierten Reihe, entlud sich ein Stöhnen und Zischen. Jeder Einzelne dort fühlte die Schläge, schon bevor er selbst getroffen war, und zog mit schmerzverzerrtem Gesicht die Luft durch die Zähne. Keiner rührte sich, aber jeder wusste, er würde gleich der Nächste sein. Wie Kegel fiel die erste Reihe Menschen um, dann die zweite, die dritte, die vierte … Alle rückten sie nach – „… einfach weiter vor, bis auch sie niedergeschlagen wurden." So beschrieb ein britischer Journalist die fast unerträgliche Szene.

Ein Aufschrei ging durch die Welt, als die Menschen am nächsten Tag, dem 30. Mai 1930, durch den Bericht des United-Press-Reporters von dem Gemetzel an den 2500 Satyagrahi in Dhrasana erfuhren. Spätestens jetzt war der Erfinder ihrer Lehre weltbekannt. Wenige Wochen zuvor hatte er eine Handvoll Kristalle aus dem Meer geholt und damit den indischen Salzmarsch in Gang gesetzt.

Wer war das?

Mahatma Gandhi –

Vater des gewaltlosen Widerstands

Geboren am 2.10.1869 in Porbandar/Indien
Gestorben am 30.1.1948 in Neu-Delhi

Wenige Wochen vor dem Gemetzel von Dhrasana im Jahr 1930 war am 12. März im indischen Ahmedabad ein 1 Meter 70 kleiner, auf 50 Kilo abgemagerter Mann in Richtung Arabisches Meer losmarschiert. Sein Schädel war kahl rasiert. Er war nackt. Nur ein selbst gewebter Lendenschurz hing über Mahatma Gandhis Hüften, aus denen jeder Knochen vorstand. Sein Ziel war die Stadt Dandi. Vor ihm lag eine Strecke von 385 Kilometern. 78 Gefolgsleute begleiteten ihn. Wo immer sie in den nächsten 24 Tagen hinkamen, wurde ihr Meister begeistert empfangen. Von Tag zu Tag schlossen sich mehr Menschen an – am Ende zählte Mahatma Gandhis Salzmarsch mehrere tausend Personen. Am 5. April 1930 erreichten sie Dandi. Am nächsten Tag nahm Gandhi im Morgengrauen ein kurzes Bad im Meer. Vom Strand aus sahen seine Anhänger zu. Als er zurückkehrte, bückte er sich, klaubte mit der Hand ein paar Körner Salz auf, die sich auf dem Sand abgesetzt hatten, und streckte sie den Wartenden entgegen, als wollte er sagen: So einfach ist das! Unbeschreiblicher Jubel brach los. Mit Schaufeln und Töpfen, Brettern und Pfannen holten sich die Inder von da an, wo immer sie es fanden, ihr eigenes Salz. Überall standen Pfannen auf den flachen Dächern der Häuser, in denen die weißen Kristalle in der Sonne trockneten. Bald blühte der Handel der Inder mit indischem Salz.

Vielerorts streuten die Leute Gandhi Blumen vor die Füße auf den Weg.

180

Das war strengstens verboten. Die Inder durften nur Salz von den Briten kaufen. Die Kolonialmacht kassierte bei jedem Pfund mit: Ein indischer Arbeiter musste drei Tage schuften, um allein die Steuer auf die Monatsration des lebensnotwendigen Minerals zu bezahlen. Dabei waren die einfachen Leute ohnehin schon bettelarm. Seit Gandhis Marsch boykottierten die Inder das teure britische Salz. Bald saßen über 60 000 illegale Salzhändler und -käufer hinter Gittern. Im Gemetzel von Dhrasana fand dieser Kampf ums Salz seinen blutigen Höhepunkt.

Gandhi ging es nur vordergründig um das Salz. In Wirklichkeit kämpfte er gegen die Armut und für die Unabhängigkeit seines Landes. Der Salzmarsch war das Fanal. Schon mehrmals hatte Gandhi wegen anderer gewaltloser Aktionen im Gefängnis gesessen. Zehn Jahre zuvor hatte er zu einem Generalstreik aufgerufen – und ohne Murren die Strafe „im Namen des Gesetzes" angenommen, nicht aber im Namen der Gerechtigkeit. Mit solchen Worten reizte er die Briten bis aufs Blut. Konnten sie doch nichts dagegen machen. Gandhi befolgte konsequent die Gebote der von ihm aufgestellten Lehre, der Satyagraha: der Wahrheit gemäß zu leben und Widerstand zu leisten, wo Unrecht geschah, aber ohne jede Gewalt. Seine Landsleute nannten ihn ehrfürchtig „Mahatma", „große Seele".

Eigentlich hieß Gandhi Mohandas Karamchand. Diesen Namen hatten ihm seine Eltern nach der Geburt am 2. Oktober 1869 im indischen Porbandar gegeben. Die Familie der Gandhis waren reiche Kaufleute. Sie gehörten den Vaishyas, einer der höchsten Kasten, an. Nach dem Glauben der Hindus wird jeder von ihnen in eine Kaste hineingeboren. Keiner kann durch eigenes Zutun in eine andere wechseln. Am ärmsten waren die kastenlosen „Unberührbaren" dran. Sie hat Gandhi später „Harijans", „Kinder Gottes", genannt und sein Volk dazu gebracht, sie endlich wie gleichwertige Menschen zu behandeln.

Mahatma – große Seele – hat als Erster der indische Philosoph und Literaturnobelpreisträger Rabindranat Gandhi genannt.

181

Gandhi hatte großen Respekt vor Frauen. Er sagte: „Wenn die Gewaltfreiheit das Gesetz unseres Wesens ist, gehört die Zukunft der Frau."

Von diesen Gedanken war der kleine Mohandas, der Sohn des Premierministers im Fürstentum Radschkat, freilich noch weit entfernt. Mit 13 Jahren wurde Mohanda, wie das bei den Hindus üblich war, mit einem gleichaltrigen Mädchen verheiratet. Seine Frau Kasturbai Nakanji hatte ihm unbedingten Gehorsam zu leisten. Als Erwachsener hat sich Gandhi dafür geschämt und sie um Entschuldigung gebeten. Er nannte es sogar Unrecht, wenn Männer die Frauen als schwaches Geschlecht bezeichnen.

Mit 19 beschloss Mohandas, in England Jura zu studieren. Seine Kaste verbot es ihm, weil er im Ausland nicht nach den Geboten des Hinduismus leben könne. Es nutzte Gandhi nichts, dass er gelobte, er werde Frauen, Fleisch und Alkohol meiden: Er wurde aus der Gemeinschaft der Vaishyas verbannt. Womöglich war auch das ein Grund, dass er sich in England mit den Lehren der Religionen befasste und entdeckte, wie tief er dem Hinduismus verbunden war. Fasziniert war er vom Islam. 115 Millionen der damals 410 Millionen Bewohner Indiens waren Muslime. Besonders begeisterte ihn die christliche Botschaft der Bergpredigt: Weil ihr Kern, der Mensch solle Böses mit Gutem vergelten, seiner inneren Überzeugung entsprach. In seiner späteren Lehre des Satyagraha, der Wahrhaftig- und Gewaltlosigkeit, wies er immer wieder ausdrücklich auf die Bergpredigt Jesu hin.

1891 kehrte Gandhi als Rechtsanwalt nach Indien zurück. Ein Teil seiner Kaste nahm ihn zwar wieder auf, doch dass er gegen ihr Verbot verstoßen hatte, machte ihm das Berufsleben schwer. Zudem legte sich der junge Advokat ständig mit den britischen Beamten an: Anders als in England behandelten sie ihn hier nicht als ihresgleichen, sondern „nur" als Inder. Zeitweise verdiente Gandhi so wenig Geld, dass sein älterer Bruder seine Familie miternähren musste. Dankbar nahm Gandhi deshalb das Angebot eines befreundeten Kaufmanns an, dessen Firma in Südafrika als Anwalt zu beraten.

1893 reiste der Inder in das Land am Kap – und erlebte das erste Mal am eigenen Leib, was es hieß, wie ein Mensch zweiter Klasse behandelt zu werden. Denn das war er für die Weißen dort. Die nannten die Inder herablassend Kulis, Lastenträger. Einmal wurde er sogar, obwohl er eine Fahrkarte für die erste Klasse besaß, aus einem Zug geworfen: Ein Weißer wollte nicht mit einem Inder im selben Abteil sitzen, Gandhi sollte in den Gepäckraum gehen. Als er sich weigerte, flog er raus. Ein andermal lehnte es ein englischer Friseur ab, ihm die Haare zu schneiden. Seine indischen Freunde konnten kaum fassen, dass Gandhi dafür Verständnis zeigte: Andernfalls, so erklärte er, hätte der Friseur seine weiße Kundschaft verloren. Er erinnerte seine Landsleute daran, dass zu Hause kein Inder zu einem Friseur gehen würde, der „Unberührbare" bediente.

Er habe in Südafrika die Quittung für das Kasten-Unwesen in Indien bekommen, sagte Gandhi.

Gandhi begann aber, die Inder in Südafrika zu organisieren. 1896 kehrte er in seine Heimat zurück und veröffentlichte Berichte über den Umgang der Weißen am Kap mit den Indern. Als er am Ende des Jahres mit seiner Familie wieder nach Südafrika kam, wartete im Hafen eine aufgebrachte Menge Weißer auf ihn. Als er das Schiff verließ, wurde Gandhi beinahe gelyncht. Die Polizei musste ihm das Leben retten. Denn Gandhi selbst wehrte sich nicht. Er hatte bereits den ersten praktischen Schritt zu seiner Philosophie der Gewaltlosigkeit getan. Er entwickelte die Idee des zivilen Ungehorsams. Grundsätzlich, so lehrte der Inder in seinem Satyagraha, habe jeder Mensch erst mal den Staat und seine Gesetze zu achten. Nicht aus Furcht vor Strafe, sondern als „heilige Pflicht". Denn nur dann könne ein Mensch erkennen, was gut sei und was gerecht, und was nicht diesen Werten entspricht. Erst dann sei es erlaubt, gegen Ungerechtigkeiten friedlichen Widerstand zu leisten, niemals aber durch das Anwenden von Gewalt.

Gandhi und seine Anhänger hatten bald Gelegenheit, diesen

gewaltlosen Widerstand auszuprobieren. Denn die Briten erließen in dem von ihnen beherrschten Südafrika 1907 ein neues Gesetz für die dort lebenden Inder. Die sollten sich nun mit einem Fingerabdruck registrieren lassen. Nur wer dies tat, bekam einen Meldeschein, der es erlaubte, die Grenze zur Burenrepublik Transvaal zu überschreiten. Die Inder weigerten sich. Gandhi bot an, sich freiwillig registrieren zu lassen, wenn danach dieses Gesetz wieder fiel. Die Briten ließen sich darauf nicht ein, und Tausende Inder verbrannten ihren Meldeschein. Schlimmer noch traf sie ein Gesetz, mit dem alle nichtchristlichen Ehen, die außerhalb Südafrikas geschlossen worden waren, für illegal erklärt wurden. Mit einem Federstrich wurden dadurch alle indischen Ehefrauen zu unverheirateten Geliebten erklärt. Auch gegen die sogenannte Dreipfundsteuer protestierten die Inder: Diese Kündigungsgebühr musste jeder indische Arbeiter bezahlen, wenn er den Arbeitgeber wechseln wollte. Für einen Arbeiter waren drei Pfund unbezahlbar viel Geld, was jeden zwang, bei seinem Chef zu bleiben, dessen Willkür er damit ausgeliefert war.

Erstmals formierte sich jetzt der Satyagrahi-Widerstand: Die Bergarbeiter legten die Arbeit nieder, Gandhi stellte eine „Friedensarmee" auf. Tausende von Menschen überschritten illegal, also ohne Meldescheine, die Grenze nach Transvaal. Ihr Ziel war Gandhis „Tolstoifarm" in Transvaal: Gandhi hatte sein Haus nach dem pazifistischen russischen Schriftsteller Tolstoi genannt. Eine große Zahl von Indern wurde verhaftet – auch Gandhi selbst. Als Nächstes legten die Eisenbahner die Arbeit nieder. Es drohte ein Generalstreik der Inder. Doch da blies ihr Führer die ganze Satyagraha-Aktion ab. Er begründete dies damit, es gehe ja nur darum, die eigenen Rechte zu erkämpfen, nicht aber dem Gegner und dessen Land durch einen Generalstreik zu schaden.

1914 zurück in Indien, wurde Gandhi wie ein Heiliger verehrt und von nun an Mahatma genannt. Seine Anhänger hoff-

Gandhi ging in seiner Loyalität gegenüber dem Staat so weit, dass er 1914 die in England lebenden Inder aufrief, im Ersten Weltkrieg für die Briten mitzukämpfen.

ten, das Land könne mit seiner Hilfe zum Frieden finden. Indien litt nicht nur unter der Knute der Briten. Auch zwischen den Hindus und den Muslimen spitzten sich die Auseinandersetzungen zu. Gandhi gründete nun in Ahmedabad einen Ashram, eine Lebensgemeinschaft von Satyagrahis, für die es keine Kastenschranken gab. Er nahm jeden auf. In Nord-Bihar unterhalb des Himalaya setzte er sich für die Indigo-Bauern ein und forderte von den britischen Landbesitzern deren gerechte Bezahlung sowie Schulen für die Kinder. 1919 gab es in einigen Provinzen Unruhen wegen der Regierungsbeteiligung von Indern und dem Plan der Briten, in Bengalen das Kriegsrecht einzuführen. Das hätte es den Behörden erlaubt, jeden Inder festzunehmen, der verdächtigt wurde, gegen ein Gesetz verstoßen zu haben. Am 13. April 1919 versammelten sich in der Stadt Amritsar im Punjab 2 000 Männer, Frauen und Kinder auf einem Platz. Daraufhin feuerten britische Soldaten blind in die Menge und erschossen über 400 Menschen. Ihr Kommandeur wurde zwar abgesetzt, aber nicht bestraft.

Diesmal rief Gandhi seine Landsleute zum Generalstreik auf. Sie sollten ab sofort auch keine Steuern mehr bezahlen. Als es jedoch immer wieder zu gewalttätigen Übergriffen auch von Indern kam, brach er alle Aktionen wieder ab. Sein Volk, so erklärte Gandhi, sei noch nicht reif für den gewaltlosen Widerstand. Er selbst erlegte sich als Buße ein mehrtägiges strenges Fasten auf. Wohlstand, weltlichem Besitz und dem guten Leben hatte Gandhi damals schon entsagt: Als Student in London hatte er sich noch in feinsten Zwirn gekleidet, in der ersten Zeit in Südafrika darauf bestanden, nur in der ersten Klasse Eisenbahn zu fahren. Jetzt lebte er in völliger Askese, in absoluter Bedürfnislosigkeit. Ganz so, wie es als Lebensideal in der Bhagavadgita, dem heiligen Buch der Hindus, stand.

Nach dem Aufruf zum Generalstreik wurde Gandhi zu sechs

Das Spinnrad wurde zum Symbol des indischen Unabhängigkeitskampfes. Es ziert die Landesflagge.

Jahren Haft verurteilt. Wegen seines schlechten Gesundheitszustands kam er aber vorzeitig frei. Ab 1920 führte er die „Indian National Congress Party", eine Partei, die für die Unabhängigkeit seines Landes von der britischen Kolonialherrschaft kämpfte. Bilder aus dieser Zeit zeigen Gandhi häufig beim Spinnen: Er setzte damit die „homespun"-Kampagne in Gang. Gandhi hatte erkannt, dass er sein Volk nur zu Satyagrahi erziehen könne, wenn er es vorher aus der Armut befreite. Die Inder sollten deshalb zu Hause ihre eigenen Garne, Stoffe und Kleidung herstellen, statt importierte, teure Maschinenware aus Großbritannien zu kaufen. Daran knüpfte er die politische Forderung, solange es in einem Volk leere Hände gebe, dürften nicht Maschinen den Menschen die Arbeit wegnehmen. Er reiste sogar nach England, um die britischen Textilarbeiter um Verständnis für einen Boykott ihrer Ware zu bitten, da in Indien Menschen arbeitslos und am Verhungern waren. In Indiens Städten wurden Schuhe, Hosen und Hemden „made in England" verbrannt. Das erste Feuer hatte Gandhi selbst in Bombay entfacht.

Als die Briten es 1930 ablehnten, die Salzsteuer abzuschaffen, startete Gandhi den berühmten „Salzmarsch". Wieder wurde er eingesperrt, nach internationalen Protesten aber im Januar 1931 freigelassen. Zwei Monate später gaben die Briten den Salzhandel frei. Die Regierung in London lud Gandhi nun zu Gesprächen über die Unabhängigkeit seines Landes ein: Er erschien vor den in Frack und Kragen gekleideten Herren mit nichts als seinem Lendenschurz um die Hüften und Sandalen an den Füßen. Die Konferenz scheiterte. Wieder zu Hause, setzte er sich für die „Harijans", die Unberührbaren, ein. Für ihn waren sie Gotteskinder. Damit zog er sich aber den Zorn radikaler Hindus zu.

Im September 1932 begann Gandhi ein „Fasten bis zum Tode", um damit ein Ende der Unterdrückung der Harijans zu erzwingen. Diesmal waren seine eigenen Glaubensbrüder die Adressaten dieser friedlichen, für ihn aber lebensbedrohlichen Aktion. Die Bilder des siechen, abgemagerten Mannes rüttelten sein Volk auf. Millionen von Menschen in ganz Indien beteten und fasteten für Mahatma, um die „große Seele" zu retten. Prominente Hindus setzten sich demonstrativ in aller Öffentlichkeit mit den Kastenlosen zum Essen an einen Tisch. Andere luden sie ausdrücklich zum gemeinsamen Gebet in die heiligen Hindu-Tempel ein. Am fünften Tag des Fastens, durch den Flüssigkeitsentzug war der asketische Gandhi bereits in Lebensgefahr, unterzeichneten die Kasten-Hindus einen Pakt, der den Harijans das Wahlrecht und weniger Diskriminierung versprach. An ihrer Armut, vor allem auf dem Land, änderte sich dadurch nichts. Für Indien glich dieser Schritt aber einer Revolution, wurde damit doch eine religiöse Regel als unmoralisch abgeschafft.

Als im Jahr 1939 der Zweite Weltkrieg begann, rief Gandhi – anders als zu Beginn des Ersten Weltkriegs 25 Jahre davor – alle Inder auf, sich nicht in die Kriegsdienste der Briten zu begeben. 1942 gab er gegen die Kolonialherren die Parole „Quit India!" – „Verlasst Indien!" – aus. Wieder wanderte er für zwei Jahre hinter Gitter. 1947 gab England Indien endlich frei und zog nach 190 Jahren seine Truppen dort ab. Allerdings machte London aus dem Land zwei Staaten und teilte es in das muslimische Pakistan und das hinduistische Indien auf. Damit war die Saat gelegt für neues Elend und neue Gewalt. Angehörige der jeweils landes-„fremden" Religion flüchteten von einem Staat in den anderen, wurden misshandelt, gedemütigt, verfolgt und umgebracht. Alle Versuche Gandhis, die verfeindeten Parteien zu versöhnen, scheiterten. Am 13. Januar 1948 begann er erneut einen fünftägigen Hungerstreik. Am 18. Januar beendete er sein Fasten mit einem öffentlichen Gebet in Neu-Delhi. Unweit von ihm explodierte eine Bombe, doch Gandhi wurde nicht verletzt.

Zwölf Tage später, am 30. Januar 1948, war er kurz vor Sonnen-untergang erneut unterwegs zur Meditation. Ein fanatischer Hindu lauerte ihm auf, zog einen Revolver und drückte ab. Über Gandhis Lippen kam das Wort „Rama", Gott. Dann war er tot. Am 31. Januar wurde sein Leichnam verbrannt. Die Hindus streuten seine Asche in den Ganges.

Ein Vorbild für die Welt

Mahatma Gandhi ist eine der beeindruckendsten Personen der Weltgeschichte: Er hat als Erster vorgeführt, dass und wie Menschen mit beharrlichem, gewaltfreiem Einsatz für ihre Rechte kämpfen können, ohne selbst Unrecht zu begehen. Damit hat er sein Land von der kolonialen Fremdherrschaft befreit. Auf seine Lehre vom gewaltlosen, zivilen Widerstand, auch ziviler Ungehorsam genannt, berief sich die internationale Friedensbewegung in der zweiten Hälfte des vergangenen Jahrhunderts. Mit gewaltlosen Aktionen wie Menschenketten und Sitzblockaden protestierten damals Hunderttausende gegen Atomwaffen.

Staat und Gerichte tun sich bis heute schwer damit, wie sie auf solche Aktionen reagieren dürfen und sollen. In modernen Verfassungen, auch im deutschen Grundgesetz, steht immerhin das Recht eines jeden Bürgers auf Widerstand – zumindest für den Fall, dass der Staat versuchen sollte, die verfassungsgemäße Ordnung und das friedliche Zusammenleben der Menschen zu gefährden.

Reise im plombierten Zug

Am 9. April 1917 kurz nach halb fünf am Nachmittag rollte langsam ein Zug mit zwei besonderen Wagen aus dem Züricher Hauptbahnhof. „Provokateure! Spitzel! Spione!", hallte es ihm vom Bahnsteig hinterher. Eine Gruppe russischer Emigranten ließ dort ihrer Wut freien Lauf. Sie galt 32 Landsleuten, die derweil hinter geschlossenen Fenstern auf Russisch den Refrain der „Internationale", des Kampflieds der Sozialisten, anstimmten: „Völker, hört die Signale, auf zum letzten Gefecht!" Sie scharten sich um einen Mann, der aus seinem Schweizer Exil in Richtung Heimat rollte. Dort erwartete ihn die lang ersehnte Revolution. In Schaffhausen stieg die Reisegesellschaft noch einmal um – in den „plombierten Zug" der Deutschen Reichsbahn. Als solcher ging er in die Geschichte ein. Dabei verschlossen den Wagen in Wahrheit weder Plombe noch Siegel oder Ketten. Lediglich zwei weiße Kreidestriche auf dem Boden markierten die Grenze zwischen den Zweite- und Dritte-Klasse-Abteilen der Russen und denen der anderen Passagiere. Die Abteiltüren blieben während der Fahrt geschlossen – so war das abgemacht. Auch, dass die Russen ihre Waggons nicht verließen. Dadurch waren sie sozusagen auf „exterritorialem Gebiet", also außerhalb Deutschlands.

Andernorts schossen Deutsche und Russen aufeinander. Wenige Wochen zuvor waren die USA in den Krieg eingetreten, der damit zum Ersten Weltkrieg geworden war. Personen feindlicher Nationalität hatten da höchstens in Gefangenenlagern etwas zu suchen. Dass die Russen trotzdem unbehelligt Deutschland passieren konnten, hatte seinen Grund: Dessen Regierung erhoffte sich von einem der Passagiere, dass er Russland im Inneren schwächen würde. Stattdessen hat seine Rückkehr die ganze Welt auf den Kopf gestellt.

Wer war das?

Wladimir Iljitsch Lenin –

von der Revolution zur Diktatur

Geboren am 10.4.1870 in Simbirsk
Gestorben am 21.1.1924 in Gorki

Ja! Wieder eine Schlacht gewonnen! Mit großer Begeisterung ließ der kleine Junge seine Papiersoldaten wieder abmarschieren. Eine weitere Bastion der Sklavenhalter war gefallen. Seit Volodja „Onkel Toms Hütte", die Geschichte über einen amerikanischen Sklaven, gelesen hatte, schlug sein Herz für Abraham Lincoln und seine Truppen. Knapp 15 Jahre zuvor hatten wegen der Sklaven Amerikaner gegen Amerikaner gekämpft. Aber wehe, Volodja verlor! Nicht nur im Spiel schlug die Begeisterung des hellbraun gelockten Knaben dann abrupt in Jähzorn um. Das war schon so, als „Volodja" Wladimir Iljitsch Uljanow, der am 10. April 1870 im russischen Simbirsk auf die Welt gekommen war, laufen lernte: Klappte das nicht gleich wie erhofft, schlug er mehrfach wie von Sinnen seinen Kopf gegen den Boden. Die Mutter machte sich deshalb Sorgen. (Tatsächlich plagten ihn zeit seines Lebens immer wieder wahnsinnige Kopfschmerzen.) Seine ältere Schwester beschrieb ihn liebevoll als „unseren Schreihals mit den kampflustigen Haselnussaugen", der es liebe, zu kommandieren. Trotzdem blieb Lenin, wie er sich später nannte, sein Leben lang der Liebling der Familie.

Wladimir Iljitsch Lenin war das dritte von sechs überlebenden Kindern und der zweite Sohn des russischen Volksschulinspektors Ilja Uljanow. Der Vater war zum Adeligen erhoben worden, seine deutschstämmige Frau Maria entstammte einer Arzt- und Gutsbesitzerfamilie. Die Eltern legten großen Wert auf die Bildung ihrer Kinder, was beim Beruf des Vaters kein Wunder war. Wladimir machte der Familie da alle Ehre: Mit Bestnoten in allen zehn Fächern holte er sich mit 17 Jahren das Abitur am Humanistischen Gymnasium und bekam sogar die Goldmedaille als Primus der Schule. Dabei war 1887 eines der schwersten Jahre in seinem Leben: 1886 hatte er seinen Vater zu Grabe tragen müssen. Schlimmer war noch, dass und wie er seinen großen Bruder verlor: Der, Alexander, war Mitglied einer sozialistischen Studentengruppe, die die Ermordung von Zar Alexander III. geplant hatte. Ihr Komplott flog auf – und Wladimirs Bruder wurde am 8. Mai 1887, drei Tage nach Beginn der Abiturprüfungen, gehängt. Danach war für die Familie nichts mehr wie zuvor: Von da an hasste Wladimir den Zaren, die ganze Romanow-Familie und deren Regime. Die Nachbarn schnitten die Uljanows, in der Stadt wechselten alte Bekannte die Straßenseite, wenn man aufeinandertraf. Schließlich verkaufte die Mutter ihr Zuhause und kehrte mit den Kindern auf das von ihren Eltern geerbte Gut nach Kokuskino zurück.

Wladimir, der Jura zu studieren begann, interessierte sich wie schon sein Bruder für die Ideen des Sozialismus. Er las die Werke der Vordenker Karl Marx und Friedrich Engels. Und er ging auf die Straße. Nach einer Studentendemonstration flog er von der Universität in Kazan und musste seine Ausbildung in Samara fortsetzen. Eigentlich wollte er ins Ausland, doch er bekam keinen Pass und durfte Samara nicht verlassen. Immerhin konnte er sein Examen als externer Student 1891 an der angesehenen Universität von Sankt Petersburg machen, wo er anschließend bei einem Anwalt Anstellung fand. Der Fleißigste war er dort freilich nicht. Uljanow vertiefte sich lieber in politische Bücher.

Die Mutter hatte vergeblich gehofft, der Sohn werde das Landgut in Kokuskino verwalten. Seit dem Tod Alexanders war Volodja als ältestes männliches Familienmitglied deren Oberhaupt. Doch die Landwirtschaft interessierte ihn nicht. Er betrieb lieber theoretische Studien der russischen Ökonomie und der Revolution. Bald begann Wladimir selbst zu schreiben. Er übersetzte das „Kommunistische Manifest" von Karl Marx ins Russische. Marx' Entwurf einer klassenlosen Gesellschaft faszinierte ihn. Die Diktatur des Proletariats sah Lenin später aber lieber in den Händen einer starken Partei. Die Bauern vor Ort, auch die, die das Land seiner Familie bewirtschafteten, kannte er kaum. Zwar wollte er, wie Karl Marx, Arbeiter und Bauern aus der Knechtschaft der Grundbesitzer und Kapitalisten befreien. Doch suchte er wie sein Vorbild keinen Kontakt mit leibhaftigen Vertretern dieser „Klasse". Als die Mutter das Familiengut in Kokuskino verpachtete, um erst nach Samara und später nach St. Petersburg umzuziehen, war er allerdings sehr daran interessiert, dass die Pächter und Bauern fristgerecht zahlten. Selbst als Hungersnöte und Cholera Hunderttausende Tote in Russland forderten, verlangte der junge Uljanow „seinen" Bauern unerbittlich die ihm zustehenden Abgaben ab. Dabei bekam die Mutter neben diesem Familieneinkommen noch eine Beamtenwitwen-Pension, die sie großzügig mit den Kindern teilte.

1895 gründete Wladimir mit seinen Gesinnungsgenossen den „Kampfbund zur Befreiung der Arbeiterklasse", eine Organisation, aus der später die Sozialdemokratische Arbeiterpartei Russlands entstand. Seine Freunde nannten den damals 25-Jährigen nur „den Alten". Als in Petersburg die Textilarbeiter streikten, feuerte Uljanow sie mit Flugblättern an. Das war das Signal für die zaristische Geheimpolizei Ochrana, die die Sozialdemokraten und Marxisten schon länger im Auge hatte: Uljanow und etliche Gefährten wanderten ins Gefängnis. 1897 schloss sich eine dreijährige Verbannung in Sibirien an.

„Das Gesicht verwelkt, der Kopf fast kahl, ein dünner rötlicher Bart." So beschrieb ein Freund den 25-jährigen Lenin.

In der Haft ging es Volodja nicht schlecht. Die Mutter schickte regelmäßig, worum er in Briefen bat: Bettwäsche, Papier, besondere Bleistifte, Lebensmittel. So üppig versorgte sie ihn, dass er – um nicht dick zu werden – den Boden seiner Zelle selber putzte: „Die Hände auf dem Rücken, flitzte er auf einer Bürste oder einem Lappen hin und her", gab sein Bruder Dimitrij Volodjas Berichte wieder. Sarkastisch schrieb der Häftling seiner Familie: „Ich habe es besser als andere Bürger im Zarenreich: Ich kann nicht mehr verhaftet werden." In der Haft verfasste er sein Buch über „Die Entwicklung des Kapitalismus in Russland", das 1899 erschien. Und er entwarf ein marxistisches Parteiprogramm. Das schrieb er mit „Milchtinte" nieder, die nur bei bestimmtem Lichteinfall sichtbar wurde. Den Trick hatte ihm die Mutter in seiner Kindheit beigebracht.

Wohler noch fühlte sich Wladimir in der Verbannung im ostsibirischen Schuschenskoje: Er hatte Spaß an der Fuchs- und Hasenjagd und übte im Winter beim Schlittschuhlaufen elegante Schwünge und Sprünge. Der nun 28-Jährige wurde dort sogar zum Ehemann. Eine seiner Kampfgefährtinnen, Nadeschda Krupskaja, war ursprünglich nach Ufa verbannt worden. Uljanow bat nun den Petersburger Polizeipräsidenten, auch Nadja nach Schuschenskoje zu schicken. Sie sei seine Braut. Ob das nun stimmte oder nur ein Vorwand war: Jedenfalls durfte Nadeschda kommen. Und die beiden wurden tatsächlich – sehr zum Leidwesen von Volodjas Schwestern, die sie nie mochten – am 10. Juli 1898 ein Ehepaar. Vor allem Maria, Uljanows enge politische Kumpanin, und Nadeschda wetteiferten ein Leben lang um Wladimirs Gunst.

Im Januar 1900 war Uljanows Verbannungszeit vorbei. Er wusste, dass die Geheimpolizei des Zaren ihn weiter im Auge behalten würde. Deshalb beantragte er erneut eine Auslandsreise – und bekam endlich den ersehnten Pass. Im Mai konnte Wladimir Iljitsch Uljanow Russland verlassen. Er reiste nach Zürich, lebte zeitweise in Genf, München und London, wo er sich jeweils mit Sozialdemokraten und Marxisten traf. Bereits im ersten Auslandsjahr gründete er die für Russland bestimmte Zeitung „Iskra", „Der Funke", in der die Exilanten für ihre revolutionären Ideen warben. Damals nahm Uljanow den Decknamen Lenin an. 1902 stellte er das Programm für die Sozialdemokratische Arbeiterpartei Russlands (SDAPR) fertig, die sich aber bereits bei ihrem zweiten Kongress in London in zwei Flügeln gegenüberstand: den von Lenin geführten Bolschewiken, was Mehrheit bedeutet, und den Menschewiken – der Minderheit. Gemeinsames Ziel der SDAPR war es, das Zarenregime durch eine sozialistische Regierung abzulösen. Lenin eckte dabei mit dem Plan an, vorübergehend eine Art Staatskapitalismus einzuführen. Den Weg dorthin skizzierte er mit Enteignungen, bewaffneten Aufständen und Massenterror durch eine revolutionäre Kaderpartei, die wenige Intellektuelle führen sollten. Die Menschewiken lehnten das ab.

Lenins Lehre und Regierungszeit in Russland wird Bolschewismus genannt.

In der Heimat rumorte es derweil: Russland hatte im Krieg mit Japan um die Vorherrschaft in Ostasien eine schwere Niederlage eingefahren. Die Bevölkerung litt Not. Die Lage eskalierte mit dem St. Petersburger Blutsonntag: Am 9. Januar 1905 hatten friedliche Demonstranten, darunter viele Frauen und Kinder, vor dem kaiserlichen Winterpalast Zar Nikolaus' II. um Bürgerrechte und eine Volksvertretung gebeten. Doch die Offiziere des Zaren schossen blind in die Menge und brachten Dutzende Menschen um. Daraufhin kam es zu Aufständen und Streiks. Die Arbeiter gründeten Gewerkschaften und wählten eigene Räte (auf Russisch: Sowjets). Diese nahmen mancherorts die öffentliche Verwaltung in die Hand. Die Bauern bedienten sich an Vieh, Ernte und Holz der Großgrundbesitzer. Das Zarenreich geriet ins Schwanken, Russland erlebte eine erste Revolution. Dies war der Zeitpunkt für Lenin zurückzukehren. Doch der Zar machte erste Zugeständnisse, ließ eine Staats-Duma, eine Art Volksversammlung, zu und eine Agrarreform, in der Bauern zu Eigentümern wurden. Lenin musste erneut fliehen und kehrte 1908 in die Schweiz zurück.

In seinem zweiten westeuropäischen Exil, das fast zehn Jahre dauern sollte, lernte Lenin in Paris die zweite große Liebe seines Lebens neben Nadja Krupskaja kennen, die Französin Ines Armand. Auch sie war Marxistin. Neben seiner Schwester Maria und Nadja sollte sie seine engste politische Kampfgefährtin werden und bleiben.

1912 trennten sich die Bolschewiken endgültig von der Sozialdemokratischen Arbeiterpartei. Zeitweise lebte Lenin in Polen. Dort versuchte er auch, sich von den ihn immer wieder heimsuchenden Nerven-, Kopf- und Magenleiden zu erholen. Nach Ausbruch des Ersten Weltkriegs 1914 zog er sich jedoch erneut in die Schweiz zurück, um einer Verhaftung durch die Polen als vermeintlicher russischer Agent zu entgehen. Weil die deutschen Sozialdemokraten Geldanleihen für den Krieg zugestimmt hatten, brach Lenin nun auch mit ihnen. Er lehnte jegliche „Vaterlandsverteidigung" grundsätzlich ab. Stattdessen forderte er, den Krieg zwischen den Nationen zu einem Krieg der Bürger mit dem Ziel der Diktatur des Proletariats zu machen. Er war davon überzeugt, dass nach dem Sturz des Zaren und der Machtübernahme durch die Bolschewiken in Russland die Revolution ganz Europa erfassen würde.

Im Februar 1917 sah er sich kurz vor dem Ziel: In Petrograd, wie St. Petersburg nun hieß, weiteten sich wegen der Lebensmittelknappheit die Arbeitsniederlegungen in den Fabriken zum Generalstreik aus. Der Zar befahl seinen Truppen, auf die protestierenden Arbeiter zu schießen. Doch die Soldaten verbündeten sich mit den Streikenden und der Duma, die schließlich eine provisorische Regierung bildete. Am 15. März 1917 trat Zar Nikolaus II. zurück. Auch sein Nachfolger unter den Romanows legte die Krone ab. Lenins Stunde schien gekommen: Keinen Monat später rollten er und seine bolschewistischen Mitstreiter im „plombierten Zug" gen Russland.

In Petrograd wurde Wladimir Iljitsch Lenin im Triumph empfangen. Eine Ehrengarde Matrosen salutierte vor ihm. Auf einem Panzerwagen stehend, rief er die Russen zur „sozialistischen Weltrevolution" auf, die als Erstes über Europa hinwegfegen werde. Nicht nur Nadeschda dachte im ersten Moment, er sei verrückt geworden, als er allerdings auch forderte, der provisorischen Regierung die Unterstützung zu entziehen. Damit war klar: Lenin strebte die Alleinherrschaft der Bolschewiken an, als deren selbstverständlicher Führer er sich sah. Am nächsten Tag verkündete er in den sogenannten „Aprilthesen" seine Strategie: Er forderte „alle Macht den Sowjets", „alles Land den Bauern" und „Frieden um jeden Preis", also einen sofortigen Austritt Russlands aus dem Krieg. Heer, Polizei und Verwaltung sollten abgeschafft werden. Stattdessen sollten bolschewistische Räte regieren. Das war eine radikale Absage an alle anderen sozialrevolutionären Kräfte im Land. Es war die Ankündigung einer Diktatur. Die provisorische Regierung aber dachte nicht daran, sich aufzulösen. Ein weiterer Arbeiter- und Soldatenaufstand wurde niedergeschlagen, und Lenin musste nochmals nach Finnland fliehen. Aber nicht für lange.

Am 18. Juli wurde die Zarenfamilie erschossen. Es kam zu neuen Aufstän-

Lenin spricht in Moskau (1917)

den von Arbeitern, Bauern und Soldaten. Im Oktober gelang den Bolschewiken der Umsturz, die sogenannte „Oktoberrevolution". Sie gründeten ein Zentralkomitee und als neue Regierung den Rat der Volkskommissare, dessen Vorsitz Lenin übernahm. Er kündigte die Enteignung von Großgrundbesitz und eine Reform der Landwirtschaft an. Arbeiterräte sollten die Kontrolle von Fabriken übernehmen. Und er rief „alle Regierungen und Völker aller Krieg führenden Länder" zu einem Waffenstillstand auf. Damit wollte er Sowjetrussland eine Atempause verschaffen. Im Februar 1918 zog die neue „Regierung" nach Moskau um. Gegen Kritik aus der eigenen Partei schloss Lenin mit dem Kriegsgegner Deutschland einen Friedensvertrag.

Im Land sorgte der oberste Bolschewik mit Massenterror und öffentlichen Hinrichtungen von „Blutsaugern", wie er die Reichen und Vermögenden nannte, für Grabesruhe. Die Presse wurde zensiert, jegliche Opposition verboten und mit Deportationen und Internierungen bestraft. Statt der zaristischen Geheimpolizei Ochrana jagte nun Lenins Tscheka den Menschen Angst und Schrecken ein.

Nicht allen: Am 30. August 1918 schoss eine Oppositionelle Lenin eine Kugel in den Hals und eine in die Brust vors Schlüsselbein. Zu der Tat bekannte sich eine Frau namens Fanny Kaplan. Lenin überlebte. Die Kugel im Hals aber konnte nicht entfernt werden, was ihm, den ohnehin immer wieder Kopfschmerzen und ein altes Nervenleiden plagten, in den nächsten Jahren zusetzen sollte.

Immer häufiger litt Wladimir Iljitsch Lenin nun auch an Depressionen, zumal 1920 seine geliebte Ines Armand gestorben war. Im Mai 1922 warf ihn ein erster Schlaganfall nieder, im Herbst der zweite. Mit Nadja und seiner Schwester Maria musste sich Lenin – halb gelähmt und manchmal von Sinnen – auf einen Landsitz in Gorki zurückziehen.

Die letzten Bilder von dort zeigen Lenin im Rollstuhl. Im Auftrag Moskaus sah des Öfteren ein junger Mann nach ihm, zu dem der Diktator in den Jahren zuvor Vertrauen gefasst hatte: Josef Stalin. Nun aber warnte Lenin das Zentralkomitee vor ihm. Wladimir Iljitsch Lenin starb am 21. Januar 1924. Sein Leichnam wurde präpariert und wird seitdem in einem eigens gebauten Mausoleum in Moskau zur Schau gestellt. Josef Stalin beerbte ihn.

Lenins Traum währte 70 Jahre

Die meisten Bolschewisten glaubten anfangs fest daran, die Weltrevolution stehe unmittelbar bevor. Zu ihr kam es jedoch nie. Lenins Partei und die seiner Nachfolger behielt die Macht fest in der Hand. Statt des Zarenregimes unterdrückte eine Einheitspartei das Volk, und das 70 Jahre lang und nicht nur in der Sowjetunion. Denn auch andere Staaten folgten Lenins Ideen. Kein anderer Politiker hat die Welt des 20. Jahrhunderts über Jahrzehnte so sehr geprägt wie er. Erst der Moskauer Kreml-Chef Michail Gorbatschow hat das von 1985 an mit seiner Politik der Perestroika („Reformen") und Glasnost („Offenheit") geändert. Am Ende seiner Amtszeit gab es die Sowjetunion nicht mehr. Lenins Anhänger hatten geglaubt, die Diktatur der Partei werde ein vorübergehender, aber notwendiger Zwischenschritt zur Diktatur des Proletariats sein. Dann sollte alles allen gehören und Gerechtigkeit herrschen. Stattdessen zeigte sich auch in der Sowjetunion: Diktatoren geben Macht, die sie einmal in Händen haben, freiwillig nicht wieder ab.

Auf der ganzen Linie ein Versager

„Oh Tisch!" Was für ein Unfug! „Dieser Fall wird verwendet, wenn man einen Tisch anspricht", hatte der Lehrer allen Ernstes gesagt, als er ihm beim Deklinieren des lateinischen Wortes „mensa" den Fall Vokativ erklärte. Was für ein Blödsinn! Wer würde je einen Tisch anrufen oder sich mit Worten an ihn wenden! Höflich fragend, brachte der Siebenjährige seinen Einwand vor. Da fuhr der Lehrer ihn an: „Wenn du hier frech wirst, wirst du bestraft!"

So begann sein erster Tag an der vornehmen St.-James-Schule in Ascot. So absurd, unverständlich, überflüssig und unsinnig wie die Anrufung eines Tisches kam dem Jungen seine ganze Schulzeit vor. Entsprechend erfolglos endete sie auch. Nicht nur in Ascot, auch an zwei weiteren Schulen blieb er mit Englisch als einziger Ausnahme rundum ein Versager und mehrmals sitzen. Selbst beim Sport war er eine Pfeife. Bei Prüfungen gab er leere Blätter ab. Und handelte sich so manche Tracht Prügel ein. An den englischen Eliteschulen seiner Zeit war das eine gängige Erziehungsmethode. Aber selbst das nutzte nichts. Er weigerte sich einfach zu lernen. Die Mitschüler lachten ihn aus, weil er stotterte, und verdroschen ihn – mal mit, mal ohne Grund. Glücklich war er nur, wenn er zu Hause mit seinen Zinnsoldaten spielte. Als er 15 Jahre alt war, bemerkte der Vater, mit welcher Inbrunst sein Sohn dabei zugange war. Das brachte ihn auf die rettende Idee: Er meldete den Jungen an einer Militärschule an. Doch selbst die Aufnahmeprüfung dieser Akademie schaffte der erst im dritten Anlauf. Aus dieser „Niete" sollte einer der größten Krieger Englands, der bedeutendste Politiker des Inselstaats und ein Literaturnobelpreisträger werden.

Wer war das?

Winston Churchill –

Englands schillerndste Polit-Figur

*Geboren am 30.11.1874
in Blenheim Castle / Woodstock
Gestorben am 24.1.1965 in London*

Das musste man sich ansehen! Da lag tatsächlich ein ehemaliges Regierungsmitglied lehmverschmiert wie all die anderen gewöhnlichen Soldaten in Dreck und Schlamm im Schützengraben im französischen Flandern. Wurde hier der ehemalige Marineminister und damit einstige Befehlshaber der größten Kriegsflotte der Welt als Frontschwein, wie man das unter Soldaten nennt, verheizt? Mitnichten. Winston Churchill hatte es selbst so gewollt. Freiwillig hatte er sich nach seiner Entlassung als Minister für diesen Job beworben. Er nahm es mit Gelassenheit hin, dass er nun die Attraktion für die „Front-Touristen" war. Politiker-Kollegen und Diplomaten kamen eigens angereist, um ihn in diesem Kriegsjahr 1915 im Morast zu sehen. Immer schon hatte er sich im Kampfgetümmel am wohlsten gefühlt. „Im Krieg kann man nur einmal abgeschossen werden, in der Politik aber oft und oft", sagte er später und wusste, wovon er sprach. War ihm doch Letzteres mehrfach widerfahren.

Er stieg auf vom kleinen Kavalleristen, der noch nicht einmal über eine abgeschlossene Schulbildung verfügte, zum Minister in wechselnden Ressorts. Er stürzte von hohen und höchsten Regierungsämtern ab (nicht nur in den Schützengraben), um als britischer Premierminister wiederaufzustehen. In der Politik wechselte er die Fronten, wie es ihm gerade passend erschien und je nachdem, wo sich ihm die besten Chancen boten. Sein großes Verdienst aber sollte werden, dass er als Erster erkannte, welches Unheil der Welt durch den deutschen Diktator Adolf Hitler und dessen Nationalsozialisten entstand. Und welch noch viel größeres ihr drohte, wenn man nichts gegen diesen Verbrecher unternahm. Während andere wegsahen und sich mit einer Politik des „appeasement", der Beschwichtigung, aus der Verantwortung zu stehlen versuchten, bot Churchill als Erster dem von ihm meistgehassten Mann die Stirn. Er schweißte die Koalition zusammen, die Hitler und den Gräueln des Zweiten Weltkriegs ein Ende machte. Die Briten dankten es ihm nur kurz – und nahmen ihm, kaum herrschte Frieden, die Regierungsverantwortung bei der nächsten Wahl aus der Hand. Doch Churchill kam wieder. Nur sechs Jahre später zog der Zwangs-Privatier 1951 dann noch einmal in den Wohnsitz der britischen Premierminister, in die Londoner Downing Street 10, ein – mit 77 Jahren.

Lord Randolph Spencer Churchill, Winston Leonard Spencers Vater, hat den Aufstieg seines Sohnes nicht mehr miterlebt. Er starb, selbst erst 45, als Winston 20 Jahre alt war. Da war der Sohn für ihn noch immer eine Niete. Der Lord, ein bekannter konservativer Politiker, hatte große Hoffnungen in seinen am 30. November 1874 auf Blenheim Castle bei Woodstock/Oxfordshire geborenen Sohn gesetzt. Schließlich galt es, den Ruhm der Ahnen fortzusetzen. Der berühmteste Vorfahr, John Churchill, ging im 18. Jahrhundert als Herzog von Marlborough und Kämpfer im Spanischen Erbfolgekrieg sogar in die Geschichtsbücher ein. Auch Winstons Mutter hatte Klasse – wenn auch nicht von der Art, wie sie Englands Adel von einer Churchill erwartete. Statt blauem Blut hatte die gebürtige Amerikanerin Jennie Jerome Spuren von Indianerblut in den Adern. Sie war die Tochter eines New Yorker Geschäftsmanns und Millionärs, dessen Vorfahren aus Frankreich und Schottland stammten. Und sie war eine ebenso bildschöne wie exzentrische Frau, die – wie ihr Sohn später auch – ihren Kopf durchzusetzen verstand. Sogar als sie im siebten Monat schwanger war: Trotz ihres Zustands ließ sie sich im Jahr 1874 nicht das Tanzen auf dem traditionellen Schlossball von Blenheim verbieten. Es kam, wie es kommen musste: Mitten im Walzerschwung setzten die Wehen ein, und der kleine Winston erblickte das Licht der Welt an einem äußerst ungewöhnlichen Ort. Denn bis in ihre Gemächer hatte es Jennie nicht mehr geschafft. Sie entband von ihrem ersten Sohn in einer Sturzgeburt zwischen Federhüten, Seidenstolen und samtenen Muffs. Anzusehen war Winston es später nicht, dass er ein „Frühchen" war. Denn schmächtig war er nie.

Mit sieben Jahren wurde der Kleine – wie das beim britischen Adel so üblich war – ins Internat gesteckt. Der Vater tobte, als er erkennen musste, dass jeder Penny für die teuren Schulen seines Sohnes hinausgeschmissenes Geld war. Der Kerl wollte und wollte nicht lernen. Als Winston schließlich die Aufnahmeprüfung an der angesehenen Royal Military Academy von Sandhurst im dritten Anlauf schaffte, war das Ergebnis so schlecht, dass es nicht für die Aufnahme ins Kadettencorps reichte. Also landete Winston bei der Kavallerie. Er wurde Leutnant im vierten Husarenregiment. Die Jahre in Sandhurst von 1893 bis 1895 nannte er später die glücklichsten seines Lebens, während die Schulzeit die ödeste für ihn war. Auch auf den Feldzügen in Kuba, Indien, dem Sudan und Südafrika, die den Akademiejahren folgten, war der junge Churchill in seinem Element: Er liebte das Kriegsgetümmel. Dabei durfte er in Übersee noch nicht einmal selber kämpfen. Der junge Churchill wurde nur als Kriegsberichterstatter dorthin geschickt. Ihn begeisterte das blutige Handwerk der echten Soldaten: Enthusiastisch beschrieb er in seinem ersten Buch den Einsatz in Indien, das um seine Unabhängigkeit kämpfte. Detailliert schilderte Winston, wie seine Truppe von Dorf zu Dorf zog, Häuser und Brunnen zerstörte und Ernten niederbrannte. Aus dem Sudan berichtete er: „Wie schnell hat man einen Menschen getötet. Aber ich machte mir keine Gedanken darüber."

Endlich, als Kriegskorrespondent im südafrikanischen Buren- krieg, wurde Churchill in den Jahren 1899 und 1900 dann doch noch zum Helden. Zu Hause beherrschte er tagelang die Schlag- zeilen, ganz England sprach von ihm. Und das kam so: Die an- fangs sehr erfolgreichen Buren hatten in der Republik Transvaal einen britischen Panzerzug angegriffen. Als der schon verloren schien, schoss der junge Kriegsberichterstatter Churchill, der ei- gentlich nur zur eigenen Verteidigung eine Pistole tragen durf- te, die Lokomotive frei. Dann schaffte er es, seine verwundeten Kameraden zu bergen. Erst beim Versuch, den restlichen Zug freizubekommen, scheiterte er und wurde von den Buren gefan- gen genommen. Nach diesem ohnehin schon sensationellen Vor- gang meldeten die britischen Zeitungen ein paar Tage später, der junge Mann sei der Sohn des bekannten Lord Churchill – und nach seiner mutigen Tat erschossen worden. Doch dann, einige Wochen später, traf in England die unglaubliche Nachricht ein, Winston Leonard Spencer Churchill lebe. Es sei ihm sogar ge- lungen, aus dem Burengefängnis zu entkommen und ins be- nachbarte Mosambik zu fliehen. Damit noch nicht genug: Als die Engländer im Juli 1900 Pretoria einnahmen, ritt dieser tollküh- ne Husar doch tatsächlich als einer der Ersten hoch zu Ross in die Burenhauptstadt ein. Und obwohl sie noch nicht vollends in Händen der Briten war, befreite Churchill seine Landsleute aus ebenjenem Gefängnis, aus dem er selbst so mutig geflohen war. Was für ein Kerl! Begeistert wurde er von den durch den Krieg anfangs so gedemütigten Briten gefeiert.

Wieder zurück in England, bewarb sich der Churchill-Spross

Im Burenkrieg von 1899 bis 1902 stellten sich die von niederländischen Siedlern abstammenden Bauern dem Bestreben der Briten entgegen, ein zusammen- hängendes Kolonialreich vom Kap bis nach Kairo zu schaffen.

für die Konservative Partei um einen Sitz im Unterhaus. Er gewann die Wahl mit Glanz und Gloria. Mit 26 Jahren zog er als jüngster Abgeordneter ins britische Parlament. Auch finanziell war Churchill ein gemachter Mann: Eine Vortragsreise durch die USA hatte ihm einen dicken Batzen Geld eingebracht, in New York wurde er von dem großen Schriftsteller Mark Twain dem Publikum als Held und künftiger Premierminister von England vorgestellt. Ob Twain wohl ahnte, wie recht er damit behalten sollte?

Mit dem Einzug ins Unterhaus fing Winston Churchills politische Laufbahn an, die sich freilich mehr als Achterbahnfahrt denn als zielstrebiger Aufstieg auf der Karriereleiter gestaltete. Doch das passte zu ihm: Schließlich hasste er nichts mehr als Langeweile. Das öde Parlamentariergeschäft hatte so gar nichts mit dem Nervenkitzel kriegerischer Herausforderungen gemein. Die stocksteife Herrenriege seiner Partei hatte den jungen Hitzkopf auf die Hinterbänke verbannt − ohne Aussicht für ihn, irgendetwas werden zu können. Nach drei Jahren hatte Churchill genug − und wechselte zu den Liberalen. Die rechneten sich mit ihm als Zugpferd gute Chancen für die Übernahme der nächsten Regierung aus. Die Rechnung ging auf: 1906 wurde Churchill nach dem Wahlsieg der Liberalen mit 34 Jahren erst Unterstaatssekretär für die britischen Kolonien, zwei Jahre später stieg er zum Handelsminister und 1911 zum Innenminister auf. Rechtzeitig vor dem Ersten Weltkrieg wurde Churchill schließlich zum Ersten Lord der Admiralität, also zum Marineminister ernannt. Das war endlich ein Job nach seiner Fasson! Er rüstete die britische Marine gewaltig auf und schickte sie an die Dardanellen. Dort versperrten die Türken der russischen Schwarzmeer-Flotte den Zugang zum Mittelmeer. Doch das Unternehmen scheiterte. Churchill wurde entlassen − und meldete sich freiwillig an die flandrische Front.

Wie nach späteren Niederlagen auch wurde der so abrupt gefallene „Mops" von seinem „Kätzchen" moralisch unterstützt: So nannten sich zärtlich Winston und Clementine Churchill. Denn seit 1908 war Churchill auch Ehemann. Die Churchills bekamen fünf Kinder, vier Mädchen und einen Sohn. Das Glück seiner Ehe beschrieb Churchill in seinen Lebenserinnerungen so: „Im Jahre 1908 heiratete ich und lebte fortan herrlich und in Freuden." So aufbrausend, hitzköpfig, bissig und unbeherrscht der später zum Sir geadelte Politiker sein konnte: Bei seinem „Kätzchen" fing er das Schnurren an und war zahm.

Lang hielt es Churchill nicht an der Front: 1916 verließ er die Armee und nahm wieder seinen Sitz im Unterhaus ein. Der einst konservative Mann setzte sich nun heftig für die Arbeiter und Armen und gegen den Dünkel des britischen Herrenmenschentums ein – und empörte ein weiteres Mal seine früheren Kollegen. Dafür beeindruckte Churchill den Frontmann der Liberalen, Premierminister David Lloyd George, so sehr, dass der ihn 1917 zum Munitionsminister machte. Nach Ende des Ersten Weltkriegs kümmerte sich Churchill bis 1921 als Kriegs- und Luftfahrtminister um die Demobilisierung der britischen Streitkräfte und wechselte 1921 erneut ins Kolonialressort. Im Herzen war er noch immer in den überseeischen Kolonien des Britischen Empire daheim, die ihn schon in jungen Jahren so begeistert hatten.

1924 folgte die nächste abenteuerliche Kehrtwende: Churchill verließ die völlig zerstrittenen Liberalen und kehrte zurück in die Reihen der konservativen Partei. Die Revolution in Russland hatte jegliche Sympathie für sozialistische Ideen in dem nun 50-Jährigen ausgelöscht. Seinen Sinneswandel begründete er so: „Wer mit 20 kein Sozialist ist, hat kein Herz, und wer mit 40 noch immer Sozialist ist, hat keinen Verstand." Die Konservativen nahmen ihn zwar, stellten ihn aber in den Jahren von 1924

bis 1929 mit dem für ihn völlig reizlosen Posten des Schatzkanzlers, des Finanzministers, aufs Abstellgleis. Da der Schatzkanz-
ler der zweitwichtigste Mann im Kabinett war, hatte Churchill
das Amt schlecht ablehnen können, obwohl er von der Materie
absolut nichts verstand. Wirtschaft und Finanzen interessierten
ihn nicht im Geringsten. Er ließ halt seine Beamten machen …
1929 stürzte die konservative Regierung – und Churchill mit ihr
aus dem Amt. Nun griff er erneut zur Feder und schrieb historische Werke wie die Biografie seines berühmten Ahnen Marlborough. Ein mehrbändiges Werk über den Ersten Weltkrieg
hatte er da schon verfasst, dann eine Geschichte der englischspra-
chigen Völker. Aufsehen erregte er mit weltpolitischen Kolum-
nen und Kommentaren, für die er auch von Zeitungen außerhalb Englands gute Honorare bekam. Auf seinem Landsitz in
Chartwell in Kent pflegte Churchill den Garten, züchtete Schmet-
terlinge und malte. Auf diese neue Leidenschaft hatte ihn sein
„Kätzchen" Clementine gebracht.

Den Sitz im Unterhaus hatte Churchill weiterhin inne – und
erregte Aufsehen mit seinen hitzigen Reden. Bewirken freilich
konnte er nichts. Schier zur Verzweiflung trieb ihn die Blindheit,
mit der die Londoner Politik gegenüber den Gefahren des auf-
steigenden Nationalsozialismus in Deutschland geschlagen
schien. Der amtierende Premier Neville Chamberlain be-
schwichtigte und wartete ab. Bis zum Einmarsch von Hitlers
Truppen in Polen. Jetzt holte Chamberlain den abgehalfterten
Churchill als Marineminister in die Regierung zurück. Am 3.
September 1939 erklärte England Deutschland den Krieg – und
Hitler zerbombte britische Städte. Doch besiegen konnte er die
Engländer nicht. Ein Jahr später marschierte die deutsche Wehr-
macht in Frankreich ein. Und Winston Churchill wurde nach
dem Tod Chamberlains zum Premier- und Verteidigungsminister
ernannt. Am 13. Mai 1940, drei Tage nach Amtsantritt, stimmte

er die Briten mit seiner berühmten Rede darauf ein, was jetzt bevorstand: „Ich habe nichts zu bieten außer Blut, Tränen und Schweiß." Seine einzige Politik werde es sein, mit aller Macht und Kraft „Krieg zu führen gegen eine monströse Tyrannei, die in dem finsteren Katalog des menschlichen Verbrechens unübertroffen ist". Das einzige Ziel sei „Sieg – Sieg um jeden Preis". Adolf Hitler, das war für ihn „die Verkörperung des Hasses", ein „Brutherd von Seelenkrebs", eine „Missgeburt aus Neid und Schande". „Das Richtschwert in der Faust, werden wir uns an seine Fersen heften!", kündigte der Premierminister an. Dafür zog Churchill sogar mit dem Moskauer Kreml-Chef Stalin an einem Strang, der ansonsten für ihn ein fast ebenso großes „Ungeheuer" wie Hitler war. Und Churchill schaffte es, die Amerikaner für den Kampf gegen Nazi-Deutschland mit ins Kriegsboot zu ziehen. Gegen diese Allianz verlor Hitler den Krieg.

Als Deutschland kapitulierte, war Churchill in Gedanken bereits beim nächsten Feldzug: Für ihn war „die kommunistische Gefahr an die Stelle des bisherigen Feindes getreten". Angeblich erwog er sogar, die konfiszierten deutschen Waffen für einen Feldzug gegen Russland zu horten. Mit dieser Idee stand er allein auf weiter Flur und kam auch aus anderem Grund nicht zum Zug: Im Juli 1945 wurde in England neu gewählt – und Churchills Konservative verloren. Als Oppositionsführer kehrte der nun 70-Jährige ins Unterhaus zurück – und schrieb wieder ein Buch: diesmal über den Zweiten Weltkrieg. Für das sechsbändige Werk sollte er 1953 den Literaturnobelpreis bekommen.

Das politische Leben des Winston Churchill war aber nach '45 noch längst nicht vorbei: 1951 wurde er mit 77 Jahren noch einmal zum Premierminister ernannt. Diesmal blieb er dreieinhalb Jahre, dann reichte er nach einem Schlaganfall auf Drängen seiner Partei den Rücktritt ein. Churchill lebte noch zehn Jah-

Churchills berühmteste Rede wird „Blut, Schweiß und Tränen"- Rede genannt.

207

re – die letzten davon allerdings mehr schlecht als recht: Anfangs konnte er noch reisen und malen. Bald aber war er zu gebrechlich dafür. Ihn plagten Depressionen, er verlor sein Gehör und konnte sich schließlich ohne Hilfe kaum mehr fortbewegen. Oft dämmerte er stundenlang stumm vor sich hin, die letzten 14 Tage seines fast 91-jährigen Lebens war er gar nicht mehr ansprechbar. Am 24. Januar 1965 starb Winston Churchill. Die letzten Worte, die er sprach, bevor er ins Koma fiel, sollen diese gewesen sein: „Es ist alles so langweilig."

Ein Mann mit Weitblick

Winston Churchill war einer der weitsichtigsten Politiker, die Europa je hatte. Als Erster sah er die Gefahr, die aus Deutschland drohte. Und schon vor Ende des Zweiten Weltkriegs hatte er die Grundzüge des künftigen Nachkriegseuropa im Kopf. Von ihm stammt der Begriff des „Eisernen Vorhangs", der dann tatsächlich zwischen Ost und West herunterging und fast ein halbes Jahrhundert den Kontinent teilte. Frankreich und Deutschland rief er gleich nach 1945 zur Versöhnung auf. Den europäischen Staaten riet er, sich zusammenzuschließen. Als Grund gab Churchill an: „Wir möchten uns nicht der Macht der Vereinigten Staaten ausliefern. Wir können ja nicht vorhersagen, was sie irgendwann in der Zukunft tun können, wenn es in ihrer Macht läge, uns unsere Politik zu diktieren."

Der Brandstifter

Manchmal bebte die Erde über dem Bunker. Dann war wieder eine Bombe eingeschlagen. Dumpf dröhnte von Ferne das Dum-dumdumdum von Artilleriefeuer. Dort oben versuchten Überlebende, sich zwischen den Trümmern zu retten. Ihre Schreie drangen nicht bis hier unten vor. Berlin brannte. Im Bunker, zehn Meter unter der Reichskanzlei, umkreiste derweil ein Mann verzückt das Modell der Stadt Linz und schwelgte in seinen Visionen: Genau so hatte er sich den Umbau der Stadt seiner Jugend vorgestellt. Für Deutschland hatte er nur noch eine Vision: die der „verbrannten Erde". „Straßen, Schienen, Fabriken – alles zerstören!" So lautete sein Nero-Befehl. Er hatte ihn nach dem römischen Kaiser benannt, der vor fast 1 900 Jahren die Tiber-Stadt hatte niederbrennen und dann dafür die Christen bestrafen lassen. Sein Befehl sollte seine Strafe für das deutsche Volk sein. Denn es hatte sich gegenüber dem „Ostvolk" als „das schwächere" erwiesen und „seinen" Krieg verloren. Er tobte, nur „die Minderwertigen" hätten überlebt. Für die sollte nicht einmal übrig bleiben, was „zum primitivsten Weiterleben" nötig war.

Im Rassenwahn hatte er in den Jahren zuvor Europa in Schutt und Asche gelegt. Jetzt richtete sich dieser Wahn gegen das eigene Volk. Dabei hatte er es zum bis heute unfassbarsten Verbrechen der Weltgeschichte angestiftet. Es war ihm gefolgt in den größten Massenmord und den schrecklichsten Krieg aller Zeiten. 60 Millionen Männer, Frauen und Kinder kostete dieser Irrsinn das Leben. Allein sechs Millionen Menschen brachten er und seine Helfershelfer in Vernichtungslagern um, nur weil sie Juden waren. Der Mann im Bunker machte sich feige davon: durch Selbstmord. Bis heute ist er der weltweit bekannteste Deutsche.

Wer war das?

Adolf Hitler –

das deutsche Grauen

Geboren am 20.4.1889 in Braunau
Selbstmord am 30.4.1945 in Berlin

Adolf Hitler hatte sich erschossen. Einige seiner Getreuen, die an diesem 30. April 1945 bei ihm im Bunker unter dem Berliner Reichstagsgelände geblieben waren, schafften seine Leiche zusammen mit der seiner Frau nach oben. Noch am Tag zuvor hatte er Eva Braun geheiratet, damit sie mit ihm als „Frau Hitler" starb. Beide hatten auch Gift genommen – für den Fall, dass die Kugel ihr Ziel verfehlte. Das Gift war vorher an seiner Lieblingshündin Blondi ausprobiert worden. Die Leichen wurden mit Benzin übergossen und angezündet. Genau so hatte Hitler das angeordnet. Nach „draußen" wurde vermeldet, der „Führer" und Reichskanzler der Deutschen sei „den Heldentod" gestorben. Noch eine Lüge – über Tod und Terrorherrschaft hinaus. Zwölf Jahre lang hatte er sich selbst keinen Finger schmutzig gemacht. Willige Helfer und fanatische Gefolgsleute führten aus, was er befahl – oft schon in vorauseilendem Gehorsam. Noch um seinen Tod strickten sie Legenden – so wie er selbst das um sein ganzes Leben tat.

Schon 1920, gerade zum „Führer" der Nationalsozialistischen Deutschen Arbeiterpartei NSDAP geworden, ordnete der damals 31-jährige Adolf Hitler an, die Leute dürften „nicht wissen, wer ich bin und wer meine Familie war!".

Kein Wunder: Adolf Hitlers Familie – das war ein unappetitlicher Sumpf von Betrug, Inzest und Unmoral. Als Sohn eines Zollbeamten am 20. April 1889 im österreichischen Braunau am Inn geboren, wuchs er in Leonding, Steyr und Linz auf. Eigentlich hieß er ja Schicklgruber. Zu „Hitler" war sein Vater erst als Erwachsener geworden, weil ein Herr Hitler den unehelich geborenen Alois dessen Mutter zuliebe als seinen Sohn ausgab. Bis heute ist unbekannt, von wem Adolf Hitler tatsächlich abstammte. Seine Mutter Klara Pölzl war die Großcousine seines Vaters, also mit diesem verwandt. Sie war Alois' dritte Frau und schon schwanger, als Schicklgruber noch mit seiner zweiten verheiratet war. Der war es schon genauso gegangen. Klara Pölzl arbeitete bei den Hitlers als Hausgehilfin. Sie war 23 Jahre jünger als ihr späterer Mann und redete ihn als Ehefrau noch mit „Onkel Alois" an. Der „Onkel" war streng, jähzornig und trank. Von Adolf Hitlers fünf Geschwistern überlebte nur die jüngere Paula, die sich später auf seine Anweisung hin „Paula Wolf" nannte. Er selbst unterzeichnete private Briefe gern mit „Wolf" statt Adolf. Er umgab sich so mit dem Mythos des starken, listigen, vierbeinigen Gefährten, der dem germanischen Kriegsgott Odin zur Seite stand …

Der junge Adolf Hitler war anfangs ein guter Schüler, doch in der Realschule stürzten seine Noten jäh ab. Er war nicht dumm, aber faul. Eine Klasse musste er zweimal wiederholen und die Schule schließlich ohne Abschluss verlassen. Als Erwachsener gab er dem verhassten Vater die Schuld daran, dabei war der zur Zeit des Schulversagens schon tot. Für Hitler war es unter seiner Würde, einen Beruf zu erlernen. Der 14-jährige Stenz ging lieber in Kaffeehäuser und promenierte elegant gekleidet, ein schwarzes Stöckchen in der Hand, durch Linz. Er schrieb Liebesgedichte, zeichnete Entwürfe für Prunkvillen, Brücken, Museen und ging in die Oper. Er fühlte sich als Künstler. Die Mutter vergötterte ihren „Sonderling", der sich als „Kunstmaler" ausgab.

Freunde hatte Hitler nicht: Schon als kleiner Junge wollte er

immer der Anführer sein und hatte sich so unbeliebt gemacht. Die Realschul-Kameraden mussten ihn siezen. Nach seiner Machtergreifung in Deutschland ließ Hitler einen alten Bekannten im Konzentrationslager Dachau verschwinden, nur weil der ihn bei einer zufälligen Begegnung mit „Hallo, Adi" begrüßt hatte.

Adolf Hitler liebte Richard Wagners Opern. Zum Erweckungserlebnis stilisierte er eine Aufführung des „Rienzi": „In jener Stunde begann es!", beschrieb er später schwülstig, wie ihn das Werk um einen römischen Volkstribun aufgewühlt habe. Der „Rienzi" starb nach Verrat und Niederlage den Flammentod – Hitler schwelgte seitdem in Gefühlen von Mystik, Opfer und Mythen ... Seine folgenden Jahre waren weniger sagenhaft. Die Wiener Kunstakademie lehnte ihn zweimal wegen „einwandfreier Nicht-Eignung zum Maler" ab. Die Schmach hielt er geheim. Statt der Kunst ging er nun anderen Ambitionen nach: Wien waberte zu Beginn des 20. Jahrhunderts vor Rassismus und Fremdenhass. Die Stadt war ein quirliges Durcheinander verschiedenster Nationalitäten, Österreich ein Vielvölkerstaat. Zwar hatten die Deutschen das Sagen, waren aber in der Minderheit. Die Wiener Kleinbürger pflegten ihre Angst vor Armut und Furcht vor „Überfremdung" durch die aus Osteuropa stammenden Mitbewohner. Sie hassten die Juden, weil die häufig gebildeter, viele auch wohlhabender als sie selber waren. Es kursierten die wildesten Pamphlete und obskursten Heftchen über „Germanentum" und die angebliche Überlegenheit der „arischen" Rasse. Adolf Hitler faszinierte das. Besonders verehrte er den christ-sozialen Politiker Karl Lueger, der sich mit Hetze gegen „das verbrecherische Judentum" erfolgreich um das Bürgermeisteramt der Donaumetropole bewarb.

Hitler bemitleidete sich später, er sei in seiner Wiener Zeit bettelarm gewesen. Das war für die ersten Jahre gelogen, danach war er selbst dran schuld: Denn die Mutter unterstützte ihn üppig. Selbst als sie 1907 starb, dachte er nicht daran, sein Leben auf eigene Beine zu stellen. So landete er erst im Obdachlosen-, dann im Männerwohnheim. Er malte Postkarten ab, die Mitbewohner für ihn verkauften. Als Hitler 1913 den Rest des väterlichen Erbes ausbezahlt bekam, ging er nach München, das für ihn die Hauptstadt der Künste war. Doch auch hier wollte niemand seine vermeintliche Begabung erkennen. Als ein Jahr später der Erste Weltkrieg begann, meldete sich Hitler als Soldat. In Österreich hatte er sich vor dem Militärdienst gedrückt. Jetzt sah er in der Armee mehr als einen Ausweg aus seiner finanziellen Misere: Er wollte für das „Heldentum Germaniens" kämpfen! Er brachte es aber nur bis zum Meldegänger, da er für höhere Dienstgrade ungeeignet war. Umso mehr rühmte er sich später, dass er nach einer Verwundung das Eiserne Kreuz bekam.

Dass Deutschland den Krieg verlor, stachelte Hitlers nationalistischen Eifer umso heftiger an. Er blieb beim Militär und wechselte dort je nach Bedarf das Fähnchen: Erst vergoss er Tränen über die November-Revolution. Dann schloss er sich in München dem revolutionären Soldatenrat an. Nach dem Ende der Räterepublik war er ihr entschiedenster Gegner und leistete Spitzel-Dienste gegen die des Kommunismus verdächtigen Kameraden. Er wurde zum Propagandisten ausgebildet. Seine Vorgesetzten hielten ihn für den richtigen Mann, die Truppe nationalistisch einzustimmen. Schließlich sollte er die Deutsche Arbeiterpartei näher unter die Lupe nehmen – womit Adolf Hitlers Weg in die Politik begann.

Bei einer Parteiveranstaltung der DAP wusste deren Redner sich einer Wortmeldung gegen seine Juden-Hetze nicht zu erwehren. Adolf Hitler sprang ihm bei und redete den Kritiker in Grund und Boden. „Der hat a Goschn, den kunnt ma brauchn",

In der November-Revolution 1918/19 bildeten sich Arbeiter- und Soldatenräte und forderten die Einführung einer demokratischen Republik.

213

raunten sich die DAPler bewundernd zu und warben ihn als ihren „Trommler" an. 1920 benannte sich die DAP in Nationalsozialistische Deutsche Arbeiterpartei (NSDAP) um und gab sich ein rechtsextremistisches Programm. Adolf Hitler machten die Nationalsozialisten zu ihrem „Führer".

Bald barsten die Säle, wenn der Österreicher auftrat: Mit scharfen Worten und hetzender Stimme geißelte er die revolutionären „Novemberverbrecher". Er geiferte gegen die „jüdisch unterwanderte" Weimarer Republik. Er schürte die Angst der Zuhörer vor Überfremdung und „jüdischer Rassenschande". Seine Auftritte studierte Adolf Hitler vorher sorgfältig ein. Er übte stundenlang die Stimme, probierte Mimik und Gestik vor Spiegel und Kamera aus. Waren anfangs unzufriedene und zwielichtige Gestalten sein Publikum, kamen bald auch „ehrbare" Bürger, Beamte, Soldaten. Die NSDAP stellte eine eigene „Sturmabteilung" (SA) auf: Deren bewaffnete Männer überwachten die Säle und brachten Störer zum Schweigen, wenn der kleine, hässliche Mann mit schnarrender Stimme, die er gezielt überschlagen ließ, das Publikum zum Toben brachte. Später terrorisierten seine Schlägertrupps jeden, der in Deutschland gegen ihn war, machten Jagd auf Juden und „Gesinnungsfeinde", knüppelten jeden nieder, der sich nicht freiwillig der Diktatur des „Führers" und seiner Nazis unterwarf.

Bald wurde dem Bierkeller-Demagogen München zu klein. Sein Ziel war Berlin. Die Stimmung war günstig für ihn: Franzosen und Belgier hatten wegen ausbleibender deutscher Wiedergutmachungszahlungen nach dem Ersten Weltkrieg das Rheinland besetzt. Nicht nur Hitler empfand dies als „deutsche Schmach". In Bayerns Ministerpräsident von Kahr fand er zwar einen nationalistischen Gesinnungsfreund, zur Revolution gegen die Republik war von Kahr aber nicht bereit. Also ließ Hitler seine NSDAP zum Putsch gegen die Weimarer Demokratie mar-

„Er ist der gerissenste Hetzer, der derzeit in München sein Unwesen treibt."
(Die „Münchner Post" über Adolf Hitler)

schieren: Am 8. November stürmte er im Münchner Bürgerbräukeller eine Veranstaltung von Kahrs, am nächsten Tag marschierte er mit seinen Genossen zur Feldherrnhalle. Doch die Polizei schlug den Aufstand nieder – Hitler wurde wegen Hochverrats angeklagt. Beim folgenden Prozess machte er das Gericht zur Propaganda-Bühne, hetzte gegen die „Berliner Judenrepublik" und präsentierte sich als „Retter des Vaterlands". Die Richter hörten ihm wohlwollend zu, verurteilten ihn dann aber zu fünf Jahren Haft.

Im Gefängnis in Landsberg fand Hitler Sympathisanten – und die Zeit, seinen Rassenwahn und seine irrsinnigen Pläne zur „Rettung der Deutschen" niederzuschreiben: Hier entstand die „Bibel" der Nazis, „Mein Kampf", das Buch, das Millionen kauften – aber kaum einer las. Hitler nannte die „Rassenfrage" den „Schlüssel zur Weltgeschichte", kündigte die „Ausrottung" der Juden „mit Stumpf und Stiel" an und forderte, Deutschland müsse sich „Lebensraum im Osten" schaffen, das hieß Krieg. Nach 13 Monaten kam Adolf Hitler wegen guter Führung wieder frei. Die Idee eines gewaltsamen Umsturzes hatte er aufgegeben. Er hielt es für geschickter, auf legalem Weg an die Macht zu kommen: „Zwar wird es länger dauern, sie zu überstimmen als sie zu erschießen, am Ende aber wird uns ihre eigene Verfassung den Erfolg zuschieben", kündigte er an.

Hitler hatte die Schwächen der Weimarer Verfassung erkannt. Im Parlament blockierten sich die Splitterparteien, ständig wurde der Reichstag aufgelöst und neu gewählt. Die Weltwirtschaftskrise und die rasant steigende Arbeitslosigkeit taten das Ihre. Geschickt fing Hitler die Deutschen mit ihren Ängsten auf. Er redete ihnen ein, das „Judentum" sei schuld an der ganzen Misere. Und die „arische" Rasse zur Führung der Welt bestimmt. Er versprach Arbeit und Brot. Die Partei unterstützte seine demagogischen Auftritte mit unglaublichem Propaganda-Getöse und martialischen Aufmärschen der SA. Wie hypnotisiert jubelten die Menschen dem Nazi-„Führer" zu, der, wo immer er hinkam, fanatisch gefeiert wurde. Bald rief ihm ganz Deutschland „Heil Hitler!" zu.

Mit einer listigen Koalition brachte Hitler die national gestimmte Konkurrenz hinter sich. Ein Gesinnungsgenosse hatte dem Österreicher 1932 die deutsche Staatsbürgerschaft verschafft. Nun konnte er kandidieren. 1933 wurde die NSDAP bei Wahlen stärkste Reichstagspartei – und Adolf Hitler zum Reichskanzler ernannt. Damit begann das, was die Nazis „Drittes Reich" nannten. Der „Führer" war angetreten, ein „Tausendjähriges" daraus zu machen.

Nach dem Heiligen Römischen Reich Deutscher Nation und dem Deutschen Reich nannten die Nazis Hitler-Deutschland „Drittes Reich".

Schon damals ließ „Nero" grüßen: Am 27. Februar 1933 brannte der Berliner Reichstag. Als Brandstifter wurde ein Kommunist festgenommen. Wer wirklich dahintersteckte, wurde nie aufgeklärt. Hitler triumphierte: „Jetzt kriegen wir sie!" Er setzte im Parlament die Reichstagsbrandverordnung durch und begann, die Grundrechte auszuhebeln. Mit der Zustimmung zu seinem „Ermächtigungsgesetz" gab die Mehrheit der Abgeordneten Hitlers Regierung das Recht, nach Gutdünken Gesetze zu erlassen und aufzuheben. Niemand hinderte ihn nun mehr, die Weimarer Demokratie zur Nazi-Diktatur umzudrehen.

Als Erstes schwor Hitler alle gesellschaftlichen Organisationen auf die NS-Ideologie ein und zwang sie, sich der Partei unterzuordnen. Dann ließ er Konzentrationslager errichten, in denen Gewerkschafter und politische Gegner, dann auch Roma, Sinti, Homosexuelle und Juden, erst verschwanden, später zu Tode geschunden, erschossen und ab 1941 vergast wurden. Das war der Beginn des Holocaust, der „Massenvernichtung" der Juden. Um die „deutsche Rasse" zu erhalten, ließ Hitler auch Kranke und Behinderte als „unwertes Leben" vernichten.

Den Holocaust hatte Hitler schon 1938 angekündigt. Erst

wurden Juden bestimmte Berufe verboten, dann ihre Geschäfte boykottiert. Ihr Vermögen wurde eingezogen und „arisiert", an Deutsche weitergegeben, und jeder Jude musste einen gelben Stern tragen. Schließlich wurden sie in die KZ deportiert und umgebracht. Hitler wollte ganz Europa „judenfrei" machen.

Ebenso predigte er, es mangele dem „deutschen Volk" an Lebensraum. 1938 zwang er Österreich, sich an Deutschland anzuschließen. Dann ließ er die Tschechoslowakei zerschlagen. Mit dem deutschen Angriff auf Polen am 1. September 1939 fing schließlich der Zweite Weltkrieg an: Hitler gab vor, die Polen hätten Deutsche angegriffen. In Wirklichkeit hatten SS-Männer, Angehörige von Hitlers „Schutzstaffel", in polnischen Uniformen das Feuer eröffnet. Die Deutschen nahmen dies alles nicht nur hin, sondern jubelten ihrem „Führer" zu. Sie sahen weg, wenn jüdische Mitbürger mit Gewalt abgeholt, zusammengetrieben und abtransportiert wurden. Sie fragten nicht, wohin ihr Nachbar auf Nimmerwiedersehen verschwand. In Scharen traten Deutsche in die NSDAP ein.

Nicht alle. Einzelne übten aktiven Widerstand. Wer erwischt wurde, verschwand ebenso oder zahlte mit dem eigenen Leben. 42-mal versuchten Widerständler, Hitler umzubringen. Er entging jedem Attentatsversuch und sah darin ein Werk der „Vorsehung", die ihn als „Retter der Rasse" auserwählt habe. Besonders tragisch war der Attentatsversuch hoher Offiziere am 20. Juli 1944. Nur knapp entging Hitler damals einer Bombe. Die Attentäter hatten sie in seinem „Wolfsschanze" genannten Hauptquartier gezündet. Doch Hitler überlebte. Noch am gleichen Tag wurden die Widerständler hingerichtet. Zu dieser Zeit hatten

Hitler als Tod, das Hakenkreuz als Sense (Aus: The Nation, New York 1933)

die Russen Hitlers Truppen bereits geschlagen. Es war längst klar, dass der Krieg nicht mehr zu gewinnen war. Und doch schickte Hitler Ende 1944 Kinder und alte Männer als letztes Aufgebot an die Front und rief zum „Endsieg" auf.

Er selbst verschanzte sich ab Januar 1945 im Berliner Bunker, den er kaum noch verließ. Dort gab er im März den „Nero"-Befehl. Am 20. April feierten rund 30 Gefolgsleute, die mit ihm dort unter der Erde waren, seinen 56. Geburtstag. Zehn Tage später erschoss sich Adolf Hitler. Der Krieg war aus, Deutschlands düsterste Zeit vorbei.

Der Schrecken bleibt

60 Millionen tote Soldaten und Zivilisten, sechs Millionen Opfer des Holocaust, 20 Millionen Flüchtlinge, elf Millionen Kriegsgefangene – das ist die nüchterne (Zahlen-)Bilanz des verheerendsten Krieges der Menschheitsgeschichte, den Adolf Hitler geführt hat. Die Bilder, die sich hinter diesen Zahlen verbergen, sind unfassbar schrecklich. Der Welt stockte der Atem, als Filme und Fotos ihr zeigten, was die Siegermächte bei der Befreiung der Vernichtungslager der Nazis vorfanden: Massengräber, in denen Stapel von Toten übereinandergeworfen waren. Lebende Skelette, die halb verhungert ihren Befreiern entgegenwankten. Auch dass Deutschland geteilt wurde und die Welt nach 1945 in Ost und West zerfiel, ist die Folge der Katastrophe, die Hitler angerichtet hat. Dass die Siegermächte des Zweiten Weltkriegs fast 50 Jahre danach der Wiedervereinigung unseres Landes zustimmten, war ein Zeichen dafür, dass die Welt den Deutschen von heute das Unheil von damals vergeben hat. Vergessen wird und darf sie nie. Damit sich so etwas nie mehr und nirgendwo wiederholen kann.

Das beleuchtete Stopfei

Das wär's doch: Man müsste die Schornsteine mit der Kanalisation verbinden und die rußigen Abgase direkt nach unten absaugen. Das würde die Verschmutzung der Luft gewaltig verringern und die Lungen der Menschen schonen. Eine Aktennummer bekam diese Erfindung: A 80913 V/241. Doch weiter hat es der Antrag des damals 31-Jährigen beim deutschen Patentamt nicht geschafft. Nicht viel besser ging es ihm mit seiner Idee für ein von innen beleuchtetes Stopfei. Damit könnte man verhindern, dass sich die Frauen bei der Wäschereparatur an den dunklen Winterabenden ihre Augen verdarben. Selbst das Patent auf die Ersatzwurst aus Sojamehl, die den Hunger im Ersten Weltkrieg hätte lindern können, verweigerten ihm die fantasie- und mutlosen deutschen Behörden. Immerhin erkannten die Ämter in Wien, Budapest, Brüssel und London seine Extrawurst als schutzwürdig an. Als die Amerikaner ihre erste Rakete ins All schossen, schimpfte er, den Antrieb dafür habe er schon 50 Jahre zuvor erfunden. „Aber die Leute im Reichspatentamt waren zu dumm, das zu verstehen." Bewundern können Besucher seines einstigen Wohnhauses noch heute die aus einer mit Schnur und Leukoplast an der Stehlampe neben seinem Bett befestigte Eieruhr. Sie diente ihm als Zeitschaltuhr zum Stromsparen. Denn allzu häufig fielen ihm abends über einem Krimi die Augen zu.

Als Erfinder ging er nicht in die Geschichte ein, als findiger Fuchs schon. Dass sein einstiges Zuhause zur Wallfahrtsstätte der Deutschen wurde, hat aber einen anderen Grund. Er hat länger als andere deutsche Politiker Stadt- und Staatsgeschichte geschrieben. Er hat über 14 Jahre lang die neu gegründete Bundesrepublik regiert. Nach den düsteren Jahren der Hitler-Diktatur waren Ideen besonders gefragt. Und die hatte er.

Wer war das?

Konrad Adenauer –
der erste deutsche Bundeskanzler

Geboren am 5.1.1876 in Köln
Gestorben am 19.4.1967 in Rhöndorf

Wenigstens mit seinem Schrotbrot hatte Konrad Hermann Joseph Adenauer als Erfinder Erfolg. 10 000 Laibe gingen im Kriegssommer 1916 jeden Tag als Ersatz für das knapp und unbezahlbar gewordene rheinische Schwarzbrot in Köln über die Ladentische. Auf die Tantiemen aus seinem Patent auf das Nahrungsmittel aus Mais-, Reis- oder Kartoffelmehl und Kleie verzichtete Adenauer generös. Dabei war der stellvertretende Oberbürgermeister von Köln als Pfennigfuchser bekannt. Auf der anderen Seite hatte er durchgesetzt, dass er ein extrahohes Gehalt bekam. Doch jetzt ging es darum, die leeren Mägen der Kölner Bürger zu füllen. Gleich in den ersten Tagen des Ersten Weltkriegs hatte Adenauer, der für Finanzen, Personal und Ernährung zuständig war, die Stadtverordneten herumgekriegt, einen Kredit über sechs Millionen Reichsmark abzusegnen. Für das Geld hortete er Linsen, Erbsen, Möhren, Salz, Schmalz, Sauerkraut, Wurst und Petroleum, funktionierte die städtische Festhalle zum Stall für 1 000 Stück Vieh um und pachtete Wiesen und Weiden zur Aufzucht von Kälbern und Milchkühen. Bei den Kölnern hat ihm seine Hamsterei den Spitznamen „Graupenauer" und als Amtsträger das Eiserne Kreuz am weißen Band eingebracht. Diesen Orden bekamen sonst nur Soldaten.

1917 wurde Konrad Adenauer der mit damals 41 Jahren jüngste Oberbürgermeister im gesamten Preußenstaat. 32 Jahre später – Gleichaltrige läuteten da längst den Lebensabend ein – wurde Adenauer zum ersten Bundeskanzler der neu gegründeten Bundesrepublik gewählt. Die eine entscheidende Stimme, die ihm die erforderliche absolute Mehrheit im ersten Deutschen Bundestag brachte, war seine eigene. Eigentlich gehört es sich nicht, sich selbst zu wählen. Aber alles andere, so bekannte das Schlitzohr später, wäre ihm wie Heuchelei vorgekommen …

Über 14 Jahre blieb Konrad Adenauer in diesem Amt. Als er zurücktrat, war er 87. Das war 1963. 30 Jahre zuvor hatte er noch geglaubt, nun sei es mit ihm und der Politik aus und vorbei. Damals, 1933, hatten ihn die Nationalsozialisten gerade aus dem Kölner Rathaus vertrieben. Ein Freund meinte zwar, der Nazi-Spuk sei nach spätestens zwei Jahren aus und vorbei. Doch das konnte den 57-Jährigen nicht trösten: „Zwei Jahre! Um Gottes willen! Dann bin ich ja zu alt, um wieder einsteigen zu können!", klagte er. Es kam dann alles ganz anders, auch für ihn.

„Man muss die Dinge geduldig wachsen lassen!" Das hatte der alte Justizrat Konrad Adenauer seinem am 5. Januar 1876 geborenen Filius eingeschärft, als der noch ein kleiner Junge war. Konrad Adenauer senior hatte damit bei den gärtnerischen Versuchen des Sohnes Geduld angemahnt. Denn der mühte sich vergeblich, auf seinem Beet im elterlichen Vorgarten in der Kölner Balduinstraße aus Stiefmütterchen und Geranien eine „viola tricolor Adenaueriensis" zu züchten. Immerhin wurde Jahrzehnte später eine Rosensorte nach ihm benannt. Adenauer gärtnerte sein Leben lang. Geduld wurde ihm aber noch in ganz anderer Hinsicht abverlangt, und das bereits nach der Schulzeit. Der Vater hatte ein sicheres Beamten-Salär. Doch es war recht knapp, um damit eine sechsköpfige Familie zu ernähren. Die Mutter besserte das Haushaltsgeld mit dem Nähen von Wachstuch-Schürzen auf. Er selbst, erzählte Adenauer gern, habe mit einem seiner zwei Brüder das Bett teilen müssen. Für ein Studium des dritten Sohnes reichte das Geld nicht aus. Nicht ganz freiwillig trat Konrad also nach dem Abitur eine Banklehre an. Er war froh, als er dann überraschenderweise ein Stipendium für begabte Beamtenkinder bekam. Niemand wusste so recht, worin seine Begabung bestand: Denn die einzige Eins im Abiturzeugnis stand hinterm Singen. Sei's drum: Jedenfalls konnte er nun Jura studieren. Das tat er erst in Freiburg, dann in München und Bonn. Aus der erträumten Richter-Laufbahn wurde nichts, weil seine Examensnote — eine Vier — zu schlecht dazu war. Stattdessen wurde Konrad Assistent bei der Kölner Staatsanwaltschaft. Nach zwei Jahren nahm er eine Stelle in der Anwaltskanzlei eines einflussreichen Rathaus-Politikers an. Der war Mitglied der Kölner Zentrumspartei und fädelte ein, dass sein junger Mitarbeiter 1905 als Beigeordneter ins Stadtparlament kam. Es war der Auftakt einer großartigen Politiker-Laufbahn.

Auch privat hatte Konrad Adenauer Glück: 1908 heiratete er Emma Weyer, mit der er drei Kinder bekam. Sie stammte aus einer alteingesessenen Kölner Familie mit besten Verbindungen. Sie war auch mit den Wallraffs verwandt — und die stellten den Oberbürgermeister: Der, „Onkel Max", hat den Mann seiner Nichte zwei Jahre später zu seinem Stellvertreter ernannt. Als Max Wallraff 1917 als Staatssekretär nach Berlin gerufen wurde, rückte Adenauer in dessen Amtssessel nach. Bei den Kölnern hatte sich der neue Oberbürgermeister durch seine listige Lebensmittel-Hamsterei beliebt gemacht. Privat wurde ihm in dieser Zeit einiges abverlangt: 1916 war seine Frau gestorben, und der nun 40-Jährige stand allein mit drei Kindern da. Sie erlebten ihn als fürsorglichen, ja zärtlichen Vater. Ein halbes Jahr vor seiner Oberbürgermeister-Wahl hatte ihn ein schwerer Unfall für Wochen aus dem Gleis geworfen. Adenauer war Opfer eines Zusammenstoßes seines Dienstwagens mit der Kölner Straßenbahn geworden. Ausgerechnet eine Straßenbahn! Hatte er doch als Schüler eine „Vorrichtung, die das Überfahrenwerden durch Straßenbahnwagen absolut sicher verhindert" erfunden. Doch auch diese Idee war nirgendwo angekommen … Dem Unfallwagen entstieg er mit zerschmettertem Jochbein und zertrümmertem Kiefer. Adenauer musste mehrfach operiert werden. Zurück blieb ein nun auch optisch markanter Charakterkopf. Er selbst verglich sich mit einem Hunnen, von anderen wurde er wenig schmeichelhaft „Lama", „Mongole" oder gleich „Dschingis Khan" genannt.

Als Oberbürgermeister prägte Adenauer das Gesicht seiner Stadt: Er gründete die Kölner Universität neu, belebte die Messe wieder, ließ eine neue Rheinbrücke errichten und den Hafen ausbauen und – der Gärtner ließ grüßen – das ehemalige Festungsgelände in einen üppigen Grüngürtel umwandeln. Das alles kostete viel Geld. Aber Adenauer hatte jedes Mal mit Finten und Finessen die nötige Mehrheit im Stadtrat hinter sich gebracht. Sein Meisterstück war die moderne Hängebrücke über den Rhein: Vor allem die Kommunisten im Parlament lehnten die gewagte Konstruktion als viel zu teuer ab. Daraufhin erzählte der OB den Stadtverordneten bei einem nächtlichen Weingelage, derartige Brücken seien im russischen Leningrad derzeit der allerletzte Schrei … Er bekam die Stimmen der Linken. Adenauer siedelte auch neue Industriebetriebe in seiner Heimatstadt an. Am bedeutendsten davon waren die Werke des Autoherstellers Ford. Er wollte die Rheinstadt zum Zentrum des Westens machen und einen Gegenpart zur Reichsmetropole schaffen. Denn Berlin und Preußen hat Adenauer nie gemocht. Ließ sich eine Reise dorthin nicht umgehen, zog er spätestens in Magdeburg die Vorhänge seines Zugabteils zu, um sich den Blick auf die „asiatische Steppe" zu ersparen.

Geschickt manövrierte Adenauer seine Stadt durch die wir-

Ein amerikanischer Politiker fragte Adenauer einmal, ob unter seinen Vorfahren wohl ein Indianer wäre …

resten Zeiten: Während der Novemberrevolution nach dem Ende der Kaiserzeit ließ er sich vom Arbeiter- und Soldatenrat zu dessen Beauftragtem machen und stellte den Revolutionären sogar Räume im Rathaus zur Verfügung. Er unterstützte die Bürgerwehr und gab den Fischen im Rhein zu trinken: Adenauer befürchtete, die Stadt könne bei Unruhen außer Kontrolle geraten. Deshalb ordnete er an, die Weindepots des Heeres aufzulösen. So flossen 300 000 Liter Rebensaft in den Rhein. Als das Rheinland nach dem Ersten Weltkrieg besetzt wurde, schickte Adenauer den anrückenden Briten ein Telegramm mit der Bitte entgegen, sie sollten sich doch beeilen. Damals handelte sich Adenauer erstmals den Ruf ein, ein Separatist zu sein, der das Rhein-Ruhr-Gebiet von Deutschland abspalten wolle. Er schlug nämlich vor, aus der Region einen eigenen Bundesstaat zu machen. Damit wollte er Gelüsten Frankreichs zuvorkommen, sich das linksrheinische Gebiet einzuverleiben.

Der Ruf, ein Separatist zu sein, hing Adenauer lange an. Den Vorschlag Moskaus, das geteilte Deutschland als entmilitarisierten Staat wieder zu vereinen, lehnte er ab.

Der Privatmann Adenauer nahm sich 1919 eine neue Frau. Er war beim allmorgendlichen Harken der Kartoffelbeete im heimischen Garten der Tochter des Nachbarn, Auguste Zinsser, nähergekommen. Im August wurde „Gussie" seine zweite Frau. Sie machte ihn zum Vater vier weiterer Kinder. Und wieder sollten ihm neue Familienbande später von Nutzen sein: Gussies Cousine Ellen war mit dem Amerikaner John McCloy verheiratet. Der wurde nach dem Zweiten Weltkrieg als Hoher Kommissar der amerikanischen Besatzungsmacht nach Deutschland entsandt. Adenauer nutzte als erster Kanzler der neu gegründeten Bundesrepublik die amerikanische Verwandtschaft.

Doch bis dahin war noch Zeit: Erst kamen die Nazis – und mit ihnen das Aus für den Kölner OB. Im Februar 1933 sagte sich der NSDAP-Führer und Reichskanzler Adolf Hitler in der Rheinstadt zu einer Wahlkundgebung an. Die Nazis dekorierten die Rheinbrücke mit ihren Hakenkreuzfahnen. Adenauer häng-

te sie wieder ab und verweigerte die Erlaubnis, den Fluss zu il-
luminieren. Er lehnte es auch ab, zu Hitlers Auftritt zu kommen.
Daraufhin marschierten NS-Propaganda-Truppen durch die
Stadt und skandierten Hetzparolen gegen deren Oberbürgermeister. Vor seinem Wohnhaus postierten sich Mitglieder der
SA, Hitlers bewaffneter „Sturmabteilung". Diese Kampf- und
Schlägertruppe terrorisierte jeden, der nicht für Hitler war. Adenauer wurde mehrfach gewarnt, die Nazis würden ihn umbringen lassen. Er bekam von allen Seiten Druck und wurde schließlich am 13. März 1933 aus dem Amt gejagt. Freunde hatten ihm
vorher zum Rücktritt geraten. Adenauer verlor auch seinen Posten als Präsident des Preußischen Staatsrats.

Sicherheitshalber tauchte er nun ganz ab: Adenauer versteckte sich fast ein Jahr lang im Kloster der Benediktiner von Maria
Laach in der Eifel. Wenn er verreiste, suchte er irgendwo heimlich Unterschlupf und wurde dennoch von der Gestapo, Hitlers
„Geheimer Staatspolizei", vorübergehend verhaftet. Danach lebte er mal hier, mal da, quartierte sich in Krankenhäusern und einmal in einem Priester-Erholungsheim ein. Auch in Rhöndorf,
seinem späteren Wohnort, ließ er sich schon ein erstes Mal nieder: Er bezog ein Haus mit Fenstern zum Wald, um notfalls
schnell und unentdeckt entkommen zu können. Die SA ließ
ihn erst in Ruhe, nachdem sich ein Freund für ihn eingesetzt hatte. Adenauer setzte sogar gerichtlich durch, dass er eine Ent-
schädigung für sein von den Nazis beschlagnahmtes Eigentum
bekam. Von dem Geld baute er sich in Rhöndorf ein eigenes
Haus. Dort bastelte der Zwangspensionär in den nächsten Jahren an seinen Erfindungen herum, zog Gemüse und hielt ein
Schaf. Wegen dieses Tieres, genannt „Nelke", legte sich der
Querkopf mehrmals mit seinen Nachbarn an: Denen gefiel
nicht, dass er das Tier des Öfteren zum Grasen jenseits der eigenen Gartengrenze anpflockte …

Der Preußische Staatsrat, dem Adenauer seit 1921 vorgesessen hatte, vertrat in der Weimarer Republik die Interessen der Provinzen in Berlin.

Aus der Politik hielt sich der über 60-Jährige fern. Mehrfach blitzten Bekannte mit Versuchen ab, ihn für den Widerstand gegen Hitler anzuwerben. Trotzdem wurde Konrad Adenauer nach dem missglückten Attentat auf den Diktator am 20. Juli 1944 verhaftet und eingesperrt. Auch diesmal ließ er sich etwas einfallen: Der Häftling täuschte einen Herzanfall vor und ließ sich in ein Krankenhaus bringen, aus dem ihm die Flucht gelang. Nun verhafteten die Nazis seine Frau Gussie und drangsalierten sie so lange, bis sie das Versteck ihres Mannes in einem abgelegenen Haus im Westerwald preisgab. Davon erholte sich Auguste Adenauer nie wieder. Sie war von da an bis zu ihrem Tod 1948 schwer krank. Adenauers Söhne waren im Zweiten Weltkrieg Soldaten. Sie beschwerten sich über die Gefangennahme ihres Vaters und fragten mit einem offiziellen Schreiben an die Regierung an, wie ein Soldat gute Dienste leisten könne, wenn die Eltern grundlos verhaftet würden. Daraufhin kam Konrad Adenauer im November 1944 frei.

Am 15. März 1945 marschierten die Amerikaner in Rhöndorf ein. Vier Tage später standen sie bei Konrad Adenauer vor der Tür: Sie fuhren ihn im offenen Jeep durch die Trümmer seiner Stadt – und setzten ihn erneut als Kölner Oberbürgermeister ein. Sofort begann Adenauer wieder Lebensmittel für seine Bürger zu „hamstern". Im Juni übernahmen die Briten die Kontrolle über Köln – und Adenauer war sein Amt wieder los. Denn die Engländer setzten ihn nach drei Monaten wegen „Unfähigkeit" ab. Mehr noch: Adenauer durfte Köln nicht einmal mehr betreten, obwohl Gussie dort im Krankenhaus lag. Bis heute ist unklar, warum dies geschah und die Briten ihm sogar jede politische Tätigkeit untersagten. Möglicherweise hatte sich der OB den Unmut der Briten durch Kontakte zu Franzosen zugezogen oder damit, dass er Interviews zu außenpolitischen Fragen gab, in denen er mit Kritik an der Besatzungsmacht nicht sparte.

Als die deutschen Parteien neu gegründet wurden, schloss sich der nun 70-jährige Adenauer der CDU an und machte dort eine Blitzkarriere: Im Februar '46 wurde er ihr rheinischer Vorsitzender, im Oktober Chef ihrer nordrhein-westfälischen Landtagsfraktion. Als die westlichen Alliierten – die USA, Großbritannien und Frankreich – zwei Jahre später die Deutschen aufforderten, sich ein eigenes Grundgesetz zu erarbeiten, wurde Konrad Adenauer zum Präsidenten des dafür eingerichteten Parlamentarischen Rats. Am 8. Mai 1949 war das Grundgesetz fertig, am 23. Mai wurde es verkündet. Ein Bravourstück hatte Adenauer bei der Frage um den künftigen Regierungssitz geleistet: Der Rheinländer bootete die Mitbewerber Frankfurt und Stuttgart aus und setzte durch, dass Bonn Bundeshauptstadt wurde. Berlin kam ja, weil geteilt, nicht in Frage. Die künftige deutsche Politik-Zentrale lag nun auch nah an seinem Wohnort … Am 14. August 1949 wählten die Deutschen den ersten Bundestag. Die CDU gewann und mit ihr Adenauer. Er wurde ihr erster Bundeskanzler. Dreimal wurde er wiedergewählt und blieb 14 Jahre im Amt. Nach der Hälfte der vierten Amtsperiode trat er am 15. Oktober 1963 zurück. Das hatte die CDU ihrem Koalitionspartner FDP so zugesagt. Konrad Adenauer war nun 87 Jahre alt. Der CDU stand er drei weitere Jahre vor, dann machte er Jüngeren Platz. Umgeben von seinen sieben Kindern, starb Konrad Adenauer am 19. April 1967 in seinem Haus in Rhöndorf zwischen Reben und Rhein. 20 Außenminister, 15 Staatspräsidenten und Regierungschefs, über hundert Botschafter verbeugten sich im Kölner Dom vor seinem Sarg. Begraben wurde Deutschlands erster Bundeskanzler auf dem Rhöndorfer Waldfriedhof. Sein Haus ist heute eine Touristenattraktion: Im Badezimmer liegt noch seine Zahnbürste und steht eine Flasche „4711", das Kölner Parfüm, das er sein Leben lang trug.

Der Parlamentarische Rat war ein aus den elf Landtagen gewähltes Gremium, das über den Entwurf für das Deutsche Grundgesetz abstimmte.

Der Patriarch von Bonn

„Zeiten einer politischen Katastrophe sind besonders geeignet, etwas Neues zu schaffen." Das sagte der Kölner Oberbürgermeister Konrad Adenauer, als seine Stadt nach dem Ersten Weltkrieg das erste Mal von Siegern besetzt war. Umso mehr galt dies, als die Welt und Deutschland die viel größere Katastrophe der Hitler-Diktatur und des verheerendsten Krieges aller Zeiten hinter sich hatten.

Nicht jedem gefiel, wie rigoros Adenauer als erster deutscher Bundeskanzler seinen Verfassungsauftrag und sein Recht, die Richtlinien der Politik zu bestimmen, umsetzte und für sich in Anspruch nahm. Er selbst gab zu: „Ich bin im Gebrauch der Macht nicht pingelig." Kritik löste aus, dass er ehemaligen Nazis wieder Ämter gab. Er bügelte sie mit den Worten ab: „Sie können schmutziges Wasser nicht wegschütten, wenn Sie noch kein frisches haben." Adenauer band die Bundesrepublik fest an den Westen an, söhnte Deutschland mit Frankreich aus und machte die Republik als Bollwerk gegen den Kommunismus zum Juniorpartner der USA. Er betrieb die Gründung der Montanunion, des ersten gemeinsamen Marktes für Kohle und Stahl, und der Europäischen Wirtschaftsgemeinschaft und ist damit einer der Väter der heutigen EU. Auf heftigsten Widerstand im eigenen Land stieß er, als er Deutschlands Wiederbewaffnung und den Beitritt zur NATO durchboxte. Er war überzeugt, nur aus einer Position der Stärke heraus werde es jemals zur Wiedervereinigung des geteilten Deutschland kommen. Heute ist es müßig, darüber zu streiten, ob das gleiche Ergebnis mit einer anderen Politik auch oder vielleicht sogar früher zu haben gewesen wäre.

Auf schwankendem Boden

Der junge Mann ist ganz bleich im Gesicht. Ihm ist flau im Magen. Kaum, dass er sich noch auf den Beinen halten kann. Kein Wunder. Allzu toll hat es der Sturm mit dem Fischkutter getrieben. Als sei's eine Nussschale, hat er ihn fünf Stunden lang auf der Ostsee tanzen lassen. Dazu Regen und Kälte. Das wirft selbst einen großen, kräftigen 20-Jährigen um.

Endlich, in Rödbyhavn auf der dänischen Insel Lolland gegenüber Fehmarn, hatte er wieder Boden unter den Füßen. Zeit hatte er nicht: Noch am selben Tag ging's weiter nach Kopenhagen. Später nach Norwegen. Würden die Nazis ihn auch dorthin verfolgen? Auch in Schweden suchte er zeitweise Unterschlupf. Nur ein paar kurze heimliche Besuche, bei denen er sich gut tarnte, würden ihn in den nächsten Jahren in die Heimat führen. Erst zwölf Jahre später konnte er endlich, ohne Angst haben zu müssen, nach Deutschland zurückkehren. Da trug er allerdings einen anderen Namen als den, unter dem er 1933 in Travemünde den Fischkutter bestiegen hatte. Er war auch kein Deutscher mehr. Die Nazis hatten ihm die Staatsbürgerschaft aberkannt.

Dass so eine furchtbare Katastrophe, wie das, was die Nazis angerichtet hatten, nie wieder passieren durfte, war ihm Ansporn, aus seiner völlig zerstörten Heimat ein neues, demokratisches Land mit aufzubauen. Seine Vergangenheit, die Flucht nach Skandinavien und der Kampf gegen Hitler-Deutschland holten ihn aber immer wieder ein. Der Boden schwankte deshalb noch manches Mal unter ihm. Seine Gegner schimpften ihn einen „vaterlandslosen Gesellen". Sie nannten ihn sogar „Verräter", weil er im polnischen Warschau vor einem Denkmal für die ermordeten Juden auf die Knie sank und damit Verantwortung für die Untaten der Deutschen unter den Nazis übernahm.

Wer war das?

Willy Brandt –

Brückenbauer zwischen Ost und West

Geboren am 18.12.1913 in Lübeck
als Herbert Frahm
Gestorben am 8.10.1992 in Unkel

„Was wollen Sie?!" Fast hätte die Mutter ihm die Tür vor der Nase zugeschlagen. Willy Brandt nahm es ihr nicht übel: Wie sollte die alte Frau auch wissen, dass es ihr Sohn war, der da vor ihr stand? Nicht nur die Uniform eines norwegischen Presseoffiziers machte ihn zum Fremden. Martha Kuhlmann, ehemals Frahm, hatte ihn schließlich das letzte Mal vor zwölf Jahren gesehen. Da hieß er noch Herbert Frahm. Er war noch keine 20, als er 1933 aus Deutschland verschwand. Geflohen vor den Nazis. Seit dem Berliner Reichstagsbrand jagten Adolf Hitler und dessen Parteigenossen Leute wie ihn, Sozialisten und Kommunisten. Jeder Linke war in Gefahr. Jetzt, 1945, nach dem Ende der Nazizeit und dem Zweiten Weltkrieg, kehrte Herbert Ernst Karl Frahm zurück, als Willy Brandt und mit fremdem Pass. Die Papiere hatten ihm nach dem Einmarsch der Deutschen in Norwegen das Leben gerettet. Er war dort von den Nazis festgenommen worden. Weil er sich als Norweger ausweisen konnte, kam Willy Brandt nach kurzer Zeit wieder frei.

Willy Brandt nannte sich einmal ein „Kind aus dem Chaos". Chaotisch waren schon seine Familienverhältnisse: Sein Vater war ein John Möller aus Hamburg. Das erfuhr Brandt aber erst, als er über 30 Jahre alt war. Da hatte er es endlich gewagt, die Mutter in einem Brief danach zu fragen. Sie schickte ihm einen

Zettel, auf dem der Name des Vaters stand. Geboren wurde ihr Sohn am 18. Dezember 1913 unter ihrem Mädchennamen als Herbert Ernst Karl Frahm. 13 Jahre später hieß Martha Frahm nach ihrer Heirat Kuhlmann. Sie hatte nie viel Zeit für ihr Kind. Von morgens bis abends, sechs Tage die Woche, musste sie als Verkäuferin für den Lebensunterhalt sorgen. Den Sohn gab sie derweil bei einer Nachbarin ab. Als Ludwig Frahm, der Opa ihres Jungen, aus dem Ersten Weltkrieg nach Hause kam, kümmerte sich der um das damals fünfjährige Kind. Es nannte den Opa bald Papa. Als wären die Familienverhältnisse nicht schon kompliziert genug gewesen, erfuhr Willy Brandt später auch noch, dass dieser vermeintliche Großvater „nur" ein Stiefopa war. Denn Willys Mutter war wie er selbst ein unehelich geborenes Kind.

Der „Opa" machte aus Herbert einen „richtigen" Arbeiterjungen. Mit 16 trat der in die „Sozialistische Arbeiterjugend" ein, mit 18 in die SPD. Willy Brandt schilderte später gern, welches Erlebnis ihn als Kind am meisten beeindruckt hatte: 1921 streikten in Lübeck die Arbeiter und wurden anschließend ausgesperrt. Auch bei den Frahms wurde das Geld knapp und am Essen gespart. Mit leerem Magen und sehnsüchtigem Blick drückte sich der achtjährige Herbert am Schaufenster einer Bäckerei die Nase platt. Das beobachtete zufällig einer der Direktoren der Firma, in der der Opa sonst arbeitete. Dieser Direktor kaufte spontan zwei Laib Brot und schenkte sie dem Jungen. Freudestrahlend rannte Herbert nach Hause – und wurde zusammengestaucht: „Geschenkt!", schimpfte der Opa. „Ein streikender Arbeiter nimmt kein Geschenk vom Arbeitgeber an. Wir wollen unser Recht, keine Geschenke." Herbert musste die Brote zurücktragen. Als er nach der Schule eine Lehre bei einem Schiffsmakler antrat, war es für ihn selbstverständlich, Gewerkschaftsmitglied zu werden …

Stolz waren die Frahms, als Herbert am Real-Gymnasium

aufgenommen wurde und dort 1932 Abitur machen durfte. Für Arbeiterkinder war das damals keine Selbstverständlichkeit. Angeblich war Herbert in seiner Klasse der einzige Arbeiterjunge. Von den Mitschülern wurde er nur „der Politiker" genannt. Er war Mitglied im Arbeitersportverein und spielte im Arbeiterklub Mandoline. Neben der Schule verdiente er sich die ersten Groschen, indem er für den „Lübecker Volksboten" Glossen, Sportberichte und Vereinsnachrichten schrieb. Auch Reiseberichte: Ein Schüleraustausch führte ihn nach Dänemark. 1931 bereiste Herbert mit Freunden Norwegen und Schweden. Da war er schon von der SPD in die Sozialistische Arbeiterpartei SAP übergetreten. In ihr organisierten sich Sozialisten, denen die SPD nicht links genug war. Im Februar 1933 wurde die SAP von den Nazis verboten. Das war der Grund für die abenteuerliche Flucht Herberts auf dem Fischkutter nach Skandinavien. In Norwegen sollte er ein Auslandsbüro für die Partei aufbauen und Flüchtlinge betreuen. Den Lebensunterhalt verdiente sich der Flüchtling, indem er unter Pseudonym Zeitungsberichte schrieb. Es kam ihm zugute, dass er englisch und französisch, bald auch norwegisch, spanisch und schwedisch sprach. Mit Broschüren und Büchern klärte er über die Nazis auf – und nannte sich jetzt Willy Brandt.

Jungen Leuten kann selbst ein Exil die Lebenslust nicht verderben. Zumal bald Willy Brandts 19-jährige Freundin Gertrud „Trudel" Meyer nach Oslo nachkam. Die beiden zogen zusammen. Auch „Trudel" war aktiv im Widerstand gegen Hitler. Sie pendelte als Kurier hin und her. Um unerkannt in Deutschland einreisen zu können, brauchte sie einen norwegischen Pass. Deshalb heiratete sie zum Schein den Studenten Gunnar Gaasland und bekam dessen Namen. Gaasland stellte die eigenen Papiere mehrmals Willy Brandt zur Verfügung, damit der im Auftrag der SAP nach Berlin, Paris und Spanien fahren konnte. Von der Iberischen Halbinsel berichtete Brandt über den dort herrschenden Bürgerkrieg. Mit Trudel war es 1936 vorbei: Sie ging nach New York. Brandt war da schon mit seiner nächsten Frau befreundet, der Norwegerin Carlota Thorkildsen. Die beiden bekamen eine Tochter, Ninja. Doch auch diese Beziehung hielt nicht sehr lange. 1948 wurde Rut Hansen Brandts zweite Ehefrau. Sie bekam drei Söhne, ging über 30 Jahre mit ihm durch dick und dünn und ertrug tapfer seine Affären.

So zielgerichtet und diszipliniert Brandt als politischer Mensch war, privat war das einstige „Kind aus dem Chaos" ein unsteter Mann mit Schwächen. Er mochte die Frauen und war auch dem Wein nicht abgeneigt. Obwohl er gesellig und fröhlich sein konnte, war er oft sehr einsam. Letztlich ließ er niemanden wirklich nahe an sich heran.

Norwegen blieb immer, auch nach 1945, Fluchtpunkt und Rückzugsort für die Brandts. Hier verbrachte die Familie mit den Söhnen Peter, Lars und Matthias die Urlaube in ihrem Ferienhaus. Hier holte Willy Brandt beim Angeln manchen dicken Fisch aus dem Wasser. Hier sollte aber auch eine politische Affäre auffliegen, die für ihn schwere Folgen hatte. Doch bis dahin gingen noch etliche Jahre ins Land …

Nach dem Krieg berichtete Willy Brandt für skandinavische Zeitungen über die Nürnberger Prozesse: Dort wurden die Nazi-Kriegsverbrecher vor Gericht gestellt. Nach der ersten Parlamentswahl der neu gegründeten Bundesrepublik zog Brandt 1949 als Berliner Abgeordneter für die SPD in den Deutschen Bundestag ein. Dort blieb er bis 1957, als er einen der schwierigsten Jobs der Nachkriegszeit übernahm: Brandt wurde im geteilten Berlin Regierender Bürgermeister. Die Menschen verehrten ihn bald. Ebenso seine Frau Rut, die mit ihrem Charme und ihrer Eleganz Glanz in die geschundene Stadt brachte. Brandt gewann Sympathien auch durch sein Auftreten auf der

Das Ehepaar Rut und Willy Brandt galt jahrzehntelang als ein politisches Traumpaar.

Straße. An der Seite „seiner" Berliner appellierte er schon 1959 an die Machthaber in Moskau und Ostberlin: „Macht das Tor auf!" Gemeint war das Brandenburger Tor. Er versprach den Berlinern bei einer Maikundgebung, eines Tages werde es nicht mehr an der Grenze liegen. Darauf musste die Stadt allerdings noch 30 Jahre warten. Zunächst ging das Tor noch fester zu, weil die DDR 1961 die Berliner Mauer baute.

Diese Mauer machte Berlin zum Symbol für das Streben nach Freiheit und Einheit. Der Regierende Bürgermeister wurde zum wichtigen und begehrten Gesprächspartner von Politikern auf der ganzen Welt. Brandt reiste in die USA und nach Indien, nach Frankreich und Japan, nach Kanada und Skandinavien und in etliche andere Länder. Bald hatte er weltweit einen Namen. 1964 wählte die SPD ihn zu ihrem Chef, der er 23 Jahre lang blieb. Und sie schickte Willy Brandt ins Rennen ums Bonner Bundeskanzleramt. Zweimal, 1961 und 1965, scheiterte er. Die Wahlkämpfe waren für ihn dabei fast schmerzlicher als die Niederlagen: Immer wieder hielten ihm die politischen Gegner seine Vergangenheit vor und kritisierten, dass Brandt während der Hitler-Zeit ins Exil gegangen und Mitglied der linkssozialistischen SAP geworden war. Sie schimpften ihn „Vaterlandsverräter". Kanzler Konrad Adenauer nannte ihn hämisch „Herrn Brandt alias Frahm".

Willy Brandt empfängt als Regierender Bürgermeister von Berlin (West) den amerikanischen Präsidenten John F. Kennedy (1963; daneben Bundeskanzler Konrad Adenauer)

Brandt hatte sich Feinde geschaffen, weil er im Gegensatz zur Bundesregierung Kontakt zu Ostberlin suchte. Der Bürgermeister wollte den Bewohnern der geteilten Stadt das Leben leichter machen. Denn die Mauer trennte Familien und Freunde. Der Weg

von hüben nach drüben und umgekehrt war versperrt. In müh-
samen Verhandlungen rang Willy Brandt der DDR 1963 ein
„Passierscheinabkommen" ab. Endlich durften sich die Berliner
wenigstens gegenseitig besuchen. Die Bundesregierung dagegen lehnte jegliche Verträge mit der kommunistischen DDR ab.
Nichts sollte den Eindruck erwecken, als ob die DDR ein zweiter, gleichrangiger deutscher Staat sei. Das Ziel war schließlich,
Deutschland wieder zu vereinen. Das war auch Brandts Wille. Er
hatte aber andere Vorstellungen als Bonn, welcher Weg dorthin
führen könnte.

Willy Brandt setzte auf „Wandel durch Annäherung", meinte, zueinander könne nur kommen, wer miteinander spreche.
Die Mauer war für ihn ein Symbol der Angst der DDR vor
dem Westen, die man ihr nehmen müsse. Wer keine Angst habe,
schotte sich nicht ab. Brandts Gegner beschimpften ihn deshalb
als verkappten Kommunisten. In den Wahlkämpfen wuchs sich
dieser Konflikt zur Kampagne aus. Selbst Brandts Privatleben
blieb nicht außen vor. Von angeblichen „Weibergeschichten"
war die Rede, mancher nannte ihn „Weinbrand-Willy". Eine
solche Schlammschlacht hatte die Bundesrepublik noch nicht erlebt. Äußerlich prallte dies alles an Willy Brandt ab, innerlich litt
er wie ein Hund. Ihn quälten Depressionen. 1966 schwor er, seiner Partei kein drittes Mal als Kanzlerkandidat zur Verfügung zu
stehen.

Es kam anders: Nach dem Scheitern der christlich-liberalen
Regierungskoalition ging die SPD 1966 mit der Union eine
Große Koalition ein. Willy Brandt wurde ihr Vizekanzler und
Außenminister. Das hieß für ihn: Abschied nehmen von Berlin.
Mit Hund, Katze und Schildkröte siedelte die Familie nach Bonn
über. Nur die beiden großen Söhne blieben in Berlin. Drei Jah-
re später zog Brandt ins Kanzleramt um, nun als Regierungs-
chef einer sozial-liberalen Koalition.

*Willy Brandt
war der erste
sozialdemo-
kratische
Bundeskanzler
Deutschlands.*

1969 war die Zeit der Studentenunruhen. Vor allem den jungen Leuten war der Staat zu miefig, piefig und eng. Selbst Brandts Söhne Peter und Lars protestierten auf der Straße. Willy Brandt setzte diesen Protest mit dem Motto „Mehr Demokratie wagen" politisch um. Er versprach eine modernere Bildungs-, Sozial- und Rechtspolitik und wurde so für viele junge Leute zur Kultfigur. Nicht verhindern konnte er, dass einige Protestierer den Weg zu radikalen Aktionen und sogar zur Gewalt einschlugen. Er selbst hatte mit dem sogenannten „Radikalenerlass" mitgewirkt an einem Berufsverbot für Kommunisten in öffentlichen Ämtern und damit Anlass zu neuen Protesten gegeben. Später bedauerte er, damit als Zugeständnis an die Konservativen im Land staatlicher „Gesinnungsschnüffelei" Vorschub geleistet zu haben.

Weltweit Furore machte Brandt als Kanzler mit seiner Außen- und Ostpolitik: Er trieb den „Wandel durch Annäherung" weiter voran. Er setzte damit die Entspannungspolitik in Gang, die 20 Jahre später mit der deutschen Einheit ihren Höhepunkt finden sollte. Vor allem Brandts Kniefall vor dem Mahnmal am ehemaligen Warschauer Getto beeindruckte die Welt: Da entschuldigte sich ein Deutscher für die Verbrechen der Deutschen, der selbst daran gar nicht beteiligt war, und bat um Versöhnung für sein Land. Es folgten Verträge zwischen Ost und West. Sie ließen nicht nur die beiden deutschen Staaten, sondern Europa insgesamt wieder näher aneinanderrücken. Der „Eiserne Vorhang" wurde löchrig, und der Kalte Krieg zwischen Ost und West begann sich zu entspannen. 1971 wurde Willy Brandt dafür mit dem Friedensnobelpreis geehrt.

Im Deutschen Bundestag war die Begeisterung nicht so groß: Die Mehrheit der CDU/CSU lief Sturm gegen die Ostverträge, weil mit ihnen die Nachkriegsgrenzen festgeschrieben wurden und Deutschland so den Anspruch auf die ehemaligen Ost-

„Eiserner Vorhang": Das war die unsichtbare Trennlinie zwischen den kommunistischen Staaten Osteuropas und den Demokratien des Westens.

236

gebiete aufgab. Auch dafür wurde Brandt „Verräter" genannt. Selbst Sozialdemokraten kehrten ihm den Rücken. Mit einem konstruktiven Misstrauensvotum versuchte die Union, den Kanzler zu stürzen. Am Ende fehlten ihrem Kandidaten Rainer Barzel zwei Stimmen. Es kam heraus, dass Abgeordnete bestochen worden waren, um Brandt im Amt zu halten. Trotz gewonnener Abstimmung stand Brandts Regierung auf wackligen Füßen. Deshalb führte der Kanzler mit der Vertrauensfrage Neuwahlen herbei: Seine Minister enthielten sich der Stimme – wodurch er, wie erwünscht, nicht die nötige Mehrheit bekam. Genau so hatte Brandt das geplant. Der Bundespräsident setzte Neuwahlen an.

Es wurde eine „Willy-Wahl", eine Wahl, vor der sich alles nur um Willy Brandt drehte: Künstler und Schriftsteller trommelten öffentlich für ihn. Vor allem viele junge Leute steckten sich „Willy wählen"-Buttons an und schmückten ihre Zimmer mit Plakaten von Brandt, die ihn mit der Zigarette im Mundwinkel und Gitarre spielend zeigten. Die Opposition holte die bekannten Vorwürfe wieder hervor. Doch Brandt gewann und konnte mithilfe der FDP eine Regierung mit satter Mehrheit stellen.

Er selbst aber war müde und zermürbt. Immer öfter warfen ihn Depressionen um, manchmal war er tagelang kaum ansprechbar. Die Ärzte hatten ihm die geliebten Zigaretten und jeglichen Alkohol verboten. Er war krank – die SPD trotz des Wahlerfolgs zerstritten. Ihr heimlicher „starker Mann", der Vorsitzende der Bundestagsfraktion Herbert Wehner, ätzte über Brandt, er sei „entrückt" und „abgeschlafft" und bade gerne lau. Zum Verhängnis wurde Brandt aber ein Mann aus seiner nächsten Nähe: Sein persönlicher Referent im Kanzleramt, Günter Guillaume, wurde als DDR-Spion enttarnt. Zwar hatte Guillaume offiziell keinen Zugang zu vertraulichen Akten. Aber er begleitete Brandt mehrfach in den Urlaub nach Norwegen. Und dort lagen schon mal Unterlagen offen herum. Ein Übriges taten Gerüchte, Brandt seien gezielt „Damen" zugeführt worden. Damit galt der Kanzler als erpressbar. Am 6. Mai 1974 trat Willy Brandt zurück.

SPD-Vorsitzender blieb er aber, und zwar unangefochten 13 weitere Jahre. Von 1979 bis 1983 war er Abgeordneter im Europäischen Parlament. Er engagierte sich für die Sozialistische Internationale und saß der Nord-Süd-Kommission vor. Dieses internationale Gremium erstellte unter seiner Federführung einen alarmierenden Bericht über die Armut in der Dritten Welt. Brandt warnte schon damals, die Kluft zwischen dem reichen Norden und dem armen Süden bedrohe den Frieden der Welt.

Der „private" Brandt überraschte 1980 die Öffentlichkeit, als er sich von Rut scheiden ließ und seine Redenschreiberin Brigitte Seebacher zur neuen Frau an seiner Seite machte. Drei Jahre später heiratete er sie. 1991 erkrankte Willy Brandt an Krebs. Am 8. Oktober 1992 starb er im rheinischen Unkel.

Der Stratege der Einheit

„Jetzt wächst zusammen, was zusammengehört!", erklärte Willy Brandt mit Tränen in den Augen am Tag nach dem 9. November 1989, als er das erste Mal an der gefallenen Berliner Mauer stand. Was er „seinen" Berlinern 1959 versprochen hatte, war 30 Jahre später wahr geworden. Einige seiner politischen „Enkel" in der SPD glaubten noch nicht daran, er aber war fest davon überzeugt, dass dies der Anfang der Wiedervereinigung Deutschlands war. Genau so kam es dann. Recht behalten hatte er auch mit dem Glauben an den „Wandel durch Annäherung", den viele zu seiner Zeit als Hirngespinst abgetan hatten. Seine Vision wurde Wirklichkeit.

Keine Angst vor dem Tod!

„Jetzt geht's ins Land der Spinner", hatte sich der 46-Jährige an diesem November-Freitag morgens lustig gemacht. Es erwartete ihn eine Stadt, die ihn als „nigger lover", „Verräter" und „Kommunistenfreund" beschimpfte. Die örtliche Zeitung hatte gehöhnt, das Land brauche einen Mann hoch zu Ross – und keinen, der auf dem Dreirad seiner Tochter reite. Mord und Totschlag waren in der Südstaaten-Metropole an der Tagesordnung – fast jeden dritten Tag starb ein Mensch durch Gewalt. Aber deshalb kneifen? Nein. Musste nicht jeder irgendwann sterben? Er hatte dem Tod schon ein paar Mal ins Auge gesehen.

Als er mittags in der offenen Stretchlimousine, seine Frau neben sich, vor ihm der örtliche Gouverneur mit Gattin, langsam durch die Straßen chauffiert wurde, standen Tausende dicht an dicht auf den Bürgersteigen und jubelten ihm zu. Na also! Sein Gastgeber drehte sich grinsend um und spöttelte: „Sie können nicht behaupten, dass die Leute Ihnen keinen netten Empfang bereiten." Er wusste um die Bedenken der Sicherheitsbeamten gegen diese Fahrt. Seine Frau beruhigte die Lady an der Seite des Prominenten: „Wir haben's bald geschafft. Es ist gleich da vorn." Langsam rollte der Wagen von der Elm in die Houston Street, fuhr vorbei an einem alten Backsteingebäude. Hier, in der School Book Library, wurde Lehrmaterial gelagert. Plötzlich griff sich der Mann an den Hals, warf seiner Frau einen erstaunten Blick zu, kippte leicht zur Seite. Im nächsten Moment explodierte sein Kopf. Blut spritzte nach vorne, nach hinten, überallhin. Im Schock kroch seine Frau auf Knien über die Rückenlehne auf den Kofferraum. Einer der Leibwächter warf sich auf sie, zerrte sie zurück, der Wagen raste ins Krankenhaus. Keine Chance. Der Mann war tot. Die ganze Welt weinte um ihn.

Wer war das?

John F. Kennedy –
der Traummann der USA

*Geboren am 29.5.1917
in Brookline/Massachusetts
Erschossen am 22.11.1963 in Dallas/Texas*

Drei Tage nach dem Mord von Dallas am 22. November 1963 ziehen sechs Grauschimmel die Lafette mit dem Sarg John F. Kennedys den Hügel zum Washingtoner Heldenfriedhof Arlington hinauf. Dahinter ein Rappe ohne Reiter. In den Steigbügeln hängen ein paar Stiefel mit den Schäften nach unten. Tief verschleiert hält Jacqueline, die junge, schöne Witwe des erschossenen US-Präsidenten, ihre Kinder Caroline und John junior an den Händen. Später wird der dreijährige John-John vor dem Sarg seines Vaters salutieren. Die ganze Welt sieht an Fernsehschirmen zu. Und weint. Über das rührende Kind. Über den Tod des Präsidenten. Die Schüsse in der texanischen Ölstadt Dallas haben ihn vollends zum Helden gemacht. Dass die Lichtfigur Amerikas auch Schattenseiten hatte und Schatten warf, erfuhr die Welt erst später.

Er war jung, er sah gut aus, er hatte Erfolg, er war reich – John F. Kennedy verkörperte alles, was die Amerikaner lieben. Sie vergötterten den 35. und jüngsten Präsidenten ihrer Geschichte. Er und seine schöne Frau Jacqueline, genannt Jackie, wurden verehrt wie Popstars. Der Stolz seiner Familie war er ohnehin: John Fitzgerald hatte alle Erwartungen mehr als erfüllt, die sein Vater Joseph Patrick Kennedy in jeden aus seinem Clan setzte: Erfolgreich sein! Vorwärtskommen! Und zwar nach ganz oben! „Wir wollen keine Verlierer unter uns haben. Werdet nicht Zweiter oder Dritter – das zählt nicht. Ihr müsst gewinnen!", bläute der Vater seinen neun Kindern von klein auf ein. Jedem winkte zu seinem 21. Geburtstag eine Million Dollar. Auch für John Fitzgerald, genannt Jack, zahlte der Vater diese Summe zum Stichtag auf ein Treuhandkonto ein. Dafür konnte er ja wohl etwas erwarten! Er selbst, ein Nachkomme irischer Einwanderer, war mit dem Verkauf von Alkohol, obwohl es für den in Amerika strengste Auflagen gab, mit Bank- und Börsengeschäften, als Produzent von Western- und Actionfilmen ein schwerreicher Mann geworden. Entsprechend wuchsen die Kinder auf: in einer Welt von Glanz und Glamour. Filmstars aus Hollywood gingen vor allem in der Sommerresidenz der Familie in Hyannis Port bei Cape Cod in Massachusetts ein und aus.

Die Kindheit von Jack und seinen Geschwistern war aber zugleich eine Welt voller Drill und Disziplin. Das ehrgeizigste Ziel des Vaters: Einer der fünf Söhne sollte der erste katholische Präsident in der Geschichte der Vereinigten Staaten werden. Vorgesehen hatte er dafür den ältesten: Joseph Patrick junior, genannt Joe. Von dem wurde der jüngere John F., der am 29. Mai 1917 in Brookline/Massachusetts als zweites Kennedy-Kind zur Welt gekommen war, fast täglich verprügelt. Der Vater sah es gern, wenn die Jungs ihre Kräfte maßen. Dabei hatte Jack nicht die geringste Chance gegenüber dem großen, kräftigen Joe. Denn Jack war nicht gesund. Schon kurz nach der Geburt bangte seine Mutter Rose um sein Leben. Später nahm er jede Kinderkrankheit mit, litt an Asthma und hatte Allergien. In Connecticut, wo er zur Schule ging, und in Harvard, wo er studierte, musste er oft wochenlang das Bett hüten. Dann verschlang er Berge von Büchern – und wurde so der Belesenste aller Kennedys. Gegen eine chronische Darmerkrankung musste er schwere Medikamente nehmen, die als Nebenwirkung seine Knochen brüchig werden ließen. Als 19-Jähriger verletzte er sich dann noch beim

Football-Spielen den Rücken so schwer, dass er künftig ein Korsett tragen musste. Später wurde entdeckt, dass er obendrein die Addison'sche Krankheit hatte. Diese tückische Störung der Nebennierenrinde schwächt das Immunsystem und kann sogar zu Bewusstseinsstörungen führen. Sie heißt auch „Bronzehautkrankheit" – und war der wahre Grund der ewigen Bräune John F. Kennedys, die ihn immer so sportlich, jung und gesund aussehen ließ.

Von alldem haben die Amerikaner nichts geahnt, auch nicht davon, dass ihr Supermann nur schwer ohne Krücken gehen konnte. Oft warf er sie erst im letzten Moment vor seinen öffentlichen Auftritten zur Seite. Auch die Schuhe konnte er sich meist nicht einmal selbst binden, weil das Bücken so schmerzhaft war. Treppen stieg er seitlich hoch. Täglich pumpte er sich mit einem Dutzend verschiedener Tabletten voll, bekam oft zusätzlich Spritzen, zeitweise schluckte er sogar Speed, eine gefährliche, suchterregende Droge. Das alles erfuhren die Amerikaner und die Welt erst 40 Jahre nach den Schüssen von Dallas. So lange war Kennedys Krankenakte unter Verschluss.

Doch zurück in sein Leben. Die Kindheit zwischen Kindermädchen und Köchinnen, Gärtnern und Chauffeuren beschrieb Jack später als Leben wie in einem Gefängnistrakt. Vor allem die Mutter fehlte: „Sie hat mich nie umarmt", beklagte er sich bitter. Entweder sie sei „in einem Pariser Modehaus oder auf den Knien in irgendeiner Kirche" gewesen. Dem goldenen Käfig entkam Jack erst im Internat der Choate-Schule in Connecticut, wohin ihn der Vater mit strengen Briefen wegen seiner nicht gerade hervorragenden Noten verfolgte. Eigentlich wollte John in London an der School of Economics Wirtschaft studieren. Sein Gesundheitszustand zwang ihn aber, kaum dass er in Europa angekommen war, nach Amerika zurückzukehren. Ein Studium in Princeton scheiterte ebenso. Schließlich schrieb er sich doch noch an der Elite-Universität Harvard für Politik und Geschichte ein. Als die Kennedys 1937 nach London zogen, mussten Jack und Joe wegen des Studiums in Amerika bleiben. Der Vater wurde in England Botschafter der USA. Einen Besuch nutzte Jack für Reisen nach Frankreich, Spanien und Italien. Während der Vater wegen zu großer Sympathien für die Nazis 1940 aus London wieder abberufen wurde, rechnete sein zweiter Sohn in seiner Politik-Abschlussarbeit mit den Briten ab: Er warf ihnen vor, bis 1939 gegenüber Adolf Hitler zu nachgiebig gewesen zu sein. Das Buch mit dem Titel „Warum England schlief" wurde ein Bestseller. Das spornte Jacks Berufswunsch, Journalist oder Schriftsteller zu werden, an.

1941 trat Amerika in den Zweiten Weltkrieg ein – und Jack ging zur Marine. Erst arbeitete er in Washington für den Nachrichtendienst, dann fuhr er zur See. Er bekam das Kommando über ein Torpedoboot im Südpazifik. Dieser Einsatz ließ ihn zum Helden werden: Ein japanischer Zerstörer hatte Kennedys Schnellboot PT 109 vor den Salomonen-Inseln angegriffen und versenkt. John F. Kennedy rettete sich und zwölf Kameraden das Leben. Den schwer verletzten Maschinisten zog er schwimmend kilometerweit übers Meer bis an Land. Die „New York Times" feierte den Kennedy-Sohn am 10. August 1943 auf ihrer ersten Seite als Kriegshelden. Welch ein Triumph! Fast auf den Tag genau ein Jahr danach, am 12. August 1944, traf die Kennedys aber ein schwerer Schlag: Joe, der älteste Sohn, stürzte in Europa mit einem Militärflugzeug ab. Er war von England aus gestartet, um aus der Luft deutsche Abschussrampen zu zerstören. Seine Maschine war vollgestopft mit Bomben – und explodierte in der Luft. Damit war der Traum des Vaters vom Lieblingssohn als Herrn im Weißen Haus geplatzt. Dann musste eben der nächste ran: Jack. Vorerst brachte ihn der Vater bei einem der mächtigsten amerikanischen Zeitungsverleger unter. Kennedy junior ging

1957 schrieb John F. Kennedy ein Buch über politische Persönlichkeiten, die Zivilcourage, also Mut, gezeigt hatten. Dafür erhielt er den angesehenen Pulitzer-Preis.

1945 für den Chicagoer „Herald American" als Korrespondent nach Europa. Erschüttert berichtete er kurz nach dem Ende des Zweiten Weltkriegs aus der Stadt der Trümmer und Toten, aus dem zerstörten Berlin. 18 Jahre später sollte er den Menschen dort mit dem Satz „Ich bin ein Berliner" Mut für die Zukunft machen …

Zurück in den USA, ging er zielstrebig seine politische Laufbahn an: 1946 ließ sich Jack für die Demokratische Partei ins Repräsentantenhaus wählen. Sechs Jahre später saß er im Senat in Washington. Kennedy senior hatte Unsummen Geldes in die Wahlkämpfe seines Sohnes gepumpt: „Wir werden Jack wie Seifenpulver verkaufen", hatte er angekündigt. Das tat er mit einer gigantischen Medienkampagne. Sogar eine Zeitung der republikanischen Gegner kaufte er auf und rettete sie so vor der Pleite. Für wen die dann wohl schrieb? Der Vater „machte" seinen Sohn zum Präsidenten. Eine Sekretärin von Mutter Rose plauderte später aus, sogar geheiratet habe „Jack" auf Befehl des Vaters. Schließlich brauchte, wer Erster Mann im Staat werden wollte, eine First Lady an seiner Seite. Jedenfalls führte John F. Kennedy am 12. September 1953 die attraktive, charmante und gebildete Journalisten-Kollegin Jacqueline Bouvier zum Traualtar. Sie war 24, er 31 Jahre alt. Sie wurden das Traumpaar der USA. Am 8. November 1960 gewann John Fitzgerald Kennedy die Präsidentschaftswahl.

In seiner Antrittsrede am 20. Januar 1961 beschwor er die Amerikaner: „Fragt nicht, was euer Land für euch tun kann. Fragt euch, was ihr für euer Land tun könnt!" Als seine Ziele nann-

Kennedy auf Wahlreise in New York, neben ihm seine Frau Jacqueline (1960)

te er, der Tyrannei, Armut, Krankheit und dem Krieg in der Welt den Garaus zu machen. Dazu kündigte er eine US-Friedenstruppe zur Unterstützung der Entwicklungsländer an. Und er versprach, bis zum Ende des Jahrzehnts einen Amerikaner zum ersten Mann auf dem Mond zu machen.

Dann zog der 35., und mit 43 Jahren jüngste und erste katholische US-Präsident, mit der schönsten First Lady, die Amerika je hatte, ins Weiße Haus. Mit ihnen zwei kleine Kinder, die vierjährige Caroline und ihr gerade geborener Bruder John F. junior, genannt John-John. Noch nie hatten so kleine Kinder die Präsidentenvilla bewohnt. „Jackie" krempelte die altehrwürdig spießige Bude um. Sie brachte Stil und Eleganz nach Washington. Sie gab Empfänge in Samt und Seide, versammelte Künstler, Schriftsteller, Schauspieler und Amerikas Intelligenz um den Präsidenten. Das Weiße Haus war „ihr" Camelot, benannt nach dem sagenhaften Schloss von König Artus' Ritterrunde. Im Garten stellte sie Spielgeräte für die Kinder auf. Mr President rief gern und oft die Fotografen, wenn sich John-John unter seinem Schreibtisch versteckte oder zusammen mit Caroline sein Arbeitszimmer, das Oval Office, zum Kinderzimmer machte. Welch glückliches Land, an dessen Spitze eine solch glückliche Familie stand! Nicht nur der Präsident war jung – ganz Amerika fühlte sich wie neugeboren.

Derweil bahnte sich kurz nach Kennedys Amtsantritt die gefährlichste Situation an, die das Land je bedrohte. Keine zwanzig Jahre nach dem Ende des Zweiten Weltkriegs führte ein Konflikt zwischen den beiden mächtigsten Staaten der Erde, den USA und der Sowjetunion, die Welt an den Rand des Dritten. Alles hing von deren beiden Führern ab: dem jungen US-Präsidenten und dessen sowjetischem Gegenspieler, dem Moskauer Kremlchef Nikita Chruschtschow.

Vorausgegangen war eine schwere außenpolitische Niederla-

„Kalter Krieg" wird die Zeit nach dem Zweiten Weltkrieg genannt, in der sich die Sowjetunion und Amerika unversöhnlich gegenüberstanden.

Nach der Kuba-Krise wurde das „rote Telefon" eingerichtet, damit bei künftigen Krisen beide Seiten die jeweils andere erreichen konnten.

ge der USA: Der Geheimdienst hatte 1500 Exilkubaner schwer bewaffnet in ihr Heimatland geschickt, um es von dessen kommunistischem Regierungschef Fidel Castro zurückzuerobern. Doch die Invasion in der „Schweinebucht" der karibischen Insel scheiterte. Mit Tränen in den Augen soll Kennedy seiner Frau von dem Desaster berichtet haben. Im Jahr darauf drohte der „Kalte Krieg" zwischen Amerika und der Sowjetunion in einen „heißen" umzuschlagen. Die Sowjetunion baute in Kuba, also direkt vor Amerikas Haustür, Abschussrampen für Atomwaffen auf. Sowjetische Schiffe mit Raketen an Bord steuerten die Karibik an. Für die USA hieß das Alarmstufe eins. Kennedy drohte seinerseits mit einem Atomangriff der USA und ordnete eine Seeblockade Kubas an. Im letzten Moment lenkte der Kremlchef ein – die sowjetischen Kriegsschiffe drehten ab. Die Kuba-Krise war beigelegt, die Welt atmete auf.

Der Konflikt zwischen Ost und West war damit noch lange nicht ausgestanden: Kennedy schickte 16000 „Militärberater" in den Süden von Vietnam, um die dortige Regierung gegen die Kommunisten im Norden zu unterstützen. Und er ordnete den Abwurf hochgiftiger Napalmbomben an, die ganze Landstriche verseuchten und entlaubten. Noch heute leiden Vietnamesen an den Folgen dieses Gifts. Wenige Jahre später traten die USA offiziell in den Vietnamkrieg ein, den verheerendsten Krieg, in den sich Amerika je verstrickte.

Was während all dieser brandgefährlichen Aktionen niemand in der Öffentlichkeit ahnte: Kennedy selbst war ein hochgradiges Sicherheitsrisiko. Nicht nur, weil er ständig Tabletten nahm und häufig unter Drogen stand. Der Mann war auch süchtig nach Sex. Er nahm, was er bekommen konnte, und wurde dadurch erpressbar. Edel-Callgirls und Prostituierte, Stars und Sternchen, Praktikantinnen und Sekretärinnen, sogar die Pressedame seiner Frau ließ er nicht aus. Die Bundespolizei FBI und der Geheimdienst rotierten: vor allem, als sich Mr President eine bezahlte Liebesdienerin mit einem Mafiaboss teilte, ein andermal in nächster Nähe zu einer Deutschen kam, hinter der das FBI eine DDR-Spionin vermutete. Auch vom Sexidol einer ganzen Männergeneration, von Marilyn Monroe, soll er mehr bekommen haben als das legendäre Geburtstagsständchen im New Yorker Madison Square Garden, wo sie für ihn ein hinreißendes „Happy birthday, Mr President" hauchte. Mrs Kennedy, die bezaubernde Jackie, litt und schwieg. Wenn ihm jemand Vorhaltungen machte, tat er diese mit dem Satz ab, er bekomme Kopfschmerzen, wenn er nicht mindestens alle drei Tage eine Frau habe.

So menschenverachtend seine Einstellung gegenüber Frauen war – mit den Menschenrechten nahm sich Kennedy 1963 eines der heikelsten innenpolitischen Themen der USA an: der Rassendiskriminierung der Schwarzen. Kennedy fragte in einer aufsehenerregenden Rede, wie Amerika, das der ganzen Welt Freiheit und Gerechtigkeit predige, es der gleichen Welt erklären wolle, dass es den Schwarzen im eigenen Land genau diese Freiheit verwehre. Demonstrativ empfing er im Weißen Haus den Schwarzenführer Martin Luther King, der mit 250 000 Menschen nach Washington marschiert war. Die aufgeklärten Amerikaner waren begeistert. Vor allem in den Südstaaten, wo Weiße die Schwarzen behandelten wie Dreck, wurde er aber als „nigger lover" beschimpft.

Die Europäer, vor allem die Deutschen, lagen Kennedy aus anderen Gründen zu Füßen: wegen seines Berlin-Besuches. Nur die DDR verhängte das Brandenburger Tor, als er in die geteilte deutsche Stadt kam. Kennedy verbeugte sich vor den Menschen an der Schnittstelle zwischen Ost und West, indem er sagte: „Vor 2 000 Jahren war der stolzeste Satz, den ein Mensch sagen konnte: Ich bin ein Bürger Roms. Heute ist der stolzeste Satz, den jemand in der freien Welt sagen kann: Ich bin ein Berliner." Und er solidarisierte sich mit den Bewohnern, indem er hinzufügte: „Alle freien Menschen, wo immer sie leben mögen, sind Bürger von Berlin, und deshalb bin ich als freier Mensch stolz darauf, sagen zu können ‚Ich bin ein Berliner!'"

Das war am 26. Juni 1963. Fünf Monate später besuchte Kennedy die Südstaaten der USA. Am 22. November stand Dallas/Texas auf dem Programm. Das FBI und seine Leibwächter hatten ihm dringend davon abgeraten, im offenen Wagen durch die Stadt zu fahren. Es wurde Kennedys letzte Fahrt.

Ein Leben wie eine Legende

Dreimal hatte der Kennedy-Attentäter Lee Harvey Oswald in Dallas auf den Präsidenten geschossen. Nur die erste Kugel verfehlte den Präsidenten. Bis heute ist ungeklärt, ob er ein Einzeltäter und Spinner war oder im Auftrag anderer handelte. Er selbst konnte dazu nicht mehr befragt werden: Oswald wurde unter den Augen der Polizei erschossen, als die ihn von einem Gefängnis in ein anderes brachte. Der Schütze, Jack Ruby, gab an: „Ich wollte ein Held sein." Auch ob Oswald Hintermänner hatte, wurde nie herausgefunden.

John F. Kennedy lebte ein Leben wie eine Legende.

Kennedys Motto war: „Leb täglich so, als wär's dein letzter Tag auf Erden." Wegen seiner Krankheiten rechnete er nicht damit, viel älter als 40 Jahre zu werden. Schon vor dem Attentat hatte er dreimal die Letzte Ölung bekommen: 1947, 1951 und 1953 – jedes Mal hatten ihn die Ärzte bereits aufgegeben. Als 2003 seine Krankenakte geöffnet wurde, bestätigten Mediziner, dass er todkrank gewesen war und eine weitere Amtszeit nicht überlebt hätte. Aber alles, was über ihn nach seinem Tod ans Licht der Öffentlichkeit kam, hat seinen Mythos noch weiter erhöht.

248

Die schwarze Nacht von Montgomery

Es ist schon Mitternacht, als das Telefon schrillt. Der Pfarrer hebt ab. „Dreckiger Nigger", kreischt es ihm ins Ohr. „Wir haben die Schnauze voll von dir. Wenn du in den nächsten drei Tagen die Stadt nicht verlassen hast, pusten wir dir dein verdammtes Hirn aus dem Kopf!" Klack. Aufgelegt. Mit zitternden Knien geht der Pastor in die Küche – und betet. „Da hörte ich eine Stimme, die zu mir sagte: Steh auf für die Gerechtigkeit. Steh auf für die Wahrheit. Und ich werde dich lieben bis ans Ende der Welt."

An diesen Worten richtet sich der 27-Jährige wieder auf. Diese Worte trieben ihn die nächsten zwölf Jahre an. Von Liebe, gerade gegenüber den Feinden, predigte er seinen Anhängern, wenn ihr Mut sie zu verlassen drohte, wenn sie versucht waren, zurückzutreten, weil man sie getreten hatte, Steine zu werfen, wenn Steine gegen sie flogen, oder sich gegenüber den Weißen mit Gewalt zu wehren. Die Morddrohung bekam er, weil er sich an die Spitze einer Protestaktion der Schwarzen in seiner Stadt gegen die Rassendiskriminierung stellte. Seit Wochen hatte in Montgomery in Alabama keiner von ihnen mehr einen Bus bestiegen. Seit dem 1. Dezember 1955 saß dort eine der Ihren, die Näherin Rosa Parks, im Gefängnis. Eingesperrt, nur weil sie sich geweigert hatte, für einen Weißen ihren Platz im Bus zu räumen. Seitdem gingen die Schwarzen zu Fuß, fuhren mit Eselskarren zur Arbeit, die wenigen, die ein Auto besaßen, organisierten Fahrdienste. Der schwarze Pastor stellte sich an ihre Spitze. 381 Tage dauerte dieser Bus-Boykott. Dann hob ein Gericht die Rassentrennung in Montgomery auf. Der gewaltlose Weg des Pastors aber fing jetzt erst richtig an. Er hatte einen Traum, für den er überall Menschen auf die Straßen brachte.

Wer war das?

Martin Luther King jr. –

der Gandhi Amerikas

Geboren am 15. 1. 1929 in Atlanta / Georgia
Erschossen am 4. 4. 1968 in Memphis / Tennessee

An die 3 000 weiße Amerikaner haben sich in den Straßen von Cicero aufgebaut. Die 200 Schwarzen, die friedlich in dem bürgerlichen Vorort Chicagos an ihnen vorüberziehen, nehmen sich dagegen fast armselig aus. Und doch verfolgen die Blicke der Weißen sie voller Hass. Vor allem den schwarzen Pastor an ihrer Spitze, Martin Luther King, haben sie im Visier. Es ist noch keine zwei Jahre her, da hat er den Friedensnobelpreis wegen seines Einsatzes gegen den Rassismus bekommen. Doch in seinem Heimatland hassen ihn viele Weiße dafür nur umso mehr. „Drecksnigger" tönt es den Demonstranten entgegen. Sie antworten mit Gospelsongs. Fast kann man die Nervosität der Polizisten spüren, die, mit Schlagstöcken bewaffnet, zum Einsatz bereitstehen. Dann geht es los: Erst rempeln ein paar weiße Jugendliche einige Schwarze an, bespucken sie. Dann sprechen die Fäuste. Polizisten greifen ein. Nur mit Mühe können sie verhindern, dass Blut fließt. Kein Schwarzer schlägt zurück. Plötzlich fliegt ein Stein. Der scharfkantige Brocken trifft Martin Luther King an der Stirn. Er stöhnt auf, fasst an die blutende Wunde, dann sacken ihm die Beine weg. Mühsam rappelt er sich wieder hoch. Es entfährt ihm ein Zorneswort. Schnell fängt er sich und bittet einen der Polizisten, den Steinewerfer zu ihm zu bringen. Der habe ja letztlich nur den Versuch gemacht, mit ihm in Kontakt zu kommen. Der Polizist traut seinen Ohren kaum.

So schilderte ein Mitmarschierer, was er 1966 an der Seite

Martin Luther Kings erlebte. Der Schwarzen-Führer hatte bereits viel größere, gewaltigere Märsche in Amerika auf die Beine gebracht: gewaltiger gemessen an der Teilnehmerzahl. Gewalt von Schwarzen aber gab es bei Kings Märschen nicht. Er war der Mahatma Gandhi Amerikas – der schwarze Vater des gewaltlosen Widerstands.

Damit sich keiner etwas vormache, hatte er seine Mitstreiter nach dem erfolgreichen Bus-Boykott von Montgomery gewarnt: „Gewaltloser Widerstand ist keine Methode für Feiglinge!" Im Gegenteil: Es erfordere mehr Mut, sich gewaltlos Gewalt zu widersetzen als zuzuschlagen. Für Martin Luther King war friedlicher Widerstand „Christentum in Aktion", ganz so wie Jesus das gelehrt hat: Liebe deine Feinde.

Die Familie King war tiefgläubig. Wie sein Vater wurde Martin Luther junior nach dem großen Reformator der christlichen Kirche benannt. Martin Luther King senior war Baptisten-Prediger in Atlanta, einer der Schwarzen-Städte im amerikanischen Südstaat Georgia. „Daddy King" kam von ganz unten: Er hatte sich vom mies bezahlten Tagelöhner zum Baptisten-Prediger hochgearbeitet. Sein Vater war Baumwollpflücker gewesen. Der Großvater seiner Frau, der Lehrerin Alberta Christina Williams King, hatte den Weißen noch als Sklave gedient. Als Martin Luther junior am 15. Januar 1929 geboren wurde, stand der Senior einer Baptisten-Gemeinde vor. Die Kings lebten in einem der wohlhabenderen Viertel von Atlanta. Sie hatten auch Weiße als Nachbarn. Dass die ihnen keine Schwierigkeiten machten, war keine Selbstverständlichkeit. Schon Daddy King setzte sich auf der Kanzel gegen die Diskriminierung der Schwarzen ein. Die Sklaverei in Amerika war zwar seit fast 100 Jahren offiziell abgeschafft. Die Rechte der Schwarzen aber wurden vor allem im Süden noch immer mit Füßen getreten – und oft auch die Schwarzen selbst.

King junior konnte gut reden. Als er 17 war, setzte ihn der Vater deshalb manchmal als Hilfsprediger ein. Und er ließ seinen Sohn studieren. Erst Soziologie, dann schlug Martin Luther zur Freude der Eltern die Theologen-Laufbahn ein. Allerdings weit weg von zu Hause, an der Ostküste Amerikas. Zeitweise befürchtete die Familie, der attraktive junge Mann, der das Studentenleben dort oben in Boston genoss, würde vergessen, woher er kam, und sich der weißen Elite anschließen. Zumal die Professoren ihm Aussicht auf eine große Karriere machten. Doch Martin Luther jr. kehrte zu seinen Wurzeln zurück: 1954 trat er eine Pastorenstelle in Montgomery in Alabama an.

Alabama war eine Hochburg des Rassenhasses gegen die Schwarzen.

In den Südstaaten durften die Kinder von Schwarzen nicht dieselben Schulen besuchen wie ihre weißen Altersgenossen. Schwarze mussten in Cafés, Krankenhäusern, Schwimmbädern und Kinos getrennte Bereiche benutzen. In öffentlichen Gebäuden, Restaurants, Zügen und Kaufhäusern waren selbst Toiletten und Waschräume abgetrennt. In Bussen hatten sie hinten einzusteigen und Platz zu nehmen. In Montgomery machten sich die Busfahrer einen Spaß daraus, Schwarze vorne ihr Ticket kaufen zu lassen, und während diese dann zum Hintereinstieg gingen, davonzufahren. Wollte ein Weißer einen der hinteren Plätze, hatte ein Schwarzer aufzustehen.

Genau das hatte die 42-jährige Rosa Parks am 1. Dezember 1955 verweigert. Sie wurde verhaftet. Daraufhin beschlossen die Schwarzen der Stadt den Bus-Boykott, an dessen Spitze sich der Pastor Martin Luther King jr. stellte. Es war die erste Aktion gewaltlosen Widerstands gegen die Willkür der Weißen. Wie angedroht, ging an Kings Haus eine Bombe hoch, aber es wurde dabei niemand verletzt. Nach einem Jahr war die Busgesellschaft fast pleite. Aber erst nach 381 Tagen brachen die Schwarzen ihren Boykott ab. Am 13. November 1956 hatte der Oberste Gerichtshof der USA die Rassentrennung in der Stadt für verfassungswidrig erklärt. Die Schikanen gegen Schwarze hatten damit aber noch lange kein Ende. An die dreißigmal wurde Martin Luther King jr. in den nächsten zwölf Jahren eingesperrt. Oft wegen Kleinigkeiten. Einmal hatte er eine Geschwindigkeitsbeschränkung um lächerliche zehn Stundenkilometer überschritten, ein andermal versäumt, seinen Führerschein nach einem Umzug umschreiben zu lassen. Oft kam er nach Demonstrationen ins Gefängnis, wie Hunderte andere auch, selbst Kinder.

Ein Jahr nach dem Bus-Boykott hatten schwarze Amtsbrüder Kings die Southern Christian Leadership Conference gegründet, eine Vereinigung, die den öffentlichen Protest gegen die Rassendiskriminierung organisierte. Martin Luther King jr. wurde ihr Präsident. Nicht überall in Amerika demonstrierten die Schwarzen gewaltlos: Es gab auch militante Gruppen wie die des Black-Muslim-Führers Malcolm X. Er wurde 1965 erschossen.

Martin Luther King war landesweit als Redner gefragt. Allein 1957 trat er 250-mal an verschiedenen Orten auf und reiste Hunderttausende von Kilometern durch Amerika. Zu Hause in Montgomery warteten seine Frau, die Sängerin Coretta Scott King, und seine einjährige Tochter auf ihn. Coretta hatte Martin Luther während des Studiums kennengelernt und 1953 geheiratet. Sie bekamen noch drei weitere Kinder. 1960 zog die Familie nach Atlanta um, wo Martin Luther – wenn er mal nicht auf Reisen war – „Daddy King" als Hilfsprediger zur Seite stand. Im Jahr darauf traf er Präsident John F. Kennedy, um ihn für die Unterstützung der Schwarzen zu gewinnen.

1963 marschierte Martin Luther King mit 250 000 Menschen – darunter rund 60 000 Weiße – nach Washington. Vor dem Lincoln-Memorial, dem Denkmal für Abraham Lincoln, der die Sklaverei abgeschafft hatte, hielt Martin Luther King jr. die Rede, die ihn weltweit berühmt machen sollte: „I have a dream",

„Ich habe einen Traum", rief er, „dass eines Tages auf den roten Hügeln von Georgia die Söhne früherer Sklaven und die Söhne früherer Sklavenhalter miteinander am Tisch der Brüderlichkeit sitzen können. Ich habe einen Traum, dass meine vier kleinen Kinder eines Tages in einer Nation leben werden, in der man sie nicht nach ihrer Hautfarbe, sondern nach ihrem Charakter beurteilen wird. Ich habe einen Traum, dass diese Nation eines Tages aufstehen und der wahren Bedeutung ihrer Verfassung gemäß leben wird: ‚Wir halten diese Wahrheiten für selbstverständlich: Alle Menschen sind gleich geschaffen'", zitierte er die amerikanische Verfassung. Die Menge hatte ihm atemlos zugehört – dann brach unglaublicher Jubel los. Im gleichen Jahr redete John F. Kennedy den Amerikanern wegen ihrer Schwarzen-Feindlichkeit ins Gewissen. Das Land werde jegliche Glaubwürdigkeit verspielen, wenn es den eigenen Bürgern, nur weil sie eine schwarze Hautfarbe hatten, verweigerte, wofür Amerika in der ganzen Welt warb: dass jeder Mensch das gleiche Recht auf Freiheit und Gerechtigkeit habe.

Die Aktionen der Schwarzen gingen weiter. Und die Polizei schlug weiter zu. In Birmingham trafen sich Schwarze zu Sit-ins: Sie besetzten die Lunch-Corners, spezielle Sitz-Ecken in Kaufhäusern, wo weiße Geschäftsleute ihr Mittagessen einnahmen. Schwarzen war der Zutritt verboten. Martin Luther King rief zu einem Boykott dieser Kaufhäuser auf – und wurde wieder und wieder festgenommen. Auch, dass ihn das Magazin „Time" zum „Mann des Jahres" kürte, bewahrte ihn nicht davor. Auch nicht, dass er am 10. Dezember 1964 in Oslo den Friedensnobelpreis bekam. Das Preisgeld von 54 000 Dollar spendete er der Bürgerrechtsbewegung.

Im Juni davor hatte Präsident Johnson das Bürgerrechtsgesetz verkündet, das die Rassentrennung aufhob. Doch einige Bundesstaaten erkannten es nicht an. 1965 wanderte King hinter Gitter, weil er dagegen protestiert hatte, dass Schwarze bei der Registrierung als Wähler schikaniert und benachteiligt wurden. Langsam schlug aber die Stimmung gegen ihn um. Denn King prangerte die Teilnahme Amerikas am Vietnamkrieg an. Er warf der Regierung vor, Milliarden von Dollar in Waffen zu stecken, statt damit gegen die Armut in Amerika vorzugehen. Er führte den Amerikanern vor Augen, dass es einen Zusammenhang zwischen Rassismus, Armut und Krieg gab. „Dies ist kein Rassenkrieg, dies ist ein Klassenkrieg!", kündigte er 1966 einen Marsch der Armen an.

Jetzt „interessierte" sich die Bundespolizei FBI für ihn: Sie ließ Büros, Privaträume und Hotelzimmer Kings abhören. Sie drohte ihm in einem Brief, dem Tonbandmitschnitte pikanten Inhalts beilagen: „King, es ist aus mit Dir … Du solltest besser gehen, bevor Dein dreckiger, abnormaler, betrügerischer Charakter vor der ganzen Nation bloßgestellt wird."

Am 3. April 1968 trat Martin Luther King in Memphis in Tennessee auf, um die dortigen schwarzen Müllmänner zu unterstützen. Die streikten seit zwei Monaten aus Protest gegen ihre Hungerlöhne. Sie demonstrierten mit Schildern um den Hals, auf denen stand: „I am a man" – „Ich bin ein Mensch". Fast täglich wurden etliche von ihnen von der Polizei niedergeknüppelt. Die Stadtverwaltung weigerte sich zu verhandeln und hatte die Protestmärsche verboten. Martin Luther King ermutigte sie: „Wir sind entschlossen, unseren rechtmäßigen Platz in Gottes Welt zu gewinnen." Dann sprach er plötzlich von Drohungen gegen seine Person und von dem, „was mir von einigen unserer kranken, weißen Brüder widerfahren könnte". Ahnte Martin Luther King, dass er ermordet werden würde? „Schwierige Tage liegen vor uns, aber das macht mir nichts mehr aus. Denn ich bin auf dem Gipfel des Berges gewesen", fügte er in Anspielung auf den biblischen Moses an. Der hatte, als er die Juden aus

Mit seiner Kritik am Vietnamkrieg verspielte Martin Luther King das mühsam errungene Wohlwollen von Teilen des politischen Amerika.

Ägypten führte, „auf dem Gipfel des Berges" das von Gott versprochene Gelobte Land gesehen.

Es war am Abend des nächsten Tages, am 4. April 1968, kurz nach 18 Uhr. King trat auf den Balkon vor seinem Motelzimmer. Unten standen zwei Freunde. Sie wollten kurz über seinen nächsten Auftritt mit ihm sprechen. King bat den einen, der Musiker war, dabei „Precious Lord Take My Hand" zu spielen. Da fiel ein Schuss. Er traf den Prediger in den Hals. Eine Stunde später war Martin Luther King jr. tot.

Mehr als der Held der Schwarzen

Ein Jahr nach dem Todesschuss von Memphis wurde der vorbestrafte Bankräuber James Earl Ray nach einem Geständnis wegen Mordes an Martin Luther King jr. zu 99 Jahren Haft verurteilt. Wenige Tage später widerrief er. 1977 floh er aus dem Gefängnis über Kanada und Portugal nach England. Erst dort wurde er gefasst. Er starb 1998 im Gefängnis-Krankenhaus von Nashville. Ein Jahr später wurde der Prozess gegen Ray noch mal aufgerollt. Dabei wurde untersucht, ob King Opfer einer Verschwörung geworden war. Der Anwalt des Todesschützen erklärte, King sei mit seiner Kritik am Vietnamkrieg ein zu großes Risiko für die Regierung geworden. Damals feierte Amerika bereits im zwölften Jahr den Martin-Luther-King-Tag. Seit 1986 ist der Montag nach Kings Geburtstag, dem 15. Januar, nationaler Feiertag in den USA. Für die Vereinigten Staaten ist King weit mehr als der große Kämpfer für die Rechte der Schwarzen. Die USA verdanken ihm, dass sie sich ein freies Land freier Bürger nennen können. So wie ihr erster Präsident George Washington das in der amerikanischen Verfassung versprochen hat.

Hinter Gittern und auf Klippen

Manchmal schaufelten die Wärter einen Häftling bis zum Hals tief im Sand ein und überließen ihn dann der glühenden Sonne. Wer Durst hatte, musste den Mund aufmachen, und sie pinkelten hinein. Ihm solches anzutun, wagte allerdings keiner. Nicht, weil er ein Prinz war, sondern aus Angst vor Meuterei und internationalen Protesten. Denn er war der prominenteste Gefangene der Welt. Über 10 000 Tage, davon 27 Jahre am Stück, hat er hinter Gittern, die längste Zeit davon auf der berüchtigten Gefangeneninsel im Atlantik verbracht. Umgeben von eisigem Wasser und tückischen Strömungen, war schon der Versuch einer Flucht von vornherein aussichtslos. Er war kein Mörder, kein Schwerstkrimineller, kein Terrorist. Sein „Verbrechen" war der Kampf um Menschlichkeit, dafür, dass kein Schwarzer mehr wie ein Tier behandelt wurde, sondern jeder die gleichen Rechte bekam. Nicht Hass trieb ihn an. Er wollte nur, dass es keinen Unterschied mehr zwischen Menschen schwarzer, weißer oder sonst einer Hautfarbe gab.

Bevor sich die Tür seiner Zelle in dem Inselgefängnis am 12. Juni 1964 hinter ihm schloss, sagte der Häftling Nummer 466/64: „Ich habe gegen die Vorherrschaft der Weißen und ich habe gegen die Vorherrschaft der Schwarzen gekämpft. Eine demokratische und freie Gesellschaft, in der alle friedlich und mit gleichen Möglichkeiten miteinander leben können, hat mir stets als Ideal vorgeschwebt. Wenn es sein muss, bin ich bereit, für dieses Ideal zu sterben." Er sei überzeugt davon, dass in jedem Menschen die „Flamme der Güte" brennt. In ihm brannte sie lichterloh: Endlich in Freiheit lud er den Staatsanwalt, der dreißig Jahre zuvor seinen Tod gefordert hatte, zum Essen ein.

Wer war das?

Nelson Mandela –

der berühmteste Häftling der Welt

Geboren am 18.7.1918 in Qunu/Transkei

„Beim Schreiben dieses Briefes sehe ich Dein schönes Foto. Ich staube es jeden Morgen sorgfältig ab, denn es gibt mir das angenehme Gefühl, als ob ich Dich streichle wie damals. Ich berühre sogar Deine Nase mit meiner, um den elektrischen Funken wieder einzufangen, der mein Blut früher jedes Mal in Wallung brachte." Als Nelson Mandela diese zärtlichen Worte schreibt, sitzt er bereits seit zwölf Jahren in Haft. Zwölf Jahre, in denen er nur alle sechs Monate einen Brief schreiben und empfangen durfte. In dem es ihm pro Halbjahr knappe 30 Minuten erlaubt war, Besuch zu empfangen. Nicht immer war das seine geliebte Winnie. Oft konnte sie gar nicht kommen. Weil sie selbst hinter Gittern saß oder dem Bann unterlag. Dann durfte sie nicht reisen und die tausend Kilometer, die sie trennten, hinter sich lassen. Wenn Winnie kam, konnte Nelson ihre Nase auch nur durch eine Scheibe mit der seinen berühren – durch kaltes Glas, durch das genau wie vom Papier des Fotos nur in der Fantasie der ersehnte elektrische Funke übersprang. Das alles, weil er ein Schwarzer war. Weil er dafür kämpfte, dass die 30 Millionen Menschen seiner Hautfarbe in seinem Land nicht länger wie Tiere behandelt wurden. Dass jeder von ihnen die gleichen Rechte wie die fünf Millionen Weißen bekam, die in Südafrika das Sagen hatten.

Jahrzehntelang waren Nelson und Winnie Mandela das tragischste Liebespaar der Welt. Nur dürftige vier Jahre konnten sie nach ihrer Heirat 1958 wie ein Ehepaar leben. Die restliche Zeit musste sich Mandela verstecken, war auf der Flucht und saß in Gefängnissen – am längsten im schlimmsten von allen, auf Robben Island. Die ganze Insel war eine Haftanstalt – neun Kilometer draußen im Atlantik vor der Tafelbucht von Kapstadt. Tagsüber mussten die Häftlinge Steine klopfen. Nachts lag der Gefangene Nummer 466/64 wie die anderen auch in seiner 2 Meter 45 langen und 2 Meter 15 breiten Zelle auf einer zwei Zentimeter dünnen Schlafmatte. Eine Decke, ein kleiner Schrank und ein Eimer, der als Toilette diente, war alles, was Nelson Mandela dort 18 Jahre lang, von 1964 bis 1982, umgab. Danach wurde er für weitere neun Jahre erst in das Hochsicherheitsgefängnis von Pollsmor, das ihm gegen Robben Island wie ein Fünf-Sterne-Hotel vorkam, dann nach Paarl gebracht. Und das auch nur, weil die Welt das Unrecht, das ihm und den anderen Schwarzen widerfuhr, nicht mehr schweigend hinnahm. Weil viele Menschen den Kauf von Waren aus Südafrika boykottierten. Weil sich eine Regierung nach der anderen gegen die unmenschliche Rassentrennung des Apartheidsstaates stellte.

Nelson Mandela wurde zum Symbol des Freiheitskampfs der Schwarzen.

1976, in dem Jahr, in dem Winnie die zärtlichen Zeilen von Mandela bekam, schrie die Welt auf vor Entsetzen über diesen Unrechtsstaat: Am 16. Juni hatten Polizisten und Soldaten in der Schwarzen-Vorstadt South West Township „Soweto" bei Johannesburg 100 schwarze Schulkinder getötet und Tausende angeschossen. 15 000 junge Leute hatten an diesem Tag demonstriert, weil sie künftig statt Englisch Afrikaans, die Sprache der Unterdrücker, lernen sollten. Bilder von dem Blutbad gingen um die Welt. Seitdem skandierten Menschen rund um den Erdball „Free Mandela" – „Lasst Mandela frei". Der Slogan galt dem berühmtesten Gefangenen der Welt und war zugleich ein politisches Signal.

Afrikaans ist aus der Sprache der Kapholländer entstanden. So wurden die Siedler genannt, die sich im 17. Jahrhundert in Südafrika niedergelassen hatten.

Geboren wurde Nelson Mandela am 18. Juli 1918 in dem Dörfchen Qunu nahe Umtata in der Transkei als Rohlihlahla Mandela. Rohlihlahla heißt Unruhestifter. Diesen Namen gaben Häuptling Mgadla Henry Mphakanyiswa und dessen Frau Nosekeni Fanny ihrem kleinen Prinzen. Denn das war Rohlihlahla als Sohn des Führers des Thembu-Stammes vom Volk der Xhosa. Auch ein Prinz musste sich ins Dorfleben fügen: Der fünfjährige Rohlihlahla wurde als Schaf- und Kälberhirte auf die Felder geschickt. Mit sieben durfte er zur Schule gehen: Da wurde aus Rohlihlahla Nelson. Seine erste Lehrerin, die Nonne einer Missionsstation, benannte ihn um. Als Rohlihlahla neun Jahre alt war, starb sein Vater, und der „Bürgermeister" von Mqhekezweni, Jongintaba, nahm ihn auf. Der „weißen" Kultur begegnete Nelson erstmals mit 16: Da durfte er aufs Thembu-College, die Clarkebury Boarding Institution, gehen. Den ersten Schultag dort vergaß der einstige Hirtenjunge nie: Er trug das erste Mal in seinem Leben feste Schuhe. Er sei, schrieb Mandela in seinen Memoiren, die Treppen mit einem Klack-klack-klack hinaufgestiefelt, „wie ein frisch beschlagenes Pferd". In dieser Schule wurden die jungen Schwarzen mit der sogenannten zivilisierten Kultur vertraut gemacht. Weil Nelson ein Häuptlingssohn war, durfte er danach an der einzigen rein schwarzen Hochschule, der Universität von Fort Hare, Englisch, Anthropologie, das ist die Lehre von der Entwicklungsgeschichte des Menschen, Politik und Verwaltung studieren. Dort freundete er sich mit Oliver Tambo an. Beruflich und politisch wurde der sein Weggefährte und später Präsident der Schwarzen-Partei ANC, des African National Congress. Hier kam Mandela mit der schwarzen Opposition gegen die weißen Unterdrücker in Kontakt.

In Fort Hare holte ihn aber auch ein alter, afrikanischer Brauch wieder ein, der für ihn eher unerfreulich war: Sein Ersatzvater

Die weißen Südafrikaner hätten den Schwarzen am liebsten sogar ihre afrikanischen Namen abgenommen.

Jongintaba hatte für Nelson ein Thembu-Mädchen als künftige Ehefrau ausgesucht und bereits den Brautpreis bezahlt. Der 23-Jährige nahm Reißaus – und floh nach Johannesburg.

Das war für den Jungen vom Land eine fremde Welt: Die großen Häuser, breiten Straßen und großen Parks beeindruckten ihn. Zum ersten Mal aber bekam er hier die Rassentrennung hautnah zu spüren: Er sah die Gettos der Schwarzen, armselige Hütten in abgetrennten Stadtvierteln. Er spürte, wie demütigend es war, sich nicht auf die Bänke der Weißen setzen zu dürfen, im Bus extra Plätze einnehmen zu müssen, nicht gemeinsam mit Weißen baden gehen zu können. Er hörte, dass ein Schwarzer bestraft wurde, wenn er ein weißes Mädchen ansprach. Und er erfuhr, wie schwer es war, Arbeit zu finden. Zu Hilfe kam ihm ein Cousin. Der machte ihn mit dem schwarzen Immobilienmakler Walter Sisulu bekannt. Sisulu verschaffte Nelson einen Job als Bote in einer Anwaltskanzlei – und einen Platz an der Witwatersrand-Universität, wo Nelson nun Jura studierte. Bei Sisulu begegnete Mandela seiner ersten Liebe, der Krankenschwester Evelyn Mase. 1944 heiratete er sie. Sie bekamen vier Kinder. Und Mandela wurde politisch aktiv: Er gründete die Jugendorganisation des ANC.

Bei Mandela sammelte sich das Unrecht, das Schwarzen widerfuhr: Mit Oliver Tambo hatte er 1952 die erste „schwarze" Anwaltskanzlei eröffnet. Dort suchten Menschen Hilfe, die wegen der rigiden Passgesetze innerhalb Südafrikas nicht reisen konnten, wohin sie wollten, oder Bauern, denen Weiße das Land abgenommen hatten. Er erfuhr von den Schikanen, denen Schwarze ausgesetzt waren, wenn ihr Ausweis nicht den Stempel eines weißen Arbeitgebers trug. Wer schwarz und arbeitslos war, galt als halber Verbrecher. Aber Mandela fand auch unter Weißen Freunde. Deshalb wandte er sich ab von dem Flügel des ANC, der für ein rein schwarzes Afrika kämpfte. Mandela unterstützte jeden Satz der berühmten Freiheitscharta des ANC, in der es hieß: „Wir, das Volk von Südafrika, erklären, dass Südafrika allen gehört, die darin leben, Schwarzen und Weißen." Nach dem Vorbild Mahatma Gandhis rief Mandela die Schwarzen zu gewaltlosem Widerstand auf. Das brachte ihn vor Gericht und 21 anderen Schwarzen neun Monate Zwangsarbeit. Die Strafe wurde aber zur Bewährung ausgesetzt. Es folgte sein erster „Bann", das heißt, Mandela durfte nicht mehr öffentlich auftreten und Johannesburg nicht verlassen. 1956 wurde er zusammen mit hundert anderen Schwarzen, Indern, einigen Weißen und Mischlingen als Hochverräter und Verschwörer gegen die Regierung verhaftet und vor Gericht gestellt. Gegen Kaution kam Mandela frei. Der Prozess zog sich über fünf Jahre hin. Mandela musste zu jeder Verhandlung in Pretoria erscheinen. Und das war fünf Fahrstunden von Johannesburg entfernt.

In dieser Zeit verließ Evelyn Mandela ihren Mann. Sie warf ihm vor, sich mehr um die Politik als um die Familie zu kümmern. Ihre Ehe wurde nach 13 Jahren geschieden. Doch dann begegnete Nelson der Liebe seines Lebens: Nomzamo Winnifred Madikizela. Winnie war die erste schwarze Sozialarbeiterin in einem Johannesburger Krankenhaus. 1958 heirateten sie. Ihre beiden Töchter bekamen den Vater aber nur für kurze Zeit zu Gesicht: Denn 1961 ging der Schwarzen-Führer in den Untergrund. Zwar war Mandela zuvor vom Vorwurf des Putsch-Versuches von 1956 freigesprochen worden. Die Konflikte im Land hatten sich aber so zugespitzt, dass der ANC verboten worden war. Vorausgegangen war ein Massaker der Polizei in Sharpeville, einer Schwarzen-Stadt 50 Kilometer vor Johannesburg. Dort hatten die Uniformierten blindwütig in eine Schwarzen-Demonstration gefeuert, Hunderte von Menschen verletzt und 69 erschossen.

Landesweit protestierten die Schwarzen auf den Straßen. Die

Regierung rief den Notstand aus – und Mandela verlor den Glauben daran, dass der Kampf gegen die Apartheid ohne Gewalt zu gewinnen sein würde. Er tauchte unter – und reiste, getarnt als Chauffeur weißer Freunde, durchs Land. Er wurde zum Mitbegründer einer militärischen Gruppe, die sich „Umkhonto We Sizwe", „Speer der Nation", nannte. Heimlich reiste Mandela nach Algerien, Tansania und England, um Hilfe auch durch Waffen zu organisieren. In Äthiopien lernte er, Bomben zu bauen, und bereitete sich auf Anschläge gegen Einrichtungen der Weißen vor. Zurück in Südafrika, ging er der Polizei in die Fänge. Diesmal wurde er der Sabotage angeklagt. Darauf stand die Todesstrafe. Der Prozess dauerte drei Jahre. Im Juni 1964 fiel der Urteilsspruch gegen ihn und sechs Mitangeklagte: lebenslang! Am 12. Juni 1964 trat Nelson Mandela seine Haftstrafe auf der ehemaligen Robbeninsel Robben Island an.

Die Zeit in Untersuchungshaft nutzte Mandela für ein Fernstudium an der Universität von London.

Die „politischen" Gefangenen wurden dort anfangs besonders schikaniert – bis Mandela mit den Wärtern zu verhandeln begann. Er setzte durch, dass die Häftlinge Sport treiben, sich zu Diskussionen treffen und nach der Arbeit im Steinbruch gemeinsam lernen durften. Wer lesen und schreiben konnte, brachte dies denen bei, die dessen nicht mächtig waren. Es gab Vorträge über Geschichte und Literatur. Mandela selbst las Sagen und Gedichte der Buren, der holländisch-stämmigen Weißen in Südafrika, um die „Seele des Feindes" besser kennenzulernen. Bald „studierten" sogar Wärter an dieser „Gefängnisuniversität". Denn so wurde der Knast auf den Klippen von seinen Bewohnern genannt.

War diese „Uni" den Machthabern in Pretoria ein Dorn im Auge? Oder wollte Südafrika sein Image aufpolieren? Jedenfalls wurde Nelson Mandela 1982 von Robben Island weg und in das Poolsmor-Gefängnis bei Kapstadt gebracht. Und die Regierung machte dem prominenten Häftling ein Angebot: Man könnte ihn freilassen, wenn er im Gegenzug jeglicher Gewalt abschwor und versprach, sich politisch nicht mehr zu engagieren. Der Schwarzen-Führer lehnte ab. Ein Nein zur Gewalt kam für ihn nur infrage, wenn sich auch die Weißen dazu verpflichteten. Doch irgendetwas musste geschehen: Das Land war in Aufruhr. Der ANC hatte dazu aufgerufen, Südafrika unregierbar zu machen. Sogar der Justizminister wollte jetzt mit Mandela verhandeln. Der ließ sich unter der Bedingung darauf ein, dass der ANC nichts davon erfuhr. Er wollte verhindern, dass die Organisation bei einem Scheitern der Verhandlungen ihr Gesicht verlor.

Man kam sich nicht näher, und Südafrika erschien in den internationalen Medien nur noch als hochexplosives Pulverfass – bis zum 11. Juni 1988: Da feierten im Londoner Wembley-Stadion Zigtausende, und weltweit zur gleichen Zeit Milliarden Menschen vor den Fernsehgeräten zehn Stunden lang ein gigantisches „Free Mandela"-Fest. Die größten Rockstars traten dort für den Häftling 220/82 auf. Das war die Nummer, die Mandela im Poolsmor-Gefängnis trug.

Der Ruf „Lasst Mandela frei!" ging um die ganze Welt.

Wenige Wochen später zog Nelson Mandela noch einmal um: Diesmal ins Victor-Vester-Gefängnis in Paarl, wo ihm ein kleines Haus mit Garten und Swimmingpool zur Verfügung stand. Anfang des folgenden Jahres wurde der inzwischen weißhaarige Schwarze eines Tages mit einem maßgeschneiderten Anzug versorgt. Der Gefängnisdirektor höchstpersönlich band dem 71-Jährigen die Krawatte. Dann wurde der prominente Häftling ins Tuynhuys zum Amtssitz des südafrikanischen Staatspräsidenten Pieter Botha gebracht. Es folgten weitere Gespräche. Nach 220 Tagen öffneten sich endgültig für Mandela die Gefängnistore. Noch am Abend dieses 11. Februar 1990 wurde er, nach 27 Jahren Haft, nach fast 10 000 Tagen, von einer jubelnden Menschenmenge vor der City Hall, dem Rathaus von Kapstadt, empfangen. Er war frei – und mit ihm alle anderen politischen

Gefangenen in Südafrika. Ermöglicht hatte dies der neue Präsident Frederick Willem de Klerk, der Pieter Botha abgelöst hatte. Ihm hatte Mandela alles abgerungen, wofür er sein Leben lang gekämpft hatte: das Ende der Rassentrennung, die Wiederzulassung des ANC und der anderen verbotenen Schwarzen-Parteien und als Wichtigstes freie, demokratische Wahlen nach dem Motto „one man, one vote" – jede Stimme zählt gleich viel, egal ob von einem Schwarzen oder einem Weißen abgegeben. Südafrika hatte den ersten Schritt auf dem Weg vom Apartheidsstaat zur Demokratie getan, auch wenn noch viele Hürden zu überwinden waren. Die Gewalt – auch zwischen konkurrierenden Schwarzen-Organisationen – hatte noch kein Ende. 1993 wurde Nelson Mandela und Frederick Willem de Klerk der Friedensnobelpreis verliehen. Im April 1994 fanden schließlich die ersten freien Wahlen statt: Nelson Mandela wurde mit großer Mehrheit zum ersten schwarzen Staatspräsidenten Südafrikas gewählt.

Sein Kampf hatte ihn aber nicht allein 27 Jahre der Unfreiheit gekostet: Bitter enttäuscht trennte sich Mandela nach seiner Freilassung von Winnie. Seine Frau hatte, während er im Gefängnis saß, seinen Kampf „draußen" weitergeführt und war zum weiblichen Idol der Schwarzen geworden: „Queen of Africa" – „Königin Afrikas" wurde sie respekt- und liebevoll genannt. Dafür wurde sie von der Polizei schikaniert und gequält. An manchen Tagen wurde ihr Haus viermal auf den Kopf gestellt. Rund dreißigmal musste sie selbst ins Gefängnis, um nach jeder Freilassung von den Schwarzen noch mehr verehrt zu werden. Doch diese Prominenz stieg Winnie zu Kopf: Sie benahm sich immer öfter wie eine echte, exzentrische „Queen". Sie umgab sich mit einer dubiosen „Leibwache", dem berüchtigten „Mandela Club". Dessen junge, gewaltbereite Männer provozierten Schlägereien mit anderen Schwarzen. Sie misshandelten Jugendliche, von denen einige unter nie geklärten Umständen verschwanden. Einige wurden ermordet. Winnie selbst wurde später wegen Entführungen und Folter vor Gericht gestellt. Tief enttäuscht verließ Mandela seine Frau, 1996 wurde die Ehe auch formal geschieden. Als First Lady stand dem Staatspräsidenten Mandela seine Tochter Zenani zur Seite – bis er in der 27 Jahre jüngeren Graca Machel eine neue Liebe fand. Am 18. Juli 1998, seinem achtzigsten Geburtstag, heiratete Nelson Mandela die Juristin und Witwe des früheren Präsidenten von Mosambik. 1999 gab er das Präsidentenamt an einen Nachfolger ab. Seitdem lebt er mit Graca dort, wo er herkam: in seinem Heimatdorf in der Transkei.

Modell Mandela – Modell Südafrika

Nicht nur das Ende der Apartheid ist Nelson Mandelas Verdienst, er fand auch einen Weg, weiße und schwarze Südafrikaner zur Versöhnung zu führen. Nach all dem Unrecht, das die Weißen den Schwarzen angetan hatten, rechnete alle Welt damit, dass jetzt ein Bürgerkrieg ausbrechen würde. Mandela aber setzte eine Kommission zur Wahrheitsfindung (Truth and Reconciliation Commission) ein, der 17 Leute angehörten. Täter, die sich ihr stellten, konnten dort ihre Motive erklären und sich zu ihrer Schuld bekennen, Opfer ihren Schmerz, ihre Verbitterung und ihre Rachegefühle abladen. Das Motto hieß: Vergeben ohne zu vergessen. Oft spielten sich vor dieser Kommission erschütternde Szenen ab – aber es funktionierte. Ganz nach Mandelas Überzeugung: „Nur ein Mensch ohne Hass ist frei!" Die UNO hat das „Modell Südafrika" als Weg zur Konfliktlösung in anderen Staaten übernommen.

Der Zauberer mit dem Feuermal

Dieses Feuermal auf der Stirn, das war doch ein Zeichen! Abergläubische Menschen in Moskau raunten sich zu, dieser „Zar" werde sieben Jahre regieren. Und Erstaunliches stehe in dieser Zeit bevor. Hoffentlich würde es zum Guten des Volkes sein! Angesichts des mit 54 Jahren für sowjetische Herrscher-Verhältnisse „jungen" Mannes waren nicht nur die zeichen-gläubigen Menschen der russischen Hauptstadt unsicher, was die Zukunft bringen würde: Die 250 Millionen Menschen im damals größten Reich der Erde trauten ihren Ohren kaum, als sie hörten, was er ankündigte. Und der Rest der Welt staunte nicht minder, wenn er in London oder Ottawa, Bonn oder Genf oder einer anderen Metropole des Westens so locker und fröhlich winkend die Gangway seines Flugzeugs herunterkam. An seiner Seite eine charmante Frau, die wie er klug zu parlieren verstand.

Von einer „Offensive des Lächelns" war bald die Rede, denn ein so ungezwungenes Auftreten war man bei Gästen aus Moskau nicht gewohnt. Wenn sich überhaupt einmal einer der Apparatschiks, also der Funktionäre, die Ehre eines Besuches gab, waren da stets graugesichtige, bärbeißige Gestalten gekommen. Argwöhnische Polit-Kommentatoren nannten den Neuen anfangs einen „lächelnden Zar mit eisernen Zähnen". Doch bald titulierten sie ihn als Zauberer, Superstar, gar als „Steuermann der Welt". Das angesehene Nachrichtenmagazin „Time" aus dem Land des Erbfeindes USA verlieh ihm den Titel „Mann des Jahrzehnts". Zum geflügelten Wort wurde ein Satz, den er in Deutschland aussprach: „Wer zu spät kommt, den bestraft das Leben." Er selbst ahnte damals nicht, welch dramatische Umgestaltung der Welt er in Gang gesetzt hatte.

Wer war das?

Michail Gorbatschow –

der Eisbrecher aus dem Kreml

Geboren am 2.3.1931 in Priwolnoje bei Stawropol

Der Kreml ist der Sitz der Regierung in Moskau.

Schneller konnte man sich in der Sowjetunion nicht unbeliebt machen: Der neue Kremlchef Michail Gorbatschow war kaum am 11. März 1985 in sein mächtiges Amt berufen worden, schon nahm er den Russen ihr „Wässerchen" weg. „Wässerchen" heißt Wodka. Schon immer hatten die Russen sich die Welt schöngetrunken, wenn sie mal wieder allzu grau geworden war. In den Achtzigerjahren des vergangenen Jahrhunderts sah die Zukunft für viele Menschen im riesigen Reich der Sowjetunion rabenschwarz aus. Es gab nichts, woran nicht Mangel herrschte: ob Wohnungen oder Waschpulver, Zahnpasta oder Seife, selbst Särge waren knapp. Manche sowjetische Familie wusste nicht, wovon sie am nächsten Tag satt werden sollte. Und da nahm ihnen dieser Gorbatschow ihr Wässerchen weg! Seine „Kampagne zur Überwindung der Trunksucht" war wie ein Paukenschlag. Sie war der Auftakt von Reformen, mit denen der neue Generalsekretär der Kommunistischen Partei der Sowjetunion (KPdSU) die Arbeitsdisziplin und Produktivität im Land erhöhen wollte. Wodka wurde zum für viele unbezahlbaren Luxusgetränk. Doch die Leute wussten sich zu helfen: Statt mit Wodka prosteten sie sich jetzt mit schwarzgebranntem Fusel ihr „Nastarowje" zu. Bald gab es die ersten Toten – und die Anti-Wodka-Kampagne wurde gestoppt. Michail Gorbatschows Aufräumarbeiten in dem korrupten, fast bankrotten Staat aber fingen erst an. Sechs Jahre lang tat der mit 54 Jahren noch junge Kremlchef dies so gründlich, dass am Ende die ganze Sowjetunion von der Weltkarte verschwunden war. Als äußerlich sichtbares Zeichen wurde am 31. Dezember 1991, sechs Tage nach seinem Rücktritt, die Rote Fahne am Kreml eingeholt. Dort hatte sie seit 1918 als Symbol des Kommunismus gehangen. Damit war es nun aus und vorbei.

Die Union der Sozialistischen Sowjetrepubliken, kurz UdSSR genannt, war 1922 von Wladimir Iljitsch Lenin gegründet worden. Jetzt zerfiel sie wieder in 15 Einzelstaaten. Ausgeträumt war auch der Traum von der kommunistischen Weltrevolution. Der gesamte Ostblock, die Gemeinschaft der sozialistischen „Bruderstaaten" der UdSSR, löste sich auf. Das hatte Gorbatschow so nicht gewollt. Der Westen lag dem „Zauberer" zwar zu Füßen. Im eigenen Land aber wurde er nach seinen sechs Amtsjahren „Boltun", Schwätzer, genannt. Im siebten wurde der Mann mit dem Feuermal aus dem Amt gejagt.

Die Lebensgeschichte Michail Gorbatschows ist die vom Aufstieg eines Traktor- und Mähdrescher-fahrenden Bauernjungen zum mächtigsten Mann im einst größten Staat der Welt. Und die von seinem jähen Fall. Geboren wurde Michail Sergejewitsch Gorbatschow am 2. März 1931 in dem Dorf Priwolnoje im Nordkaukasus in der Region von Stawropol. Seine Vorfahren waren Kosaken, sein Vater Sergej Gorbatschow „Mechanisator". So wurden die Landmaschinenfahrer und -techniker in der Sowjetunion genannt. „Mischas" Mutter Maria Pantelejewna war Feldarbeiterin. Mischa selbst half von klein auf mit in der Landwirtschaft, vor allem, als der Vater als Soldat in den Zweiten Weltkrieg ziehen musste. Gorbatschows Familie hatte erlebt, was unzähligen Menschen in der damaligen Sowjetunion und vielen Bauern in Priwolnoje widerfahren war: Während der Zwangskollektivierung verfolgten die Bolschewisten unter dem

Kremlführer Josef Stalin jeden, der von ihrer Linie abwich, mit harten Strafen, Verbannung oder Mord. Besonders hart traf es die Bauern. Ein Großvater Mischas kam in Gefangenschaft, der andere wurde nach Sibirien verbannt. Erst hungerten die Menschen auf dem Land, weil Stalin ihnen die Ernteerträge abnahm, um damit die Städte zu versorgen. Dann herrschte wegen des Zweiten Weltkrieges bittere Not.

Schon der Schüler Mischa arbeitete als Maschinist in der örtlichen Traktorenstation. Als 15-Jähriger, da war der Krieg gerade vorbei, wurde er dafür mit dem Rotbanner-Orden belohnt. Und er durfte nach Moskau ziehen: 1950 trat er dort sein Jura-Studium an. Der Student Gorbatschow wurde Mitglied in der Kommunistischen Partei der Sowjetunion, der KPdSU. Als er 1955 nach Stawropol zurückkam, war er nicht mehr allein: Neben dem Jura-Diplom brachte er aus Moskau eine Frau mit. Raissa Maximowa Titorenko hatte er in der Hauptstadt bei einer Tanzveranstaltung kennengelernt und geheiratet. Die Philosophie-Studentin war die Liebe seines Lebens. 1957 bekamen die beiden eine Tochter, Irina.

In Stawropol wurde Gorbatschow Erster Sekretär erst des Stadt-, dann des Regionalkomitees des Komsomol. Damit fing seine politische Karriere an. Der Komsomol war die Jugendorganisation der KPdSU, der alles beherrschenden Partei. In den Komsomol-Organisationen wurden die jungen Leute im Sinn des Kommunismus erzogen und auf Linie gebracht. Gorbatschow war mit Feuereifer dabei. Zumal das Terrorregime des Diktators Josef Stalin 1957 mit dessen Tod ein Ende hatte. Sein Nachfolger im Kreml, Nikita Chruschtschow, verurteilte die politischen „Säuberungen" Stalins, denen in den Jahrzehnten zuvor Millionen von Menschen zum Opfer gefallen waren. Er setzte auf einen Neuanfang und forderte die arbeitende Bevölkerung dazu auf, mehr Eigeninitiative zu zeigen. Das entsprach ganz den

Überzeugungen Gorbatschows, der als Landarbeiter wusste, wie wichtig es war, dass jeder sein Bestes gab.

1968 stieg Gorbatschow zum Ersten KPdSU-Sekretär der Stadt, zwei Jahre später der gesamten Region Stawropol auf. Mittlerweile hatte er ein Zweitstudium als Landwirtschaftsingenieur absolviert. Wie es um die Bauern des Landes wirklich stand, erfuhr Gorbatschow von seiner Frau. Raissa hatte Studien über die Situation der landwirtschaftlichen Betriebe erstellt. Gorbatschow probierte aus, wie die Arbeit auf den Kolchosen, den riesigen staatlichen Agrarbetrieben, besser organisiert werden könnte. Und er hatte Erfolg: Die Bauern der Region fuhren von Jahr zu Jahr bessere Ernten ein.

Als Parteisekretär der Region musste Gorbatschow auch den Gastgeber für die Polit-Prominenz aus Moskau spielen, die gern im Kaukasus Urlaub machte. Offiziell gab es für niemanden im sowjetischen „Arbeiter- und Bauernstaat" irgendwelche Privilegien. Schließlich sind nach der kommunistischen Lehre alle Menschen gleich. Tatsächlich aber ließen es sich die Polit-Führer vor allem auf ihren Datschen wohlergehen. Datscha wird in Russland ein Wochenend- oder Ferienhaus genannt. Gorbatschow knüpfte so schon bald Kontakte nach ganz oben. Einer seiner liebsten Gäste war der Chef des sowjetischen Geheimdienstes KGB, Jurij Andropow. Diese Freundschaft sollte ihm noch von Nutzen sein. Denn Andropow mochte den jungen Mann und wurde 1982 Generalsekretär der KPdSU, ein Jahr später Staatschef der Sowjetunion.

Gorbatschow fiel mit seiner Enthaltsamkeit auf: An den üblichen Zechgelagen auf den Datschen nahm er nie teil. Statt zu feiern, ging er lieber mit Raissa ins Theater oder lud Gäste in ihre Dreizimmerwohnung zu Gesprächen über Philosophie oder Literatur ein.

1971 stieg Gorbatschow in das Zentralkomitee ZK der

Gorbatschow hatte noch nicht einmal bei seiner Hochzeit mit den Gästen angestoßen.

In den sozialistischen Staaten bestimmte die Kommunistische Partei, was die Menschen lesen durften und was nicht.

KPdSU in Moskau auf, das mächtige Führungszentrum der Partei. Andropow unterstützte ihn. Als einer der wenigen Moskauer Funktionäre durfte Gorbatschow nun sogar in den Westen reisen. So kam er auch in die damalige deutsche Regierungshauptstadt Bonn. Er hatte Zugang zu Büchern, die in der Sowjetunion verboten waren. Im ZK wurde er Landwirtschaftssekretär, und schließlich 1980 als Mitglied ins Politbüro berufen. Dort wurden die Gesetze beschlossen. Mit „erst" 49 Jahren stach er aus diesem Gremium alter Männer hervor. Als der Staats- und Parteichef Andropow 1983 erkrankte, ließ er sich von Gorbatschow vertreten.

Was die beiden besonders verband: Ihnen waren die Vetternwirtschaft, Korruption und Selbstbedienungsmentalität der „oberen Zehntausend" in der Partei zuwider. Diese Apparatschiks ließen es sich gut gehen, während die Bevölkerung darbte, die Wirtschaft am Boden lag und Fabriken nur noch schrottreif waren. Technologisch hinkte die Sowjetunion dem Fortschritt in der übrigen industrialisierten Welt hoffnungslos hinterher. Dafür flossen Unsummen an Geld ins Militär: Im „Kalten Krieg", dieser Auseinandersetzung ohne Waffen zwischen dem kapitalistischen Westen und dem kommunistischen Ostblock, rüsteten West und Ost gigantisch auf. Jeder der beiden Blöcke wollte dem anderen überlegen sein. Schließlich hatten sich die Kommunisten die Weltherrschaft auf die Fahnen geschrieben. Der Osten fürchtete außerdem, der kapitalistische „Klassenfeind" würde sich mit einem Angriff die Erde unter den Nagel reißen. Die Welt war auf dem besten Weg, sich zugrunde zu rüsten, zumal von den Atomwaffen ein unkalkulierbares Risiko ausging. Doch dann kam Gorbatschow: Nach dem Tod Andropows und dem dreizehnmonatigen Intermezzo des todkranken Nachfolgers Konstantin Tschernenko übernahm der Mann aus Stawropol am 11. März 1985 in Moskau das Ruder des leckgeschlagenen Staatsschiffs der Sowjetunion.

Gorbatschow trat sein Amt mit der Anti-Wodka-Kampagne an. Ein weit wichtigeres Zeichen aber setzte er bei den Mai-Feiern am vierzigsten Jahrestag des Endes des Zweiten Weltkriegs, den Moskau stets mit einer bombastischen Militärparade beging. Der neue Kremlchef rief zu einer „echten Rückkehr der Entspannung" auf und bot der gegnerischen Großmacht, den USA, an, Waffen abzubauen. Die Politiker im Westen spitzten die Ohren, zumal dort zu dieser Zeit die Friedensbewegung mit Hunderttausenden von Demonstranten aus Protest gegen das gefährliche Wettrüsten auf den Straßen stand. Im Oktober des gleichen Jahres kündigte Gorbatschow an, er werde die sowjetische Wirtschaft umbauen. Das russische Wort dafür ist „Perestroika". Die Industrie sollte künftig einige der Regeln der kapitalistischen Marktwirtschaft übernehmen. Der neue Parteiführer forderte die Bürger und Betriebe auf, im Notfall selbst zu entscheiden, was nötig war, und nicht wie bisher die Befehle der Partei abzuwarten. Das war eine Revolution! Und längst noch nicht alles: Gorbatschow kündigte „Glasnost", Offenheit, an. Bislang war Kritik an Staat und Partei verboten. Wer Missstände auch nur ansprach, musste damit rechnen, dass der KGB sich seiner „annahm" und er im Gefängnis oder der Verbannung verschwand. Der prominenteste dieser gebannten Kritiker war der Physik-Nobelpreisträger Andrej Sacharow. Ihn und etliche andere Dissidenten ließ Gorbatschow frei.

In den Zeitungen tauchten plötzlich Berichte über Versorgungsmängel, über Armut, ja sogar über Verbrechen in der Sowjetunion auf, in der es all dieses offiziell gar nicht gab. Kriminalität wurde grundsätzlich totgeschwiegen. Michail Gorbatschow suchte höchstpersönlich Staatsbetriebe auf. Nicht um sich, wie seine Vorgänger, dort von den Arbeitern bejubeln zu lassen, sondern um mit eigenen Augen zu sehen, in welchem Zustand die Fabriken waren, und offen darüber zu beraten, woran

Wegen seiner Anti-Wodka-Kampagne wurde Gorbatschow spöttisch Mineral-, statt General-Sekretär genannt.

In der kommunistischen Planwirtschaft bestimmte der Staat, welche Produkte hergestellt wurden. Das funktionierte nicht, und es fehlte deshalb oft an wichtigen Gütern.

es am meisten gebrach. Auch Geistesfreiheit wehte plötzlich durchs Land: Nach einem Theaterbesuch in Moskau forderte Gorbatschow den Intendanten des Schauspielhauses auf: „Ich weiß, dass Sie Schwierigkeiten hatten. Machen Sie weiter!" Der Intendant war zuvor wegen des Verdachts regimekritischer Inszenierungen ins Visier des Geheimdienstes geraten.

Um sein Land fit für die Zukunft zu machen, brauchte Gorbatschow Geld, viel Geld. Die Milliarden von Rubel, die Moskau in Waffen steckte, fehlten anderswo an allen Ecken und Enden. Auch deshalb bot der Herr über 20 000 Atomraketen den USA die Verschrottung dieser Waffen an, wenn sie das Gleiche taten. Um einen Anfang zu machen, ließ er 2 700 Mittelstreckenraketen vernichten, die auf Europa gerichtet waren.

Im Westen wurde der Mann aus dem Kreml zum politischen Star: Als er im Sommer 1989 zum Staatsbesuch in die Bundesrepublik kam, jubelte ihm eine begeisterte Menschenmenge „Gorbi! Gorbi!" zu. Zum Liebling der Medien wurde auch Gorbatschows Frau: Diese freundliche, elegante Dame interessierte sich für alles im Westen – und kaufte sogar in den dortigen Kaufhäusern ein. In Moskau brachte ihr das den Vorwurf ein, Staatsgelder zu verprassen. Vor allem in der Partei regte sich Widerstand. Kein Wunder: Hatte Gorbatschow doch unter den teils korrupten Apparatschiks gründlich aufgeräumt und sich dadurch Feinde geschaffen.

So etwas wie eine „First Lady" hatte es in Moskau noch nie gegeben.

Der Anfang vom Ende Gorbatschows bahnte sich an, als er die verbündeten Ostblockstaaten von der Kandare Moskaus entließ. Sie sollten nun selbst über den in ihren Augen richtigen Weg zum Sozialismus entscheiden. Vorher hatten sie nach der Pfeife des Kreml zu tanzen gehabt. Für die alte Kommunisten-Riege war das Verrat. Einer nach dem anderen der einstigen Vasallenstaaten nahm nun tatsächlich seine Politik selbst in die Hand – oder ließ sie sich vom Volk aus den Händen schlagen. Beim vierzigsten Gründungsjubiläum der DDR am 7. Oktober 1989 besuchte Gorbatschow Ostberlin und legte dem dortigen Machthaber Erich Honecker eindringlich Glasnost und Perestroika nah. Dabei soll der berühmte Spruch gefallen sein: „Wer zu spät kommt, den bestraft das Leben!" Seit Monaten schon gingen die Menschen in diesem zweiten deutschen Staat mit dem Ruf nach mehr Freiheit auf die Straßen. Einen Monat und zwei Tage danach, am 9. November 1989, fiel die Berliner Mauer, die den Ost- vom Westsektor der Stadt trennte. Wenig später wurden überall die Grenzanlagen abgebaut. Der Eiserne Vorhang war gefallen. Mehr noch: Am 16. Juli 1990 ging Gorbatschow in seiner kaukasischen Heimat mit dem damaligen deutschen Bundeskanzler Helmut Kohl spazieren – und gab den Weg zur Wiedervereinigung der beiden deutschen Staaten frei. Im Oktober 1990 wurde Gorbatschow mit dem Friedensnobelpreis geehrt. Das amerikanische Nachrichtenmagazin „Time" ernannte ihn zum „Mann des Jahrzehnts".

In Moskau war inzwischen die Vorrangstellung der KPdSU aus der Verfassung gestrichen worden. Dagegen wehrten sich die „alten" Kommunisten. Als auch noch die ersten der 15 Sowjetrepubliken ihre Mitgliedschaft in der UdSSR aufkündigten und der Warschauer Pakt, das der westlichen NATO gegenüberstehende Militärbündnis, zerfiel, kam es zum Putschversuch: Am 18. August 1991 umstellten Soldaten den Feriensitz Gorbatschows in Kap Foros auf der Insel Krim. Dort hielt er sich gerade mit seiner Familie auf. Die Abgesandten eines sogenannten „Notstandskomitees" nahmen ihn, seine Familie und Leibwächter fest und forderten den Kremlchef zum Rücktritt auf. Durch Moskau rollten derweil Panzer. Soldaten umstellten das Parlamentsgebäude. Sie beschossen das Haus des Präsidenten der russischen Teilrepublik der Sowjetunion Boris Jelzin. Doch Hunderttausende von Moskauer Bürgern versuchten, sich den Panzern

Die Sowjetunion war eine der vier Siegermächte, die nach dem Ende des Zweiten Weltkriegs Deutschland besetzten. Deshalb wäre ohne ihre Zustimmung die Wiedervereinigung nicht möglich gewesen.

in den Weg zu stellen. Einige wurden erschossen. Mit so viel Widerstand hatten die Putschisten nicht gerechnet. Als die ersten Offiziere zu den protestierenden Moskowitern überliefen, gaben die Angreifer auf. Nach drei Tagen kehrte Gorbatschow nach Moskau zurück. Doch die Zügel hatte er nicht mehr in der Hand. Anfang Dezember trat Russland aus der Sowjetunion aus. Am 25. Dezember 1991 nahm Gorbatschow seinen Hut. Sechs Tage später wurde die Rote Fahne am Kreml eingerollt. Das war das Ende der Sowjetunion.

Ein Manifest für die Erde

Michail Gorbatschow war überzeugter Sozialist. Er wollte die Sowjetunion reformieren – abschaffen wollte er sie nicht. Stattdessen hat er unversehens die Tür zu einer neuen Epoche der Weltgeschichte aufgemacht. Seit seinem Rücktritt ist Gorbatschow begehrter Gast und Redner nicht nur auf politischen Bühnen. Kritiker werfen ihm vor, dass er sich für Werbezwecke einspannen lässt, auch wenn er seine Honorare meist Stiftungen zukommen lässt. Sein Engagement heute gilt der Zukunft der Erde, seine Sorge der drohenden Zerstörung des Planeten, sein Thema ist der Umweltschutz. 1992 gab Gorbatschow vor der UNO den Anstoß zur Gründung des „Grünen Kreuzes", einer Art Rotes Kreuz für die Umwelt. Er hat ein „Manifest für die Erde" geschrieben und setzt sich dafür ein, einen internationalen ökologischen Gerichtshof einzurichten, um Umweltverbrecher weltweit wie Kriegsverbrecher zu bestrafen. Gefragt, wen sich die Menschen des 21. Jahrhunderts zum Vorbild nehmen sollten, sagte er einmal: „Jesus und Karl Marx. Beide kämpften überzeugend für soziale Gerechtigkeit."

Stichwortverzeichnis

Der war das!

Christine Schulz-Reiss, Jahrgang 1956, studierte in Erlangen und München Germanistik, Geschichte, Politik und Kommunikationswissenschaften. Danach arbeitete sie als politische Reporterin und Redakteurin für Tageszeitungen in Stuttgart und München. Seit 1991 ist sie freiberufliche Journalistin und schreibt Sachbücher für Kinder und Jugendliche. 2004 wurde der im Loewe Verlag erschienene Titel *Nachgefragt: Politik* für den Gustav-Heinemann-Friedenspreis nominiert. Von Christine Schulz-Reiss sind bei Loewe außerdem die Bände *Nachgefragt: Philosophie, Wer war das? Abenteurer und Entdecker* und die Titel *Was glaubt die Welt?* und *So lebt die Welt* erschienen. Die Autorin hat eine Tochter und lebt mit ihrer Familie in der Nähe von München.